Weitere Titel der Autorin:

Der Kuss des Wikingers (als E-Book erhältlich)

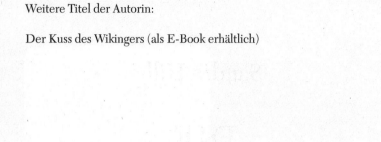

Über die Autorin:

Sandra Hill hat schon in jungen Jahren mit dem Schreiben begonnen und ist selbst eine begeisterte Leserin historischer Liebesromane. Die frühere Journalistin sammelt außerdem Antiquitäten und besucht gerne Auktionen. Sie ist verheiratet und hat vier Söhne.

Sandra Hill

DIE VERFÜHRUNG DES WIKINGERS

Roman

Aus dem amerikanischen Englisch
von Ulrike Moreno

BASTEI LÜBBE TASCHENBUCH
Band 17 016

1. Auflage: Juni 2014

Dieser Titel ist auch als E-Book erschienen

Vollständige Taschenbuchausgabe

Deutsche Erstausgabe

Für die Originalausgabe:
Copyright © 2011 by Sandra Hill
Titel der amerikanischen Originalausgabe:
»The Norse King's Daughter«
Originalverlag: Avon Books, an imprint of HarperCollins Publishers
Published by Arrangement with Sandra Hill
Dieses Werk wurde vermittelt durch die Literarische Agentur
Thomas Schlück GmbH, 30827 Garbsen

Für die deutschsprachige Ausgabe:
Copyright © 2014 by Bastei Lübbe AG, Köln
Textredaktion: Andrea Kalbe
Titelillustration:
Guter Punkt unter Verwendung von Motiven von
© razzledazzlestock, Thinkstock und Hotdamnstock
Umschlaggestaltung: Guter Punkt, München
Satz: Urban SatzKonzept, Düsseldorf
Gesetzt aus der New Caledonian
Druck und Verarbeitung: GGP Media GmbH, Pößneck
Printed in Germany
ISBN 978-3-404-17016-6

Sie finden uns im Internet unter
www.luebbe.de
Bitte beachten Sie auch: www.lesejury.de

Dieses Buch ist meiner Enkelin Jaden gewidmet, die durch und durch Prinzessin ist und perfekt zu meinen fünf nordischen Prinzessinnen passen würde. Sie hat ohnehin etwas Wikingerblut in sich.

Als Mutter von vier Söhnen habe ich irgendwie das Girlie-Gen verloren. Den Wunsch, Chiffon, Rüschen und Lackschuhe in der Schule zu tragen, und die Fähigkeit, es zu tun, ohne albern auszusehen. Zu shoppen wie ein Energizer-Häschen und die allerbesten Schnäppchen aufzutreiben. Die Freude an Umarmungen, selbst bei Freundinnen – oder insbesondere bei Freundinnen. Das Talent, in einem Moment noch auf einen Baum zu klettern und im nächsten schon ein anmutiges Ballett zu tanzen. Oder so wie du, ohne Zögern oder Furcht vor Zurückweisung, »Ich liebe dich« sagen zu können.

Also alles Gute für dich, Jado, und mögest du immer eine Prinzessin in jemandes Leben sein!

Kein Mann vertraue Mädchenreden,
Noch der Weiber Worte.
Denn auf geschwungnem Rad geschaffen ward ihr Herz,
Und launenhaft und unbeständig ist ihr Geist.

Die Lieder-Edda
HÁVAMÁL

Prolog

*Es kommt eine Zeit, in der alle braven Wikinger
in den sauren Apfel beißen ... und sich vermählen müssen ...*

»Wirf das Neugeborene in den Fjord. Oder lass es auf den Klippen liegen. Das Balg wird so oder so vor morgen tot sein.«

Sidroc Guntersson, der dritte Sohn des Jarls Gunter Ormsson, war ein berühmter Krieger, der Grausamkeit in all ihren Spielarten gesehen hatte, doch die Empfehlung seines Vaters hinsichtlich seines neugeborenen Kindes ließ sein Blut gefrieren. »Wie kannst du so etwas für dein eigenes Enkelkind vorschlagen?« *Aber wieso überrascht mich das? Wahrscheinlich wünschst du, du könntest mein Leben auf die gleiche Art beenden.*

Sein abscheulicher Erzeuger, der das väterliche Zartgefühl eines Steins besaß, zuckte mit den Schultern und lehnte sich auf dem thronähnlichen Lehnstuhl auf dem Podium des Großen Saals zurück. Er streichelte mit seiner prankenartigen Hand das lange, hellblonde Haar seiner neuesten Konkubine, die nicht älter war als dreizehn. In seinen sechsundzwanzig Lebensjahren hatte Sidroc viele Male mitbekommen, wie sein Vater seine sexuellen Gelüste nicht nur bei den *more danico*, seinen vielen Ehefrauen, sondern auch bei zahlreichen Geliebten, Sklavinnen und jeder Dienstmagd von halbwegs annehmbarem Äußeren befriedigt hatte. Gelegentlich sogar bei allen gleichzeitig. Nur die Götter wussten, wie viele Bastarde er neben seinen vier rechtmäßigen Söhnen und zwei Töchtern gezeugt haben mochte.

»Es ist doch bloß ein Mädchen«, erklärte sein Vater, als rechtfertigte das die Aussetzung eines Neugeborenen.

»Ja, es ist ein Mädchen, und seine Mutter ist tot«, versetzte Sidroc wütend. Seine Stimme war ganz kratzig vor Empörung. Er hatte Männer gesehen, die im Kampf vom Kopf bis zum Rumpf gespalten worden waren, doch das Bild, das ihn in alle Ewigkeit begleiten würde, war das von Astrid, wie sie in ihrem eigenen Blute lag. In einer Blutlache und mit einem brüllenden Bündel wild zappelnder Arme und Beine zwischen ihren Beinen, dessen Nabelschnur noch nicht einmal durchschnitten war.

Eydis, die Amme des einjährigen Jungen seines Bruders Svein, hatte sich bereit erklärt, auch seine Tochter zu stillen, doch nur so lange, bis Sidroc eine andere Amme fand – oder sein Bruder davon erfuhr. Svein teilte mit niemandem, und schon gar nicht mit ihm, seit er ihm als Junge, obwohl er fünf Jahre jünger war als Svein, eine ordentliche Tracht Prügel verabreicht hatte. Sein Bruder hatte den Streit jedoch selbst herbeigeführt, indem er einfach nur so zum Spaß eine Stallkatze ertränkte.

Sidroc war sich voll und ganz der Tatsache bewusst, dass es in einigen Teilen der nordischen Lande üblich war, ein Neugeborenes zum Sterben auszusetzen, wenn es untergewichtig oder mit irgendeiner Behinderung zur Welt kam. Das Leben in dem rauen nordischen Klima war schwierig, und das Überleben blieb wohl wirklich am besten den Widerstandsfähigsten vorbehalten. Aber tatenlos mitanzusehen, wie ein Kind, das keineswegs behindert war, getötet wurde, war etwas, wozu Sidroc sich niemals überwinden konnte. Ob es nun sein eigenes Kind oder das von jemand anderem war.

Wenn er ehrlich sein sollte, hatte er nicht einmal eine Beziehung zu dem kleinen Mädchen, das noch keinen Tag alt war.

Aber er wäre kein Mann, wenn er das Schicksal seiner Tochter jemandem wie seinem Vater überließe.

»Es ist keine Seltenheit, dass eine Frau im Kindbett stirbt«, bemerkte sein Vater kühl. »Du bist bloß zu verweichlicht.«

Verweichlicht? Sidroc konnte nur den Kopf schütteln über die Meinung, die sein Vater von ihm hatte. Er war ein namhafter, weithin bekannter Krieger, der sehr geschickt im Umgang mit der Hellebarde und dem Breitschwert war. Sein Vater jedoch sah in ihm nur einen Mann, der nicht die gleiche Art von Grausamkeit wie er besaß.

Astrid war keineswegs durch eine Liebesheirat Sidrocs Frau geworden; wie bei den meisten adligen Familien war die Heirat lange vorher arrangiert worden. Trotzdem hatte er von Anfang an Zuneigung zu Astrid empfunden, auch wenn er sie dann in ihrer zweijährigen Ehe seiner vielen Reisen und des Pelzhandels wegen leider nicht sehr oft gesehen hatte. »Ich habe Astrid an ihrem Totenbett versprochen, dass ich mich um die Kleine kümmere.«

Wieder zuckte sein Vater mit den Schultern, während er mit seiner großen Pranke über die kleinen Brüste seiner Konkubine fuhr. Das dumme Ding kicherte und genoss auch noch diese ungenierte, öffentliche Aufmerksamkeit seines Herrn.

Obwohl Sidroc wusste, dass er nicht die volle Aufmerksamkeit seines Vaters hatte, beharrte er: »Signe verdient es, zu leben.«

»Du hast dem Kind schon einen Namen gegeben?«, fragte sein Vater und schnalzte missbilligend mit der Zunge.

Sidroc erstickte fast daran, seinen Erzeuger um etwas bitten zu müssen, doch was sein musste, musste sein. Im letzten Winter war seine viel kleinere Burg am Rande der Vikstead'schen Besitzungen bis auf die Grundmauern abgebrannt und mit ihr ein Lagerraum, der bis zur Decke mit kostbaren, zum Verkauf bestimmten Pelzen gefüllt gewesen war. Danach hatten er und Astrid bei seinem Vater leben müssen, bis Sidroc die Burg wieder aufbauen konnte. Doch selbst diese kleine Gefälligkeit hatte ihn erbittert. »Ich verlange nicht mehr, als dass Sveins Amme gestattet wird, sich auch weiterhin um mein Kind zu kümmern, bis ich von einer Verpflichtung zurückkehre, die ich den Jomswikingern gegenüber eingegangen bin. Sobald ich meinen Reichtum zurückgewonnen habe ...«

»Wenn dir so viel daran liegt, dann nimm das Kind doch mit.«

»Frauen und Kinder sind auf der Jomsburg nicht erlaubt.«

»Wie lange würdest du fort sein?«

Eines Tages, alter Mann ... eines Tages!, schäumte Sidroc innerlich und ballte die Fäuste. Als dritter Sohn mit zwei gesunden älteren Brüdern wusste er, dass er das Jarltum niemals erben würde und selbst genügend Geld zusammentragen musste, um seine eigenen Ländereien zu erwerben, diesmal hoffentlich weit entfernt von Vikstead. Sich dem Bund der Jomswikinger anzuschließen war seine beste Möglichkeit gewesen, sein Vermögen zu vergrößern. »Zwei Jahre. Höchstens drei.«

»Pfff!«, höhnte sein Vater. »Dann such dir eine Frau, verdammt noch mal, aber diesmal eine reiche, die Ländereien mit in die Ehe bringt.«

Dies war ein Kommentar, den er schon früher oft von seinem Vater gehört hatte, und eine Forderung, gegen die er sich stets mit aller Macht gewehrt hatte. Mit ziemlicher Sicherheit hatte er Astrid auch deswegen geheiratet, weil sie keine Mitgift mitbrachte und um seinem Vater die Stirn zu bieten. Damals hatte er selbst so viel Vermögen und Land besessen, dass es keine Rolle spielte.

»Du hast sechs Wochen, um eine Braut und ein Zuhause für das Kind zu finden«, räumte sein Vater ein. »Nach dieser Zeit verschwindet das Kind hier. Und das ist mein letztes Wort.«

Wie hatte sich diese Debatte mit seinem Vater von einer Meinungsverschiedenheit zu einem geistigen Wettstreit entwickelt? Wieso hatte er sich so in die Enge treiben lassen? »Ich nehme an, du hast schon jemanden im Sinn, obwohl Astrids Asche auf ihrem Scheiterhaufen noch nicht mal kalt geworden ist?«, stieß Sidroc zwischen zusammengepressten Zähnen hervor.

»König Thorvald von Stoneheim hat noch eine unverheiratete Tochter. Versuch's doch mal bei ihr«, erwiderte sein Vater mit einem boshaften Grinsen. »Oder auch nicht. Mir ist es egal.«

Sidroc kannte die Frau, von der sein Vater sprach. Prinzessin Drifa. Obwohl sie für eine Frau schon ein wenig in die Jahre gekommen war – sie war mindestens vierundzwanzig –, war sie nicht ohne Reiz. Durch ihre halb nordische, halb arabische Herkunft hatte sie feine, exotische Gesichtszüge mit mandelförmigen Augen und eine zierliche Statur. Wenn er sich recht entsann, hatte sie jedoch auch eine merkwürdige Vorliebe dafür, alles Mögliche im Garten anzupflanzen. Oftmals hatte sie sogar Schmutz unter den Fingernägeln und Laub in ihrem Haar, und bekanntlich brachte sie Blumen und Sträucher aus dem Garten in das Haus. Einmal hatte sie sogar nach Mist gerochen, von dem sie behauptete, er mache ihre Blumen schöner.

Nun ja, wahrscheinlich gibt es Schlimmeres, sagte Sidroc sich. Irgendwann würde er so oder so eine Mutter für Signe finden müssen. Außerdem war es gut, eine willige Bettgefährtin zu haben, wenn keine andere verfügbar war.

Und so kam es, dass Sidroc Guntersson von Vikstead in diesem Frühling auf Freiersfüßen wandelte, anstatt auf Reisen zu gehen, wie es seine Gewohnheit war, oder seine Burg wieder aufzubauen. Mochten die Nornen des Schicksals ihm den rechten Weg weisen!

Kapitel eins

Hüte dich vor Spitzbuben mit schlechten Absichten ...

Drifa, die Tochter des nordischen Königs Thorvald, wurde nach allen Regeln der Kunst verführt.

Nach vierundzwanzig Jahren, in denen sie eine Ehe beharrlich verweigert hatte – obwohl ihre vier verheirateten Schwestern mit gutem Beispiel vorangingen –, war Drifa dabei, sich ein ganz klein wenig zu verlieben. Oder zumindest ein gewisses ... sinnliches Verlangen zu verspüren. Und das nur drei Wochen nachdem der Mann seine Bemühungen um sie begonnen hatte.

Und was für ein gut aussehender Mann er war! Sidroc Guntersson war nicht viel älter als sie, vielleicht sogar erst sechsundzwanzig. Sie war von durchschnittlicher Größe für eine Frau, aber er war mindestens einen Kopf größer. Mit seinem schulterlangen kastanienbraunen Haar, den graugrünen, von dichten dunklen Wimpern umrahmten Augen, dem sinnlichen Mund mit den vollen Lippen und seinem kampfgestählten Körper war er ein Paradebeispiel für einen gut aussehenden Wikinger in seiner maskulinsten Form.

Er war schon einmal verheiratet gewesen, was für Drifa jedoch keine Rolle spielte. Komisch fand sie nur, dass er sich weigerte, über den Tod seiner Frau zu sprechen. »Später«, erklärte er, wann immer sie ihn danach fragte. »Nicht jetzt.«

Einerseits fand Drifa es respektlos, dass er so kurz nach dem Versterben seiner Frau schon einer anderen den Hof machte, andererseits jedoch war ihr bewusst, dass einige Männer nun einmal so waren. Wenn sie sehr geliebt hatten, wollten sie diese

Liebe schnell durch eine andere ersetzen. Nicht dass er ihr das alles erzählt hatte, doch sein Schweigen zu dem Thema war beredt genug für Drifa. Und welche Frau würde sich *nicht* zu einem Mann hingezogen fühlen, der so sehr geliebt hatte?

»Sei so lieb und öffne deinen Mund, Prinzessin«, flüsterte er an ihren Lippen, die schon ein wenig geschwollen waren von seinen vielen Küssen. Irgendwie war es ihm gelungen, sie in einem abgelegenen Teil ihres Kräutergartens aufzuspüren, wo er sie in die Arme genommen und sie mit dem Rücken gegen eine Steinmauer gedrückt hatte.

»Warum?«, fragte sie, was ihm den perfekten Auftakt für einen intimeren Kuss bot.

Seine Zunge glitt zwischen ihre Lippen und begann die ihre mit rhythmischen Bewegungen zu liebkosen, die widerspiegelten, was er ein wenig weiter unten tat. Die Hände unter ihrem Po, spreizte er mit den Knien ihre Beine und ließ langsam seine Hüften an ihr kreisen. Es war unmöglich, nicht den Beweis seiner männlichen Begierde zu bemerken, der den Eingang zu ihrer intimsten Stelle suchte.

»Du bringst mein Blut zum Kochen«, stieß er rau hervor. »Erlöse mich von meiner Qual, Mylady.«

Oh! Oh! Drifa wurde ganz schwindlig vor Entzücken, besonders, als er ganz sachte an ihrer Zunge sog.

Das war es also, worüber ihre Schwestern flüsterten und seufzten.

Und die Mägde tuschelten.

Oder wozu die Götter Männer und Frauen geschaffen hatten.

Wie hatte sie nur so lange so unwissend sein können? Brachte auch er ihr Blut zum Kochen? Oder kam das nur bei Männern vor? War es nur *dieser* Mann, der solch aufregende Empfindungen in ihr weckte, oder war für sie einfach nur die Zeit gekommen, nachzugeben? Oh, beim Odem Thors! War sie etwa ... überreif? Nein, sie glaubte nicht, dass sie sich von einem x-beliebigen Mann erweichen lassen würde. *Heilige Frija! Was tut er denn jetzt?*

»Sag mir, dass du meine Frau wirst«, flüsterte Sidroc an ihrem Ohr, das er ebenfalls mit seiner feuchten Zungenspitze und seinem warmen Atem liebkoste. »Ich brauche dich.«

»Warum?«, fragte sie wieder in halb gequältem, halb entzücktem Ton.

Mit einem leisen Lachen presste er sich an sie und ließ sie den Beweis seiner Begierde spüren. Der, falls überhaupt möglich, noch größer und härter als zuvor war.

»Warum *ich*?«, ergänzte sie.

»Weil ich dich mehr als jede andere Frau begehre. Und weil du mich auch begehrst«, erklärte er mit der üblichen Arroganz eines Wikingers.

Drifa war verwirrt. Wie könnte sie ihm eine Antwort geben, wenn sie doch von so vielen widerstreitenden Gefühlen heimgesucht wurde? Sie war es nicht gewöhnt, den Aufmerksamkeiten eines Mannes nachzugeben. Tatsächlich war es sogar so, dass mehr als zwei Dutzend Wikinger sowie auch einige Angelsachsen in den letzten zehn Jahren um ihre Hand angehalten hatten. Doch keiner von ihnen war ihr so nahegegangen. *Pah! Was für eine Untertreibung! Das Blut kocht in meinen Adern. Meine Knochen lösen sich schier auf. Mein Gehirn ist eine einzige pulsierende Masse sinnlicher Vernebelung.* »Ich ... ich ... Das geht mir viel zu schnell.«

»Nein. Zu viel Nachdenken trübt manchmal die Urteilsfähigkeit eines Menschen. Mitunter muss man ganz spontan eine Entscheidung treffen. Manchmal muss eine Frau heiraten, um nicht verrückt zu werden aus Mangel an sinnlichem Vergnügen.«

Was? Das erfindest du doch nur. Drifa bekam jedoch keine Gelegenheit, es laut zu äußern, weil er sie schon wieder küsste ... ihre Brüste streichelte ... und sich an ihrer empfindsamsten weiblichen Stelle rieb.

Eine Welle aufregendster Empfindungen durchflutete sie, und als er wieder flüsterte: »Bitte, Liebste, werde meine Frau«, antwortete sie mit einem erstickten »Ja«.

Dann – o ihr Götter und Göttinnen, seid gepriesen! – benutzte er seine sündhaften, geschickten Hände und kreisenden Hüften, um sie zu einem Höhepunkt zu bringen, der sie vor Wonne hätte aufschreien lassen, wenn er sie nicht mit seinem heißen Kuss daran gehindert hätte.

Eine ganze Weile ruhte sie kraftlos an seiner Brust, ihr Gesicht in seiner Halsbeuge vergraben, und rang nach Atem wie ein Pferd nach einer harten Schlacht.

Was ist da gerade mit mir passiert? Bin ich gestorben? War es das, was er mit sinnlichem Vergnügen meinte? Am besten tue ich so, als wäre es nichts Schockierendes für mich, damit er mich nicht auslacht. »Das war schön«, sagte sie, so ruhig sie konnte.

Er lachte. Dieser Flegel lachte sie einfach aus! »Wir werden heute Abend zu deinem Vater gehen«, sagte er zwischen ein paar schnellen Küssen, während er ihr half, ihre *gunna* und die lange, an den Seiten offene Schürze, die die meisten Wikingerinnen darüber trugen, glatt zu ziehen.

Habe ich etwa Ja gesagt? Offensichtlich, aber ... »Vielleicht sollte ich zuerst allein mit ihm sprechen.« *Und vielleicht sollte ich das Ganze an irgendeinem stillen Ort weit weg von diesem verführerischen Mann noch einmal gut durchdenken.*

Aber er schüttelte den Kopf. »Nein, wir werden zusammen

zu ihm gehen. Und dann werden wir binnen einer Woche heiraten, damit wir nach Vikstead zurückkehren und dich meinem Vater vorstellen können.«

Das würde so bald nicht geschehen – aus dem einfachen Grund, dass in zehn Tagen der sechzigste Geburtstag ihres Vaters gefeiert werden würde. Alle würden kommen, einschließlich drei ihrer Schwestern, die in Britannien lebten. Drifa wusste, dass ihr Vater ihr Nichterscheinen bei einem solch wichtigen Ereignis niemals billigen würde. »Wozu die Eile?«

Sidroc errötete, doch das Einzige, was er sagte, war: »Das ist unwichtig, aber du wirst es schon sehr bald verstehen.«

*Er war in der königlichen Klapsmühle gelandet,
wo allen Männern des Königs – und Frauen –
ein paar Steine im Oberstübchen fehlten ...*

Später an jenem Tag saß Sidroc auf einer Bank am Kamin in Stoneheims größtem Empfangszimmer. Er war umringt von Mitgliedern der königlichen Familie, die von nah und fern gekommen waren, um den bevorstehenden sechzigsten Geburtstag ihres Königs zu feiern. Sie waren ganz so, wie eine Familie sein sollte, und alles, was Sidroc selber nie erfahren hatte.

Nach mindestens einem Dutzend vergeblicher Versuche war er jedoch noch immer nicht dazu gekommen, König Thorvald um die Hand seiner Tochter zu bitten. Vielleicht hätte er Drifa von Anfang an gestehen sollen, warum er heiraten musste – und dazu auch noch so schnell. Doch seiner Erfahrung in der Kunst der Liebe nach war er sich ziemlich sicher, dass sie sich mit Händen und Füßen sträuben würde, falls er ihr gestand, dass weniger er selbst sie brauchte als vielmehr ein neugeborenes kleines

Mädchen, das zu Hause auf ihn und eine Mutter wartete. Frauen wollten umworben werden. Später ... Später würde er ihr alles erzählen, und dann würden sie gemeinsam über seine Schläue lachen.

Im Moment jedoch beäugten Drifas Schwestern ihn argwöhnisch. Diese Familie tat nichts anderes, als zu reden, zu lachen und sich gegenseitig zu überschreien, und die Themen, die sie erörterten, waren geradezu unerhört. Wie beispielsweise das Gespräch über Experimente, bei denen das Glied eines Mannes mit Honig eingerieben wurde, um eine Empfängnis zu verhüten! »Tja, und wär's nicht gut, wenn ein Mann dann auch noch seinen eigenen Schwanz ablecken könnte?«, hatte der König ausgerufen, und alle hatten gelacht, sogar die Frauen.

Drifas starrenden Schwestern nach zu urteilen, wäre Sidroc nicht mal überrascht, wenn sie vor versammelter Verwandtschaft gefragt würde, ob sie noch Jungfrau sei. Ehrlich gesagt hoffte er sogar, dass sie es taten. Vielleicht bekäme er dann endlich Gelegenheit, den König um die Hand seiner Tochter zu bitten und es hinter sich zu bringen.

In seiner freudigen Erregung über Drifas Annahme seines Antrags hatte er vergessen, dass sie ihm schon vor Tagen von dem geplanten Fest erzählt hatte. Sie hatte ihn nur nicht vor der Flut von Gästen gewarnt, die schon so bald eintreffen würden. Falls sie glaubte, er würde ohne eine Hochzeit noch zehn Tage länger auf dieser überfüllten Burg verweilen, hatte er schlechte Neuigkeiten für sie. »König Thorvald, könnten wir irgendwo ungestört miteinander sprechen?«, fragte er seinen – hoffentlich – zukünftigen Schwiegervater.

»Später, mein Junge, später«, sagte der König freundlich abwinkend und wandte sich wieder einem Diener zu, um sich einen frischen Kelch Met von einem Tablett zu nehmen.

Drifa, die neben Sidroc saß, drückte seine Hand. »Hab Geduld.«

Geduld! Er presste die Zähne zusammen und versuchte, nicht allzu übereifrig zu erscheinen. Er hatte jetzt schon drei Wochen auf dieser zugigen Burg vergeudet, diesem Mischmasch aus Holz und Stein, das entworfen worden war von einer der Schwestern, Breanne, die mit leidenschaftlicher Begeisterung alles Mögliche erbauen ließ. Stühle, Tische, Schweineställe, Burgen und was sonst noch alles. Sie saß auf der gegenüberliegenden Bank neben ihrem Ehemann, dem Angelsachsen Lord Caedmon, der an einem Stock herumschnitzte, um ein Kind zu unterhalten, das ihm neugierig über die Schulter blickte.

Eine andere Schwester, Ingrith, kam aus der Küche, wo sie mit *ihrer* speziellen Leidenschaft, dem Kochen, befasst war, wie die köstlichen Düfte bewiesen. Hasenbraten und Honig-Hafermehlplätzchen, würde Sidroc sagen. Ingriths Ehemann, ein weiterer angelsächsischer Lord namens John of Hawk's Lair, der von der ganzen Situation irgendwie verwirrt schien, flüsterte Sidroc im Vorübergehen zu: »Ihr seid verloren, guter Mann, wenn diese verrückten Hühner Euch erst mal in ihren Krallen haben.«

Lord Hawk war derjenige, der mit Honig und Samenkäppchen herumexperimentierte, um Verhütungsmittel zu entwickeln. Gerade er hatte Sidrocs Ansicht nach kein Recht, sich über »verrückte« Hühner zu beklagen.

»Ich wünschte, du hättest mich bereits in deinen Krallen. So fest wie möglich – und im Ehebett«, flüsterte er Drifa zu.

»Geduld«, sagte sie wieder, aber dieses Mal mit einem reizenden Erröten, das ihn daran erinnerte, wie nahe sie heute daran gewesen waren, intim zu werden. Vielleicht würde er heute Nacht ihr Schlafzimmer aufsuchen, um zu beenden, was sie dort draußen im Garten begonnen hatten.

»Was hast du zu Sidroc gesagt?«, fragte Ingrith ihren Mann, der sie auf seinen Schoß herabzog. Bei einem frisch verheirateten Paar nichts Ungewöhnliches, doch diese beiden waren schon mindestens zwei Jahre zusammen.

»Nur, was für ein Glück er hat, sich unter solch intelligenten Wikingern zu befinden, Liebes«, versicherte er seiner Frau.

»Pah! Ich kann mir schon denken...« Ingrith unterbrach sich, als die älteste Schwester Tyra mit ihrem Ehemann Adam dem Heiler kam. Auch er war Angelsachse. Was war nur los mit diesen Frauen? Würde ein guter, mannhafter Wikinger es nicht auch tun?

Tyra war eine stattliche, hochgewachsene Frau, die sich sogar zur Kriegerin hatte ausbilden lassen. Jetzt starrte sie mit vielsagender Miene Drifas gerötetes Gesicht und ihre Hand an, die in Sidrocs und auf seinem Oberschenkel lag, bevor sie ihn mit ihrem scharfen Blick bedachte.

»Soll ich ihn töten, Vater?«, fragte dieses blutrünstige Frauenzimmer.

»Du liebe Güte, nein, Tyra! Vielleicht kriegen wir ja doch noch einen Ehemann für Drifa«, erwiderte König Thorvald.

Drifa schnalzte nur missbilligend mit der Zunge, um ihre Ansicht dazu kundzutun.

Offenbar war der Alte sich Sidrocs Absichten besser bewusst, als er hatte erkennen lassen. Tatsächlich zwinkerte er ihm sogar zu, bevor er sich mit seinem kräftigen Oberkörper wieder zurücklehnte und seine Beine zum Feuer hin ausstreckte. Trotz seines fortgeschrittenen Alters schien er in guter körperlicher Verfassung zu sein, und obwohl sein Haar und Bart schon schneeweiß waren, waren sie sehr gepflegt und mit kostbaren Edelsteinen geschmückt. Auch die Qualität seiner Tunika, Beinkleider und Stiefel zeugte von seinem hohen Rang.

Sidrocs bester Freund, Finn Vidarsson, der ihn hierher begleitet hatte und auch Finn Finehair genannt wurde, war der einzige andere Mann in seinem Bekanntenkreis, der so viel Wert auf Körperpflege legte. Finn war sogar bekannt dafür, dass er regelmäßig sein Brust- und Schamhaar nachschnitt, weil Frauen das mochten, wie er sagte. Finn hatte nie geheiratet, weil er angeblich noch nie einer Frau begegnet war, die sich mit seiner Schönheit messen konnte. Hätte Sidroc nicht mit eigenen Augen sein kämpferisches Geschick gesehen, würde er an seiner Männlichkeit zweifeln.

Sich auf die Gegenwart besinnend, verlangte Sidroc: »Ich muss so bald wie möglich mit Euch reden, König Thorvald. Es ist äußerst wichtig, dass ich nach Vikstead zurückkehre, bevor ...«

»Habe ich Euch schon erzählt, wie Adam mir ein Loch in den Kopf gebohrt hat?«, unterbrach der König ihn.

Nur ein Dutzend Mal. »Habe ich Euch gesagt ...?«

»Das hat mir das Leben gerettet«, fuhr der König unbeirrt fort. »Und es hat sogar meinen Schwanz vergrößert, möchte ich wetten.«

»Vater! Was für eine Ausdrucksweise!«, protestierten fünf Frauen gleichzeitig, einschließlich Vana, die mit Rafn verheiratet war, dem wikingischen Hersen, der die auf Stoneheim stationierten Truppen kommandierte. Vana, die ein Faible fürs Saubermachen hatte, schrubbte eine der langen Tafeln hinter ihnen, während die Familienversammlung im Begriff war, zu beginnen. Die Frage jedoch, warum *er* an einem Familientreffen teilnehmen durfte, ließ sowohl gute wie auch schlechte Möglichkeiten in Sidrocs leicht benebeltem Verstand erstehen.

»Vielleicht sollte Adam auch Euch ein Loch in den Kopf bohren«, schlug König Thorvald vor.

Sidroc kam ins Stottern. »Mein Schwa ... Geschlechtsteil ist groß genug.« Beim Odem Thors! Er hoffte nur, dass Finn nichts davon mitbekam. Der Kerl wäre imstande, sich gleich ein Dutzend Löcher in seinen hohlen Kopf bohren zu lassen!

»Na, das hoffe ich doch. Ich versuche schon seit Jahren, Drifa unter die Haube zu bekommen. Nach all dieser Zeit verdient sie etwas ... Großes.«

Drifa schnalzte wieder missbilligend mit der Zunge.

Alle anderen lachten, bis auf Sidroc, der nur hilflos die Augen verdrehte.

»Da Ihr Euch meiner Absichten ja offenbar schon bewusst seid, König Thorvald, würdet Ihr dann einwilligen, mir Eure Tochter Drifa zur Frau zu geben?«

Der König verdrehte die Augen. »Ich *gebe* meine Töchter keinem Mann. Sie haben das Recht, sich selbst einen Mann auszusuchen. Das ist ein Versprechen, das ich ihren Müttern vor langer Zeit schon gab.«

»Was für eine verrückte Idee.«

Fünf Frauen stießen ein Geräusch aus, das fast wie ein Knurren klang.

»Was allerdings nicht bedeutet, dass gleichgesinnte Männer sie nicht überzeugen könnten«, fügte der König ungerührt hinzu.

»Sie überzeugen!«, stieß Sidroc gereizt hervor. »Drifa hat meinen Antrag bereits angenommen, Majestät. So ist es doch, mein Liebling, oder?«, fragte er, während er sie hochhob und auf seinen Schoß setzte. Wenn Lord Hawk sich derartige Freiheiten bei seiner Frau herausnehmen konnte, so konnte er es auch. Und wenn es Überzeugungsarbeit war, was der König wollte, war Sidroc nur allzu gern bereit, seinem Ansinnen nachzukommen.

Drifa versuchte, sich von ihm loszureißen, aber er hielt sie unerbittlich fest.

Alle, selbst die Frauen, starrten ihn an, wahrscheinlich beeindruckt von seiner Finesse.

»Lass mich los, du Grobian«, sagte sie, allerdings nicht sehr nachdrücklich.

»Hör auf zu zappeln.«

»Hör auf, mich mit diesem ... Ding zu stoßen.«

»Dein Vater will mir ein Loch in den Kopf bohren lassen, um das *Ding* noch zu vergrößern.«

»Das habe ich gehört.«

»Manche Leute denken, je größer, desto besser.«

»Manche Leute haben eben auch nur Stroh im Kopf.«

Tyra schaute ihn aus schmalen Augen an. »Ich dachte, Ihr wärt bereits verheiratet, Sidroc.«

Er hatte gehofft, dieses Thema vermeiden zu können, doch dieses Glück schien ihm nicht vergönnt zu sein. »Ich war es. Meine Frau ist verstorben«, erwiderte er mit schmalen Lippen.

»Wann ...«

»Hör auf damit, Tyra. Er spricht nicht gern über seine Frau, die nicht mehr in dieser Welt weilt«, sagte Drifa und drückte Sidrocs Hand.

Er starrte sie mit unverhohlener Überraschung an. *Drifa verteidigt mich?* Das löste widerstreitende Gefühle in ihm aus. Eine etwas eigentümliche Freude darüber, dass ihm jemand – und noch dazu eine Frau – zu Hilfe kam, erfasste ihn, während er sich gleichzeitig schuldig fühlte, weil Drifa den wahren Grund seines Hierseins noch nicht kannte. Ach, das werde ich später wiedergutmachen, sagte er sich und erwiderte ihren Händedruck.

»Es ist nicht so, dass ich ...«, begann er, aber Drifa ließ ihn nicht ausreden.

»Nein, Sidroc«, sagte sie entschieden. »Es liegt bei dir, ob und wann du darüber sprechen willst.«

Wer ist diese Frau, mit der ich bald verlobt sein werde? Kann sie wirklich so erstaunlich sein, wie ich allmählich glaube?

»Also, was sagst du dazu, Tochter? Was würdest du von einer gemeinsamen Hochzeits- und Geburtstagsfeier in zehn Tagen halten?«

Sidroc, der schon drauf und dran war, wegen der Verzögerung zu protestieren, biss sich auf die Zunge. Dann hätte er immer noch eine Woche Zeit für die normalerweise zweitägige Heimreise nach Vikstead.

Drifa nickte, und er küsste sie leidenschaftlich, bevor sie Einwände erheben konnte. Zu seiner freudigen Überraschung erwiderte sie den Kuss sogar, während um sie herum Beifall aufbrandete und alle ihnen gratulierten.

Die Nornen des Schicksals waren wohl doch auf seiner Seite.

Oder auch nicht, wie er schon bald herausfinden sollte.

Kapitel zwei

Der beste Plan, ob Maus,
ob ahnungsloser Wikinger...

Drifa war glücklicher als je zuvor in ihrem Leben. Oder jedenfalls, bis Sidrocs raffinierte Pläne ihr fast das Herz brachen.

Alles hatte später an jenem Tag mit ihrem Lauschen im falschen Augenblick begonnen. Oder war es doch genau der richtige Moment gewesen?

Sidroc saß mit seinem Waffenbruder Finn Vidarsson am anderen Ende des Großen Saals und plauderte mit ihm bei einem Trinkhorn Met. Finn war ein regelrechter Pfau von einem Mann, eitel bis in die Knochen, der alle Stoneheimer Küchen- und Dienstmägde, Kammerzofen und sonstigen weiblichen Dienstboten völlig aus der Fassung brachte.

Als Drifa hörte, dass ihr Name fiel, vermutete sie, dass Sidroc seinem Freund Finn vom Einverständnis ihres Vaters zu der Heirat berichtete.

»Dann hast du ja dein Ziel erreicht«, erwiderte Finn Vidarsson. »Gut gemacht mein Freund!«

Ziel? Was für ein Ziel?

»Und gerade noch rechtzeitig«, bekräftigte Sidroc.

Rechtzeitig wozu?

»Und sie ist ja auch recht hübsch, auch wenn sie meine hohen Ansprüche natürlich nicht erfüllt«, bemerkte Finn.

Ha! Du glaubst doch nicht etwa, dass ich jemanden wie dich an meiner Seite wollen würde!

»Keine Frau ist hübsch genug für deine hohen Ansprüche«, versetzte Sidroc spöttisch.

»Aber ich vermute mal, dass es dir nicht allzu schwerfallen wird, der Prinzessin beizuliegen.«

Sidroc lachte. »Ich hätte sie auch so schon fast beschlafen müssen, um sie dazu zu bringen, Ja zu sagen.«

Oh nein! Bitte sprich nicht so über mich!

»Und wäre das ein Problem für dich gewesen?«

»Nein, aber dieses Geschenk musste ich ihr vorenthalten, um ihre Zustimmung zu der Heirat zu erlangen.«

Geschenk? Du Ratte! Du verdammte, stinkende, miese Ratte!

»Weil ich dich mehr als jede andere Frau begehre.« *Das ist es, was du zu mir gesagt hast, du verdammter Lügner!*

»Ich denke, ich werde sie heute Nacht vernaschen, bis ihr Hören und Sehen vergeht. Und in zehn Tagen werden wir dann heiraten. Danach werde ich sie zur Burg meines Vaters bringen und sie dort zurücklassen, solange mir noch Zeit bleibt, mich den Jomswikingern anzuschließen. Die Gelder ihrer Mitgift müssten meinen Vater eigentlich zufriedenstellen.«

Nur über meine jungfräuliche Leiche, Freundchen!

»Glaubst du, dass dein Vater ihre Begeisterung für Pflanzen dulden wird?«

»Ich wage zu behaupten, dass er ihr erlauben wird zu tun, was sie will, solange es sein Trinken und seine Hurerei nicht stört. Außerdem wird sie neben Rosen und Mist ja auch noch mein Kind haben, um sich zu beschäftigen.«

Er bildet sich wohl ein, er könnte mir gleich beim ersten Mal ein Kind machen, dieser arrogante Esel! Aber trotz ihrer Wut schnitten Sidrocs Worte ihr ins Herz. *Sein Interesse an meiner Beschäftigung mit Pflanzen ist anscheinend genauso geheuchelt wie seine angebliche Zuneigung zu mir.*

»Und inzwischen baust du dein Vermögen wieder auf und kannst dir ein Haus errichten, wo du willst. Vielleicht sogar auf den Orkney-Inseln, wo viele Wikinger sich angesiedelt haben.«

»Das ist eine gute Idee, Finn. Die Orkneys sind außer Reichweite meines Vaters und bei gutem Wetter dennoch nur eine Tagesreise mit dem Langschiff von den nordischen Landen entfernt.«

Er hat kein eigenes Zuhause? Und er würde in ein anderes Land umsiedeln, ohne mich auch nur zu fragen?

»Die Hochzeit kann also gar nicht früh genug für mich stattfinden«, fügte Sidroc hinzu, »aber das Wichtigste ist, dass sie mich jetzt auf jeden Fall heiraten wird. Eine Verlobung ist genauso bindend wie die eigentlichen Ehegelübde.«

»Denkst *du*«, sagte Drifa, als sie mit einem frischen Krug Met für die Männer aus dem Gang heraustrat, in dem sie lauschend gestanden hatte. Ihr blutete das Herz, aber sie musste die nächsten paar Minuten überstehen, ohne in Tränen auszubrechen.

»Drifa!«, sagte Sidroc, als er sichtlich beunruhigt über die Schulter blickte.

Und du hast auch allen Grund, beunruhigt zu sein, du lüsterner, verlogener Flegel!

Er stand auf, um auf sie zuzugehen.

Doch Drifa wich zurück und hob abwehrend die Hand, um ihn zurückzuhalten. »Es wird keine Hochzeit stattfinden.«

»Ich kann dir alles erklären.«

Sie schüttelte den Kopf. »Du hattest vor, mich zu heiraten und dann gleich wieder loszuwerden, alles auf einen Streich. Für was für ein dummes Ding du mich halten musst.«

»Ich kann es dir erklären«, beharrte er.

»Ich habe keine Liebe von dir erwartet«, sagte Drifa, seinen Einwand ignorierend, und hoffte, dass das Zucken ihrer Mundwinkel ihre kindischen Träume nicht verriet. »Aber du hast gesagt, du begehrtest mich mehr als jede andere Frau.«

»Und so ist es auch.« Doch dann schaufelte er sich sein eigenes Grab, als er versuchte, einen Scherz zu machen: »Die einzige andere Kandidatin momentan ist Brunhilda von Lade.«

Drifas Herz verkrampfte sich. Brunhilda war vierzig oder sogar noch älter und wog so viel wie ein Schlachtross. *Und Sidroc ist dreist genug, mich mit ihr zu vergleichen! Selbst wenn er nur scherzt, finde ich das alles andere als lustig.* »Geh! Kehr Stoneheim den Rücken und lass mich dein verlogenes Gesicht nie wieder sehen.«

»Wir würden gut zueinander passen, Drifa. Du weißt, dass es so ist.«

»Ha!«, sagte sie mit hochmütig erhobenem Kinn. »Eher würden Schweine fliegen lernen, bevor ich dich jetzt noch nähme.«

»Ist das ein Spielchen, das du auch mit all deinen anderen Freiern getrieben hast? Hast du auch ihnen weisgemacht, du würdest sie heiraten, um ihnen dann im letzten Moment deine Gunst zu entziehen?«

»Ohhh, versuch nur ja nicht, *mir* die Schuld an dieser Burleske zu geben!«

»Burleske, sagst du?«

Fast grinste er dabei, der Wicht!

»Du bist eine sinnliche Frau, Drifa«, versuchte er es mit einer anderen Taktik. »Wir würden beide von dieser Verbindung profitieren.«

Sinnlich? Das war ich noch nie, bevor ich dir begegnet bin. Und ich werde es auch nie wieder sein. Sieh doch nur, wohin es mich geführt hat. »Du würdest mir für Geld beiliegen?«, höhnte sie. »Was für eine Art von Mann würde das tun?«

»Ein verzweifelter Mann.«

Will er damit etwa sagen, dass nur ein verzweifelter Mann mich wollen würde? Und wieso ist er verzweifelt? Aber all das spielte jetzt keine Rolle mehr. Er war ein *Niemand*, der intime Beziehungen vorenthielt, als wären sie eine Art grandioser Preis. Und ihr praktisch unterstellte, hinter ihm her zu sein wie eine läufige Hündin. »Halte dich von mir fern, du räudiger Köter«, zischte sie warnend, als er nähertrat.

Er lachte nur. Was ein großer Fehler war!

Bevor er Drifas nächsten Schritt vorhersehen konnte, hob sie mit beiden Händen ihren Tonkrug an und hieb ihn ihm über den Kopf. Sie stieß ihn nicht nur um und verspritzte Met in alle Richtungen, sondern bewirkte damit auch, dass Sidroc sich bei dem Sturz den Hinterkopf an einer Bank anstieß. Wie eine gefällte Eiche landete er in der Binsenstreu und blieb dort reglos und mit geschlossenen Augen liegen.

»O ihr Götter, steht mir bei! Ich habe den Mann getötet, den ich liebe ... den ich hasse, meine ich ... *Hiiilfe!*«

Die Nebenwirkungen waren enorm ...

Als Sidroc wieder zu sich kam, schmerzte sein Schädel, als wäre ihm der Hinterkopf gespalten worden und seine Hirnmasse sickerte heraus. Langsam, um den Kopf nicht zu erschüttern und den Schmerz noch zu erhöhen, blickte er sich in dem kleinen Zimmer um, in dem er auf einer Strohmatratze lag.

Er fühlte sich kraftlos wie ein neugeborenes Kätzchen und hätte schwören können, dass sein Magen geschrumpft war. Ja, ein rasches Abtasten seines Oberkörpers ergab, dass seine Rippen vorstanden. Sidroc runzelte verwirrt die Stirn. Wie konnte er in solch kurzer Zeit so viel Gewicht verloren haben ...

»Du lebst!« Finn sprang von dem Stuhl auf, auf dem er gesessen hatte, und Sidroc hob die Hände, um ihn abzuwehren. Er glaubte nicht, dass er eine Umarmung ertragen würde ... falls es wirklich das war, was Finn vorgehabt hatte.

In seiner fast schon hysterischen Erregung bemerkte er sogar die völlig unerhebliche Tatsache, dass Finns Äußeres nicht so elegant und tadellos war wie immer. Seine Tunika und Beinkleider waren zerknittert, sein in der Mitte geteilter Bart nicht mehr ordentlich gegabelt, und sein Haar sah aus, als wäre er mit einer Heugabel hindurchgefahren.

»Natürlich lebe ich. Dachtest du, ein Schlag auf den Kopf von einem Frauenzimmer würde mich gleich nach Asgard schicken?«

Finn schien zunächst verwirrt und dann erfreut zu sein, als ein anderer Mann den Raum betrat. Es war Adam der Heiler, der angelsächsische Ehemann einer der Schwestern Drifas.

Apropos Drifa – hoffentlich bereute sie jetzt ihr Verhalten. Ihn niederzuschlagen, ohne ihn etwas erklären zu lassen! Wahrscheinlich saß sie irgendwo und weinte sich die Augen aus vor Reue. Eigentlich müsste er sie irgendwie bestrafen ... aber wenn, dann *nach* der Heirat.

»Du hast uns einen ganz schönen Schrecken eingejagt, guter Mann«, sagte Adam zu Sidroc, als er sich vorsichtig auf den Rand der Matratze setzte und die Augen seines Patienten zu untersuchen begann, indem er erst das eine und dann das andere Lid anhob.

»Ach ja?«, fragte Sidroc und fuhr sich mit der Zunge, die sich seltsam pelzig anfühlte, über seine ebenso pelzigen Zähne. Dann atmete er tief aus und wurde fast augenblicklich wieder umgehauen von seinem übelriechenden Atem. »Wie lange habe ich geschlafen?«

»Geschlafen?« Finn lachte.

»Du warst sechs Wochen lang bewusstlos«, klärte Adam ihn auf.

»Was?«, brüllte Sidroc und versuchte sich aufzusetzen. Doch fast sofort fiel er zurück und musste gegen die Schwärze ankämpfen, die ihn wieder zu verschlingen drohte. Eine plötzliche unangenehme Erinnerung wurde in ihm wach, an endlose Mengen Haferschleim und Wasser, die ihm löffelweise eingeflößt worden waren und über sein Kinn zu seinem Nacken und seiner Brust hinuntergelaufen waren. »Wo ist die Hexe, die mich in diesen Zustand versetzt hat?«, fragte er wütend.

»Drifa ist weggefahren.« Adam wandte den Kopf zur Seite, um Sidrocs Blick auszuweichen.

»Weg wohin?«

»Ich weiß es nicht genau. Nach König Thorvalds Geburtstag ist sie mit ihren Schwestern auf ihrem eigenen Langschiff, der *Wind Maiden*, irgendwohin aufgebrochen. Zu einer kurzen Vergnügungsreise, sagten sie. Was meistens Einkaufen bedeutet. Wahrscheinlich in Birka.«

»*Wind Maiden*? Was für ein dämlicher Name ist das für ein Langschiff?«

Adam zuckte nur mit den Schultern, als er die Felldecke beiseiteschob und den Körper seines Patienten untersuchte – auch wenn Sidroc sich nicht recht vorstellen konnte, wie mit den Fingern auf seine Brust zu tippen dem Heiler irgendwas verraten könnte.

»Du erlaubst deiner Gemahlin, sich ohne dich auf eine ›Vergnügungsreise‹ zu begeben?«

»Die Stoneheimer Prinzessinnen pflegen nicht um Erlaubnis zu bitten.«

Meine wird es tun. Vorausgesetzt, dass wir noch heiraten. Aber dann kam ihm ein anderer Gedanke. »Drifa hat mich einfach bewusstlos hier liegen gelassen?«, fragte er ungläubig.

»Nachdem ich ihr versichert hatte, dass du dich rechtzeitig wieder erholen würdest, um sie erneut beleidigen zu können.«

»Hmmpf!«, brummte Sidroc. »Kann ich davon ausgehen, dass ich nicht mehr verlobt bin?«

»Das wäre eine gute Schlussfolgerung, wenn man bedenkt, was Drifa dich sagen hörte.«

Also wirklich! Frauen schrieben dem Umwerben und der Ehe eine viel zu große Bedeutung zu. Sie erwarteten, dass Männer in einen Taumel der Verzückung verfielen angesichts der Möglichkeit, ihre Gunst zu erlangen, während es in Wirklichkeit so war, dass die meisten Männer die Heirat nur schnell hinter sich bringen wollten, um weitermachen zu können wie zuvor.

Doch dann wurde ihm die ganze Tragweite seiner Situation bewusst, und er schloss für einen Moment die Augen. Sechs Wochen hatte er hier gelegen? Das waren drei Wochen mehr als die Frist, die sein Vater ihm eingeräumt hatte. »Finn?«

Sein Freund, der die unausgesprochene Frage verstand, schüttelte den Kopf. »Ich bin vor zwei Wochen nach Vikstead gefahren, und das Kind war weg.«

Und da stieg rasender Zorn in Sidroc auf. Er fuhr hoch, und trotz der Verbände um seinen Kopf zerrte er an seinem Haar und schrie seine Wut heraus. Sie galt in erster Linie seinem Vater, richtete sich aber auch gegen Drifa wegen ihrer Rolle in diesem makabren Spiel. Und er weinte um das Baby, das er nun nie zu einem Mädchen heranwachsen sehen würde.

Sein Schuldbewusstsein lag ihm wie eine schwere Last auf der Seele. Und er war kein Mensch, der sich so leicht mit einem Scheitern abfand.

Doch dann ging seine Hysterie in ein Lachen über, als ihm plötzlich ein ganz anderer Gedanke kam. »Hast du womöglich gar ein Loch in meinen Kopf gebohrt, Heiler?«

Adam nickte. »Es hat den Druck auf dein Gehirn verringert und zu deiner Wiederherstellung geführt, vermute ich.«

»Ich bat ihn, auch mir eins in den Kopf zu bohren, aber Adam wollte es nicht tun«, maulte Finn.

Noch immer lachend, hob Sidroc den Bund seiner Beinkleider an und warf einen Blick darunter. »Verdammt! Der König hatte recht.«

Und dann versank er wieder in einer gnädigen Ohnmacht.

Während er immer tiefer in das Dunkel eintauchte, das seinen Geist umfing, dachte er: *Diese verdammten Nornen des Schicksals sind launische Geschöpfe ... wie alle Frauen.*

Manche Männer brauchen nur einen kräftigen Schlag, um in die Schranken gewiesen zu werden ...

»Was soll das heißen, ›Er ist weg‹? Er kann nicht weg sein.«

»Wie vom Winde verweht.« Drifas Vater gab ein zischendes Geräusch von sich, um seine Worte zu unterstreichen. »Er ist mitten in der Nacht verschwunden mit diesem Geck von Freund von ihm. Sein Langschiff muss die ganze Zeit über auslaufbereit gewesen sein. Sie segelten in derselben Nacht los, in der er das Bewusstsein wiedererlangte – obwohl er schwach wie verwässertes Bier gewesen sein muss. Adam meint, dass seine Seemänner ihn wahrscheinlich hinausgetragen haben.«

»Und wohin ist er gefahren?«

»Das weiß niemand.« Es war Rafn, der jetzt sprach. »Wir dachten, vielleicht zur Jomsburg, um sich den Jomswikingern anzuschließen, was er laut Finn schon vorher vorgehabt hatte. Aber ich habe ein paar Männer hingeschickt, um sich zu erkundigen, und niemand hatte ihn dort gesehen.«

»Er hat sich nicht einmal dafür bedankt, dass ich ihm ein Loch in den Kopf gebohrt habe«, warf Adam grinsend ein.

Drifa wollte gar nicht wissen, was dieses anzügliche Grinsen zu bedeuten hatte.

»Einer meiner Männer hörte, wie sein Waffenbruder Finn von Island sprach«, berichtete Rafn. »Oder war es dieses neue Land hinter Island, das von Erik dem Roten entdeckt wurde?«

»Aber warum hatte er es so eilig, Stoneheim zu verlassen?«

»Tja ...«, sagte ihr Vater, und Rafn und Adam wechselten einen Blick.

»Nun redet schon!«, verlangte Drifa.

»Es könnte sein, dass er ein bisschen wütend wegen deiner Abwesenheit war«, sagte ihr Vater achselzuckend.

»Ja, aber hast du ihm denn nicht gesagt, wohin ich unterwegs war?«

»Wie denn? Ich wusste doch selbst nicht, wohin du wolltest. Mir sagt doch niemand was.«

»Tyra sprach von einer ›Vergnügungsreise‹«, warf Adam ein.

»Und du dachtest, wir wären einfach abgedampft wie verantwortungslose junge Mädchen?«

Adam nickte.

Idiot!

Es stimmte schon, dass Drifa keine Aufmerksamkeit auf die Aufgabe hatte lenken wollen, mit der sie und ihre Schwestern sich selbst betraut hatten, aber sie hätte es besser wissen müssen, als die Männer im Dunkeln zu lassen. Männer fanden sich nicht einmal im Nebel zurecht, geschweige denn im Dunkeln.

Als Finn Drifa und ihren Schwestern von Sidrocs Baby und der Notwendigkeit, es zu retten, erzählt hatte, waren die Frauen überaus empört gewesen. Wie hätten sie, die aus einer Familie mit fünf Töchtern stammten, einen Mann wie den Jarl Ormsson, der einem weiblichen Kind keinen Wert zumaß, auch nicht verachten können? Aus diesem Grund beschlossen sie, unverzüglich nach Vikstead aufzubrechen, sich das Kind zu holen und es nach Stoneheim zu bringen, wo Sidroc, wenn er aus seiner Ohnmacht erwachte, überglücklich darüber sein würde, das Baby heil und unversehrt vorzufinden.

Dann aber hatten sie es für ratsamer gehalten, vor der Heimkehr noch nach Birka zu fahren, um mögliche Viksteader Verfolger abzuschütteln, falls es tatsächlich jemanden gab, den es kümmerte, dass das Kind verschwunden war. Als weitere Vorsichtsmaßnahme hatten sie die kleine Signe in Runa umbenannt.

Nichts von alledem war jedoch mit der Absicht geschehen, den Flegel trotzdem noch zu heiraten. Drifa war nur von Schuldgefühlen geplagt worden, weil sie Sidroc niedergeschlagen hatte, so verdient dieser Hieb auch gewesen sein mochte. Aber ganz abgesehen davon – was hatte dieser Narr sich überhaupt dabei gedacht, eine solch wichtige Information vor einer potenziellen Ehefrau geheim zu halten? Wie wenig er sie respektiert haben musste, um zu glauben, sie würde ein Kind sterben lassen, nur weil ihr zukünftiger Ehemann sie nicht liebte. Wenn sie ehrlich sein sollte, hätte sie seinen Antrag wahrscheinlich tatsächlich nicht angenommen, auch wenn ihr seine Beweggründe bekannt gewesen wären, aber sie hätte ihm auf jeden Fall geholfen, das Kind zu retten.

»Aber ... jetzt habe ich sein Baby, und er ist nicht mehr hier!«, sagte Drifa und rang bestürzt die Hände.

»Du hast sein Baby?«, fragte ihr Vater vergnügt, als würde der schreiende Säugling im Nebenzimmer bei der Amme seine Anwesenheit nicht allen lautstark kundtun. »Dann wirst du heiraten *müssen*, das steht fest.«

»Es ist nicht *mein* Kind, Vater. Nicht mal ich könnte ein Saatkorn pflanzen und es in sechs Wochen zum Erblühen bringen.«

Ihr Vater winkte ab. »Dann eben *sein* Kind. Aber das ist unwichtig. Wenn du sein Baby hast, wird er darauf bestehen, dich zu heiraten.«

»Du vergisst, Vater, dass die Kleine auch die Enkeltochter des Jarls von Vikstead ist.«

»Oh, oh!«, sagten die Männer im Zimmer wie aus einem Mund.

»Dieser Gunter Ormsson ist ein scharfer Hund«, setzte Rafn hinzu. »Mögen die Götter uns beistehen, denn jetzt werden wir von all den Vikstead-Kriegern angegriffen werden.«

»Warum sollten sie uns angreifen, wenn der Jarl sein Enkelkind doch nicht einmal am Leben lassen will?«, fragte Drifa.

Rafn schüttelte den Kopf über ihre Naivität. »Drifa, Drifa, Drifa – du verstehst die Männer nicht.«

Nun, das lag wohl auf der Hand.

»Ein Mann mag vielleicht etwas nicht für sich selber wollen, aber er wird kämpfen bis zum Tod, um dieses Etwas zu behalten, falls jemand anders es will«, belehrte Rafn sie.

»Das ist nichts als männliches Geschwätz.«

»Überdies könnte auch Stolz eine Rolle spielen, falls Gunter glaubt, dass es hierbei um seine Ehre geht«, fügte Adam hinzu.

»Dieser Mann *hat* keine Ehre!«, brauste Drifa auf.

Die drei Männer im Zimmer zuckten mit den Schultern.

»Nun, ich denke, damit ist die Sache entschieden. Bring das Baby nach Vikstead zurück«, sagte Drifas Vater mit einem tiefen Seufzer, da er seine Hoffnungen auf die Heirat seiner letzten Tochter schwinden sah.

»Das kann ich nicht tun. Ormsson will das Baby töten«, klärte Drifa ihn auf.

Der König begann, sich mit den Fingerspitzen die Stirn zu

reiben. »Von all dem Nachdenken brummt mir schon wieder der Schädel«, sagte er und wandte sich an Adam. »Glaubst du nicht, du müsstest noch mal bohren?«

»Nein. Was du meiner Meinung nach jetzt brauchst ... was wir alle brauchen, glaube ich«, sagte Adam nach einer übertriebenen Pause, »ist ein Bier.«

Kurz darauf stand Drifa allein im Zimmer und fragte sich, wie sie in einen derartigen Schlamassel geraten konnte. Er war fast so schlimm wie damals, als sie und ihre Schwestern den Earl of Havenshire getötet und den Rohling auf dem Boden eines Aborts begraben hatten. Nur dass sie jetzt den Beweis ihres Verbrechens sozusagen am Halse hatte. Den lebenden, atmenden, schreienden Beweis ...

In dem Moment steckte Rafn den Kopf wieder zur Tür herein und grinste sie an. »Sidroc hat doch etwas gesagt, was dich anging, bevor er aufbrach.«

Drifa zog die Augenbrauen hoch angesichts seiner spitzbübischen Miene.

»Er sagte: ›Sie kann mich mal, die Hexe!‹«

Drifa warf ein Wollknäuel nach Rafn, das jedoch nur noch seinen Rücken traf.

Ach, und wenn schon. Sie war sicher, dass sie Sidroc schon bald finden und er ihr mit Freuden das Kind abnehmen würde.

Komischerweise hätte sie schwören können, dass sie ein Lachen in ihrem Kopf hörte. Waren es die Nornen des Schicksals, die sich über sie lustig machten?

Vielleicht war *sie* es, die sich den Kopf aufbohren lassen sollte.

Aber andererseits vielleicht auch lieber nicht. Einer ihrer Körperteile könnte sich vergrößern, oder womöglich würde ihr einer wachsen, den sie gar nicht haben wollte.

Kapitel drei

Fünf Jahre später, auf dem Wege nach Byzanz

Es gibt solche und solche Leidenschaften ...

»Wacht auf, Prinzessin. Zeit, die Rosen zu riechen, ha, ha, ha!«

Prinzessin Drifa drehte sich auf ihrem Strohlager unter der Segeltuchplane an Deck des Langschiffs um und tat so, als schliefe sie.

»Ich rieche *Blumen*. Riecht sonst noch jemand *Blumen*? Ha, ha, ha!«

Beachte sie nicht, Drifa. Zeig einfach keine Reaktion.

»Vielleicht sind es deine Achselhöhlen, Arne. Mir scheint, dass ich dort *Gras* wachsen gesehen habe. Ha, ha, ha!«

Du liebe Güte! Man sollte meinen, sie wären kleine Jungen statt erwachsener Männer!

»Ich für meinen Teil hab vor, ein paar *Felder umzupflügen*, sobald wir an Land sind, und ich rede hier nicht von Gras. Ha, ha, ha!«

Wir sind zu lange auf See gewesen, wenn diese Geschmacklosigkeit schon als Scherz durchgeht.

»Meine Frau hat einen *Garten*. Manchmal will sie, dass ich ihn für sie *beackere* ... mit meiner *Hacke*. Ha, ha, ha!«

Ja, viel zu lange sind wir schon auf See.

»Du laberst nur Scheiße, aber dann wiederum tut Mist dem *Boden* ja auch gut. Ha, ha, ha.«

Denken sie etwa, ihre Rohheit könnte mich schockieren?

Wenn sie wüssten! Ich habe schon viel Schlimmeres gehört.
Drifa war in einer Burg voller Krieger aufgewachsen; oft waren es über zweihundert gewesen, die alle gleichzeitig dort lebten. Es war also beileibe nicht das erste Mal, dass sie Ausdrücke wie die nächsten hörte.

»Wenn meine *Lilie blüht*, will sie nichts als eine hübsche feuchte Furche, in der sie ruhen kann. Ha, ha, ha!«

Ich habe deine Lilie gesehen, Otto, und sie ist nichts, um damit anzugeben.

»Jemand sollte der Prinzessin besser sagen, dass sie sich von ihrem *Blumenbeet* erheben soll, um sich mit eigenen Augen anzusehen, was am Horizont erscheint.«

Es machte ihr nichts aus, dass die Seemänner sich mit ihren »blumigen« Scherzen über sie lustig machten. Besser das, als über Bord geworfen zu werden, was sie ihr mehr als einmal angedroht hatten, als ihnen ein Missgeschick nach dem anderen widerfahren war und die Lebensmittelvorräte bis auf den verhassten Stockfisch dahingeschwunden waren.

Zu ihrer Verteidigung – auch wenn eigentlich kein Anlass bestand, diese Männer zu verteidigen – musste gesagt werden, dass die Reise von den Wikingerlanden nach Konstantinopel oder *Miklagard*, die Goldene Stadt, wie die Wikinger sie nannten, eine lange und anstrengende gewesen war, obwohl Njord, der Meeresgott, sie mit gutem Wetter gesegnet hatte. Sie waren über den Dnepr gekommen, wo sie sich durch Seestürme, Wasserfälle, Sandbänke und tückische seichte Stellen hatten hindurchkämpfen müssen. Nicht alle Wasserstraßen waren miteinander verbunden, und gelegentlich war der Transport über Land nicht zu umgehen gewesen und die Seeleute hatten die Langschiffe auf ihren Schultern tragen müssen.

Des Weiteren musste zur Verteidigung der Männer gesagt

werden, dass diese Reise ihnen praktisch aufgezwungen worden war, was sie Drifa sehr verübelten.

Sie musste wieder eingeschlafen sein, denn das Nächste, was sie bemerkte, war eine Schuhspitze, die sie an der Hüfte anstieß. Als sie verschlafen aufblickte, sah sie Wulfgar von Wessex, den Kommandeur der kleinen Flotte, zu der auch ihre eigene *Wind Maiden* gehörte. Er war einer der wenigen Angelsachsen an Bord. »Wir sind beinahe da, Prinzessin Drifa«, teilte er ihr auf seine übliche mürrische Art mit.

»Wirklich? Ganz bestimmt?«

»Wirklich. Ganz bestimmt.« Seine Stimme triefte förmlich vor Sarkasmus, als er sich abrupt von ihr abwandte und wieder ging.

Der alte Griesgram!

Drifa erhob sich, strich ihr zu einem langen Zopf geflochtenes Haar zurück und schüttelte ihre Röcke auf. Und dann stockte ihr der Atem angesichts des Anblicks, der sich ihren Augen bot.

Die Sonne ging schon unter, als die vier Langschiffe mit den stolzen Galionsfiguren eines Drachen, Wolfes, Raben und Bären am Bug die hohen Wellen durchpflügten und auf Konstantinopel zuhielten. Die Goldene Stadt verdiente heute jedenfalls ihren Namen, da ihre Zwiebeltürme und Türmchen, Marmorfassaden und kunstvollen Mosaikwände wie vor Leben sprühende Juwelen funkelten.

Und die Gärten! Ah! Selbst aus der Entfernung konnte Drifa sehen, dass die kräftigen Farben der terrassenförmig angelegten Gärten den Eindruck bunter Edelsteine noch verstärkten.

Für Drifa, die Blumen liebte, war diese Reise ein lang gehegter Traum, der sich verwirklicht hatte. Schon von Kindesbeinen an war sie von Pflanzen geradezu besessen gewesen. Und wo ließen sie sich besser studieren als in den kaiserlichen Gärten von Miklagard?

Die speziell für sie angefertigte Truhe, die Drifa überallhin mitnahm, enthielt sorgfältig geschärfte Federkiele, Pinsel aus seidigem Zobel- und Kamelhaar und Hunderte von Pergamenten mit Zeichnungen von Pflanzen sowie Verzeichnissen ihrer Herkunftsländer und Charakteristiken. Es war zweifellos ein kostspieliger Zeitvertreib in Anbetracht der Seltenheit von Pergament – einmal abgesehen von dem, das für die Mönche vorgesehen war, die sich als Illustratoren und Schriftgelehrte betätigten –, doch andererseits verfügte Drifa ja schließlich über eine enorme Mitgift, die in neunundzwanzig Jahren nur ungenutzt herumgelegen hatte. Oder zumindest pflegte sie ihre teure Leidenschaft damit vor ihrem Vater und ihren vier verheirateten Schwestern zu rechtfertigen.

Nicht dass sie nicht versucht gewesen wäre, den Weg der meisten normalen Frauen zu beschreiben. Da war dieser eine Mann gewesen, Sidroc von Vikstead ... Nein, nein, den hatte sie schon lange vergessen – oder versuchte es zumindest, was jedoch schier unmöglich war mit seiner Tochter Runa, die auf Stoneheim herumsprang wie ein junges Lamm. Sie musste lächeln, wenn sie an den kleinen Wildfang dachte, der allen so ans Herz gewachsen war. Das Einzige, was sie an dieser Reise bedauerte, war, dass sie die Kleine nicht bei sich haben konnte.

Aus einer seltsamen Laune des Schicksals heraus, hinter der zweifellos die Nornen steckten, hatte Drifa sich auf die Entführung von Sidrocs Tochter eingelassen. Mit den besten Absichten hatte sie das Baby nach Stoneheim mitgenommen, wo Sidroc noch ohnmächtig von dem Schlag auf seinen dummen Kopf hätte sein müssen, doch siehe da, der Schwachkopf war verschwunden, und bis heute wusste niemand, wo er steckte. Vielleicht war er sogar schon tot.

Drifa hatte sehr gemischte Gefühle, was das anging. Sie wollte, dass Sidroc gefunden wurde, und vor allem lebend. Natürlich wollte sie das, obwohl die Aussichten sehr gering waren nach fünf Jahren. Doch selbst ihre wahre Mutter hätte Runa nicht mehr lieben können als Drifa. Das Kind nannte sie trotz Drifas anfänglicher Berichtigungen sogar Mutter, und sie hatte große Angst davor, dass Sidroc, falls er noch am Leben war, ihr Runa wegnehmen würde. Und warum sollte er es auch nicht tun?

Niemand außer ihren Schwestern wusste von der wahren Herkunft dieses Kindes. Die meisten Leute nahmen an, dass Runa eine Waise war, die Drifa adoptiert hatte. Ihre größte Sorge war, dass Jarl Ormsson den Aufenthaltsort des kleinen Mädchens in Erfahrung bringen und es aus purer Bosheit zu einer Sklavin machen könnte.

Drifa schüttelte den Kopf, um sich in die Gegenwart zurückzubringen und von allen unerwünschten Gedanken an das, was hätte sein können oder vielleicht noch kommen würde, zu befreien.

Im Gegensatz zu ihr kannten viele der Seeleute, die in der Mehrzahl Wikinger waren, die grandiose Hauptstadt des Byzantinischen Imperiums bereits, da einige in der wikingischen Elitetruppe des Kaisers, der Waräger-Garde, gedient hatten. Trotzdem musste dieser erste Eindruck der Stadt bei der Ankunft sogar ihre verhärteten Herzen bewegen. Der Anblick wäre ein Kunstwerk, wenn er sich auf Leinwand übertragen ließe.

Sie ging zu Wulf hinüber, der an der Reling stand. »Tut mir leid, falls ich die Schuld an Eurer schlechten Laune trage.«

»Die hat nichts mit Euch zu tun. Oder nicht nur mit Euch«, fügte er ungerührt und ohne jede Höflichkeit hinzu. »Seit wir vor drei Wochen den Norden verlassen haben, habe ich mir nicht nur die Klagen und dümmlichen Scherze von zweihundert Seemännern, sondern auch von den anderen Hersen anhören müssen.« Er deutete mit dem Kopf auf die beiden gut gekleideten Männer an seiner anderen Seite, die wie er eigenständige Truppenkommandeure waren.

Einer von ihnen, Jamie der Schottische Wikinger, ergriff das Wort. »Ich bekomme Ausschlag von der salzhaltigen Luft, Wulf. Und der juckt wie wahnsinnig. Ein Bad würde mein schöner Körper sehr begrüßen.« Jamies tiefe Stimme mit dem ausgeprägten schottischen Akzent ließ Frauen schier dahinschmelzen und Männer zusammenfahren, so glaubte er ... auch wenn sie für Drifa wie über Stein kratzende Fingernägel klang.

»Ich wollte dir das schon lange sagen: Dein *schöner* Körper ist reif, mein Freund«, warf Thork Tykirsson von Dragonstead ein, der wildeste und frechste Wikinger, der je auf einem Langschiff mitgefahren war. Thork kniff sich beim Sprechen in die Nase, was seiner Stimme einen näselnden und nörglerischen Ton verlieh.

Jamie stieß Thork den Ellbogen in die Seite, und Thork zögerte nicht, es ihm nachzutun. So ging es eine ganze Weile hin und her. Man hätte meinen können, sie wären junge Burschen statt erwachsene Männer von über zwanzig Jahren, die zudem auch noch erfahrene Krieger waren. Drifas Vater hätte sie nicht ihrer Obhut anvertraut, wenn sie es nicht wären. Als ihr Blick Wulfs begegnete, konnte sie sehen, dass er genau das Gleiche dachte.

Doch dann stolperte Alrek, ein weiterer wikingischer Herse, über eine Rolle Tau und fiel genau zwischen die beiden Dumpfbacken, die an der Reling standen. Der junge Mann war nicht umsonst als Alrek der Tapsige bekannt. Zum Glück steckte sein Schwert noch in der Scheide, und er hatte es sich nicht ins Bein gebohrt, wie es ihm früher schon des Öfteren passiert war. Oder schlimmer noch, sich durch seine eigene Ungeschicklichkeit über die Reling ins Marmarameer befördert. Drifas Schwester Tyra, die Kriegerin, hatte Alrek selbst ausgebildet und einige Narben als Beweis dafür davongetragen.

Ohne Wulfs finstere Miene zu beachten, sagte Drifa mehr zu sich als zu den anderen: »Ich kann es kaum erwarten, die kaiserlichen Gärten zu sehen.«

»Was?«, fragte der sich mühsam aufrappelnde Alrek. »Ich will zu den Streitwagenrennen im Hippodrom. Ich habe gehört, dass sie dort vier verschiedene Mannschaften haben, die für große Preise gegeneinander antreten. Goldstücke für gewöhnlich, doch manchmal ist es auch ein Helm aus purem Silber. Womöglich könnte ich ja an einem solchen Rennen teilnehmen, auch wenn ich keine Verwendung für einen Helm aus echtem Silber habe. Aber man könnte es ja vielleicht auch einschmelzen.«

Alreks Worte schienen allen die Sprache zu verschlagen. Ihn sich auf einem Streitwagen mit Rädern voller Klingen vorzustellen, war furchterregend.

»Ach was! Ich sehe mir lieber die Tanzmädchen im Vergnügungspalast an. Es ist eine bekannte Tatsache, dass hübsche Mädchen, egal aus welchem Land, sich gerne ansehen, was ich unter meinem *pladd* trage. Nicht Ihr, Mylady, selbstverständlich.« Das kam natürlich von Jamie, der ihr mit einem spitzbübischen Lächeln zuzwinkerte. Er trug die traditionellen *léine* und *brat*. Das *léine* war ein safrangelbes Hemd, das ihm bis zu den Knien reichte und seine dicht behaarten Beine freiließ. Das *brat* oder *pladd* hingegen konnte nur als eine Art Decke beschrieben werden, die wie ein Umhang an der Schulter befestigt war und den Körper einhüllte, den Schwertarm jedoch freiließ. Ein dicker Ledergürtel hielt das *pladd* an Jamies schmaler Taille fest. Was für ein Anblick! Besonders wenn er so wie jetzt das seltsame Kleidungsstück aus den Highlands hinten hochzog und den Ruderern, die zu beiden Seiten des Schiffs auf ihren Seemannskisten saßen, seine festen Hinterbacken zeigte. Nicht Drifa natürlich, aber allen anderen.

Während die Mannschaft in Gelächter ausbrach und Wulf noch immer etwas über »hübsche Mädchen« in einem »Vergnügungspalast«, murmelte, gab auch Thork seinen Senf dazu. »Vergiss das Tanzen. Es ist 'ne andere sportliche Betätigung, nach der es mich verlangt.«

»Dich verlangt?«, sagte Jamie lachend. »Sei nicht albern, Mann. Du hast einfach nur 'nen gewaltigen Ständer, der eines ausgewachsenen Bockes würdig ist.«

»Bock? Wieso Bock?«, wollte Alrek wissen.

»Du meine Güte! Seid ihr denn von allen guten Geistern verlassen, auf solch unflätige Weise vor der Tochter des Königs daherzureden?«, schimpfte Wulf.

Die drei Hersen senkten die Köpfe und murmelten eine Entschuldigung.

An Drifa gewandt, sagte Wulf: »Ich bin nur zehn Jahre älter als diese Schwachköpfe, aber manchmal denke ich, es sind zwanzig.«

Es stimmte, dass Wulf viel ernsthafter war als die anderen, aber Drifa wusste, dass sie alle einen tiefen Hass auf den angelsächsischen König Edgar teilten, der von einer langen Liste persönlicher Ungerechtigkeiten und regelrechter Verbrechen genährt wurde. Es ging das Gerücht, dass sie vor zwei Jahren einen Blutschwur geleistet hatten, dem Monarchen das Leben so schwer wie möglich zu machen. Und genau das taten sie auch, indem sie sich an Land wie Banditen und auf See wie Piraten verhielten und, abgesehen von Mord, auch sonst ihr Bestes taten, um den König nicht zur Ruhe kommen zu lassen.

Noch immer an Drifa gewandt, fügte Wulf hinzu: »Wir können hier höchstens drei Tage verbringen, wenn wir eine der königlichen Schiffsladungen abfangen wollen, die zu Edgars Krönung unterwegs sind.« Wulf sprach so offen zu ihr über ihre illegalen Aktivitäten, weil er wusste, dass er die rückhaltlose Unterstützung ihres Vaters hatte.

»Krönung! Pfff!«, rief Jamie. »Dieser Spitzbube ist schon seit mehr als zehn Jahren König. Wozu er jetzt noch eine Krönung braucht, ist mir unbegreiflich.«

»Des Geldes wegen, schlicht und einfach«, erklärte Thork. »Eine Krönung läuft doch immer auf mehr Geld und Schätze für die königlichen Truhen hinaus, was ihm noch mehr Macht gibt, um mit seinen grausamen Handlungen fortzufahren.«

»Genau genommen konnte er bisher nicht gekrönt werden, weil ihm von Erzbischof Dunstan eine Buße für eine seiner vielen unzüchtigen Handlungen auferlegt worden war. Deshalb durfte er zehn Jahre lang keine Krone tragen. Außerdem hat er sich einen Zeitpunkt ausgesucht, zu dem all die Herrscher der umliegenden Länder kommen können, um ihm zu huldigen ... oder was auch immer.« Alrek mochte ungeschickt sein, aber Drifas Erachten nach trug er einen klugen Kopf auf seinen Schultern.

»Ich wünschte, meine Bußen wären auch so einfach. Ich würde mit Freuden ein paar Jahre ohne Krone leben ... oder ohne Hut«, klagte Thork. »Eine kleine unzüchtige Handlung, und meine Familie schickt mich ins Exil, bis ich mein Leben wieder in Ordnung bringe.«

Viele der Männer richteten ihren Blick auf ihn.

»Na schön. Mehrere unzüchtige Handlungen.«

»Wir können Edgar dort angreifen, wo es wehtut, aber nur wenn wir rechtzeitig einen dieser Abgesandten überfallen.« Wulf war wieder zum Gegenstand seines nicht nachlassenden Zorns zurückgekehrt.

Drifa konnte spüren, wie sie errötete. »Dieser Abstecher, um mich nach Miklagard zu bringen, war keineswegs nur ein Abstecher, wie mir sehr wohl bewusst ist, aber ich hatte keine Ahnung, wie lange es dauern würde. Es hat Euch eine große Verzögerung bereitet.« Sie vermutete, dass ihr Vater eine Bitte geäußert hatte, die jedoch mehr eine Drohung gewesen war. Nicht wirklich »Tut es oder sterbt«, aber nahe dran. »Es ist eine gute Strategie, Freunde in hohen Stellungen zu haben«, sagte sie verteidigend.

»Ich ... mir sind Freunde in niedrigen Stellungen lieber, wenn Ihr versteht, was ich meine«, gab Thork zurück und wackelte übertrieben anzüglich mit seinen Augenbrauen.

Wulf nahm Drifas Arm und führte sie von den anderen weg. »Es ist noch nicht zu spät, Drifa.«

Sie war nicht beleidigt, dass Wulf sie auf solch vertraute Weise ansprach. Sie kannte ihn, seit ihre Schwester Breanne seinen besten Freund Caedmon geheiratet hatte. Obwohl Wulf nur dieses eine Mal auf Stoneheim gewesen war und dann noch einmal, um sie abzuholen, war sie ihm hin und wieder bei Familientreffen in den angelsächsischen Landen begegnet.

»Es beunruhigt mich, Euch mitten in dieser Schlangengrube von Hof in der Goldenen Stadt im Stich zu lassen.«

»Ihr lasst mich nicht *im Stich*.«

»Egal ob Ihr freiwillig dort seid oder nicht, Ihr seid schlecht gewappnet für die Atmosphäre der Verderbtheit dort.«

»Wulf«, sagte sie, als würde sie einen kleinen Jungen belehren, »das ist an allen Höfen so, ob sie nun angelsächsisch, wikingisch, arabisch oder byzantinisch sind.«

»Eure eigene Schwester Tyra wurde entführt, als sie vor Jahren hier war.«

»Das war unter einem anderen Kaiser.«

Wulf warf gereizt die Hände hoch. »Ich weiß nicht, was Euer Vater sich dabei gedacht hat, Euch diese Reise zu erlauben.«

»Er hat vier seiner vertrauenswürdigsten Krieger zu meinem Schutz mitgeschickt. Macht Euch also keine Sorgen. Sobald ich meine Studien abgeschlossen habe, werde ich nach Hause fahren.« *Dafür hat mein Vater schon gesorgt. Musste ich ihm nicht versprechen, dass ich als Ausgleich für diese Gunst bei meiner Heimkehr heiraten würde? Die Götter allein wissen, was für Heiratskandidaten er mir diesmal präsentieren wird! Eigentlich sind ihm die Bewerber ohnehin schon ausgegangen. Trotzdem sollte ich heiraten und Runa ein richtiges Zuhause geben. Es ist höchste Zeit dafür.* »Glaubt mir, Wulf, im Winter werde ich wieder zu Hause sein.«

»Ich wünschte, ich könnte das glauben.«

Kapitel vier

Wikingische Spinnen sind die tödlichsten von allen ...

Sidroc Guntersson hatte Byzanz gründlich satt.
Er lehnte sich zurück und entspannte seine kampfesmüden Glieder in dem warmen Wasser der Badewanne in seinen Privatgemächern innerhalb des Blauen Palastes. Es gab mehr Paläste als Flöhe hier in Miklagard. Hin und wieder benutzte er seinen großen Zeh, um einen Hebel zu betätigen, mit dem er noch mehr heißes Wasser in die Wanne laufen lassen konnte. Man konnte das Geschick der alten Römer, die Byzanz zuerst besessen hatten, wirklich nur bewundern.

Eine junge Sklavin war davongeeilt, um ihm frische Leinentücher zum Abtrocknen zu holen. Finn befand sich in einem Nebenzimmer und ließ sich seinen nackten Körper von einer ebenso nackten Huri mit Öl massieren; wie Sidroc ihn kannte, ließ er sich wahrscheinlich auch seine Schamhaare von ihr auszupfen. Und bald würde Ianthe Petros, Sidrocs Geliebte, erscheinen, um sich um seine anderen Bedürfnisse zu kümmern.

Beim Gedanken an diese Bedürfnisse lächelte er und ließ eine Hand zu seinem noch entspannten Glied hinuntergleiten, um es wie in einem Versprechen kommenden Vergnügens einmal kurz zu drücken. Sein liebstes Anhängsel wurde augenblicklich aufmerksam, was jedoch nicht überraschend war. *Was* Sidroc überraschte, war die Größe, die sein erigiertes Glied annahm, seit Adam der Heiler ihm ein Loch in den Kopf gebohrt hatte. Nicht dass er oder die Frauen, die sein Bett teilten, sich etwa beschwerten.

Man könnte meinen, dass er bei all diesen sinnlichen Freuden zufrieden wäre. Aber so war es nicht! Er hatte ein gutes Leben im Moment, das schon, doch Sidroc wusste nur zu gut, dass das nicht so bleiben würde.

Nachdem er fünf lange Jahre in Kaiser Johannes Tzimiskes' Waräger-Garde gedient hatte, einen Großteil der Zeit unter der Führung des abgefeimten Generals Skleros, hatte er genug von gierigen Herrschern, außer Rand und Band geratenen Kommandeuren und oft unnötigen, aber solch zahlreichen und blutigen Morden, dass sie sogar einen Wikinger erschaudern ließen. Er würde kämpfen bis zum Tod, um sich selbst zu retten oder diejenigen, die ihm nahestanden, Frauen und Kinder in Gefahr oder Herrscher, die für eine gerechte Sache stritten. Doch das war es auch schon. Mehr nicht!

Er war gerade von einem weiteren der endlosen byzantinischen Gefechte zurückgekehrt, die hauptsächlich gegen die Muslime geführt wurden, den besiegten mächtigen Grenz-Emir Saif ad-Dawla mit eingeschlossen. Wenn Sidroc nie wieder Sand, Kamele oder Zelte sehen musste, würde er ein glücklicher Mann sein. Natürlich war es ein bisschen besser gewesen als sein vorheriger Dienst in den bitterkalten Balkanländern. Den Göttern sei Dank, dass die Bulgaren sich letztendlich ergeben hatten, wenn auch erst, nachdem sie dreißigtausend Mann in einem fünfjährigen Krieg verloren hatten.

Nur so viel sei gesagt, dass er die enormen Reichtümer, die er als Kommandeur der Waräger-Garde zusammengetragen hatte, mehr als verdient hatte. Jetzt würde er endlich Ländereien kaufen können, wahrscheinlich auf den Orkney-Inseln, wo sich viele Wikinger angesiedelt hatten und die mit dem Langschiff nur eine Tagesfahrt von seiner Heimat entfernt waren. Das Beste dort war, dass es nie richtig kalt wurde und die Inseln weit genug entfernt von seinem Vater und seinen Brüdern lagen ... obwohl die andere Seite der Welt sogar noch besser wäre. Andererseits war er als Wikinger geboren und aufgewachsen und hatte das Eis des Nordens in seinen Adern. Es war eine schwere Entscheidung, sich ein neues Zuhause zu suchen. Wenn sein Vater nicht wäre ...

Die Frage war nur, wie er dem Kaiser sein Ausscheiden aus dem Dienst möglichst diplomatisch beibringen sollte, sodass das Gespräch die Zahlung seines jährlichen Solds zur Folge haben würde, statt ihn ins Gefängnis oder ihm sogar den Tod zu bringen. Die Byzantiner hassten es, Söldner oder Soldaten zu verlieren, weil sie befürchteten, dass das Geheimnis des Griechischen Feuers, das sie erfunden hatten, mit ihnen das Land verlassen würde. Sidroc und Finn hatten sehr darauf geachtet, nie etwas mit der brennbaren Substanz zu tun zu haben, die sich fast wie durch Zauberei entzündete und rücksichtslos gegen Feinde eingesetzt werden konnte. Dieses Feuer war einmal gegen eine angreifende Armee von zehntausend Russen benutzt worden, und alle hatten dabei den Tod gefunden. Ja, je weniger sie über diese geheimnisvolle Substanz wüssten, desto besser, hatten Finn und er immer gesagt.

Ein weiterer Grund für ein möglichst diplomatisches Quittieren seines Dienstes war, dass der Kaiser oft ohne jede Vorwarnung von einem Moment zum anderen aufgebracht und ausgesprochen boshaft werden konnte. So hatten er und andere vor ihm alle illegitimen königlichen Söhne kastriert und die nichtehelichen Töchter ein Leben lang ins Kloster gesteckt. Gelegentlich stachen sie ihnen obendrein auch noch ein Auge aus. Im Gegensatz zu Sidrocs Vater ließ der Kaiser sie jedoch zumindest leben ...

Manchmal tobte Sidroc heute noch vor Wut und Schmerz über die Grausamkeit seines Vaters und den Verlust seiner kleinen Tochter. Der alte Mann hatte noch zweimal geheiratet, seit er ihm zuletzt begegnet war, und hatte nun fünf weitere Kinder, jedoch nur eins davon von einer seiner Ehefrauen, oder zumindest hatte Sidroc das gehört. Er fragte sich, wie viele dieser Kinder der Alte am Leben gelassen haben mochte, wenn man seine völlige Gleichgültigkeit Signe, seiner eigenen Enkelin, gegenüber bedachte.

Sidroc litt allerdings auch unter der schlechten Behandlung, die er durch Drifa erfahren hatte. Wann immer er Kopfweh hatte, wurde er an ihren Hieb erinnert. Er würde diese Hexe nicht einmal mehr nehmen, wenn sie ihm splitterfasernackt mit einem Apfel im Mund auf einer Silberplatte serviert würde!

Er musste froh und dankbar sein, dass Finn und sechs Seemänner ihn auf seinem Langschiff festgehalten hatten, als sie Stoneheim vor fünf Jahren verließen, um ihn daran zu hindern, nach Vikstead zurückzukehren und seinem Vater das kalte Herz aus der Brust zu reißen. Denn so befriedigend das gefühlsmäßig für ihn gewesen wäre, so hätte es doch sicherlich mit seinem eigenen Tod durch die Hand seiner Brüder und der Viksteader Krieger geendet, oder zum Allermindesten wäre er von König Harald »Blauzahn« aus seinem Heimatland verbannt und für vogelfrei erklärt worden.

Trotz seiner schlechten Erfahrung mit Prinzessin Drifa würde er sich eine Frau suchen, aber nicht sofort. Er könnte seine Geliebte Ianthe mitnehmen, wenn er Byzanz verließ, aber er bezweifelte, dass sie in kälteren Gefilden und weit entfernt von ihrer griechischen Kultur glücklich wäre. Es gab einen Wechsel der Jahreszeiten in Byzanz, ja sogar Schnee im Winter, doch die Sommer waren sehr heiß und feucht, genau wie heute. Die Winter in den nordischen Landen dagegen waren nichts für schwache Nerven. Nein, es war besser, ihr einen Geldbetrag zu geben, für den sie sich auf die Art, die sie am besten beherrschte, sicherlich erkenntlich zeigen würde. Er lächelte über das erotische Bild, das dieser Gedanke in ihm erzeugte.

Eines Tages, so hoffte er, würde er seinen Vater – und Drifa – büßen lassen, so jämmerlich und unreif das auch sein mochte. Seine gelegentlichen Schimpftiraden richteten sich abwechselnd gegen Drifa oder seinen Vater. Wann immer er auf Wüstenpatrouillen Sand in jeder Körperöffnung ertragen musste, murmelte er: »Eines Tages, Prinzessin (Vater), wirst du büßen.« Oder wenn er nass war und in Bulgarien vor Kälte zitterte, murmelte er: »Eines Tages, Prinzessin (Vater), wirst du büßen.« Oder wenn er sich unter der blutrünstigen Politik der kaiserlichen Familie durchlavieren musste (die einander zu ermorden pflegten, wann immer sich eine Gelegenheit dazu ergab), murmelte er: »Eines Tages, Prinzessin (Vater), wirst du büßen.« Oder wenn er einen diplomatischen Balanceakt zwischen den Machtanwärtern bei Hofe und den militärischen Führern an der Front vollführte, murmelte er: »Eines Tages, Prinzessin (Vater), wirst du büßen.« Oder wenn er gezwungen war, zu Palastpflichten die lächerlich prunkvolle Uniform der Waräger-Garde anzulegen, murmelte er: »Eines Tages, Prinzessin (Vater), wirst du dafür büßen.« Oder wenn die Kaiserin und ihre fürstlichen Hofdamen ihn losschickten, dies oder das zu besorgen, um ihren herzhaften Appetit zu stillen, murmelte er: »Eines Tages, Prinzessin (Vater), wirst du büßen.« Oder wenn er an seine kleine, jetzt schon lange tote Tochter dachte, murmelte er: »Eines Tages, Prinzessin (Vater), wirst du dafür büßen.«

»Herr«, sagte die junge Sklavin, die mit einem Stapel Handtücher hereinkam und auf nackten Füßen lautlos über den Mosaikfußboden zu ihm hinüberhuschte, »wünscht Ihr, dass ich Euch jetzt abtrockne?«

Sidroc blickte zu dem Mädchen auf, dessen gerade erst voll

entwickelter Körper durch das dünne Badekleid zu sehen war. Es senkte den Kopf und ließ seine Musterung still und reglos über sich ergehen. Zweifellos wäre es auch zu mehr bereit, wenn er es wollte. Doch das tat er nicht.

»Lass die Tücher hier und sag Ianthe, sie möge eintreten, sobald sie kommt.«

Mit einem Seufzer der Erleichterung eilte das halbe Kind hinaus. Eigentlich hätte Sidroc beleidigt sein müssen, doch er lachte nur.

In dem Moment kam Finn herein, sein nackter Körper glänzend von genügend Öl, um ein ganzes Schwein darin zu sieden. Sein Blick heftete sich auf das Gesäß der jungen Sklavin, als sie zur Tür hinausging.

»Sie ist zu jung für dich«, sagte Sidroc, als er sich erhob und sein langes Haar trockenzureiben begann.

»Meinst du?« Finn setzte sich auf eine Bank, legte einen Fuß auf das andere Knie und betrachtete prüfend seine Zehennägel, die für Sidroc tadellos aussahen.

»Willst du dir nicht all das Öl abwischen?«

Finn schien erstaunt zu sein über die Frage. »Nein. Der Sinn des Ganzen ist doch, die Haut weich zu erhalten.«

Ein Wikinger mit weicher Haut? »Du wirst von deinem Pferd abrutschen.«

»Es ist kein Pferd, das ich gleich reiten werde.«

»Also wirklich, mit all diesem Öl wirst du hier in der Sonne Blasen kriegen wie ein eingeschmiertes Schwein.«

»Apropos ...« Finn stand auf und zeigte ihm sein Hinterteil. »Lita machte mich darauf aufmerksam, dass ...«

»Lita?«

»Die Kleine, die mich gerade massiert hat«, sagte er mit einer wegwerfenden Handbewegung. »Sie sagte, ich sei nicht überall sonnengebräunt.« Er zeigte auf seinen blassen Po. »Sie meinte, ich solle mich eine Weile nackt in die Sonne legen, um vorn und hinten eine gleichmäßige Bräune zu erzielen.«

»Finn, du bist ein Dummkopf.«

Manchmal konnte Sidroc nicht sagen, ob Finn scherzte oder nicht. »Wir werden hier zu weich, Finn.«

Zu seiner Überraschung nickte sein Freund und begann etwas von dem Öl an seinem Körper abzuwischen. »Als wir noch im Norden waren, war es nichts Ungewöhnliches, in einem eisig kalten Fjord zu baden.«

»Denk nur an diesen einen Winter, in dem wir das Eis brechen mussten, um hineinspringen zu können«, fügte Sidroc hinzu. Es war schon komisch, was man vermisste, wenn man weit weg von zu Hause war. Wenn er wieder in einem verrauchten, zugigen Langhaus saß, würde er mit Sicherheit die Schönheit und warme Sonne von Byzanz vermissen.

»Ich werde den Kaiser bitten, mich von meinen Pflichten zu entbinden«, eröffnete Sidroc Finn, während er frische Beinlinge anzog ... aber nicht diese albernen, weiten Pluderhosen, wie die Waräger sie bei Hofe trugen.

»Wenn du den Dienst quittierst, tue ich es auch.«

Es war ein Thema, das sie schon sehr oft besprochen hatten. Sidroc hatte noch ein Langschiff mit minimaler Besatzung hier in Miklagard vor Anker liegen. Von hier fortzukommen würde also kein Problem sein. Dies mit Genehmigung des Kaisers und einem zusätzlichen Beutel Gold zu tun war allerdings eine völlig andere Sache.

»Du wirst nie erraten, wer hier bei Hof erscheinen wird«, sagte Finn ganz unvermittelt.

»Es erscheint ständig irgendjemand hier bei Hof«, antwortete Sidroc gleichgültig.

»Ja, aber dieser Jemand wird dich interessieren.«

Sidroc, der Finns Gesicht ansah, dass Unheil drohte, wappnete sich innerlich und zog fragend eine Augenbraue hoch.

»Prinzessin Drifa von Stoneheim kommt zum kaiserlichen Hof.«

Sidroc machte große Augen. »Hierher? Nach Miklagard?«

Finn nickte und grinste ein bisschen schadenfroh. »Sie kommt hierher, um Blumen zu studieren.«

Sidroc kümmerte es nicht, warum Drifa hierherkam, sondern nur, dass er nach all der Zeit endlich seine Gelegenheit erhalten würde! In seiner Fantasie sah er sich schon als die Spinne und Drifa als die ahnungslose Fliege, die drauf und dran war, in sein Netz gelockt zu werden.

Mit einem boshaften Grinsen schloss er die Augen und murmelte: »So, Prinzessin, jetzt bist du kurz davor zu büßen.«

Schön, dich hier zu treffen, meine Liebe ...

Die Langschiffe näherten sich den Anlegestellen, die den Tiefseehafen säumten. Die Stadt selbst war auf einer Anhöhe erbaut, die auf drei Seiten von Wasser umgeben war – im Norden vom Goldenen Horn, im Osten vom Bosporus und im Süden vom Marmarameer, die alle drei natürliche Verteidigungslinien gegen Feinde boten.

Ein Gefolge gut gekleideter Griechen war auf den Steinstufen zu sehen, die von den Zinnen einer der vielen Paläste hinunterführten. Ihr Begrüßungskomitee, nahm Drifa an. Ihr Vater hatte bestimmt schon eine Nachricht vorausgeschickt, um sicherzugehen, dass sie während ihres Aufenthaltes ihrem Rang entsprechend behandelt wurde.

Sowie Drifa mit ihrer Eskorte von vier Hersen festes Land betrat, wurde sie von einem kleinen, kahl werdenden Mann feierlich begrüßt. Er trug die prachtvollste jadegrüne Seidenrobe, die sie je an einem Mann gesehen hatte. Die Robe war mit Gold gesäumt und gegürtet, und dazu trug er an mehreren Fingern Ringe, von denen einer mit einem Rubin von der Größe eines Taubeneis besetzt war. »Ich bin Senator David Phokas und in Kaiser Johannes Tzimiskes' Auftrag hier, und dieser Herr ...« er deutete auf einen hochgewachsenen, asketisch aussehenden Mann in majestätisch anmutender Amtstracht neben ihm, »ist unser sehr verehrter Patriarch Antonius von der Hagia-Sophia-Kathedrale, dem päpstlichen Legat hier in Byzanz. Wir heißen Eure Hoheit, Prinzessin Drifa von Stoneheim, willkommen. Möge Euch ein friedlicher und glücklicher Aufenthalt in unserer kaiserlichen Stadt beschieden sein.«

Zum Glück hatte Drifa sich gut auf ihre Reise vorbereitet. Das ganze letzte Jahr über hatte sie mithilfe einer älteren griechischen Sklavin, die ihr Vater allein zu diesem Zweck gekauft hatte, die griechische Sprache erlernt. Mina hatte sie eigentlich auch nach Byzanz begleiten sollen, doch im vergangenen Monat war sie erkrankt und leider noch nicht ganz genesen.

Drifa verneigte sich vor dem Senator. »Es ist mir ein Vergnügen, endlich Euer wundervolles Land kennenzulernen.« Dem vorher abgesprochenen Ritual entsprechend verbeugte sie sich aus der Taille vor dem Hohepriester und berührte mit der rechten Hand den Boden. Als sie sich wieder aufrichtete, legte sie ihre rechte Hand über die linke, mit den Handflächen nach oben, und sagte: »Gesegnet sei Euer Gnaden.«

Der Patriarch erhob die Finger einer Hand zu der Form eines Christogramms. Diese Hand auf sie gerichtet, erwiderte er feierlich: »Möge der Herrgott aller Menschen Euch segnen.«

Vermutlich hatte er dieses »aller Menschen« hinzugefügt, um sie wissen zu lassen, dass sogar Wikinger von dem einzigen Gott der Christen gesegnet waren. Drifa nickte und deutete dann nacheinander auf jeden der Männer neben ihr. »Meine Begleiter sind Lord Wulfgar von Wessex aus den angelsächsischen Landen, Thork Tykirsson, Sohn des höchsten Häuptlings Tykir Ericsson von Dragonstead in den nordischen Landen, Laird James Campbell aus dem Land der Schotten und Alrek, ein bekannter Krieger, der meinem Vater ausgezeichnet dient.« Sie wandte sich auch zu den vier Kriegern um, die hinter ihr strammstanden. »Meine Leibwache.«

Drifa hoffte, dass sie ihrem Begrüßungskomitee damit zu denken gab und sie verstanden, dass sie nicht schutzlos in ein fremdes Land gekommen war. »Wir danken Euch für Eure herzliche Begrüßung«, fügte sie hinzu. »Ich bringe Geschenke für Euren Kaiser von meinem Vater, König Thorvald, mit.«

»Euch wird eine Audienz gewährt werden«, versprach Senator Phokas, »obwohl der Hof derzeit sehr beschäftigt ist mit den Vorbereitungen für die kaiserliche Hochzeit. Wir haben Euch Gemächer im Sonnenpalast zugewiesen.«

Das waren Neuigkeiten für sie. Dass man sie in einem »Sonnenpalast« unterbrachte, war natürlich wundervoll, doch von einer bevorstehenden kaiserlichen Hochzeit hörte sie jetzt zum ersten Mal. Der frühere Kriegsherr Johannes Tzimiskes war vor vielen Jahren Witwer geworden und hatte sich danach dafür entschieden, unverheiratet zu bleiben. Das war ungewöhnlich für einen Monarchen, dessen Pflicht es war, Erben hervorzubringen, von denen er bisher noch keine hatte. Drifa hatte schon immer gedacht, dass mehr dahinterstecken musste.

»Kommt, Mylady, wir haben eine Eskorte für Euch bereitgestellt, die Euch zu Eurer Unterkunft begleiten wird. Es herrscht

Ausgangssperre in der Stadt, und die Tore des Palastes werden vom späten Nachmittag bis zum frühen Morgen geschlossen. Nur eine kleine Sicherheitsvorkehrung, um den Frieden zu bewahren«, sagte der Senator. Und dann verkündete er strahlend: »Eure Wachen sind übrigens Mitglieder der warägischen Garde und somit Landsleute von Euch.«

Waren der Vertreter des Kaisers und der Kirchenführer mit auffallender Pracht gekleidet, so konnten auch die Uniformen der Waräger nur als prunkvoll bezeichnet werden. Sie sahen völlig anders aus als die Gewänder daheim, auch wenn diese aus feinen Materialien hergestellt waren. Hier trugen sie Tuniken aus weicher roter Wolle, mit langen Ärmeln, die an den Unterarmen so eng waren, als wären sie den Männern am Körper angenäht worden. Diese Enge bewirkte, dass der überflüssige Stoff sich an den Ellbogen bauschte. Kunstvolle Gold- und Silberstickereien aus ineinander verschlungenen Blättern zierten die Halsausschnitte, Säume und Manschetten der Kleidungsstücke. Die Männer, die alle ausgesprochen groß und meistens blond waren, trugen Beinkleider in strahlendem Gelb, Blau und Perlweiß, die weiten Pluderhosen ähnelten und bis zu den Knien reichten, wo sie in auf Hochglanz polierten schwarzen Lederstiefeln verschwanden. *Chlamydes*, lange, purpurfarbene Umhänge, die den Rang in der kaiserlichen Leibgarde bezeichneten, waren an der rechten Schulter mit Broschen befestigt, die die militärischen Insignien des Kaisers trugen, und ließen den rechten Arm für Waffen frei.

»Bei den Göttern!«, murmelte Thork an Drifas rechter Seite.

»Wie Pfauen sehen sie aus«, raunte Jamie an ihrer linken. »Ich hätte gerne eine dieser Hosen in Blau.«

»Sie müssen morgens Stunden brauchen, um sich anzukleiden«, fügte Alrek hinzu.

»Sie sind entschieden zu hübsch, die Burschen«, schloss Wulf.

Zum Glück waren all ihre Bemerkungen gedämpft genug, um nicht zufällig gehört zu werden, aber Drifa war sich ziemlich sicher, dass die grinsenden Gesichter ihrer Hersen schon genug verrieten.

Der Senator bedeutete den Warägern, vorzutreten. In Erwartung ihrer Freude darüber, einige ihrer Landsleute in diesem fremden Land zu sehen, lächelte er und trat beiseite, um Drifa einen genaueren Blick auf die farbenfroh gekleideten Männer in den Eliteuniformen des Kaisers zu ermöglichen.

Aber Drifa lächelte ganz und gar nicht.

Genau in der Mitte der sieben strammstehenden Waräger stand ein Mann mit rötlich braunem Haar, dessen glänzende graugrüne Augen sie förmlich zu durchbohren schienen – und denen ihrer geliebten Runa daheim auf Stoneheim geradezu unheimlich ähnlich waren! Der Mann war kein anderer als Sidroc Guntersson.

Und auch er lächelte nicht.

Kapitel fünf

In der Stille der Nacht ...

Während sie, Waräger vor ihnen und Waräger hinter ihnen, durch eine Straße nach der anderen und dann durch ebenso viele Palastgänge geführt wurden, schwenkte Drifas Kopf nach rechts und links wie der kupferne Hahn einer Wetterfahne, die sie einmal auf der Scheune eines Kätners gesehen hatte.

Der Senator und der Hohepriester hatten sich zum kaiserlichen Palast begeben, wo irgendein Fest stattfand, und sie der Obhut der kaiserlichen Elitegarde überlassen. Offenbar war Drifa nicht eingeladen, was ihr jedoch nur recht war, da sie in ihrer von der Reise mitgenommenen Kleidung ohnehin an keinem Fest hätte teilnehmen wollen.

Ein hünenhafter nubischer Haushofmeister mit Schlüsselringen am Gürtel – ein Eunuch, seinen glatten, fast schon femininen Zügen nach zu urteilen – führte sie zu den ihnen zugewiesenen Räumen in einem der kleineren Paläste. Es sah ganz so aus, als ob viele der unbedeutenderen Paläste durch Gänge, die wie Speichen an einem Rad aussahen, mit dem Hauptpalast verbunden wären. Und überall waren duftende Gärten und sprudelnde Brunnen zu sehen, die näher zu erforschen Drifa kaum erwarten konnte.

»Mir ist, als hätte ich Asgard, ein unbeschreibliches Paradies, betreten«, flüsterte Alrek ihr zu.

»Das Einzige, was hier fehlt, sind ein Dutzend ...«, begann Jamie.

»Walküren«, kam der Rest ihrer Gruppe ihm zuvor.

Alle lachten, sogar einige Waräger. Sidroc allerdings nicht, bemerkte Drifa, als sie einen Blick über die Schulter warf. Vielleicht nahm er seine Pflichten so ernst, dass er es nicht wagte, auch nur für einen Moment unachtsam zu sein, und das war es, was ihn so verdrießlich erscheinen ließ. Aber wahrscheinlich doch nicht, denn wann immer sie seinen neben ihm gehenden Freund Finn anschaute, zwinkerte der ihr zu.

Mit hochroten Wangen wandte sie sich von ihnen ab und blickte wieder starr geradeaus. Sie würde bald mit Sidroc sprechen müssen, und wie er die Nachricht von Runas, nein, Signes Anwesenheit in Stoneheim aufnehmen würde, war nicht vorauszusagen. Drifas größte Furcht war nicht sein Zorn darüber, dass sie ihn niedergeschlagen hatte, sondern dass er ihr Runa wegnehmen würde. Trotzdem würde sie sich von dieser Aussicht nicht die Freude über dieses große Abenteuer nehmen lassen.

Der Anblick der spektakulären Szenerie um sie herum bezauberte Drifas Geist und ihre Sinne. Als die Abenddämmerung sich wie ein hauchzarter Umhang über die Stadt legte, vermischten und veränderten sich die Farben von Marmor, Glas und Mosaikfliesen. Und all die Pracht wurde noch hervorgehoben durch die goldene Kuppel der prachtvollen Hagia Sophia in der Ferne.

Schließlich betraten sie den Sonnenpalast, ein Bauwerk aus rosafarbenem, mit grünen Malachitsplittern gesprenkeltem Marmor. Es war drei Stockwerke hoch und in Form eines Kreuzes erbaut, mit einem riesigen Garten in der Mitte und einigen kleineren Gärten oder Grotten entlang der beiden Arme des Kreuzes. Drifa, ihre vier Leibwachen und die vier Hersen bekamen einen ganzen Arm des Kreuzes im Erdgeschoss zugeteilt. Wenn dies ein unbedeutender Palast war, wie der Senator ihr entschuldigend zu verstehen gegeben hatte, konnte Drifa sich nicht vorstellen, wie einer von Bedeutung aussehen könnte.

»Seht euch diese Tapisserien an.« Thork zeigte auf eine der Wände. »Meiner Mutter würde schwindlig werden vor Neid.« Der riesige Wandbehang, von dem er sprach, stellte das letzte Abendmahl des Einen christlichen Gottes mit seinen zwölf Jüngern dar.

Drifa kannte Thorks Mutter, Lady Alinor von Dragonstead, die weithin bekannt war für ihre Schafzucht und ihre einzigartigen Webwaren.

»Vielleicht könntest du einen Wandteppich kaufen – einen viel kleineren natürlich – und ihn ihr als Geschenk mitbringen«, schlug Wulf vor.

»Das werde ich auch tun. Und auch einige dieser bemalten Kacheln werde ich mitnehmen. Und Ableger von diesen Blumen dort drüben.« Drifa lächelte. »Ich fürchte, mein Langschiff wird bis oben hin voll sein, wenn ich heimkehre.«

»Und dies ist erst Euer erster Tag hier«, bemerkte Wulf mit einem selten nachsichtigen Lächeln in seinem gut aussehenden Gesicht.

»Vielleicht werdet Ihr ja auch einen frischgebackenen Ehemann mit nach Hause nehmen«, fügte Thork mit einem spitzbübischen Augenzwinkern hinzu.

Drifa hörte ein Schnauben hinter sich und wusste mit absoluter Sicherheit, dass es von Sidroc kam.

»Nein, ich habe genug von hinterhältigen, aufgeblasenen Männern. Da buddele ich doch lieber in meinem Garten und einem großen Haufen ... Mist herum.«

Wieder ertönte ein Schnauben hinter ihr und viel Gelächter seitens ihrer Wachen und Hersen, obwohl sie nicht wissen konnten, was für eine gezielte Bemerkung es gewesen war.

»Ich dachte, wir hätten ein paar schöne Schlösser in den Highlands, doch verglichen mit dem hier sind es Hütten«, warf Jamie ein. »Wenn ich meinen Eltern einen dieser feinen Gegenstände mitbrächte, würde er in der wilden, kargen Umgebung völlig fehl am Platze wirken. Wie die Vergoldung eines Schweinestalls.«

»Die Wildheit der schottischen Highlands hat aber auch ihren Charme«, entgegnete Drifa.

»Ja, den hat sie«, stimmte Jamie mit einem Grinsen zu, das andeutete, dass es Wildheit und *Wildheit* gab.

Auch Wulf tat seine Meinung dazu kund. »Eine köstliche Sauce auf einem Taubenbrüstchen ist hin und wieder sehr willkommen, doch manchmal kommt eine dicke, saftige Scheibe über dem Feuer gerösteten Wildschweins viel gelegener.«

»Du meinst, Wein ist gut, aber Bier ist besser?«, fragte Thork.

»Genau«, antwortete Wulf. »Und glaubt mir, Wein fließt in Byzanz wie Met in den nordischen Landen.«

Als alle zu ihren Zimmern geführt worden waren und der Haushofmeister Drifa ihrer neuen Zofe, einer griechischen Sklavin namens Anna, vorgestellt hatte, dachte sie, jetzt wäre sie endlich allein. Doch so war es keineswegs, denn draußen auf dem Gang stand Sidroc und redete mit einer ihrer Wachen, einem älteren Mann namens Ivar, der ein langjähriger Waffenbruder ihres Vaters war.

Das ist deine Gelegenheit, sagte sie sich. »Sidroc, ich muss mit dir reden.«

Er hob abwehrend eine Hand. »Und ich habe dir auch einiges zu sagen, aber nicht jetzt.«

»Und wann?«

Daraufhin lächelte er, und es war kein freundliches Lächeln. »Wann es mir passt, Mylady.« Mit diesen Worten schlenderte er seinen Kameraden nach, und bald hörte sie nur noch seine blankpolierten Stiefel auf dem Marmorboden klacken.

Sidroc schien sehr verärgert über sie zu sein. Warum? Sie

hatte seinen Antrag abgewiesen, aber er musste doch wohl zugeben, dass er ihr auch Grund dazu gegeben hatte. Zugegeben, sie hatte ihm einen Krug über den Kopf geschlagen, worauf er sechs Wochen besinnungslos wie ein Toter dagelegen hatte, aber sie hatte ihn doch nicht absichtlich so schwer verletzt. Und doch musste das der Grund für seinen Ärger sein. Sobald sie ihn jedoch darüber aufklärte, dass seine Tochter in Stoneheim war und es ihr gutging, würde er wahrscheinlich dankbar sein, und alles würde wieder gut.

Oder auch nicht.

Drifa wollte jetzt nicht darüber nachdenken. Später, dachte sie.

»Was hat er mit Euch besprochen, Ivar?«, fragte sie.

»Er warnte mich nur vor den Gefahren, auf die man hier in Miklagard und auch im Palast selbst achten muss.«

»Oh? Gibt es irgendetwas Bestimmtes, weswegen ich mir Sorgen machen müsste?«

Ivar schüttelte den Kopf. »Nein, solange wir Euch gut bewachen, ist Eure Sicherheit gewährleistet.«

»Gebt aber acht auf Schlangen im Garten, Prinzessin«, sagte Wulf, der zu ihnen herüberkam. »Und ich meine nicht die über den Boden kriechende Art. Ich habe Euch schon vorher gewarnt und tue es jetzt erneut, dass es arglistige und doppelzüngige Männer und Frauen an diesem Hof gibt, die einem Menschen die Kehle durchschneiden würden, während sie ihn willkommen heißen. Die Tochter eines nordischen Königs würde eine kostbare Gefangene für Lösegeldforderungen abgeben.«

Drifa verdrehte die Augen. All diese Warnungen wurden ihr langsam lästig, aber es war interessant, dass Sidroc um ihre Sicherheit besorgt war. Das war doch zweifellos ein gutes Zeichen. Sie blieb bei diesem positiven Gedanken, bis sie später am Abend über seine wahren Gefühle aufgeklärt wurde.

Seit Stunden schon war sie rastlos und fand keinen Schlaf. Zum Teil waren es das neue Bett und neue Land, aber auch die ungewohnten Geräusche des Wassers in dem Springbrunnen des kleinen Gartens, der nur durch eine gitterartige Wand von ihrem Schlafzimmer abgetrennt war. Eine sicherere Wand konnte zugezogen und bei Nacht verriegelt werden, was sie hätte tun sollen und ihren Wachen eigentlich auch versprochen hatte.

Ihr Kopf war jedoch mit all den Dingen beschäftigt, die sie während ihres kurzen Aufenthaltes in Byzanz sehen und tun wollte. Drei Monate waren nicht einmal annähernd genug Zeit dafür, und dennoch länger, als sie eigentlich von Runa getrennt sein wollte. Und nicht zuletzt war es auch ihre Sorge wegen Sidrocs offensichtlicher Verärgerung, die sie wach hielt.

Vielleicht sollte sie aufstehen und diese verschiebbare Wand noch schließen.

Doch sie tat es nicht.

Deshalb war es ihre eigene Schuld, dass sie ein raschelndes Geräusch in ihrem Zimmer hörte, als sie gerade in einen leichten Schlummer fiel. Bevor sie die Augen öffnen konnte, weil sie dachte, es sei vermutlich Anna, die schon dreimal nach ihr gesehen hatte, landete etwas Schweres auf ihr, und eine Hand hielt ihr den Mund zu und erstickte ihren Aufschrei. Ein Mann!, dachte sie erschrocken.

Wer immer er auch war, er sagte nichts, während sie sich wand und zappelte, um ihn abzuschütteln. Er blieb jedoch einfach mit seinem vollen Gewicht auf ihr liegen und erstickte sie beinahe. Mit einer Hand hielt er ihre Handgelenke über ihren Kopf; die andere presste er noch immer gegen ihren Mund. Seine Beine umschlangen die ihren, sodass sie völlig außerstande war, sich zu bewegen.

»Ich werde jetzt meine Hand von deinem Mund nehmen.

Und solltest du auch nur einen Muckser von dir geben, schwöre ich dir, dass ich dich nackt ausziehe und dir mit meinem Breitschwert den Po versohle.«

Der Mann war Sidroc.

»Hast du mich verstanden, Prinzessin?«

Bevor sie antworten konnte, nahm er seine Hand von ihrem Mund, und sie begann sofort: »Bist du verrückt? Wie bist du überhaupt hereingekommen?«

»Oh, oh! Was für ein unartiges Mädchen. Ich sagte dir doch, du sollst dich still verhalten. Na schön, dann scheinst du also vorzuziehen, dass ich das hier tue.« Er begann mit einer Hand alles andere als behutsam ihre Brust zu reiben. Da sie nur ein dünnes Schlafgewand trug, war es, als berührte er ihre nackte Haut. Schlimmer noch – jetzt konnte sie auch noch seine wachsende Erregung an ihrem Schenkel spüren.

Ein leises, wimmerndes Geräusch entrang sich ihr.

»Heißt das, dass du bereit bist, still zu sein, während ich rede?«

Drifa nickte.

»Du wirst nur sprechen, wenn ich dich etwas frage. Es gibt nichts anderes für dich zu sagen, was von Interesse für mich wäre.«

Wenn er wüsste!

Er ließ nun auch ihre Handgelenke los und erhob sich halb, bis er über ihren Beinen kniete.

»Du bist in großen Schwierigkeiten, Drifa. Warum bist du nach Byzanz gekommen?«

»Um Blumen zu studieren.«

»Wusstest du, dass ich hier bin?«

»Was?« Die Frage überraschte sie. »Warum sollte ich hierherkommen, wenn ich ... oh, ich verstehe. Du denkst, ich sei hinter dir her«, sagte sie und schnalzte angewidert mit der Zunge.

»Du warst schon einmal scharf auf mich«, erlaubte sich dieser unverschämte Bursche zu bemerken. Drifa setzte zu einer Entgegnung an, doch er schwenkte warnend seinen Zeigefinger. »Du sprichst nur, um meine Fragen zu beantworten, vergiss das nicht.«

Sie presste die Lippen zusammen, durchbohrte ihn jedoch mit hasserfüllten Blicken.

Er aber lachte nur. »Na, hast du noch mehr Männer erschlagen, seit ich dich das letzte Mal gesehen habe?«

»Ich habe dich nicht erschlagen.«

»Aber du hast es versucht.«

»Hab ich nicht! Ich habe dir nur einen Krug über den Kopf geschlagen. Woher sollte ich wissen, dass dein Schädel dünn wie Eierschalen ist und ebenso leicht bricht? Benimmst du dich so dämlich, weil dabei ein Teil deines Gehirns auslief?«

»Nein, aber ein anderer Teil von mir ist größer geworden. Du dummes Mädchen, habe ich dir nicht gesagt, du sollst den Mund halten?« Er beugte sich ein wenig vor, sodass die Wölbung unter seinen Beinkleidern ihre intimste Stelle berührte.

Als sie bemerkte, dass er typisch wikingische Kleidung statt der warägischen Uniform trug, schnappte sie nach Luft und versuchte, mit den Fäusten gegen seine Brust zu schlagen. »Du Rohling! Du ignoranter Esel. Geh von mir runter!«

Das Einzige, was sie jedoch damit erreichte, war, dass er ihre Hände wieder ergriff und sie rechts und links von ihrem Kopf festhielt. Dann schob er mit einer einzigen schnellen Bewegung seine Knöchel unter ihre und spreizte ihre Beine. Indem er sich zurücklehnte und auf die Hände stützte, brachte er den Beweis seiner männlichen Begierde direkt an ihre empfindsamste Stelle. Nur seine Beinkleider und ihr dünnes Schlafgewand trennten sie noch voneinander.

Zu ihrer Bestürzung schien seine pulsierende Härte genau an einem Punkt von ihr zu liegen, an dem selbst die leiseste Bewegung sie mit einem lustvollen Prickeln durchflutete, das auch auf andere Teile ihres Körpers übergriff. »Du hast kein Recht, mich so respektlos zu behandeln!«

»Sei leise, damit dich keine deiner Wachen hört. Das Messer an meinem Gürtel ist scharf genug, um die Haare am Schnurrbart einer Hexe zu spalten. Ich würde nur sehr ungern einen meiner Landsleute in seiner ersten Nacht in der Goldenen Stadt umbringen.«

»Das würdest du nicht tun!« Es war nicht leicht zu sprechen, während sie versuchte, so steif und regungslos wie möglich unter ihm zu liegen.

»Oh doch. Und es wäre deine Schuld, weil du den Mund nicht halten kannst.«

Pah!, schnaubte sie innerlich und kämpfte gegen die zunehmende Erregung an, die allein schon der Druck seines Körpers in ihr verursachte. Wenn es heller wäre in dem Zimmer, das nur von dem durch das Gitterwerk hereinfallende Mondlicht erhellt wurde, würde er die heftige Röte in ihrem Gesicht – und an anderen Körperstellen – sehen. »Darf ich dir eine Frage stellen?«

»Nur eine.«

»Warum tust du das?«

»Weil ich es tun kann.«

Sie zog verwirrt die Brauen zusammen. »Eine Frage noch. Versuchst du etwa, mich wieder zu einer Heirat zu verführen?«

»Hast du das Gefühl, verführt zu werden?« Er beobachtete sie genauer und strich mit den Fingerknöcheln über ihre Brust, worauf deren zarte Spitzen sich sogleich verhärteten.

Das Prickeln wurde zu Wellen der Erregung, die durch ihren Körper rasten.

»Eine Heirat ist nicht mehr möglich nach deinen Verbrechen«, fuhr Sidroc fort.

Seine beleidigenden Worte bremsten ihre Wogen purer Lust wie ein sich jäh erhebender Damm im Fjord. Zum Glück, dachte sie. Aber dann drängte sich ihr ein unwillkommener Gedanke auf. »Bist du vielleicht schon verheiratet?«

»Nein.«

Fragen stürmten auf sie ein, als sie über sein seltsames Verhalten nachsann. *Verbrechen? Meinte er etwa mehr als eines, da er in der Mehrzahl sprach? Oh nein! Er wusste doch bestimmt noch nichts von Runa?* »Hast du überhaupt je vor zu heiraten? Willst du keine Kinder?«

»Warum sprichst du immer noch?«, fragte er und ließ auf äußerst aufreizende Weise seine Hüften an ihr kreisen. Einmal. Zweimal. Dreimal ...

Drifa schloss für einen Moment die Augen, weil ihr fast die Tränen kamen bei der süßen Qual.

»*Falls* ich jemals heirate und mein Haus mit Kindern fülle, wenn die Götter es so wollen, wird es nicht mit einer solch blutrünstigen Weibsperson wie dir sein. Ich würde meine Söhne und Töchter eher von einer Wölfin als von dir bemuttern lassen.« Das war grausam und ungerechtfertigt, und was besagte es über Runa und sein zu erwartendes Verhalten, wenn er herausfand, dass seine Tochter noch lebte und Drifa die Kleine bei sich behalten wollte – nein, sogar fest entschlossen dazu war? Würde er sie für eine untaugliche Mutter beziehungsweise Betreuerin für seine Tochter halten?

Sie musste es ihm sagen.

Nur jetzt noch nicht.

»Das heißt jedoch nicht, dass ich nicht mit dir ins Bett gehen werde. Mittlerweile wirst du deine Jungfräulichkeit ja sicherlich verloren haben.«

»Und wenn es so wäre?«

»Ist es mir egal. Erfahrung in den Liebeskünsten wäre mir sowieso willkommener als die Ungeschicklichkeit einer Jungfrau.«

In ebendiesem Moment klopfte es an der Tür, und Ivar fragte: »Ist alles in Ordnung bei Euch, Prinzessin Drifa? Ich hörte Stimmen in Eurem Zimmer.«

Blitzschnell, bevor sie es verhindern konnte, rollte Sidroc sich auf den Rücken und zog sie in seinen Arm, sodass ihr Kopf an seiner Schulter lag. Mit der anderen Hand drückte er ein scharfes Messer an ihre Brust. »Komm herein«, sagte er.

Ivar öffnete die Tür nur zögernd. »Prinzessin?« Dann bemerkte er Sidroc und zog sein Schwert. »Guntersson! Wie bist du hier hereingekommen?«

»Prinzessin Drifa hat mich hereingelassen, nicht wahr, Liebling?«

Sie nickte, als sie die scharfe Spitze des Messers spürte, die sich durch den Stoff ihres Nachthemds bohrte. Dann zwang sie sich, das Gesicht von ihm abzuwenden, und versuchte, ihre Gedanken zu ordnen.

»Meine Liebste ist nur schüchtern«, sagte Sidroc zu Ivar und drückte einen Kuss auf ihren Scheitel. »Das bist du doch, mein Zuckertörtchen, nicht?«

Zuckertörtchen? Ihr Kopf fuhr herum, und sie bedachte ihn mit einem langen, bösen Blick.

»Wusstest du, Ivar, dass die Prinzessin und ich einmal verlobt waren? Wir waren gerade dabei, uns ... zu versöhnen«, sagte er anzüglich.

Ivars Blick glitt zu Drifa. Angesichts ihrer dürftigen Bekleidung und ihrer geschwollenen Lippen, die er zweifellos dem Küssen zuschreiben würde, erlahmte seine Empörung. »Das höre ich zum ersten Mal. Sagt mir die Wahrheit, Prinzessin: Wollt Ihr, dass der Bursche geht oder nicht?«

Drifa zögerte nur eine Sekunde. »Er wird sich gleich verabschieden. Das wirst du doch, mein großer *Kuhfladen?*«, sagte sie augenzwinkernd.

Sidroc lachte und wandte sich an Ivar. »Lass uns noch ein Weilchen allein, dann werde ich gehen ... für heute Nacht. Wir haben einiges zu *besprechen.*« Was er wirklich meinte, war, dass er noch Zeit für einen kurzen Beischlaf brauchte, *das widerliche alte Ekel!*

Da nun kein Anlass mehr bestand, sich leise zu verhalten, wandte Drifa sich ihm wütend zu. »Raus aus meinem Bett! Und zwar sofort!«

Sidroc stand tatsächlich auf, ließ sich dann aber auf der Bettkante nieder und starrte auf Drifa herab.

Sie zog das Bettzeug bis über die Schultern.

Er lachte nur verächtlich, bevor er wieder ernst wurde. »Du sagtest vorhin, du müsstest mir etwas erzählen.«

Ha! Der Moment für dieses spezielle Thema war vorbei. Aber es gab noch andere Dinge, die gesagt werden mussten. »Ich entschuldige mich dafür, dich verletzt zu haben. Nicht dafür, dass ich dich geschlagen habe, wohlgemerkt. Das hattest du verdient. Aber ich hatte wirklich nicht die Absicht, dir so wehzutun.« In der Erwartung – nein, Hoffnung, dass er ihre Entschuldigung annehmen würde, hielt sie inne.

Doch er sagte nichts.

»Ich habe versucht, es wiedergutzumachen«, fuhr sie fort.

Sidroc sah sie nur mit hochgezogenen Augenbrauen an.

»Wir haben alles versucht, um dich zu finden. Ich meine, mein Vater und Rafn sandten praktisch überallhin Schiffe aus, um dich ausfindig zu machen, aber du warst ja wie vom Erdboden verschwunden.« Wieder unterbrach sie sich und wartete auf eine Reaktion von ihm.

Sidroc schwieg jedoch noch immer. Zu Anfang jedenfalls. Dann erinnerte er sie: »Ich war bettlägerig, lag vielleicht sogar im Sterben, soweit du wusstest, und du hattest nichts Besseres zu tun, als auf eine ›Vergnügungsreise‹ zu gehen. Fragst du dich da allen Ernstes, warum ich so verärgert bin?«

»Ich kann es dir erklären.«

»Wohlbekannte Worte. Erinnerst du dich, wie viele Male ich dich bat, mich dir erklären zu lassen, warum ich es so eilig hatte mit der Heirat?«

Drifa konnte spüren, wie sich ihr Gesicht erhitzte. Er hatte recht. Sie hatte sich geweigert, seinen Erklärungen Gehör zu schenken. »Ich weiß inzwischen, warum du dich so verhalten hast . . . es war deiner Tochter wegen.«

Darauf reagierte er ausgesprochen ungehalten. »Woher weißt du von ihr?«, fragte er scharf.

»Finn hat es uns erzählt. Wirf es ihm nicht . . .«

Sidroc brachte sie mit erhobener Hand zum Schweigen. »Ich will nicht, dass der Name meiner Tochter über deine Lippen kommt. Niemals, hörst du! Sie ist tot und begraben, und obwohl du nicht die Waffe führtest, die ihr Ableben zur Folge hatte, bist du teilweise mitschuldig, weil du mich daran gehindert hast, sie rechtzeitig zu retten.«

»W-was?«, stammelte sie. *Beim Heiligen Thor! Der Mann ist überzeugt, dass seine Tochter nicht mehr lebt! Jetzt muss ich ihm aber wirklich sagen, wo sie ist.* »Sidroc, ich habe dir etwas Wichtiges mitzuteilen.«

»Es gibt nichts Wichtiges, was du mir in meiner momentanen Stimmung sagen könntest. Fahr also ruhig mit deinen lächerlichen Entschuldigungsversuchen fort.«

Jetzt war sie es, die verärgert reagierte, obwohl ihr noch der Kopf schwirrte von der Erkenntnis, dass er seine Tochter für tot hielt. »Es gibt keine Entschuldigung für die Kaltblütigkeit, mit der du mich zu einer Heirat drängtest.«

Daraufhin zuckte er nur mit seinen breiten Schultern.

»Darf ich noch etwas zu deiner Toch ... du weißt schon zu wem sagen?«

»Nein.«

Trotz seiner ablehnenden Antwort sprach sie weiter. »Was, wenn andere die Sache in die Hand nahmen, während du wie ein Toter dalagst?«

Er erhob sich jäh und blickte wutentbrannt auf sie herab. Zitternd vor Empörung stieß er hervor: »Du ... du wagst es, mir die Schuld an Signes Tod zu geben? Du unterstehst dich, mir zu verstehen zu geben, dass andere taten, was ich nicht konnte? Allein dafür könnte ich dich schon umbringen!«

»Das meinte ich nicht. Ich wollte nur ...«

Er schwenkte abwehrend eine Hand vor seinem Gesicht.

»Schluss jetzt! Ich muss hier weg, bevor du mich zwingst, deine Wache umzubringen.«

»Was willst du eigentlich von mir, Sidroc?«, fragte Drifa müde.

»Mein Vater wird eines Tages büßen für seine Niederträchtigkeit, aber du ... Es geht nicht darum, was ich will, sondern was du tun wirst. Ich habe deinetwegen sechs Wochen meines Lebens verloren, sechs extrem wichtige Wochen, und noch viel, viel mehr. Ich habe die Absicht, dich zu meiner *Bettsklavin* zu machen, bevor du oder ich Byzanz verlassen. Sechs Wochen. Zweiundvierzig Nächte, in denen du mir im Bett zu Willen sein wirst.«

»Du sprichst von Vergewaltigung?«

»Nein. Soweit ich mich erinnere, reagiertest du mit hemmungsloser Leidenschaft, als ich dich berührte. Das wirst du wieder tun. Du wirst glühen vor Begehren, das versichere ich dir.«

Er war nicht ganz bei Sinnen, falls er glaubte, er könnte sie durch Drohungen dazu bewegen, ihm zu Willen zu sein. Dennoch fragte sie: »Und unter welch verrückten Umständen, glaubst du, würde ich mich bereit erklären, deine *Was-auch-immer-du-dir-einbildest* zu sein?«

»Jeder hat eine Schwäche. Ich werde die deine schon finden, und dann wirst du nachgeben.«

Drifa dachte sofort an Runa und erschauderte.

»Siehst du, ich kann jetzt schon Schuldbewusstsein in deinem hinterhältigen Gesicht erkennen. Was ist es, das du vor mir verbirgst, Prinzessin?«

»Gar nichts«, log sie und wusste, dass sie das Thema wechseln musste, und zwar schnell. »Mal angenommen, es könnte dir gelingen – und ich bin nicht gewillt, das einzuräumen –, was wäre, wenn ich von dir schwanger würde?«

»Dann würde ich dir das Kind wegnehmen. Einfach so«, sagte er und schnippte mit den Fingern, um seinen Worten Nachdruck zu verleihen.

Drifa gefror das Blut in den Adern, aber sie durfte ihn nicht sehen lassen, was für eine Wirkung seine Worte auf sie hatten. *Denk an etwas anderes, Drifa. Wechsle das Thema.* »Weißt du, ich habe übrigens auch etwas zu beanstanden. Rafn hat mir erzählt, was du über mich gesagt hast. ›Sie kann mich mal, die Hexe‹ waren deine genauen Worte.«

»Das passte doch ganz gut, findest du nicht?«

»Nein, das finde ich nicht. Ich könnte genauso einfach sagen: ›Er kann mich mal, der Mistkerl‹.«

»Nur zu. Vielleicht können wir uns ja gegenseitig den Gefallen tun.«

»Was für ein frivoler Mensch du bist!«

»Ein bisschen Frivolität verleiht dem Bettgeflüster Würze.«

»Ich kann und werde das nicht tun.«

»Du hast keine andere Wahl; ob Prinzessin oder nicht, ich werde dich haben, und ich werde dich sehr oft, sehr gut und gründlich haben.«

Mögen die Götter mir die Arroganz eines Wikingers ersparen! Nicht dass es je geschehen würde, aber fragen musste sie: »Und das würde dich zufriedenstellen?«

Zuerst verriet seine Miene nur Verachtung, aber dann setzte er ein anzügliches Grinsen auf.

»Das will ich doch hoffen.«

Je mehr er erfuhr, desto aufgebrachter wurde er ...

Am Morgen darauf befand sich Sidroc auf einem militärischen Übungsplatz innerhalb des kaiserlichen Palastgeländes, als er von einem der vier Hersen angesprochen wurde, die Prinzessin Drifa nach Byzanz begleitet hatten.

Er erkannte Wulfgar, nachdem er ihm einmal kurz in Jórvík begegnet war, während Erik »Blutaxt« noch König von Northumbria gewesen war. Wulfgar war ein angelsächsischer Lehnsmann und Erbe eines gewaltigen Besitzes in Wessex, falls er je seine Meinungsverschiedenheiten mit seinem ihm entfremdeten Vater, dem Grafschaftsvorsteher Gilford of Cotley, beilegte. Sidroc wusste das von Thorks Onkel, Lord Erik of Ravenshire, einem halb angelsächsischen, halb wikingischen Adligen, der Wulfs Unternehmungen gegen König Edgar heimlich unterstützte.

»Guntersson«, begrüßte Wulf Sidroc, der am Rande der Arena stand, wo er mit Finn bei einem intensiven Schwerttraining gewesen war.

Während er sich mit dem Unterarm über die verschwitzte Stirn fuhr, erwiderte Sidroc die Begrüßung mit »Cotley« und konnte sehen, wie überrascht Wulfgar darüber war, dass er seinen vollen Namen kannte.

»Nenn mich Wulf«, erwiderte er verdrossen. Offenbar war es ihm lieber, nicht unter seinem Familiennamen bekannt zu sein.

Das konnte Sidroc gut verstehen. »Und du mich Sidroc.«

Die beiden Männer musterten einander prüfend. Sie hatten die gleiche Größe und kräftige Statur und waren sich deshalb im Klaren darüber, dass sie es mit einem ebenbürtigen Gegner zu tun hatten, falls es je zu einem Zusammenstoß kommen sollte.

»Hast du einen Moment für mich?«, fragte Wulf.

Sidroc nickte und ging zu den Wasserfässern hinüber. Während er dort gierig einen Becher Wasser leerte, bedeutete er Wulf, sich auf eine nahe Bank zu setzen. Der Herse betrachtete interessiert seine Umgebung, als Sidroc sich ihm anschloss.

»Eine beeindruckende Zurschaustellung militärischer Bereitschaft«, bemerkte Wulf.

»Und das ist noch gar nichts. Dieses Feld ist nur eines von drei Trainingsplätzen, auf denen die Waräger-Garde ihre kämpferischen Fähigkeiten perfektioniert, und dann gibt es noch drei andere für die Tagmata – die dem Palast zugewiesenen Eliteregimenter. Darüber hinaus gibt es überall im Imperium auf besondere Einsätze spezialisierte Streitkräfte. Alles in allem Zigtausende bewaffneter Männer, die sich entweder gerade im Kampf befinden, sich vom Kampf erholen oder kurz vor dem Abmarsch in den Kampf sind.«

»Soweit ich weiß, ist Kaiser Johannes Tzimiskes ein früherer Armeeangehöriger.«

»Das ist er. Und ein sehr angesehener dazu.«

»Und im Begriff, zu heiraten.«

Sidroc verdrehte die Augen. »Warte, bis du seine Verlobte siehst. Ihre Erscheinung wird dich überraschen, aber sie ist fromm, das muss man ihr lassen. Immerhin war sie fast ihr Leben lang eine Nonne.«

»Ist Frömmigkeit erforderlich für eine Ehe in Byzanz?«, fragte Wulf mit hochgezogenen Augenbrauen.

Sidroc schnaubte. »Wohl kaum. Du wirst bald sehen, dass dieses Volk, so religiös es angeblich auch ist – allein in Miklagard gibt es Hunderte von Kirchen –, massenweise Ehebruch begeht. Und Unzucht treibt. Aber dann gehen sie in die Kirche und tun Buße. Die meisten Männer der oberen Stände haben mindestens eine Mätresse. Viele sogar mehrere.«

»Und du?«

Sidroc lachte, weil er Wulf die Frage nicht verübelte. »Nur eine.«

»Hat es dir gefallen bei der warägischen Garde?«

Sidroc zuckte mit den Schultern. »Sie hat ihren Zweck für mich erfüllt. Man kann sehr reich werden als guter Soldat.«

Wulf nickte.

»Bist du interessiert daran, in die Garde einzutreten?«

»Oh, du liebe Güte, nein! Ich habe mich schon für ein anderes Unternehmen engagiert.« Er betrachtete Sidroc für einen Moment, als fragte er sich, ob er ihm vertrauen könne, und erzählte ihm dann von seinen freibeuterischen Aktivitäten gegen König Edgar. »Das ist einer der beiden Gründe, derentwegen ich heute Morgen hergekommen bin. Ich wollte sehen, ob du daran interessiert sein könntest, dich uns anzuschließen.«

Ah, deshalb hat er mich also angesprochen! Sidroc war nicht nur überrascht über das Angebot, sondern fühlte sich auch geschmeichelt. »Vielleicht später. Im Moment bin ich kurz davor, aus der Waräger-Garde auszuscheiden, und dann muss ich ein Haus für mich erbauen. Es wird langsam Zeit, mich irgendwo niederzulassen und Wurzeln zu schlagen.«

»Und wo? Hast du schon einen bestimmten Ort im Sinn?«

»Ich denke an die Orkneys, habe aber auch die nordischen Lande noch nicht ausgeschlossen. Wo immer ich mich jedoch niederlasse, es wird weit entfernt vom Jarltum meines Vaters sein.«

»Glaub mir, ich kann das Bedürfnis, sich von einem Vater zu distanzieren, gut verstehen«, sagte Wulf. »Zieh meinen Vorschlag aber zumindest für die Zukunft in Betracht.«

»Das werde ich«, versprach Sidroc. »Du sprachst jedoch von zwei Gründen, aus denen du mich sprechen wolltest. Was war der andere?«

»Dir zu raten, dich von Prinzessin Drifa fernzuhalten.«

Sidroc versteifte sich. »Ach? Und warum sollte ich das tun? Oder wichtiger noch, warum sollte es dich kümmern? Weil du selbst an der Prinzessin interessiert bist?«

»Nein! Aber sie steht unter meinem Schutz, solange ich hier in Konstantinopel bin.«

»Und wie lange wird das sein?«, versetzte Sidroc kühl. Er mochte keine Einmischungen in persönliche Angelegenheiten, nicht einmal unter dem Deckmantel der Freundschaft.

»Ein paar Tage. Höchstens eine Woche. Aber Drifa hat eine persönliche Leibgarde aus vier Männern, die bei ihr bleiben werden.«

In Wulfs Worten lag eine deutliche Warnung, die über bloße Einmischung hinausging und Sidroc nicht behagte. Kein bisschen. »Wie kommst du darauf, dass ich ihr etwas tun könnte?«

»Du hast mitten in der Nacht ihr Schlafzimmer betreten.«

»Und?« *Hoffentlich ist das alles, was er weiß.*

»Und ich weiß, dass du einmal mit ihr verlobt warst.«

»Hat Drifa dir das gesagt?« *Ich kann mir eigentlich nicht vorstellen, dass das etwas ist, womit sie prahlen würde.*

Wulf schüttelte den Kopf. »Ich weiß es von Ivar, einem ihrer Leibwächter, der nicht erfreut war, dich dort zu entdecken.«

»Und wohl immer noch versucht herauszufinden, wie ich dort hereingekommen bin, was?« Sidroc lachte. »Bist du über die näheren Umstände dieser Verlobung im Bilde?«

»Nein.«

»Warum fragst du dann Drifa nicht danach?«

»Das habe ich getan.«

Und offenbar vergeblich, der steilen Falte zwischen seinen Brauen nach zu urteilen. Sidroc musste lächeln. Diese Frau war also nicht nur ihm, sondern auch anderen gegenüber dickköpfig und stur.

»Was sind deine Absichten der Prinzessin gegenüber?«

Du liebe Güte! Jetzt hörte er sich schon wie ihr Vater an. »Das geht dich nichts an.«

»Das tut es sehr wohl, falls du nichts Gutes mit ihr vorhast.«

Das kommt darauf an, was du unter »nichts Gutes« verstehst, mein Freund. »Ich werde nichts ohne Drifas Einwilligung tun.«

»Das ist die unverbindlichste Antwort, die ich je gehört habe.«

Und die beste, die du erhalten wirst. »Drifa ist kein junges Mädchen mehr. Mit neunundzwanzig Jahren wird sie doch wohl das Recht haben, ihre eigenen Entscheidungen zu treffen.«

Wulf reagierte darauf sichtlich ungehalten. »Drifa ist eine Prinzessin mit einem mächtigen Vater. Ihr Alter ist völlig unerheblich. Dies hier ist ein großartiges Abenteuer für sie, das sich nicht wiederholen wird, sobald sie heimkehrt, um sich um ihr Kind zu kümmern.«

Ihr Kind? Sidroc fuhr zurück, als wäre er geschlagen worden.

»Drifa ist verheiratet?« Er versuchte, sich zu erinnern, ob er ihr diese Frage gestellt hatte, seit sie in Miklagard war. Wahrscheinlich nicht. Er hatte einfach nur angenommen, dass sie es nicht war.

»Nein, sie ist nicht verheiratet, und wenn du auch nur mit einem Wort ihren guten Ruf verunglimpfst, schwöre ich dir, dass wir uns in einem Duell gegenüberstehen werden und dieses nicht nur zu Übungszwecken sein wird!«

»Zuerst bietest du mir Arbeit an, dann kommst du mir mit Drohungen.«

»Tut mir leid. Vielleicht habe ich ja überreagiert.«

»Glaubst du?«, gab Sidroc zurück, beschloss dann aber, die Debatte zu beenden ... für den Augenblick zumindest. »Ist sie je verheiratet gewesen?«

»Nicht dass ich wüsste.«

»Wie alt ist ihr Kind?«

»Das Kind ist unerheblich für unser Gespräch.«

»Da bin ich anderer Ansicht. Wie alt ist es?«, stieß Sidroc zwischen zusammengepressten Zähnen hervor.

Wulf zog die Schultern hoch, als sei er sich nicht sicher. »Runa ist vier, glaube ich, aber ich kann das Alter von Kindern nicht so gut beurteilen. Sie könnte genauso gut auch drei oder sechs Jahre alt sein.« Dann schwenkte er abwehrend die Hände. »Ich war nur ein einziges Mal auf Stoneheim und auch nur für kurze Zeit. Und über das Kind habe ich mit Drifa nie gesprochen.«

Also hat sich das Luder von einem anderen schwängern lassen, womöglich schon kurz nachdem sie mich zurückgewiesen hat. Sidroc hasste sich dafür, dass ihn das kümmerte. Ein weiterer Punkt auf seiner Liste ihrer Sünden. *Aber sie wird büßen. Und ob sie büßen wird!*

»Vielleicht hat sie das Kind ja adoptiert«, gab Wulf zu bedenken.

Oder vielleicht auch nicht.

»Ich nehme an, dass sie nach ihrer Rückkehr nach Stoneheim heiraten wird«, fuhr Wulf fort. »Das hat sie ihrem Vater als Gegenleistung für seine Erlaubnis, sie nach Byzanz reisen zu lassen, versprochen.«

»Und wurde auch schon ein Mann für diese *Ehre* auserwählt? Vielleicht sogar der Vater ihres Kindes?«

»Ich habe keine Ahnung. Wie schon gesagt, ich weiß nicht mal, ob es ihr leibliches Kind ist, obwohl die Kleine sie tatsächlich ›Mutter‹ nennt.« Er beäugte Sidroc misstrauisch. »Du hast der Prinzessin doch einmal sehr nahegestanden. Warum fragst du sie nicht selbst?«

»Genau das habe ich auch vor.«

Kapitel sechs

Es war eine Art Verabredung zum Abendessen...

Drifa hatte einen schönen Tag gehabt, obwohl sie sich dafür entschieden hatte, Wulf, Thork, Jamie und Alrek doch nicht zum Hippodrom und den Streitwagenrennen zu begleiten. Stattdessen hatte sie in aller Ruhe ihre Reisetruhen ausgepackt und sich später in dem kleinen Garten vor ihren Gemächern umgesehen.

Dort war sie einem der Gärtner begegnet – es gab *fünfundsiebzig*, die für die verschiedenen Palastgärten zuständig waren –, und er hatte ihr erklärt, dass der ihre ein sogenannter Schmetterlingsgarten war. Danach hatte sie ihre Pergamente herausgeholt und nicht nur verschiedene Pflanzen und Schmetterlinge gezeichnet, sondern sich auch notiert, welche Schmetterlinge sich von welcher Blume angezogen fühlten. Viele von ihnen würden in den kälteren Temperaturen des Nordens nicht gedeihen, aber sie würde es auf jeden Fall versuchen.

Jetzt war sie auf dem Weg zu den kaiserlichen Speisesälen und einem Festbankett, das dort zu Ehren der zukünftigen Kaiserin stattfinden würde. Für diesen Anlass hatte Drifa sich heute Abend mit ganz besonderer Sorgfalt zurechtgemacht. Mit ihrem ordentlich geflochtenen, mit Perlen durchwobenen und am Oberkopf zu einer Krone aufgesteckten Zopf sah sie durch und durch wie eine Prinzessin aus. Dazu trug sie die traditionelle Kleidung einer Wikingerin: ein langärmeliges weißes Unterkleid aus hauchzartem Leinen, das vorne knöchellang war und hinten eine lange, fein plissierte Schleppe hatte. Darüber trug sie die typische, an den Seiten offene und ebenfalls knöchellange Schürze aus purpurroter Seide, deren Saum ein mit Goldfäden gestickter, sich aufbäumender Wolf schmückte, dasselbe Symbol, das auch die Stoneheim-Flagge aufwies. Der schwere goldene Gürtel um ihrer Taille und die ebenso prachtvolle goldene Halskette mit einem Anhänger aus seltenem dunkelroten Bernstein waren weitere Insignien ihres hohen Standes. Sogar an den Ohren trug sie schmale Goldreife, von denen feine Kettchen mit einem Dutzend winziger Rubine herabhingen.

Auch die vier Hersen, die sie begleiteten, waren ihrem hohen Rang entsprechend gekleidet, inklusive schwerer, kunstvoll gravierter Goldreifen um ihre Oberarme. Gelegentlich war das Erscheinungsbild sehr wichtig, und das heutige Bankett war eine dieser Gelegenheiten.

Wenn Drifa gestern Abend schon von der Pracht ihrer neuen Umgebung beeindruckt gewesen war, so fehlten ihr heute Abend schier die Worte angesichts der Zurschaustellung von Reichtum, der sich ihren Blicken bot, als sie mit ihren Begleitern den kaiserlichen Palast durchschritt. Mit Fresken bemalte Gipsdecken und -wände; kunstvolle Mosaikböden; Marmorbrunnen mit bronzenen Skulpturen wasserspeiender Tiere; sogenannte Triptychen oder dreigeteilte Gemälde und Relieftafeln mit Darstellungen des Christlichen Gottes, seiner Heiligen oder der Gottesmutter; reich geschnitzte und verzierte Möbelstücke, die so zierlich waren, dass Drifa befürchtete, sie würden zerbrechen, falls sich jemand daraufsetzte; und prachtvolle Lampen, die von den Decken hingen und oft um die hundert Kerzen trugen, sowie glänzend aufpolierte und an den Wänden befestigte Öllampen.

Der Oberhofmeister führte sie zu ihren Plätzen am fernen Ende des riesigen Festsaals, wo sie sich auf weichen Diwanen vor niedrigen Tischen niederließen, die schier ächzten unter dem Gewicht der schweren goldenen Teller, deren Wert eine wikingische Familie über mehrere Winter hätte bringen können und neben denen silberne Messer und Löffel lagen. Bis das Essen aufgetragen wurde, lockten Schalen mit kleinen Köstlichkeiten, die mit den Fingern gegessen werden konnten: Datteln, Oliven und *botargo* – die Eier gesalzener Meerbarben auf winzigen Vierecken von *paximadi*, einem steinharten, in Wein aufgeweichten byzantinischen Brot – sowie verschiedene Käsesorten und einige seltsam aussehende grüne Nussorten. In mit bunten Steinen besetzten Kelchen aus Achat wurde mit Anis gewürzter Wein serviert – hier gab es keinen einfachen Met oder rustikale Trinkhörner wie im Norden.

Es sei keine Respektlosigkeit, dass die Prinzessin nicht näher an der erhöhten Tafel säße, erklärte ihr der Oberhofmeister. Es seien nur so viele Staatsoberhäupter gekommen, um der bevorstehenden Hochzeit des Kaisers beizuwohnen, dass es schon schwierig sei, überhaupt alle im Saal unterzubringen.

Fast sofort bemerkte Drifa, dass Sidroc, Finn, einige andere Waräger und eine schöne Griechin ihnen in die Bankettshalle gefolgt und vom selben Oberhofmeister ihnen gegenüber platziert worden waren.

Sidroc nickte ihr zu.

»Ich hatte nicht erwartet, dich so bald wiederzusehen.«

»Der Haushofmeister wollte es dir sicherlich bequemer machen, indem er dich mit Landsleuten zusammensetzte. Er konnte ja nicht ahnen, dass ich dir lieber den Hals umdrehen würde, als das Brot mit dir zu brechen.«

Die schöne Griechin, die neben Sidroc saß, war sichtlich schockiert von seinem ungehörigen Benehmen, und auch Drifas Begleiter begannen sich empört zu erheben.

Drifa bedeutete ihren Getreuen jedoch, sich wieder hinzusetzen. »Achtet nicht auf diesen ungezogenen Stoffel. Er ist harmlos.«

Sidroc bedachte sie mit einem Blick, der besagte, dass er ihr zeigen würde, wie *harmlos* er sein konnte.

Die Griechin stieß Sidroc mit ihrer kleinen Faust gegen den Arm und zischte: »Benimm dich!«, was Drifa als seltsam intim anmutete.

Doch dann überraschte er alle, indem er sagte: »Ich bitte um Entschuldigung, Prinzessin Drifa. Manchmal bin ich zu lange mit meinen Männern in der Schlacht gewesen und vergesse, wie man Damen behandelt.«

Was für ein Haufen Müll!

»Darf ich bekannt machen? Das ist Prinzessin Drifa von Stoneheim, Ianthe«, sagte Sidroc, und an Drifa gewandt fügte er hinzu: »Und diese junge Dame, Prinzessin, ist Ianthe Petros, meine ... gute Freundin.«

Ianthe, die ganz offensichtlich nicht seine Freundin, sondern seine Geliebte war, warf Sidroc einen konsternierten Blick zu.

Sidroc stellte Ianthe auch Wulf, Thork, Jamie und Alrek vor, die die Griechin wie eine zur Erde herabgestiegene Göttin anstarrten. Danach machte er Drifa und ihre Hersen mit den drei anderen Warägern bekannt, die ihn außer Finn begleiteten.

Dann begann eine angeregte Diskussion zwischen den Männern über die heutigen Ereignisse im Hippodrom. Anscheinend war dort ein unbekannter Krieger aufgetaucht, der ein wichtiges Rennen gewonnen und einen Araberhengst als Siegespreis dafür erhalten hatte. Einer der Waräger, der erst kürzlich an einem Streitwagenrennen teilgenommen hatte, unterhielt sie mit haarsträubenden Geschichten darüber, wie nahe sich die mit Klingen versehenen Wagenräder kamen und was passiert war, als ein Zuschauer über das Geländer gefallen und direkt vor ihnen gelandet war. Er hatte der kleinen Gesellschaft auch schon die Rennordnung des berühmten Hippodroms erklärt, in dem vier verschiedene Mannschaften an mehreren Tagen in der Woche die Menge unterhielten. Und er hatte auch nicht vergessen zu erwähnen, dass der Zugang zu diesen Veranstaltungen kostenlos war.

Jemand fragte Drifa, wie sie den Tag verbracht habe, und sie erzählte von ihrem Garten und der faszinierenden Beobachtung, dass bestimmte Blumen auch bestimmte Arten von Schmetterlingen anzogen. Sie habe vor, sich morgen nach ihrer Audienz bei dem Kaiser noch andere Gärten näher anzusehen, schloss sie. Die Männer waren vermutlich schon gelangweilt von ihrer Begeisterung für Pflanzen, ganz besonders ihre Reisebegleiter, die ihr endloses Gerede über Blumen, Sträucher oder Bäume ja schon zur Genüge kannten, und dennoch täuschten alle Interesse vor. Einer der Waräger bemerkte sogar, er habe in Ägypten einmal eine Rose gesehen, die so dunkel war, dass sie schon beinahe schwarz erschien.

»Oh, die würde ich liebend gerne eines Tages sehen«, sagte Drifa seufzend. Denn so gut sie sich auch mit Pflanzen und Blumen auskannte, gab es doch noch so viel, was sie nicht wusste oder noch nie gesehen hatte.

»Prinzessin Drifa würde sich mehr über ein hübsches Unkraut freuen als über einen kostbaren Edelstein«, bemerkte Sidroc schmunzelnd zu seiner Geliebten.

Drifa hätte sich am liebsten über den Tisch gebeugt, um diesem einfältigen Schnösel einen der goldenen Teller über den Kopf zu schlagen, und es wäre ihr vollkommen egal, ob er danach für weitere sechs Wochen bewusstlos wäre.

An seinem Grinsen konnte sie erkennen, dass er erraten hatte, was sie dachte.

Ianthe beobachtete den stummen Austausch zwischen ihnen interessiert, bevor sie sich an Drifa wandte: »Prinzessin Drifa...«

»Bitte nennt mich doch Drifa, Ianthe.«

»Da wir gerade von Juwelen sprechen, Drifa«, begann Ianthe wieder lächelnd, »was für ein Stein ist das, den Ihr an Eurer Kette tragt?«

»Ianthe ist Schmuckherstellerin«, erklärte Finn, der bis dahin zu sehr mit einer Frau an seiner anderen Seite beschäftigt gewesen war ... deren Ehemann immer röter und röter im Gesicht wurde, entweder von zu viel Wein oder Finns Interesse an seiner Ehefrau. In beiden Fällen wäre es das Beste für Sidrocs Freund, sich einen anderen Gegenstand seiner Aufmerksamkeit zu suchen.

»Es ist Bernstein«, beantwortete Drifa Ianthes Frage und bemerkte dabei zum ersten Mal die kunstvoll gearbeitete Silberkette, die wie ein mit blassblauen Steinen durchsetztes Spinnennetz den schlanken Hals der Griechin zierte. Dazu trug sie schöne, locker sitzende Armreifen, die ebenfalls aus Silber waren und beide Arme schmückten. Ihre Füße steckten in goldenen, hübsch geflochtenen Sandalen, die sowohl Männer wie auch Frauen in diesem warmen Klima am liebsten trugen. Ianthe war eine wirklich schöne Frau mit ihren goldenen Augen und dem hellbraunen, in der Mitte gescheitelten und nach griechischer Mode rechts und links spiralig aufgesteckten Haar sowie der langen, ärmellosen grünen Seidentunika, die von den Griechen als *chiton* bezeichnet wurde. Und ihre Haut hatte den olivfarbenen Ton einer wahren Byzantinerin.

Außerdem fiel Drifa auf, dass die Ohrringe, die Ianthe trug, an durchstochenen Ohrläppchen befestigt waren. Drifa kannte nicht viele Frauen, die sich die Haut durchstechen ließen, oder zumindest nicht in ihrem Teil der Welt. Einige Männer taten es, besonders Seeleute, die Wikinger im Prinzip ja waren. Für einige waren der oder die Ohrringe, die sie trugen, ein Zeichen dafür, dass sie die ganze Welt bereist hatten, während sie anderen als Bezahlung für ihr Begräbnis dienten, falls sie auf See oder im Kampf umkommen sollten.

»Bernstein? Wirklich?«, fragte Ianthe sichtlich fasziniert. »Ich dachte immer, Bernstein sei gelb oder orangefarben.«

»Bernstein kommt in vielen Farben vor«, warf Thork ein. »Mein Vater war ein weitbekannter Bernsteinsucher und -händler. Ich habe Bernstein gesehen, der klar wie Regen war, aber auch gelben, orangefarbenen, roten, braunen, grünen, blauen, ja sogar schwarzen, der im Grunde nur der dunkelste Ton all der anderen Farben ist.«

Alle schauten Thork verwundert an, weil er normalerweise eher als oberflächlich und frivol galt. Es war schwer, ihn sich als ernsthaften Studenten irgendeiner anderen Materie als Spaß und Spielereien vorzustellen.

»Wir nennen den Bernstein das Gold des Nordens«, fügte Drifa hinzu.

»Der interessanteste trägt ein kleines Insekt in sich oder ein Stückchen einer Blüte oder eines Blattes. Seht euch diesen an«, sagte Thork und zog ein ovales Stück Bernstein von der Größe eines flach gedrückten Hühnereis aus einer Seitentasche seiner Beinkleider. Es war gelb, und die darin eingeschlossenen Blütenteile bildeten ein Kreuz. »Ich trage es als Glücksbringer bei mir.«

»Wie Betperlen gegen Sorgen«, bemerkte Ianthe.

»Genau. Ich sorge mich ja auch sehr viel«, sagte Thork augenzwinkernd.

Sidroc schnaubte angewidert, doch Ianthe lächelte Thork, den Schlingel, an.

»Vielleicht wird es dich interessieren, Ianthe, dass ich dem Kaiser Bernstein als Geschenk mitgebracht habe, etwa ein Dutzend Steine unterschiedlicher Schattierungen«, sagte Drifa. »Meine Audienz bei ihm ist erst morgen Nachmittag. Würdest du den Bernstein vielleicht vorher gerne sehen?«

»Mit dem größten Vergnügen!«, erwiderte Ianthe strahlend. »Warum kommst du nicht einfach morgen früh zu meinem Geschäft, damit ich dir auch meine Arbeiten zeigen kann? Es liegt gleich außerhalb der Palastpforten und ist sehr gut zu Fuß zu erreichen. Dann könnten wir zusammen frühstücken und plaudern.«

»Das klingt wunderbar.«

Ianthe beschrieb ihr den Weg.

Sidroc machte ein Gesicht, als ob er in einen sauren Apfel gebissen hätte. Anscheinend behagte es ihm gar nicht, dass seine Geliebte und frühere Verlobte Freundinnen werden könnten.

Wulf und die anderen lachten nur, bis auf Alrek, der Ianthe immer noch mit schwärmerischer Bewunderung anstarrte. »Ich könnte Euch begleiten, Prinzessin Drifa«, erbot er sich, was Sidroc zu einem weiteren schnaubenden Geräusch veranlasste.

Alrek war ein Mann, der viel mit seinen Händen sprach. Er war schließlich nicht umsonst als der *tapsige* Alrek bekannt. Daher war auch niemand überrascht, als er mit einer seiner Hände einen Kelch umstieß und der in alle Richtungen spritzende Wein seine Kameraden traf.

Es war geradezu rührend, wie Alreks Freunde ihn deckten und so taten, als hätten sie nicht gerade ein weiteres Beispiel für seine Ungeschicklichkeit gesehen. Ob er ihr wohl je entwachsen würde? Wohl kaum, da er immerhin schon an die zweiundzwanzig Jahre alt sein musste.

»Glaubt Ihr, Ihr könntet Euren Vater dazu bewegen, mir etwas von seinem Bernstein zu verkaufen?«, wandte Ianthe sich an Thork, um die Aufmerksamkeit von dem heftig erröteten Alrek abzuwenden, der versuchte, den Schlamassel zu entfernen und ihn damit nur noch vergrößerte. »Ich habe mit fast allen Steinen, die es gibt, gearbeitet, von Kristallen bis hin zu Diamanten, aber noch nie mit Bernstein.«

»Natürlich«, sagte Thork. »Ich werde Drifa morgen zu Eurem Geschäft begleiten, wenn es Euch recht ist ... um Euch noch etwas mehr über Bernstein zu erzählen.«

Er konnte niemandem etwas vormachen, was den *wahren* Grund für seinen Vorschlag anging, einmal abgesehen davon, Ianthe noch mehr über die Handelsware seines Vaters zu erzählen.

»Ich auch«, sagte Alrek schnell. »Auf dem belebten Marktplatz wird Prinzessin Drifa ohnehin mehr Schutz benötigen.«

Auch Alrek vermochte niemanden zu täuschen.

Seltsamerweise ließ Sidroc jedoch keine Eifersucht angesichts des Interesses der Männer an seiner Geliebten erkennen, auch wenn er scharf dazwischenfuhr: »Warum gehen wir nicht gleich alle hin?«

»Wirst du jetzt sarkastisch?«, versetzte Drifa katzenfreundlich.

»Ich?«, fragte er und legte mit übertriebener Unschuldsmiene eine Hand über sein Herz. Außerdem lächelte er sie an – und oh!, was für ein hinreißendes Lächeln er doch hatte! In diesem Augenblick erinnerte sie sich wieder daran, warum sie vor fünf Jahren seiner Verführungskunst erlegen war, und wappnete sich, um seinem zweifelhaften Charme zu widerstehen.

»Wer sonst?«, entgegnete sie schnippisch, als Sidroc fortfuhr, das Unschuldslamm zu spielen.

Ja, dieser Flegel hatte wirklich Nerven, ihr zu drohen, sie zu einer *Bettsklavin* zu machen, wo er doch schon eine reizende Geliebte hatte, um seine niedrigeren Instinkte zu befriedigen. Und eines Tages, nahm sich Drifa vor, würde sie ihm klar und deutlich sagen, was sie davon hielt, dass er mitten in der Nacht in ihrem Schlafzimmer auftauchte, nachdem er vermutlich gerade erst Ianthes Bett verlassen hatte!

Die schöne Griechin beobachtete mit schmalen Augen das Zwischenspiel zwischen ihr und Sidroc, und deshalb wandte Drifa sich schnell Wulf zu und begann ein Gespräch mit ihm über seine Pläne für die nächsten Tage. Die Hersen hatten ihren Aufenthalt in Miklagard schon von einem oder zwei Tagen auf fünf ausgedehnt, als sie von weiteren Sehenswürdigkeiten und Aktivitäten hörten, die sie sich nicht entgehen lassen wollten.

Als Drifa wieder einen Blick auf Ianthe warf, hatte diese Sidrocs Arm genommen und sich zu ihm vorgebeugt, um ihm etwas zuzuflüstern. Danach flüsterte auch er ihr etwas ins Ohr, das seine Geliebte heftig erröten ließ.

Drifa spürte, wie eine gänzlich unerwartete Eifersucht in ihr aufflammte, die jeder Grundlage entbehrte. Sie wollte diesen Kerl doch gar nicht. Absolut nicht!

Während der ganzen Zeit, in der sie sich unterhalten hatten, waren Platten um Platten von den Dienern aufgetragen worden.

Das Festmahl begann mit *kakavia*, einer Fischsuppe mit Muscheln und Stückchen feinen weißen Fischs, die auf der Brühe schwammen. Danach gab es Zickleinbraten, der mit dem Kopf des Tieres serviert wurde und mit Knoblauch und Lauch gefüllt war; dazu Lamm und Schwein in verschiedenen Zubereitungsarten und mit süßen und würzigen Saucen übergossen, was bei den Griechen eine sehr beliebte Mischung war. Und genau wie die Wikinger aßen auch sie sehr gerne Senf zum Fleisch.

Des Weiteren gab es kleine Holzspieße mit Fleischstückchen sowie verschiedenen Gemüsesorten wie Karotten, Zwiebeln und *Auberginen*, die etwas völlig Neues für Drifa waren. Natürlich wurde auch reichlich Fisch serviert – dank der vielen nahen Wasserstraßen sowohl Süß- als auch Salzwasserfische – sowie noch in ihren Schalen steckende Schnecken und Muscheln. Kleine Tintenfische schwammen in mit Petersilie garnierter Lauchbutter. Auch *dolmadákia*, mit Hackfleisch und Gerste gefüllte Weinblätter, waren ein unbekannter kulinarischer Genuss für Drifa.

Viele der Gerichte wurden mit *garos*, einer Fischsauce, oder einer cremigen weißen namens Béchamel serviert. Auch Linsen wurden in vielen verschiedenen Zubereitungsarten angeboten.

Am Ende des Festmahls gab es – um die Zunge zu reinigen – mundgerechte Scheibchen von Orangen, Limonen, Trauben, saftigen Melonen, Feigen und Granatäpfeln. Für die wenigen, die danach noch immer nicht satt waren, brachten Dienstboten ein Tablett mit einem Zuckerwerk herein, das von den Griechen erfunden worden war und sich Marzipan nannte, dazu ein weiteres mit *kopton*, einem köstlich süßen Konfekt aus knusprig gebackenen Schichten hauchdünnen Teigs, zwischen denen sich Butter, flüssiger Honig und gehackte Walnüsse befanden.

Drifa nahm sich vor, die Namen einiger dieser Gerichte aufzuschreiben, sobald sie zu ihren Zimmern zurückkehrte, um später alles ihrer Schwester Ingrith erzählen zu können. Sie hatte auch vor, all die verschiedenen Gewürze zu kaufen, die sie in den Speisen wahrgenommen hatte, wie Safran, Nelken, Kurkuma, Kardamom, Muskatnuss, Zimt, Kreuzkümmel, Pistazien und Rosmarin, worüber Ingrith sicher sehr erfreut sein würde.

Einige der angebotenen Speisen waren zu fremdartig für den nicht sehr anspruchsvollen Gaumen ihrer wikingischen Begleiter, doch insgesamt gesehen war es ein Festessen, das eines Königs würdig war ... beziehungsweise eines Kaisers.

Apropos Kaiser – selbst aus der Entfernung war Johannes Tzimiskes gut zu sehen an der erhöhten Tafel, wo er mit seiner Braut unter einem goldenen Baldachin thronte.

»Ach du meine Güte!«, sagte Drifa, als sie sich Theodora, die zukünftige Kaiserin, zum ersten Mal genauer anschaute. Genau genommen war Theodora schon einige Tage zuvor zur Kaiserin gekrönt worden. In diesem Land wurde eine Frau seltsamerweise schon vor der Hochzeit Kaiserin. Auf jeden Fall war der Kaiser, obwohl er ziemlich klein und mindestens fünfzig Jahre alt war, ein gut gebauter, gut aussehender Mann mit rotblondem Haar, gepflegtem Bart und, falls Drifa sich nicht irrte, scharfen blauen Augen.

Seine Braut dagegen war in jeder Hinsicht eine völlig andere Person.

»Ja, sie ist nicht mehr die Jüngste«, sagte Sidroc, dem Drifas Überraschung nicht entgangen war. »Mindestens im gleichen Alter wie der Kaiser, würde ich meinen.«

»Es ist interessant, dass fünfzig Jahre als relativ hohes Alter für eine Frau gelten, aber nicht als Beeinträchtigung der Vitalität eines Mannes«, bemerkte Ianthe.

»Ha! Das ist typisch für Männer auf der ganzen Welt, ob sie Griechen, Angelsachsen oder Wikinger sind«, stimmte Drifa zu. »Sowie ein Mann ein paar graue Haare in seinem Bart entdeckt, beginnt er sich nach Mädchen umzusehen, die ihren Windeln kaum entwachsen sind.«

Die Männer stöhnten, und Sidroc erdreistete sich zu sagen: »Männer reifen wie guter Wein, während Frauen wie Essig altern.«

»Idiot«, murmelte sie. »Trotzdem ist es erstaunlich, dass der Kaiser eine Frau heiratet, die über das gebärfähige Alter weit hinaus ist. Ich dachte, Erben wären von größter Wichtigkeit in königlichen Kreisen.«

»In diesem Land kastrieren sie die jüngeren Söhne, damit sie nicht erben, egal ob es die Krone oder das Vermögen einer Familie ist«, erklärte Thork. »Könnt ihr euch das vorstellen?«

Alle Männer grinsten über dieses Bild.

»Niemand würde meine schönsten Körperteile abschnippeln, egal wie alt ich wäre«, versicherte Jamie. »Selbst als Neugeborener würde ich jeden in die Hand beißen, der es wagte, meinen Flamberg anzufassen.«

»Flamberg!« Die anderen Männer brachen in schallendes Gelächter aus.

»Was ist kastrieren?«, wollte Alrek wissen. »Ich weiß, wie Pferde kastriert werden, aber wie... oh nein! Mögen die Götter mich davor bewahren!«

»Genau«, stimmte Wulf ihm trocken zu.

»Der Grund für Johannes' Heirat ist rein politischer Natur. Theodora entstammt der mächtigen Familie der Phokas, die wiederum in direkter Linie mit dem mazedonischen Herrschergeschlecht verwandt ist. Außerdem ist er nur der stellvertretende Regent für Basileios und Konstantin, bis sie ihre Volljährigkeit erreichen«, erklärte Sidroc. »Tzimiskes hat nichts übrig für das Leben bei Hofe, da er im Herzen nach wie vor Soldat ist und es viel lieber auch wieder sein würde.«

»Was mich erstaunt, ist, dass ein Mann von solcher Macht und solch hohem Ansehen wie Johannes eine Frau heiratet, die hässlich wie ein zertretener Käfer ist«, bemerkte Finn.

»Finn!«, protestierten Drifa und Ianthe.

»Ach kommt, ihr müsst doch zugeben, dass sie alles andere als nett anzusehen ist. Und das ist noch milde ausgedrückt.«

Er hatte ja recht, aber es war doch irgendwie gemein, es laut zu äußern, auch wenn sie sich in wikingischer Sprache unterhielten, die von den griechischen Dienstboten nicht verstanden wurde. Wulf beherrschte sie, weil Wikingisch und Englisch sich so ähnlich waren, und Ianthe musste lange genug mit Sidroc zusammen gewesen sein, um sich einiges von seiner Sprache anzueignen.

Und natürlich war es unhöflich, sich über den Ehrengast lustig zu machen, für den das Fest gegeben wurde. Aber Drifas Begleiter waren Männer, und Männer scherten sich nun mal nicht um Feinheiten wie Höflichkeit.

»Offenbar war Schönheit keines der Attribute, die der Kaiser bei seiner zukünftigen Gemahlin suchte.« Falls Wulf damit versuchte, nett zu sein, versagte er auf ganzer Linie.

»Offensichtlich. Immerhin hätte er längst die schöne Theophano, die vorherige Kaiserin, heiraten können, wenn er gewollt hätte. Tatsächlich hat er ihr sogar diesen Eindruck vermittelt, als er ganz unverhohlen allnächtlich ihr Schlafzimmer aufsuchte«, bemerkte Sidroc. Dann senkte er die Stimme und fügte im Flüsterton hinzu: »Warum sonst hätte sie ihm wohl geholfen, ihren Ehemann Nikephoros, Johannes' Onkel, zu ermorden, um Tzimiskes auf den Thron zu bringen?«

»Und das auch noch auf solch brutale Art und Weise! Erstochen und geköpft in seinem eigenen Schlafzimmer«, verriet ihnen ein anderer der Waräger, auch er im Flüsterton.

Finn und Sidroc nickten.

»Und dann hat er Theophano in ein Kloster verbannt«, setzte der Waräger hinzu.

»Vermutlich hat sie ihm einen Tonkrug über den Kopf geschlagen oder ihm das eine oder andere Versprechen gegeben und nicht eingehalten«, spöttelte Sidroc. »Ihr war wohl nicht zu trauen, wie einer gewissen anderen Frau, die wir kennen.«

Bei dieser letzten spöttischen Bemerkung wandten er und Finn sich beide Drifa zu.

»He, ich hatte guten Grund dazu!«, protestierte sie.

Aber niemand schenkte ihr Gehör.

»Wie ich hörte, hat Polyeuktos, der damalige Kirchenpatriarch, Johannes eine sehr hohe Buße für all seine Sünden auferlegt, zu denen auch seine politisch motivierte Ehe und die Verbannung seiner Geliebten gehören«, berichtete Wulf und bestätigte Drifa damit nur, was sie schon wusste. Klatsch verbreitete sich schneller als Spreu im Wind bei Hofe. »Theodora ist immerhin die Tochter von Konstantin VII. und Tante der beiden jungen Kaiser Basileios und Konstantin. Der Patriarch erlaubte Johannes nicht, seine Kirche zu betreten und gekrönt zu werden, bis er die Bedingungen erfüllte.«

»Ich persönlich bin der Meinung, dass Schönheit eine Mitgift für sich sein sollte«, sagte der für seine Eitelkeit berühmte Finn.

»Richtig! Genau!«, warfen Thork und Jamie ein, die auch nicht gerade mit einem Übermaß an Bescheidenheit gesegnet waren.

»Und wie soll das gehen?«, wollte Alrek wissen, worauf die anderen Männer sich an den Kopf fassten und stöhnten.

»Freut mich, dass du fragst, Alrek«, sagte Finn. »Ich finde, dass schöne Menschen keine Mitgift benötigen sollten, während hässliche gezwungen sein müssten, jemanden dafür zu bezahlen, dass er sie heiratet.«

»Vielleicht solltest du dich selbst heiraten, Finn«, warf Drifa ein.

»Das würde ich, wenn ich könnte«, erwiderte er mit unverfrorener Süffisanz, ohne den Spott in ihrer Bemerkung zu erkennen. Oder vielleicht ignorierte er ihn auch nur ganz bewusst.

Auf jeden Fall wechselten sie das Thema, als das Unterhaltungsprogramm begann. Musiker wanderten von einer Stelle zur anderen, damit auch alle ihre Fähigkeiten bewundern konnten. Akrobaten sprangen hier und da herum und schlugen ihre Saltos, und Schlangenmenschen verdrehten und verrenkten ihre Körper, als ob sie keine Knochen im Leib hätten. Und Tänzer traten auf, männliche wie weibliche, die bewundernde Ohs und Ahs hervorriefen. Manchmal hängten die Männer sich beieinander ein und machten diese beschwingten Schritte, die große Beweglichkeit erforderten, weil sie gleichzeitig die Knie beugten und die Beine nach vorne warfen. Dann gab es natürlich auch die Paare, Männer und Frauen, die Tänze vorführten, bei denen sie sich auf sinnliche Art und Weise bewegten, sich mit verführerischen Blicken ansahen und einander neckten und berührten, als wären sie ganz allein im Saal.

Nach all dem Wein, den sie getrunken hatten, suchten einige der Männer die Aborte auf, wo Gemeinschaftsanlagen ihnen ermöglichten, sich nach Herzenslust zu erleichtern, da der Urin augenblicklich weggespült wurde.

Dann wurde Ianthe von einer Freundin an einen anderen Tisch gerufen. Sie ließ Drifa allein, was der jedoch nichts ausmachte. Sie genoss das vorübergehende Alleinsein sogar, da sie so in Ruhe all die großen Wunder um sich herum bestaunen konnte.

Doch dann ließ sich das größte Wunder von allen so dicht neben ihr auf dem Diwan nieder, dass ihre Schenkel sich berührten. Mit einem Lächeln, das seine Augen nicht erreichte, sagte Sidroc: »So, Drifa – wie ich hörte, hast du ein Geheimnis.«

Kapitel sieben

Es war ein schwieriges Thema ...

Sidroc lehnte sich auf dem Diwan zurück, einen Arm auf der Rückenlehne hinter Drifa, und beobachtete mit Interesse die jähe Furcht, die auf ihrem hübschen Gesicht erschien.

Hoppla! Was war das denn? Ein bisschen Verlegenheit seiner Entdeckung wegen, dass sie ein uneheliches Kind geboren hatte, konnte er ja verstehen, aber doch nicht diese Angst? Tatsächlich wich sie sogar ein wenig vor ihm zurück, als befürchtete sie, dass er sie schlagen könnte. *Wer oder was hatte ihr Angst vor körperlicher Gewalt gemacht?*

»Geheimnis? Was für ein Geheimnis? Ich habe kein Geheimnis.« Wie sie auf dem Schoß die Hände knetete und auch das nervöse Zucken ihrer Mundwinkel besagten jedoch etwas anderes.

Was für eine schlechte Lügnerin du bist. »Nicht einmal Runa?«

Sie schnappte nach Luft, und ihre Wangen wurden flammend rot. »Du weißt von Runa?«

Sidroc nickte. »Ich habe heute erfahren, dass du ein uneheliches Kind hast.«

»Oh«, sagte sie, und er hätte schwören können, dass es erleichtert klang. »*Diese* Runa.«

Was zum Teufel geht hier vor? Was habe ich gesagt, was eine solche Erleichterung bei ihr bewirken könnte? »Kennst du so viele Runas?«

»Ein paar.«

Sie wirkte plötzlich gar nicht mehr verängstigt, was Sidroc

sogar noch mehr verwirrte. Irgendwie spürte er jedoch, dass es wichtig für ihn war, diesem Rätsel auf den Grund zu gehen.

»Hast du noch einmal über meine Pläne für dich nachgedacht? Ich habe es jedenfalls getan.« Mit den Fingerknöcheln berührte er ihre Wange, während er sprach, und begann die gleiche Anziehungskraft zu verspüren, die sie schon vor fünf Jahren auf ihn ausgeübt hatte. Sie war wirklich eine schöne Frau, selbst in ihrem ziemlich fortgeschrittenen Alter.

»Deine Pläne interessieren mich nicht, du Ratte«, zischte sie und schlug nach seiner Hand.

Daraufhin ließ er die Hand zu ihrem Schenkel gleiten und konnte spüren, wie Drifa sich versteifte. Es war jedoch kein Versteifen wie nach einem Affront, sondern mehr eine instinktive Abwehr gegen die Empfindungen, die seine Berührung in ihr weckte. Er war mit genügend Frauen zusammen gewesen, um zu spüren, wann eine gegen ihre Gefühle für ihn ankämpfte ... und den Kampf verlor. »Jetzt, wo ich weiß, dass du keine Jungfrau mehr bist, habe ich auch keine Bedenken bezüglich meiner Pläne.« *Nicht, dass ich vorher viele hatte. Na ja, ein paar vielleicht. Womöglich spielt diese Ratte ja auch nur mit dir, mein Mäuschen.*

»Oh, bitte! Verschone mich mit dem übersteigerten Ego eines unseriösen Mannes.«

»Unseriös bin ich?« Er grinste sie an und sah, wie sie mit sich rang, um eine ernste Miene zu bewahren. »Wir werden gut zusammenpassen, Drifa. Du weißt, dass es so sein wird.«

»Und was ist mit deiner Geliebten?«

Diesmal war er es, der sich versteifte. »Ianthe hat nichts mit uns zu tun.«

»Da erlaube ich mir aber, anderer Meinung zu sein. Ich würde mich nie mit einem Mann einlassen, der gleichzeitig mit einer anderen Frau zusammen ist.«

»*Einlassen?* Ist das ein Wort, das Frauen dafür benutzen, mit jemandem ins Bett zu steigen?« *Oder zu vögeln?*

»Du brauchst nicht gleich vulgär zu werden.«

Vulgär? So hast du mich noch nicht erlebt, Mylady. Gut, dass ich mir das Vögeln *verkniffen habe.* »Dann lass es mich einmal so ausdrücken: Wenn Ianthe nicht mehr meine Geliebte wäre, wärst du dann bereit, zwischen meine Bettfelle zu schlüpfen?«

»Nein! So hatte ich das nicht gemeint.«

Das dachte ich mir schon. »Triff mich morgen nach Einbruch der Dunkelheit am Brunnen der Madonna. Er steht in der Nähe des Eingangs zum Sonnenpalast. Du kannst ihn nicht verfehlen. Er ist Tag und Nacht von Kerzen erleuchtet.«

»Warum sollte ich das tun?«

Treib keine Spielchen mit mir, du freches kleines Biest. »Um mit der Abzahlung deiner Schulden zu beginnen.«

»Das ist ja lächerlich. Ich schulde dir gar nichts.«

»Du schuldest mir genug. Entweder wir treffen uns dort und ich bringe dich zu meinen Gemächern im Warägischen Palast, oder ich komme zu dir. Und glaub mir, meine Zimmer sind besser geeignet als deine für das, was ich im Sinn habe.«

Er konnte sehen, dass sie nicht fragen wollte, ihre Neugierde aber die Oberhand gewann, und er musste sich auf die Lippe beißen, um ein Grinsen zu verbergen.

»Warum?«

»Weil ich dich dazu bringen werde, deine Ekstase laut herauszuschreien, und es dir peinlich sein könnte, wenn deine Wachen dich so hören.« *Herrje, jetzt bringe ich mich schon selbst in Fahrt!*

Sie schüttelte den Kopf, als wäre er ein hoffnungsloser Fall.

Und manchmal war er es auch.

»Glaubst du wirklich, meine Wachen wären so untauglich, dass sie mir nicht folgen oder mir verbieten würden, meine Zimmer zu verlassen?«

»Eine raffinierte Frau wie du kann sich eine glaubwürdige Geschichte einfallen lassen.«

»Du beschmutzt mich, Sidroc. Wirklich. Es gibt Dinge, die du nicht weißt und die dich umstimmen würden.«

Eine glaubwürdige Geschichte! »Dann erzähl sie mir.«

»Das kann ich nicht. Nicht hier und jetzt.«

Sieh mal einer an! »Geheimnisse, Drifa?«

Sie nickte nur stumm.

Und er antwortete mit einem ganz besonders üblen Wort darauf.

Seine Meinung von ihr schien sie nur traurig zu machen, aber er konnte sich nicht erlauben, sich von Mitgefühl erweichen zu lassen. Stattdessen zählte er ihr einige der Dinge auf, die er mit ihr zu tun gedachte, sobald er sie in seinem Bett hatte. Bei jeder seiner anschaulichen Beschreibungen atmete sie schneller, aber er konnte nicht sicher sein, ob vor Empörung oder vor Erregung.

Und außerdem begann er sich zu fragen, ob er all das nun wirklich ernst meinte oder nicht.

Genau in dem Moment sah er, dass die Männer zu ihren Plätzen zurückkehrten, und auch er erhob sich, um zur anderen Seite des Tischs zurückzugehen. Bald würde auch Ianthe wieder da sein.

Doch Thork, der Halunke, fragte mit gespieltem Ernst: »Was sagtest du da gerade übers Lecken?«

Mit ebenso unbewegter Miene erwiderte Sidroc: »Ich erklärte Prinzessin Drifa nur gerade, dass das Problem mit diesem Zitronenkuchen ist, dass man sich noch ewig lange nach dem

Essen die Finger ablecken muss, um den klebrigen Honig aus dem Kuchen loszuwerden.«

Kein einziger Mann am Tisch schenkte ihm Glauben.

Man könnte sagen, es war so etwas wie ein Abschieds-Schäferstündchen ...

»Ich wollte nicht respektlos dir gegenüber sein, Ianthe. Das tut mir schrecklich leid«, sagte Sidroc, als sie den kaiserlichen Palast verließen.

»Aber Sidroc! Du hast mich noch nie schlecht behandelt. Eigentlich hast du mich sogar aufgebaut, und das weißt du.«

»Du hättest meine ungeteilte Aufmerksamkeit verdient heute Abend, doch stattdessen ließ ich zu, dass meine Abneigung Prinzessin Drifa gegenüber mein Urteilsvermögen trübte.«

Obwohl die Pforten des Palastes bei Nacht geschlossen waren, hatte Sidroc des kaiserlichen Banketts wegen eine Sondererlaubnis erhalten, Ianthe zu ihrer Wohnung über ihrem Laden heimzubringen. Er nickte den Wachen zu, als sie das Tor passierten.

Ianthe, die sich bei ihm untergehakt hatte, blickte fragend zu ihm auf. »Was hast du gegen die Prinzessin? Abgesehen davon, dass sie eure Verlobung gelöst hat? Denn das ist es doch, was zwischen euch beiden war, nicht wahr?«

»Woher willst du das wissen?« Er würde seinen besten Armreif darauf verwetten, dass die Prinzessin nicht darüber gesprochen hatte.

»Von Finn.«

»Ha! Finns Mund ist sogar noch größer als sein Ego.«

»Mach ihm keine Vorwürfe. Ich hatte ihn danach gefragt.«

»Ich bin nicht so engstirnig, dass ich einer Frau das Recht absprechen würde, sich eines anderen zu besinnen. Bei mir und Drifa steckt jedoch mehr dahinter als das, aber das ist ein Thema, über das ich jetzt nicht reden möchte. Außerdem gibt es noch etwas anderes, das ich dir sagen muss.«

Obwohl Ianthe offenbar gespannt darauf war, was er zu sagen hatte, wartete sie, bis sie ihre Tür aufgeschlossen hatte und sie die Treppe hinaufgestiegen waren, wo sie eine weitere Tür aufschloss. Dahinter befand sich eine gemütliche kleine Wohnung, die sowohl als Schlafzimmer wie auch als Wohnraum diente und mit den üblichen niedrigen Diwans und farbenfrohen Orientteppichen eingerichtet war. Obwohl auch ein Kohlenbecken vorhanden war, brauchte Ianthe keine Küche, da sie unten auf dem Markt jederzeit frisch zubereitete Speisen kaufen konnte. Außerdem verdarben Lebensmittel sehr schnell bei dieser Hitze. Im Winter ließen sie sich in einem kühlen Keller aufbewahren, doch selbst in dieser Jahreszeit waren praktisch direkt vor ihrer Eingangstür Stände geöffnet.

Sidroc ließ sich in einem Sessel nieder, und Ianthe reichte ihm ein Glas mit seinem Lieblings-Aprikosenwein, in den sie eine Scheibe Zitrone gegeben hatte. Er war seit zwei Jahren mit ihr zusammen, und sie kannte seine Wünsche, ohne danach fragen zu müssen. *Alle* Arten von Wünschen, nebenbei bemerkt. Sidroc war ein Mann mit großen sexuellen Gelüsten, und Ianthes Leidenschaftlichkeit stand seiner in nichts nach, selbst wenn er Dinge von ihr verlangte, die einige Frauen erschaudern lassen würden. Seine erotischen Vorlieben hatten sich in diesen fünf Jahren des Dienstes in fremden Ländern verändert.

Aus irgendeinem Grund musste er plötzlich an Drifa denken. Würde sie sich sträuben, wenn er sie bäte, Ringe an ihren Brustspitzen zu tragen? Oder sich weigern, nackt für ihn zu posieren?

Oder schockiert sein, wenn er sie aufforderte, sich auf alle viere niederzulassen?

Und was würde sie von halb-öffentlichem Beischlaf halten? Hinter diesem zweistöckigen Gebäude befand sich ein von Mauern umgebener Garten, den Ianthe seiner Ungestörtheit und Schönheit wegen hegte und pflegte. Auch Sidroc liebte die Ungestörtheit dort, besonders seit den unvergesslichen Schäferstündchen, die sie dort miteinander verbracht hatten. Die Möglichkeit, so gering sie auch sein mochte, dass einer von Ianthes Kunden sie dort überraschte, verlieh ihrem Tun einen zusätzlichen Reiz.

»Was beunruhigt dich, Sidroc? Was ist es, das dich zögern lässt, es mir zu sagen?«, fragte sie, als sie auf ihn zukam, um sich auf seinen Schoß zu setzen.

»Ich gehe fort«, sagte er rundheraus.

»Heute Nacht noch?«, fragte sie erschrocken. »Du hast einen neuen Auftrag?«

Er schüttelte den Kopf. »Nein, ich meinte, dass ich Byzanz verlassen werde. Für immer.«

Er sah Bedauern in ihrem Gesicht, aber keinen niederschmetternden Schmerz. Sie waren in diesen letzten beiden Jahren ohnehin viel öfter getrennt gewesen als zusammen.

»Ich wusste, dass unsere Liaison irgendwann enden würde, aber ich hätte nicht gedacht, dass es so bald wäre.« Ihre Augen füllten sich mit Tränen. Sie blinzelte, um sie zurückzudrängen.

Sidroc zog sie an sich und küsste sie aufs Haar. »Nein, Liebling, nicht heute Nacht. Was ich hätte sagen sollen, ist, dass ich beschlossen habe, aus der Waräger-Garde auszuscheiden, und so bald wie möglich mit General Skleros sprechen werde.«

»Bei ihm musst du vorsichtig sein, wie du das Thema angehst«, warnte sie und wischte sich über die Augen.

»Ich weiß.«

»Mein Mann hatte einen Freund, der nach zehn Jahren Dienst seinen Abschied nehmen wollte, um mit Frau und Kindern aus der Stadt auf den Familienhof zu ziehen. Doch statt ihn für seine treuen Dienste zu belohnen, schickte der General ihn zu einem Wüsten-Vorposten, wo er noch heute ist.« Ianthes Ehemann war ein Winzer mit einem kleinen Weingut auf Kreta gewesen, bevor er urplötzlich an Herzversagen verstorben war. Seine habgierigen Verwandten hatten Ianthe gleich nach der Beerdigung vor die Tür gesetzt. Damals hatten sie und Sidroc sich noch nicht gekannt.

»Ich werde vorsichtig sein ... und so diplomatisch, wie ich kann«, versprach er. »Aber was ich dir eigentlich sagen wollte, war, dass es für mich an der Zeit ist, mich auf eigenen Ländereien niederzulassen, wahrscheinlich auf den Orkneys. Würdest du mitkommen wollen?« Und schon hatte er die Einladung ausgesprochen, obwohl er nicht mal sicher war, dass er Ianthe ein Leben lang bei sich haben wollte, so zugetan er ihr auch war.

»Ist es kalt auf den Orkneys?«, fragte sie und drückte einen Zeigefinger an die Lippen, als dächte sie tatsächlich über einen solchen Umzug nach.

»Nun ja, ich denke schon, dass es das ist, verglichen mit Byzanz, aber wärmer als in den nordischen Landen, wo ich aufgewachsen bin.«

Sie seufzte schwer. »Ich weiß dein Angebot zu schätzen, Sidroc, aber dies hier ist mein Zuhause. Ich will kein anderes. Außerdem weißt du, dass ich keine Kinder haben kann.«

Er winkte ab.

»Ein Mann braucht Söhne«, beharrte sie.

»Nicht ich.« Nachdem es ihm misslungen war, ein einziges kleines Kind zu retten, hatte er keinen Wunsch nach anderen.

Außerdem hatte er in den letzten fünf Jahren viel Zeit zum Nachdenken gehabt und sich Sorgen gemacht, dass er ein Kind womöglich genauso behandeln würde wie sein Vater und seine Brüder die ihren ... mit sehr viel Prügel und ständiger Herabsetzung. Womöglich lag ihm das ja auch im Blut.

Und vor allem deshalb wollte er keine Kinder mehr.

Was ein Mann brauchte, war eine nette Frau, um ihm in einer Winternacht das Bett zu wärmen, und es spielte keine Rolle, ob es eine Ehefrau, eine Konkubine oder eine flüchtige Affäre war. Das sagte er jedoch nicht zu Ianthe, aus Furcht, dass sie sich dann beleidigt fühlen könnte.

»Dann wird das also der Abschied für uns sein?«, fragte sie, und wieder kamen ihr die Tränen. »Ich werde dich sehr vermissen, Lieber.«

»*Noch* bin ich ja nicht weg«, sagte er betont und strich mit einer Hand über ihre Hüfte.

»Aber wir dürfen den Abschied auch nicht in die Länge ziehen. Lass dies unsere letzte gemeinsame Nacht sein, Sidroc. Wir haben als Freunde begonnen, bevor wir Liebende wurden, und wir sollten auch als Freunde auseinandergehen.«

Er hätte ihr gerne widersprochen, aber sie hatte recht. Ihren Abschied zu verzögern wäre unklug. Oh, natürlich gab es auch noch viel für ihn zu regeln. Er musste Geld für Ianthe anlegen und sich vergewissern oder dafür sorgen, dass die Besitzurkunde für das Schmuckgeschäft auf ihren Namen ausgestellt war. Auch die alljährliche Betriebserlaubnis musste bei dem mächtigen Statthalter oder Präfekten der Stadt erneuert werden, der einer alleinstehenden Handwerksmeisterin das Leben sehr erschweren könnte, wenn er wollte. Vielleicht, dachte Sidroc, sollte ich auch für mindestens ein Jahr einen Wachmann einstellen, der auf Ianthe aufpasst. So würde sie sich nicht nach einem anderen

Beschützer umsehen müssen, wenn sie nicht wollte. Aber diese Dinge konnten bis morgen warten, denn im Moment hatte er ganz andere im Sinn.

»Wenn diese Nacht unsere letzte sein soll, will ich keinen Augenblick vergeuden«, sagte er.

Sie lächelte verführerisch und glitt von seinem Schoß, um zu der gegenüberliegenden Wand zu gehen, wo sie eine Truhe öffnete und einige Gegenstände heraussuchte. Als sie zurückkam, kniete sie sich zwischen Sidrocs Beine und reichte ihm die Seidenschals.

»Ach, meine Süße, wie sehr ich dich vermissen werde!«, sagte er und legte eine Hand unter ihr Kinn, um sie zu küssen.

»Dann zeig mir, wie sehr«, flüsterte sie.

Als braver wikingischer Krieger tat er wie geheißen – und sogar noch sehr viel mehr.

Ein ums andere Mal führte er ihr vor Augen, wie sehr er sie vermissen würde.

Immer wieder.

Und als das erste graue Licht über dem Bosporus erschien, zeigte er es ihr aufs Neue.

Kapitel acht

Im Garten des Guten und Verführerischen ...

Drifa war schon im Morgengrauen auf den Beinen, bereit für eine Besichtigung der Goldenen Stadt vor ihrer nachmittäglichen Audienz beim Kaiser.

Allerdings musste sie noch ein paar Stunden warten, bevor sie mit ihrem Besuch bei der Schmuckmacherin mit der Besichtigung beginnen würde, da sie Ianthe nicht aus dem Bett holen wollte. Allein die Götter wussten, wer es mit ihr teilen würde. Nun ja, im Grunde wusste sie es schon, zog es aber vor, dieses Bild nicht zu beschwören.

Ihre vier Hersen, die nach dem gestrigen Bankett alle einen mächtigen Brummschädel hatten, lehnten ihre Einladung ab, sie zu Sidrocs Geliebter zu begleiten. Nur Alrek versprach ihr, nachzukommen ... sobald er damit fertig war, den Inhalt seines Magens in einen Nachttopf auszuleeren. Anscheinend hatte jemand mehrere Fässer Met von einem der Langschiffe geholt, wofür die Hersen sich auf die bei wikingischen Männern beliebteste Art und Weise erkenntlich gezeigt hatten: mit einem Wettbewerb, um zu sehen, wer in der kürzesten Zeit am meisten von dem Gebräu herunterbringen konnte. Männer!

Und so waren es nur Drifas vier Leibwachen, mit denen sie durch das mächtige bronzene Chalke-Tor, den Haupteingang zum kaiserlichen Palast, in die Stadt aufbrach. Über dem Tor befand sich eine riesige Mosaik-Ikone von Jesus Christus, und das Nächste, was ihnen auffiel, nachdem sie das Tor passiert hatten, war der geradezu überwältigende Blumenduft.

»Das sind die Parfümeure«, verriet ihr Ivar. »Das Gesetz in Miklagard verlangt, dass alle Hersteller und Händler von Düften sich nur einen Steinwurf entfernt von den Palasttoren niederlassen. Ihr könnt Euch sicher vorstellen, warum.«

Drifas Blick glitt über die Dutzende von Ständen und Geschäften, und sie schwor sich, auf dem Rückweg Parfüms für sich und ihre Schwestern einzukaufen, bevor sie sich der geschäftigen Stadt zuwandte. Trotz des duftenden »Schutzschildes« der Parfümeure war der Gestank der Stadt schier überwältigend. Eine Wand aus Düften. Wie ... einfallsreich! Sie hielt sich die Nase zu, als sie weitergingen, und achtete darauf, wo sie hintrat. »Das Innere des Palastes ist ein wahres Wunder mit seinen Terrakotta-Rohren, durch die frisches Wasser hereinfließt und die Abfälle aus den Abtritten abfließen. Woher kommt also dieser Gestank hier?«, fragte sie und zeigte auf die Stadt.

»Es gibt zwar Kanäle, die an allen Straßen entlang verlaufen, und unterirdische Abwasserrohre, Aquädukte und Zisternen, aber diese Stadt ist vollgestopft mit Hunderttausenden von Menschen samt ihren Tieren. Da staut sich einiges. Ganz abgesehen von klebrigem Fischblut und verfaulendem Gemüse.«

Einer der anderen Leibwächter sagte: »Ich würde kein Bad nehmen wollen an den Ufern des Bosporus oder des Marmarameers, wo all diese Abfälle schließlich landen.«

»Dafür haben sie öffentliche Badehäuser in der ganzen Stadt und Abtritte, wo in einer Reihe an die fünfzig Löcher sind«, bemerkte Ivar mit einem Anflug von Belustigung in seinen Augen. »Sie haben sogar an Stöcken befestigte Schwämme, die jedermann benutzen kann, um sich den Hintern abzuwischen.«

»Waaas?« Würden Männer denn nie aufhören, sie mit Dingen zu überraschen, über die sie untereinander und bisweilen sogar in Anwesenheit von Frauen sprachen? Die Wikinger waren derber als andere Völker, zweifellos, doch das hier ging nun doch etwas zu weit. »Ich kann nicht glauben, dass du das gesagt hast, Ivar.«

»Es gibt natürlich auch Eimer zum Ausspülen der Schwämme«, fuhr Ivar unbeeindruckt fort, »aber ich denke mal, dass das Wasser und der Schwamm nach einer Weile ziemlich eklig werden.« Ivar machte sich wie so viele Männer gern einen Spaß daraus, Frauen mit den raueren Seiten des Lebens zu schockieren. »Vielleicht schütten sie es in die vielen Blumenbeete, die ich in den Höfen sehe – ähnlich dem Mist, den Ihr auf Eure Pflanzen gebt, Prinzessin Drifa.«

»Igitt!« Aber war es wirklich schlimmer, als Laub oder gar nichts zu benutzen, wenn man sich erleichtert hatte, wie in den nordischen oder auch angelsächsischen Landen? Zumindest badeten die nordischen Völker häufig. »Aber es wirft auf jeden Fall ein anderes Licht auf das Juwel Byzanz«, beschloss Drifa.

»Ha! Es ist mehr wie ein schmutziger, unpolierter Stein, wenn Ihr mich fragt.«

Drifa musste aufschauen, wenn sie mit Ivar oder den anderen wikingischen Wachen sprach. Sie waren hochgewachsene Männer, und ihre Größe wie auch ihre Waffen wurden von vielen Passanten bemerkt, als sie über den erhöhten Bürgersteig auf Ianthes Schmuckgeschäft zugingen. Ivars zweischneidige Streitaxt, der er den Namen *Todbringer* gegeben hatte, zog besonders viele Blicke auf sich.

Aber auch die Wachen schauten, selbst während sie sich mit Drifa unterhielten, nach allen Seiten und hielten nach Gefahren Ausschau.

Über die breite Hauptdurchfahrtsstraße, auch bekannt als Mese, gingen sie auf den Augustaion-Platz zu. Der Augustaion diente auch als Marktplatz, mit vielen Läden unter den schützenden Arkaden zu beiden Seiten. Das war der Ort, wo sie Ianthe finden würden.

Als sie das Schmuckgeschäft erreichten, postierte sich eine der Wachen draußen vor der Tür neben einem von Ianthes eigenen Wächtern, die tagsüber vor dem Geschäft standen. Zwei andere gingen um den Laden herum zum hinteren Teil des Gebäudes, während der vierte, Ivar, Drifa hinein begleitete.

Ianthe begrüßte Drifa schon an der Tür mit einem Kuss auf beide Wangen. »Ich bin so froh, dass du kommen konntest.«

»Wir haben dich als Allererstes aufgesucht. Ich hoffe nur, dass wir nicht zu früh gekommen sind.«

»Keineswegs. Ich bin jeden Morgen schon bei Tagesanbruch auf den Beinen, um meinen Laden zum Öffnen vorzubereiten. Und es ist gut, dass du zuerst hierhergekommen bist. Ich werde dir einige der Sehenswürdigkeiten zeigen, die du dir in Konstantinopel nicht entgehen lassen solltest, obwohl es dich Tage oder vielleicht sogar Wochen kosten wird, alles zu sehen.«

»Ich habe Zeit.«

Ianthe führte sie zuerst in ihrem Geschäft herum, wo eine Verkäuferin verschiedene Schmuckstücke auf Seidenstoffen und niedrigen Podesten arrangierte. Im Hintergrund saßen zwei junge Frauen an langen Tischen, von denen eine an einer Halskette aus silbernen Perlen und Aquamarinen arbeitete, während die andere eine der spinnwebartigen Kreationen herstellte, die Ianthe gestern Abend getragen hatte, auch sie mit Aquamarinen durchsetzt.

»Du arbeitest anscheinend oft mit diesen blauen Steinen?«, fragte Drifa.

»Ich liebe all die unterschiedlichen Töne des Aquamarins. Kennst du dich aus mit diesem Stein?«

»Bei den Göttern, ja, Ianthe! Wir Wikinger sind im Grunde

unseres Herzens Seeleute, und ein weitverbreiteter Aberglauben besagt, dass Aquamarine einen Seemann beschützen und vor Seekrankheit bewahren.« Drifa verdrehte die Augen. »Da sie nach Seewasser benannt sind, glauben einige Dummköpfe sogar, sie würden Meerjungfrau-Höhlen entstammen.«

»Ich bekomme meine aus den russischen Landen«, sagte Ianthe, ohne eine Miene zu verziehen, bevor ein Grinsen auf ihrem Gesicht erschien. »Du würdest auch die Geschichten, die ich höre, nicht glauben. Dass die Steine als Gegenmittel gegen Gift benutzt werden können, dass sie Hals-, Magen- und Zahnschmerzen lindern und ihrem Träger im Kampf Glück bringen – ja, dass sie sogar wie Liebestränke wirken können.«

»Ich weiß von Hellsehern, die Aquamarinkugeln benutzen, um in die Zukunft zu blicken.«

Beide lachten. Dann sagte Ianthe: »Mich kümmert nicht, *wer* meinen Schmuck kauft, nur *dass* er gekauft wird.«

Obwohl Ianthe heftig protestierte, dass sie Drifa nicht eingeladen hatte, damit sie etwas kaufte, suchte sie drei Halsketten für Breanne, Ingrith und Vana und dazu zwei zierliche Armreifen für Tyra aus.

Dann zeigte sie Ianthe die kleine Truhe voller Bernsteine, die sie dem König überreichen würde, und fragte sie, ob sie schnell einen Auftrag für sie ausführen könne, während sie einen kleinen Lederbeutel mit runden, erbsengroßen Bernsteinen leerte.

»Eine Halskette?«, fragte Ianthe.

»Nein, etwas anderes«, antwortete Drifa lächelnd.

Ivar folgte ihr wie ein Schatten, was eigentlich ganz lustig war, da er so groß und das Geschäft so klein war. An seinem geröteten Gesicht konnte Drifa sehen, wie peinlich es ihm war, sich ständig bücken oder ausweichen zu müssen, um nicht irgendetwas umzustoßen. Als sie zu Ianthes Wohnung hinaufgingen, konnten sie Ivar überreden, draußen vor der Tür stehen zu bleiben.

Beim Eintreten klatschte Drifa vor Entzücken in die Hände. »Oh, wie hübsch!«

»Wirklich?«

»Wirklich.« Wahrscheinlich dachte Ianthe, dass Drifa als Prinzessin schon in sehr viel luxuriöseren weiblichen Wohnstätten gewesen war. Das stimmte auch, und der Palast war etwas völlig anderes als diese vergleichsweise recht bescheidene Bleibe, doch sie gefiel Drifa wegen all der Schönheit in einem so kleinen Raum.

Plötzlich fragte Drifa sich, wie lange Sidroc und Ianthe sich schon kennen mochten. Und wie gut. *Oh nein! Er war doch bestimmt noch nicht mit ihr zusammen, als er mir einen Heiratsantrag machte! Aber andererseits, wie ich den Flegel kenne, war er es vielleicht doch.*

Dann erregte eine entfernte Ecke Drifas Interesse, in der Weihrauch vor einem auf Holz gemalten Bild der Jungfrau Maria mit dem Jesuskind brannte. »Wie hübsch!«, bemerkte Drifa.

»Wir Griechen verehren Ikonen. Fenster zum Himmel, nennen wir sie. Du wirst sie überall in der Stadt sehen, nicht nur im Palast und in den Kirchen. Einige von ihnen sind einfach nur auf Holz gemalt, während andere aus Schmelzglas oder Elfenbein gemacht sind, oft sogar mit kostbaren Edelsteinen darauf. Sie können riesig sein wie die in der Hagia Sophia oder auch klein genug, um sie bei sich tragen zu können.« Ianthe legte plötzlich eine Hand vor ihren Mund und schüttelte den Kopf. »Ich rede viel zu viel. Sidroc sagt, manchmal schnatterte ich wie ein Affe, den er einmal in einem fernen Land gesehen hat.«

Sidroc! Eine erneute Erinnerung daran, dass der Mann, der für kurze Zeit mit ihr verlobt gewesen war, der Mann, der gedroht hatte, sie zu seiner Bettgefährtin zu machen, der Mann, der der Vater eines Kindes war, das sie liebte, dass dieser Mann der ... ja, *was* eigentlich dieser Frau war? Beschützer? Geliebter?

»Mich interessiert es sehr, was du erzählst, Ianthe. Bitte hör nicht meinetwegen damit auf.« *Oder auf Anraten eines Mannes, dessen Wort nichts gilt.*

Ianthe lächelte ihr zu und deutete auf eine Hintertür. »Da du Pflanzen und Blumen liebst, dachte ich, wir könnten auf dem Balkon über meinem bescheidenen Garten essen.«

Der Anblick, der sich Drifas Augen bot, verschlug ihr fast den Atem. Der von einem schwarzen Eisengeländer geschützte Balkon, auf dem sie standen, ging auf einen wunderhübschen Hof hinaus. Er besaß nicht einmal die Größe eines geräumigen Schlafzimmers, doch es gab keine Stelle, die nicht mit Bäumen, Blumen, Sträuchern und kleinen Fußwegen bedeckt war, und all das war um einen kleinen Brunnen in der Gartenmitte arrangiert. »O ihr Götter und Göttinnen, das ist genau das, was ich hier in Byzanz sehen wollte! Die Palastgärten sind großartig, aber das hier ist die Art von Garten, den ich daheim auf Stoneheim anlegen möchte. Nicht mit denselben Pflanzen natürlich, weil viele unser raues Klima nicht überleben würden. Aber ...« Sie wandte sich Ianthe zu und sagte: »Siehst du, du bist nicht die Einzige, die schier endlos schwatzen kann.«

»Mich erfreut deine Begeisterung. Möchtest du hinuntergehen und dich umsehen? Irene ist noch nicht fertig mit dem Auftragen unseres Frühstücks«, sagte Ianthe und deutete auf eine ältere Frau, die Platten mit Obstscheiben, Käse, Oliven und Honigbrot sowie Becher mit irgendeinem Getränk auf einem runden, von mehreren Stühlen umgebenen Tisch anordnete.

»Oh, das würde ich sehr gern«, antwortete Drifa und folgte

ihrer neuen Freundin eine steile Treppe hinunter, die anscheinend der einzige Zugang zu dem Garten war. Terrakottatöpfe mit Efeu und wohlriechenden Kletterrosen standen entlang des Balkongitters und auf jeder zweiten Treppenstufe.

Obwohl es noch früh am Morgen war, war die Luft schon schwül und feucht. Was gut war für die Pflanzen, aber nicht so gut für Menschen. Ianthe, deren Haar in der Mitte wieder gescheitelt und zu beiden Seiten ihres Gesichts aufgerollt war, hatte sich für das heiße Wetter passend gekleidet. Sie trug einen *chiton*, die traditionelle und bei griechischen Frauen so beliebte ärmellose, knöchellange Tunika, deren Farbe heute ein hübsches Himmelblau war. Das Kleidungsstück wirkte luftig, da es Schultern, Nacken und Arme freiließ. Drifa dagegen schwitzte sehr in ihrer langärmeligen, knöchellangen *gunna*, über der sie auch noch eine seitlich offene Schürze trug. Und obwohl ihr Haar straff zurückgekämmt und zu einem Zopf geflochten war, konnte sie Schweiß an ihrem Haaransatz und unter ihren Armen spüren. Als ihr das bewusst wurde, beschloss sie auf der Stelle, sich noch heute etwas Luftigeres zum Anziehen auf dem Markt zu kaufen, oder Stoffe, um sich leichtere Kleidung anfertigen zu lassen.

Der gurgelnde Brunnen und ein blühender Feigenbaum verliehen dem Garten eine einladende Atmosphäre. Darüber hinaus stand auf der einen Seite ein sehr merkwürdiger Baum mit herzförmigen Blättern, der kaum größer war als eine ihrer wikingischen Leibwachen und knorrige, breit gefächerte Äste hatte.

Während Drifa mit gefurchter Stirn den Baum betrachtete, sagte Ianthe: »Wir nennen ihn den Judasbaum. Angeblich ist es der gleiche Baum, an dem Judas Ischariot, der Verräter Jesu Christi, sich erhängte.«

»Ich liebe diese dunkelrosa Blumen.« Einige der Blüten wuchsen sogar direkt aus dem Stamm des Baums heraus.

Ianthe pflückte mehrere Schoten von dem Baum, die Stangenbohnen ähnelten, und gab sie Drifa, nachdem sie eine von ihnen geöffnet und ihr die Samen darin gezeigt hatte. »Es heißt, dass die Blumen dieses Baumes einmal weiß waren, sich dann aber vor Scham verdunkelten, als Judas sündigte, indem er sich das Leben daran nahm.«

Eine fantasievolle Geschichte. Wenn sie die Samen mit nach Norden nahm, würden die Wikinger zweifellos ihren eigenen nordischen Mythos dazu erfinden, vielleicht sogar unter Einbeziehung Balders, der in vieler Hinsicht Jesus Christus, dem einzigen Gott der Christen, ähnelte.

Während sie durch den Garten spazierten, sah Drifa Lilien, Rosen und viele, viele Iris in weißen, blauen, violetten und strahlend gelben Farben. Ianthe erklärte, dass sie eine ganz besondere Vorliebe für diese Blume mit den starken Wurzeln habe. Freunde, die die Welt bereisten, brachten ihr oft Wurzeln von jeder neuen Spezies mit, die sie entdeckten. Als Folge davon besaß sie inzwischen über fünfzig Sorten. »Ich denke gerade, Drifa, dass diese Pflanze gut in deiner Heimat wachsen würde. Wenn meine verblüht sind, könnte ich die Wurzeln teilen und dir einige von jeder Farbe mitgeben.«

Drifa war gerührt von Ianthes Großzügigkeit. »Das würdest du tun?«

»Mit Vergnügen.«

Plötzlich überfielen Drifa Schuldgefühle ihrer Beziehung zu Sidroc wegen, obwohl nicht sie, sondern er der Schuldige war. Sie drückte Ianthes Arm. »Ich werde kommen und dir beim Ausgraben helfen. Sagen wir, heute in zwei Wochen?«

»Oh, ich weiß nicht. Es scheint mir nicht angemessen zu sein für eine Dame von deinem hohen Rang, im Schmutz zu wühlen.«

Drifa stemmte die Hände in die Hüften. »Was glaubst du denn, wer meine Gärten daheim pflegt? Mein Vater ganz gewiss nicht. Und den Dienstboten würde ich meine kostbaren Pflanzen nicht anvertrauen. Sie können eine Rose nicht von einem Radieschen unterscheiden.«

Sie saßen wieder auf dem Balkon und genossen die wunderbare erste Mahlzeit des Tages, die zum Glück nicht allzu schwer war bei dieser Hitze, als Drifa ein Thema anschnitt, das sie schon seit Tagen beschäftigte. »Nimm mir die Frage bitte nicht übel, Ianthe, aber kannst du deinen Lebensunterhalt hier selbst bestreiten?«

Ianthe lächelte. »Du meinst, ob ich auf Sidrocs Unterstützung angewiesen bin? Nein, du brauchst nicht zu erröten. Ich bin sicher, dass viele andere sich das Gleiche fragen.«

»Ich frage nicht nur aus Neugierde, Ianthe, sondern weil ich aus einer Familie unabhängiger und selbstständiger Frauen stamme und mich manchmal gefragt habe, wie es wohl wäre, allein zu leben. Ich bin kein junges Mädchen mehr, wie jeder sehen kann, und trotzdem drängt mein Vater mich immer noch zu heiraten.« Kaum hatte sie das gesagt, hätte sie sich die Zunge abbeißen können, weil sie so viel von sich preisgegeben hatte.

»Die Antwort, meine Liebe, ist, dass ich meinen Lebensunterhalt sehr gut selbst bestreiten kann – was allerdings nicht immer so war, wie ich zugeben muss. Es war Sidroc, der mir diesen Laden eingerichtet hat. Er entdeckte mich vor drei Jahren bei einem Juwelier, als dessen Gehilfin ich damals tätig war. Zu behaupten, dieser Juwelier sei brutal gewesen, wäre noch stark untertrieben. Sidroc hat den Mann windelweich geprügelt und mich dann auf der Stelle von dort fortgebracht.«

»Und du hast es ihm vergolten, indem du seine Geliebte wurdest? Oh, bitte verzeih, Ianthe. Ich kann nicht glauben, dass ich dir eine solch impertinente Frage stelle. Wie unhöflich von mir!«

Ianthe tätschelte ihr die Hand. »Freundinnen können über alles reden – und ich hoffe doch, dass wir dabei sind, Freundinnen zu werden? Die Antwort ist, dass ich ein Jahr, nachdem wir uns begegnet waren, freiwillig und nur allzu gern das Bett mit Sidroc teilte. Er ist ein Mann mit vielen Leidenschaften. Und wenn ich ehrlich sein soll, haben wir die gleichen ... nun ja, Vorlieben auf diesem Gebiet.«

Drifa hatte keine Ahnung, was sie meinte, und wollte auch nicht fragen. Sie stellte Ianthe jedoch eine andere Frage. »Liebst du ihn?«

Ianthe überlegte einen Moment. »Ja, das tue ich«, antwortete sie dann, »aber nur als guten Freund und ebenso guten Geliebten.«

»Und Sidroc? Liebt er dich?« Drifa war in der Tat sehr indiskret, aber ihre Zunge schien ein Eigenleben zu entwickeln.

»Pfff! Ich bezweifle, dass er noch einen Gedanken an mich verschwendet, seit er mein Bett verlassen hat. Oh, vergiss, dass ich das gesagt habe! Natürlich hat er mich gern, aber ich glaube nicht, dass er zu tieferen Gefühlen fähig ist.«

Sein nicht gerade feinfühliger Heiratsantrag hatte Drifa das bereits bewiesen.

»Ich mache einen Unterschied zwischen lieben und verliebt sein«, fuhr Ianthe fort, »weil ich weiß, wie es ist, zu lieben. Ich habe meinen Ehemann geliebt, der vor vier Jahren verstarb, und bezweifle, dass ich je wieder so lieben werde. Aber schau mich nicht so mitleidig an; ich führe ein zufriedenstellendes Leben.« Dann lachte sie. »Nun ja, bis jetzt zumindest. Da Sidroc unsere Beziehung beendet hat, werde ich meine Befriedigung zukünftig auf andere Weise finden müssen.«

Wieder wollte Drifa nicht fragen, was sie mit »auf andere Weise« meinte, doch interessant war, dass Sidroc seine Beziehung zu ihr beendet hatte. »Kam das unvermittelt?«

»Er hat es mir gestern Abend gesagt. Oder, um genau zu sein, erst heute Morgen«, gestand Ianthe errötend.

Auch Drifa wurde rot, weil sie sich vorstellen konnte, was Ianthe damit meinte. Der lüsterne Bock war die ganze Nacht geblieben, und nicht etwa, um Gras zu fressen. Sie räusperte sich und fragte: »Und warum beendet er eure Beziehung?«

»Weil er Byzanz verlassen wird.«

»Ach? Und wann?« So viel zu den zweiundvierzig Nächten, mit denen er ihr gedroht hatte!

»Sobald es ihm gelingt, von seinen Pflichten in der Waräger-Garde entbunden zu werden. Was innerhalb von Tagen oder Monaten geschehen kann, soweit ich weiß.«

Oh. Dann war die Sache mit den zweiundvierzig Nächten vielleicht doch nicht ausgeschlossen. *Gute Götter! Was denke ich da? Natürlich ist es ausgeschlossen.*

Als könnte Ianthe erraten, was sie dachte, sagte sie: »Sidroc ist ein guter Mann. Er erzählte mir gestern Abend, dass du einmal mit ihm verlobt warst.«

Drifa antwortete mit einem sehr undamenhaften Schnauben. »Eine Verlobung von etwa dreistündiger Dauer! Hat er das vielleicht zufällig auch erwähnt?«

Sichtlich verblüfft über die Heftigkeit von Drifas Ausbruch, schüttelte Ianthe den Kopf. »Vielleicht könntet ihr eure Verlobung ja wieder erneuern? Vielleicht hat Gott dich zur selben Zeit, in der auch Sidroc hier ist, nach Konstantinopel gebracht, weil Er will, dass ihr zusammen seid.«

Drifa war sich ziemlich sicher, dass Gott keine Pläne hatte, die mit zweiundvierzig Nächten Beischlaf einhergingen, was das Einzige war, was Sidroc mit ihr vorhatte. »Wann immer wir uns begegnen, kommt es zu Missverständnissen und Meinungsverschiedenheiten. Ich wage zu behaupten, dass wir uns gegenseitig umbringen würden, wenn wir gezwungen wären, mehr als einen Tag zusammen zu verbringen.« Oder sogar zweiundvierzig Nächte!

Ianthe sah sie zweifelnd an und wandte sich dann einer jungen Frau zu, der Verkäuferin aus ihrem Laden, die in der Tür erschienen war. »Unten ist ein angelsächsischer Seemann, der eine Spinnweb-Kette kaufen will, aber er möchte wissen, ob Ihr eine mit Perlen anfertigen könnt, die er als Brautgeschenk nach Britannien mitnehmen kann.«

Ianthe wandte sich an Drifa. »Würde es dir etwas ausmachen zu warten, bis ich wiederkomme? Ich werde dir von Irene noch ein Glas Wein bringen lassen.«

Drifa lehnte sich im Schatten des überdachten Balkons zurück und erfreute sich am Zwitschern der Vögel und dem gurgelnden Geräusch des Wassers in dem Brunnen. Es war so friedlich hier ... genau das, was sie zu erreichen hoffte, wenn sie nach Stoneheim heimkehrte – oder eines Tages ihr eigenes Zuhause hatte, wo immer das auch sein mochte.

Sie dachte an alles, was sie bisher schon erledigt hatte, und dabei war es noch nicht einmal Mittag. Sie hatte die Parfüm-Stände gesehen und würde auf dem Rückweg zum Palast einige der Düfte kaufen. Sie hatte Schmuck für ihre Schwestern gekauft und eine neue Freundin gewonnen. Oh, und nicht zu vergessen die widerstandsfähigen Pflanzen, die sie gefunden hatte und nach Norden mitnehmen konnte.

Ihr Besuch in Byzanz konnte nur noch besser werden.

Kapitel neun

Wie gern er ihre Blütenblätter pflücken würde ...

Sidroc stand in der Tür und beobachtete Drifa, die sich im Garten – der Welt, die ihr offenbar am liebsten war – entspannte.

Im Augenblick war sie sich seiner nicht bewusst, da sie mit zurückgelegtem Kopf und der Sonne zugewandtem Gesicht dasaß, und die einzigen Geräusche waren die der Vögel, des Brunnens und, wenn man genau hinhörte, des nicht sehr weit entfernten Marmarameers.

Sie war wirklich eine hübsche Frau, hübscher sogar noch als vor fünf Jahren. Mit geschlossenen Augen hatte sie nicht dieses exotische, ein wenig orientalische Aussehen, mit Ausnahme ihrer Haut, die einen leicht olivfarbenen Ton aufwies. Ihr schwarzes Haar würde in seidigen Wellen bis zu ihrer Taille hinunterfallen, wenn sie es offen trüge. Ihre Figur war zierlich, aber verführerisch durch ihre vollen Brüste, die sich sehr vorteilhaft von ihrer schlanken Taille und den sanft gerundeten Hüften abhoben.

Sidroc ging zu dem Tisch, an dem sie saß, strich mit der Fingerspitze über ihren durch den Zopf entblößten Nacken und sagte: »Wie geht es meiner kleinen Blume heute?«

Sie fuhr erschrocken zusammen und stieß dabei fast das volle Weinglas um, das vor ihr stand. Dank seiner schnellen Reflexe konnte Sidroc es gerade noch ergreifen und zur Tischmitte schieben.

»Du Flegel! Ich bin nicht dein kleines *Was-auch-immer*.«

»Das wird sich zeigen.«

»Musstest du mich so erschrecken?«

Du weißt noch gar nicht, was erschrecken ist, Süße. Er ließ sich auf dem Stuhl ihr gegenüber nieder. »Du solltest wachsamer sein. Immerhin befindest du dich in einem fremden Land.«

Sie sah ihn aus schmalen Augen an. »Wie bist du hier hereingekommen? Ivar wird nicht erfreut darüber sein.«

»Eigentlich war sogar er es, der mir sagte, wo du bist. Anscheinend haben wir einen gemeinsamen Freund daheim im Norden. Sein Cousin Snorri ›Zottelbart‹ und ich haben einst Seite an Seite in der Schlacht am Blauen Fjord gekämpft, und deshalb sieht Ivar jetzt einen Freund in mir.«

»Dann werde ich ihn umstimmen müssen.«

»Wenn du das tust, werde ich deine Anzahl von Nächten mit mir um eine erhöhen müssen.«

»Also wirklich, Sidroc! Deine Drohungen werden langsam lästig. Glaubst du allen Ernstes, ich würde dich deine Wollust an mir befriedigen lassen?«

Er lachte. »Erstens werde ich nicht nur *meine* Wollust befriedigen, sondern auch die deine. Zweitens sind es keine Drohungen. Wenn du zu mir ins Bett kommst, wirst du es aus freien Stücken tun. Oder mehr oder weniger freiwillig zumindest.«

Statt einer Antwort funkelte sie ihn nur wütend an.

Selbst ihre bösen Blicke beginne ich charmant zu finden. Wie jämmerlich ist das denn? »Ich denke, es wird ein wenig Anregung erfordern, die Flammen deiner Leidenschaft zu entfachen. Meine dagegen lodern schon.« *Wo habe ich denn diesen Blödsinn her? Von Finn wahrscheinlich, der langsam auf mich abzufärben scheint.*

»Du musst einen Stein statt eines Kopfes zwischen den Ohren haben. Unter welchen Umständen könnte ich deiner Vorstellung nach zustimmen, das Bett mit dir zu teilen, ohne mit dir verheiratet zu sein? Was nicht bedeutet«, fügte sie schnell hinzu, »dass ich dich jetzt noch als Ehemann wollen würde.«

Er lächelte, weil es ihm so viel Spaß machte, sie zu necken. »Auch ich würde dich nicht als Ehefrau haben wollen, doch im Grunde meines Herzens bin ich ein Soldat, Drifa. Ich weiß, wie man auf dem Schlachtfeld und außerhalb davon kämpft. Und wie ich dir schon vorher sagte, hat jeder einen schwachen Punkt, und ich werde deinen finden.«

Wieder erschien dieser seltsam furchtsame Ausdruck auf ihrem Gesicht, der ihn auf den Gedanken brachte, dass sie ein Geheimnis haben musste, das sie vor ihm verbarg. Und wenn schon, sagte er sich. Zu gegebener Zeit würde er schon noch dahinterkommen.

»Ich habe keine schwachen Punkte«, versicherte sie ihm und begann sich zu erheben.

Doch er legte eine Hand auf ihre Schulter und drückte sie sanft auf ihren Platz zurück. »Nun geh doch nicht gleich auf die Palme, Herzchen.«

Ihr Kinn fuhr hoch bei diesem Kosewort.

Und deshalb benutzte er es gleich wieder. »Ich habe den Verdacht, Herzchen, dass die Schwäche, die ich suche, bereits in dir ist, und dass du ein Verlangen nach mir hegst, das du mit aller Macht zu unterdrücken suchst. Ja, ich glaube sogar, dass du in ebendiesem Augenblick schon ein fast schmerzhaftes Ziehen in deinen Brüsten spürst und dass sich eine warme Feuchte zwischen deinen Beinen sammelt.« *Verdammt. All dieses Gerede macht mich selber heiß!*

Drifa verschlug es den Atem, und sie rang nach Luft, um etwas zu sagen, irgendetwas Scharfzüngiges und Bissiges ganz zweifellos. Frauen kämpften manchmal gegen ihre eigenen Begierden an.

»Und ich nehme an«, setzte er schnell hinzu, »dass du mir jetzt am liebsten einen dieser Blumentöpfe über den Kopf schlagen würdest. Schon wieder. Aber ich muss dich warnen, *Herzchen*. Ich werde mir nicht noch mal den Kopf durchbohren lassen. Meine Männlichkeit ist auch so bereits zu groß.« *Und wird von Minute zu Minute größer.*

»Du ... du ... du lüsterner, geschmackloser, aufgeblasener, verblendeter ... Wicht!«

»Na, na, na! Ich glaube, du brauchst noch ein paar Schimpfwörter mehr für deinen Vorrat. Vielleicht sollte ich mit dir über den Marktplatz gehen und dich noch ein paar neue lehren. In anderen Sprachen sogar. Ja, auf dem Marktplatz wimmelt es nur so von schmutzigen Wörtern.« *Und anderen schmutzigen Dingen.*

»Oh, Gott sei Dank!« Ianthe kam zur Tür heraus und blies sich ein paar lose Haare aus der Stirn. »Ich wollte dich heute über den Basar führen, Drifa, und dir einige interessante Orte zeigen, doch da Sidroc sich nun angeboten hat, kann ich mich wieder meinem äußerst schwierigen Kunden widmen.«

»Oh nein, das ist nicht nötig, Ianthe«, sagte Drifa schnell. »Ich habe Ivar und meine anderen Wachen, die mich begleiten werden. Wir können uns heute einfach nur umschauen. Vielleicht kannst du dir an einem anderen Tag die Zeit nehmen, mit mir einzukaufen zu gehen.«

»Natürlich«, sagte Ianthe. »Aber ...«

»Es wird mir ein Vergnügen sein«, warf Sidroc blitzschnell ein. Und das würde es in der Tat sein. Es gab Orte und Dinge, die ihr außer ihm kein anderer zeigen würde. »Ich bestehe darauf.«

Als Ianthe zur Tür ging, um nach mehr Wein zu rufen, zischte Drifa ihm zu: »Verschwinde!«

»Oh, oh, meine dornenreiche kleine Rose«, antwortete er mit honigsüßer Freundlichkeit. »Ich werde deine ureigene Biene sein, die dich alle paar Minuten sticht. Bzzzz!«

»Mein Schwager John züchtet Bienen in Hawks' Lair. Du weißt doch sicher, was mit männlichen Bienen geschieht, Sidroc?«

»Nach dem Grinsen auf deinem Gesicht zu urteilen, möchte ich es gar nicht wissen.« Dabei war es eigentlich ein ganz bezauberndes.

»Ein Stich, und der lüsterne Bienenmann ist tot.«

So viel zu meinen schlauen Plänen!

Man könnte es das Byzantinische Einkaufszentrum nennen ...

Drifa war nicht glücklich. Aber auch Ivar und ihre anderen drei Wachen waren nicht glücklich.

Ihren Leibwächtern gefiel es nicht, dass sie sich an einem solch überfüllten, gefährlichen Ort aufhielt.

Und ihr gefiel die lästige Klette in ihrem Rücken nicht, die unaufgefordert mitgekommen war.

Sidroc, die Klette, amüsierte sich jedoch prächtig, als sie wenig später über den belebten Basar spazierten. Drifa spielte mit dem Gedanken, ihn in einen nahen Haufen Pferdemist zu stoßen, verzichtete aber darauf, weil er sie dann wahrscheinlich mit sich herunterziehen würde.

Auf jeden Fall war sie entschlossen, sich diesen wunderbaren Ausflug nicht von ihm verderben zu lassen. Wenn man sich erst einmal an den allgegenwärtigen Gestank der Stadt gewöhnte, entdeckte man noch andere, angenehmere Gerüche. Alle Arten von Fleisch, Geflügel und Fisch wurden über Holzkohlenbecken gegrillt. Irgendwann bemerkte Drifa: »Ich würde schwören, dass jedes Tier aus Noahs Arche hier in der einen oder anderen Form vertreten ist.« Und was das zur besseren Ansicht aufgeschnittene Obst und Gemüse anging, meinte sie: »Könnte der Garten Eden mehr bieten?«

»Das Einzige, was hier noch fehlt, ist die Schlange«, stimmte Sidroc zu und gab ein lächerliches, zischendes Geräusch von sich.

Wohlhabende Patrizier, Männer wie Frauen, wurden in von gut gekleideten Sklaven geschulterten Sänften durch die Stadt getragen. Diese Sklaven boten einen krassen Gegensatz zu anderen, fast nackten, unglücklichen Sklaven, die zusammen mit Ziegen, Rindern und anderen Tieren auf den Versteigerungsplatz zugetrieben wurden. Ungewöhnlich gekleidete, Turban tragende Wüstennomaden führten mit mongolischen Seiden und russischen Pelzen beladene Kamele durch die Stadt.

Und die Geräusche! Das Rumpeln von Karrenrädern über steinerne und hölzerne Wege, das Geläut von Kirchenglocken, ein Dutzend oder sogar noch mehr verschiedene Sprachen, die Schreie der Händler, die ihre Waren feilboten, und viele fantasievolle und einzigartige Schimpfworte und Flüche. Ja, Sidroc hatte recht gehabt, was das anging. »Schieb den Karren weg, du Kamelmisthaufen!«, »Keinen Groschen mehr, du diebischer Sohn einer Ziegenhüter-Schlampe!« und natürlich *Scheiße* in verschiedenen Umsetzungen wie: »Hau ab, du Klugscheißer!«, »Ich scheiß auf deinen Schrott!« oder einfach nur das stets beliebte: »Scheiße, Scheiße, Scheiße!«

Drifa spürte, wie sie vor Verlegenheit errötete, und wandte sich ab, damit Sidroc es nicht sehen und behaupten konnte, er habe es ihr ja gesagt.

Sein Lachen verriet ihr jedoch, dass er es sehr wohl gesehen hatte und sehr belustigt war.

»Komm, lass uns zu diesem Stand dort gehen, Drifa«, sagte er und schob sie zu einem Tuchhändler hinüber, der schon einige fertig genähte Damenkleidungsstücke hatte. »Du sagtest doch, du wolltest ein paar griechische Gewänder kaufen.«

Drifa durchstöberte die verschiedenen Stapel und suchte mehrere Kleider und jeweils drei Ellen blauer, roter und grüner Seide aus, dazu einige Längen Litze und Bänder aus besticktem, sich etwas steif anfühlendem Brokat. Die Byzantiner Seide gehörte zu den kostbarsten Handelswaren und wurde in einigen Fällen so hoch wie Gold bewertet, und hier konnte Drifa sehen, warum.

»Komm mit nach hinten, Lilie meines Herzens«, rief Sidroc sie zum hinteren Teil des Zelts. Er hatte sich angewöhnt, sie mit albernen Blumennamen zu bedenken, und wenn auch nur, um sie zu ärgern.

»Hast du keine Waräger-Angelegenheiten zu erledigen?«

»Ich bin gerade erst von einer sechsmonatigen Waräger-Angelegenheit zurückgekehrt.«

»Na, dann was Wikingisches eben.«

»Ich bin dabei, etwas Wikingisches zu tun«, erwiderte er augenzwinkernd.

Sie hatte keine Ahnung, was er meinte, doch sein Augenzwinkern spürte sie bis in ihre sich krümmenden Zehen hinein. »Heute scheint das Pech mich zu verfolgen!«, murmelte sie.

»Sagtest du, du wirst mir überallhin folgen?«, fragte Sidroc in gespielter Überraschung.

»Nein, das habe ich keineswegs gesagt.« Sie begann, von ihm wegzustapfen, aber er griff nach ihrer Hand.

»Komm schon her. Ich habe das perfekte Gewand für dich gefunden.«

Das kann ich mir kaum vorstellen. Und wie sich herausstellte, reichte ihre Fantasie tatsächlich nicht so weit.

Er hob ein Kleidungsstück aus hauchzartem roten Stoff hoch, das Nacken, Arme und Bauch freiließ, während Brüste und Schoß von drei Lagen desselben Stoffs verdeckt wurden. Der untere Teil begann an den Hüften, unterhalb des Nabels, und war eigentlich eine Art Pluderhose, die an den Knöcheln enger wurde. Es war die Art Bekleidung, die Drifa sich bei einer Haremssklavin vorstellen könnte.

»Und hier ist das Beste daran, mein scheues Veilchen.« Er schüttelte das Kleidungsstück und ließ die winzigen Glöckchen an den Fußknöcheln und Handgelenken bimmeln. So leise, dass nur Drifa ihn hören konnte, sagte er: »Wenn du mein Schlafzimmer betrittst, will ich dich kommen hören.«

»Wie eine Kuh«, entgegnete sie trocken.

Was ihn absolut nicht aufhielt. »Mehr wie meine persönliche Liebessklavin«, sagte er und wackelte mit seinen Augenbrauen. »Und wenn du für mich tanzt, wirst du keine Musik brauchen, denn deine Glöckchen werden eine ganz besondere Melodie erzeugen.«

»Tanzen? Das ist das erste Mal, dass ich etwas von Tanzen höre.«

»Alle Liebessklavinnen tanzen. Nicht, dass ich viel über Liebessklavinnen wüsste, aber wenn ich eine hätte, würde sie ganz sicher für mich tanzen. Doch wie dem auch sei – ist das Gewand nicht einfach fabelhaft?«

»Oh ja, einfach fabelhaft«, stimmte sie wieder unverkennbar spöttisch zu, was er jedoch auch diesmal ignorierte. »Aber ich kaufe das Ding nicht.«

»Natürlich nicht, meine zauberhafte kleine Rosenknospe. Ich werde es dir kaufen.«

In der Zwischenzeit standen ihre Leibwächter am äußeren Rand des Zeltes und starrten sie gedankenverloren an, statt mit dem Ärger, den sie hätten demonstrieren sollen. Aber dann begriff Drifa, warum, als zwei der Wachen hineingingen und sich Haremsgewänder ansahen, die wahrscheinlich für ihre Liebchen daheim bestimmt waren. Männer!

Ihre Vermutung erwies sich als begründet, als Sidroc lachte. »Deine Gemahlin wird dich für dieses Geschenk lieben, Farle. Und deine Verlobte, Gismun, wird dich schnellstens heiraten wollen, falls du es wagst, ihr eins zu kaufen.«

Bei den Göttern! Hat der Mann sich schon mit all meinen Wachen angefreundet?

Nachdem die Einkäufe bezahlt waren – und Sidroc ihr in der Tat das skandalöse Kleidungsstück gekauft hatte –, sagte sie streng: »Gib es irgendeiner anderen Frau. Das ist nichts für mich. Ganz entschieden nichts für mich.«

Er tat ihren Protest mit einer Handbewegung ab.

Sie waren wieder auf dem Marktplatz, auf dem es jetzt von Musikanten, Jongleuren, Zauberkünstlern, Wahrsagern und Astrologen nur so wimmelte.

»Möchtest du dir die Karten legen lassen, Pfirsichblüte?«

Das fehlte ihr gerade noch, dass irgendein Wahrsager ihr Geheimnis erriet und vor Sidroc ausplauderte! »Nein, nicht heute, und hör auf, mich mit diesen lächerlichen Blumennamen zu belegen.«

»Mylady«, sagte Sidroc mit ernster Miene und einer Hand auf seinem Herzen, »das sind Kosenamen.«

»Na, dann hör auf, mir mit Kosenamen zuzusetzen.«

Er lächelte nur.

Im Grunde mochte sie diese verspielte Seite an Sidroc. Schade nur, dass er die netten Dinge, die er sagte oder tat, dann immer wieder mit seinen Drohungen, sie zu seiner Bettsklavin zu machen, zunichtemachte. Sie kam sich vor wie ein Fisch, der an der Angel eines Skandinaviers hing und nach und nach an Land gezogen wurde. Wenn schon sonst nichts, so waren Skandinavier doch wenigstens hervorragende Angler.

Und irgendwo in ihrem Hinterkopf quälten sie immer wieder die Gedanken an Runa und die Notwendigkeit, Sidroc über seine Tochter aufzuklären. Aber wie? Und wann?

Als sie weitergingen und er es irgendwie geschafft hatte, ihre Hand zu ergreifen und seine Finger mit ihren zu verschränken, bemerkte sie die vielen Statuen in der Stadt, die hauptsächlich von Kaiser Konstantin dem Großen waren, nach dem Konstantinopel benannt worden war.

Einer der ungewöhnlichsten Anblicke waren Männer, die auf Säulen hoch über der Menge saßen. Sidroc erklärte Drifa, dass diese Männer sogenannte *Styliten* waren, Mönche, die sich für ein asketisches, dem Gebet geweihtes Leben auf den Säulen entschieden hatten. Nahrung und Wasser wurden ihnen von anderen Mönchen hinaufgereicht. Drifa wollte gar nicht wissen, wie andere körperliche Bedürfnisse geregelt wurden.

In einem Laden, in dem alles Mögliche aus Marmor feilgeboten wurde, von Skulpturen bis hin zu einem Spiel mit kleinen Kugeln namens Murmeln, kaufte Drifa eine Walze, die zum Ausrollen von Teig für Süßwaren benutzt wurde. Ingrith würde sie lieben. Nach kurzer Überlegung kaufte Drifa auch noch eine zweite für die Stoneheimer Köchin. Während sie sich in dem Geschäft aufhielten, musste Sidroc natürlich wieder etwas Unerhörtes tun. Irgendwie entdeckte er lange, marmorne Gegenstände, die wie unterschiedlich große Gurken aussahen und an einem Ende knollenförmig waren. Zuerst konnte Drifa sich nicht erklären, was es damit auf sich hatte, aber dann begriff sie, dass es sich um Nachbildungen männlicher Phalli handelte. »Dieser hier hat etwa meine Größe ... seit mir der Schädel aufgebohrt wurde«, bemerkte Sidroc, während er das Ding in einer Hand wog.

»Du Spinner!« Gefolgt von seinem Lachen eilte Drifa aus dem Laden. Draußen standen ihre Wachen, die von seinem letzten Streich zum Glück nichts mitbekommen hatten.

Doch kaum hatte er sie eingeholt, sagte er: »Willst du nicht wissen, wozu sie benutzt werden?«

»Ganz bestimmt nicht!«

»Na ja, du brauchst ja auch keinen, solange ich da bin.«

Als er ihr einen Stand mit Hoden aller möglichen Tiere zeigte und dann noch einen weiteren, an dem Alraunwurzeln verkauft wurden, wollte sie ihn nicht einmal mehr ansehen, nachdem sie schon vorher an drei unpassenden Äußerungen erkannt hatte, dass er sie mit voller Absicht in Verlegenheit brachte. Und er konnte sich natürlich auch nicht verkneifen, ihr zu erklären, dass die Alraunwurzel der intimsten Stelle einer Frau ähnelte. Als wüsste sie nicht selbst, wie sie dort unten aussah!

Deshalb biss sie sich jetzt auf die Lippe, um ihm keine Antwort mehr zu geben. Als sie zum Himmel aufschaute, sah sie, dass die Sonne direkt über ihnen stand. Es musste gegen Mittag sein. »Wir sollten zum Palast zurückkehren, da ich mich noch auf die Audienz beim Kaiser vorbereiten muss.« Sie wies eine ihrer Wachen an, die Truhe mit Bernstein abzuholen, die sie Ianthe zur Ansicht dagelassen hatte.

»Ich würde sie ja für dich holen«, mischte sich Sidroc ein, obwohl sie nicht einmal daran gedacht hatte, ihn zu fragen, »aber ich habe eine Besprechung mit General Skleros. Und angesichts dessen, was ich ihm zu sagen habe, wird es besser sein, in Uniform zu erscheinen.«

»Du meinst dein Ersuchen, den Dienst in der Waräger-Garde zu quittieren?«

Sidroc legte überrascht den Kopf zur Seite.

»Ianthe hat es mir erzählt.«

»Was hat sie dir sonst noch erzählt?«

Oooh, ich liebe diesen Ausdruck der Besorgnis auf seinem Gesicht! »Mehr als genug.«

Als er wartete und sie nichts weiter sagte, entschied er sich als der gute Soldat, der er war, von einer anderen Seite anzugreifen.

Sie hätte darauf gefasst sein müssen, hätte ihre Zugbrücke hochziehen und ihre Abwehr verstärken müssen.

»Dann erzähl mir doch mal von dem Vater deines Kindes. Von dem Mann, mit dem du im Bett gewesen sein musst, gleich nachdem du mich dem nahezu sicheren Tode überlassen hattest.«

»Ich habe nicht ... er ist nicht ... ich werde nicht ...«, stammelte sie. *O ihr Götter, steht mir bei! Ich verstricke mich immer mehr in einem Netz von Lügen.* Drifa atmete ein paarmal tief ein und aus, um sich zu beruhigen. Dann sagte sie: »Das geht dich überhaupt nichts an.« *Wenn es doch nur so wäre!*

»Du lügst«, erklärte er. »Glaub mir, dein Gesicht verrät dich, wenn du lügst. Aber ich frage mich, warum du es tust.«

»Lass mich in Ruhe, Sidroc. Ich habe zu viel anderes im Kopf, um deine Fragen zu beantworten.« *Und brauche mehr Zeit, um meine Lügen zu verbessern. Oder die Wahrheit zu beschönigen, wenn ich sie dir sage.*

»Du lügst schon wieder. Na schön. Wir werden das Gespräch über deinen Geliebten verschieben, aber was ich gerne ...«

Genau in diesem Moment wurden sie von einigen kleinen Mädchen unterbrochen, die vor ihnen herrannten und einer Ziege nachjagten, die sich von einem der Stände losgerissen hatte. Lachend und kichernd liefen sie im Zickzack durch die Menge, ihre hübschen kleinen Gesichter von wehendem langem Haar umgeben.

Sie erinnerten Drifa an Runa, die sie plötzlich schmerzlich vermisste. Wie sehr Runa dieser Basar gefallen würde! Drifa schwor sich, dem kleinen Mädchen viele Geschenke zu kaufen, um es für ihre Abwesenheit zu entschädigen. Vielleicht sogar dieses Murmelspiel, das sie gesehen hatte. Und ein griechisches Gewand in ihrer Lieblingsfarbe Blau, sowie Dutzende von Haarbändern in allen Farben des Regenbogens.

Drifa tat ein paar tiefe, belebende Atemzüge, um sich zu beruhigen, als sie sich wieder in Bewegung setzten. Erst dann merkte sie, dass Sidroc sie prüfend musterte.

»Was ist denn jetzt schon wieder?«, fragte sie.

»Erzählst du mir von deinem Kind?«

Kapitel zehn

James-Bond-Wikinger waren sie nicht ...

Während Sidroc und Finn auf ihre Besprechung mit General Skleros warteten, sann Sidroc über eine haltlose, zu beängstigende Möglichkeit, um sie auch nur in Betracht zu ziehen, nach.

»Könnte Drifas Kind das meine sein?«

»Waaas?«, schrie Finn beinahe.

Sidroc war nicht bewusst gewesen, dass er seine Überlegung laut geäußert hatte. Nun ja, jetzt war es zu spät. »Wann immer ich Drifas Kind erwähne, wird sie nervös. Man könnte sogar sagen, dass sie richtiggehend ängstlich wird. Und nicht ein einziges Mal beantwortet sie meine Fragen nach dem Mädchen ... Runa heißt es, glaube ich.«

»Könntest du vergessen haben, dass du sie flachgelegt hast?«

»Du liebe Güte, nein! Dazu bin ich noch nicht senil genug, trotz des Lochs in meinem Kopf. Oder war noch nicht mit genug Frauen im Bett, um ein solches Intermezzo vergessen zu können, und schon gar nicht mit einer Wikingerprinzessin. Aber mal angenommen, *sie* hat *mich* vernascht, während ich wie tot dalag?«

Finns Augen weiteten sich angesichts dieser Möglichkeit, doch dann gab er zu bedenken, dass er die meiste Zeit an Sidrocs Bett gesessen hatte.

»Aber du bist doch auch einmal nach Vikstead gefahren, um Signe zu suchen?«

»Da hast du recht, aber mal ehrlich, Sidroc, ich habe noch nie von einem solchen Vorkommnis gehört. Obwohl es eine bekannte Tatsache ist, dass der Schniedel eines Mannes auch im Schlaf Begeisterung entwickeln kann. Einmal war der morgendliche Enthusiasmus meines kleinen Freundes sogar so groß, dass ich ihn in Bronze hätte gießen lassen, wenn es möglich wäre.«

Das war kein Bild, das Sidroc in seinem Kopf brauchen konnte. »Ist es so weit hergeholt, dass eine Frau einen hilflosen Mann im Schlaf begatten könnte?«

»Ja, das ist zu unglaubwürdig.« Und das aus dem Munde Finns, des Meisters des Unglaubwürdigen. »Aber kommen wir zurück zu der Frage: Warum erschrickt sie so, wenn du sie nach ihrer Tochter fragst?«

»Ich weiß es nicht.« *Du kannst allerdings jede Wette eingehen, dass ich es herausfinden werde.* »Dennoch ... es ist mir ein Rätsel. *Drifa?* Die prüde kleine Wikingerprinzessin?«

»Sie *empfand* aber schon einmal etwas für dich.«

Etwas sehr Kurzlebiges, das damit endete, dass sie mich niederschlug. »Warum hätte sie sich an mir vergreifen sollen, während ich bewusstlos war? Wenn sie etwas von mir wollte, brauchte sie doch nur zu fragen.«

»Vielleicht wollte sie ein Kind ... *von dir* und befürchtete, dass du nie wieder zu dir kommen würdest, um es ihr auf natürlichem Weg zu geben.«

Unmöglich! Das kann nicht sein!
Oder doch?

»Ähem!«

Sidroc und Finn wandten sich dem Dienstboten zu, der in der Tür erschienen war. »Der General ist jetzt bereit, Euch zu empfangen.«

Während sie sich erhoben und anschickten, einen der kleineren Empfangsräume zu betreten, kam ein halbes Dutzend Männer in Uniform heraus. Sie waren Generäle von geringerer Bedeutung, sowohl der Tagmata, der Elitetruppen, wie auch der regionalen Truppen, und da Sidroc und Finn sie alle kannten, begrüßten sie einander kurz.

Byzanz war in militärische Distrikte aufgeteilt, die als *Regionen* bezeichnet wurden und von denen jede ihre eigenen Truppen, Garnisonen und dergleichen hatte. Dann gab es noch eine andere Gruppe von Streitkräften, die dem Palast in Miklagard zugeteilt waren und Tagmata genannt wurden. General Skleros war der Oberbefehlshaber aller.

Die gleichzeitige Anwesenheit all dieser Generäle und die Blicke, mit denen sie Sidroc maßen, lösten ein nervöses Prickeln in seinem Nacken aus.

»Oh, oh!«, sagte auch Finn.

»Allerdings«, stimmte Sidroc zu.

Noch mehr Oh-ohs hallten in ihren Köpfen wider, als sie den Raum betraten, in dem General Skleros eine riesige Landkarte auf einem Tisch studierte. Und er war nicht allein.

Vor einem der niedrigen Tische saß mit einem Kelch Wein in der Hand Kaiser Johannes I. Tzimiskes. Er trug eine schlichte Tunika und Beinlinge, was nicht seiner üblichen königlichen Gewandung entsprach, auch wenn sie aus Seide und feinster Wolle bestanden. Und dort saß auch der Patriarch Antonius, in steifer Haltung und mit ernster Miene, und betete den Rosenkranz auf seinem Schoß – oder jedenfalls hoffte Sidroc, dass es das war, was er mit den Händen auf dem Schoß tat. An seiner Seite saß Mylonas, der Eparch oder auch Präfekt der Stadt.

Während der Kaiser ganz Byzanz regierte, beherrschte der Präfekt nahezu jeden Aspekt des Lebens und Kommerzes in der Goldenen Stadt. Er war ein sehr gefürchteter Mann bei den Händlern und dem gewöhnlichen Volk, und das zu Recht. Ianthe hatte mehr als eine Begegnung mit diesem niederträchtigen Präfekten über sich ergehen lassen müssen.

»Eure Eminenz«, sagte Sidroc, als er und Finn sich vor dem Kaiser tief verbeugten. Dann verharrten sie in dieser Stellung und strafften sich nicht eher, bis der Kaiser erwiderte: »Willkommen, Lord Guntersson und Lord Vidarsson.«

Beide waren nicht einmal annähernd so etwas wie Lords, aber sie bemühten sich erst gar nicht, den Kaiser zu berichtigen. Schon lange nicht mehr. Früher hatten sie es gelegentlich versucht, aber jedes Mal vergeblich. Wenn der Kaiser sie für nordische Adlige halten wollte, war das seine Sache.

Noch immer stehend, sagten Sidroc und Finn wie aus einem Munde »Eure Heiligkeit« zu dem Patriarchen, der ihnen zunickte. Sie tauschten auch Grußworte mit General Skleros und Präfekt Mylonas aus, die ihre Präsenz ziemlich kühl zur Kenntnis nahmen.

Was nichts Gutes verhieß für die Besprechung.

»Ihr wünschtet mich zu sprechen?«, begann der Kaiser.

Sidroc fragte sich, ob es etwas zu bedeuten haben mochte, dass Finn und er nicht aufgefordert wurden, Platz zu nehmen und ein Glas Wein zu trinken.

Höchstwahrscheinlich.

»Eure Majestät, wir möchten unseren Abschied von der Waräger-Garde nehmen und in unsere Heimatländer zurückkehren«, sagte Sidroc. Niemand im Raum schien überrascht zu sein von dem Ersuchen, doch als nur Schweigen auf Sidrocs Worte folgte, setzte er hinzu: »Finn und ich haben Euch in diesen letzten fünf Jahren treu gedient, aber nun ist es an der Zeit, uns auf unseren eigenen Ländereien anzusiedeln.« Nicht dass sie derzeit welche hätten, aber das brauchte der Kaiser nicht zu wissen.

Der General blickte von seiner Landkarte auf und fragte:

»Habt Ihr irgendwelche Beschwerden über Eure Behandlung in der Waräger-Garde?«

»Keineswegs. Wir sind gut bezahlt und respektiert worden.«

»Bis auf den Sold für unseren diesjährigen Dienst, der fällig wird ... oh nein, schon fällig *ist*«, fügte Finn so geschickt wie ein Elefant im Porzellanladen hinzu.

»Gibt es einen Grund, warum sie ihren Sold noch nicht erhalten haben?«, fragte der Kaiser General Skleros.

Der General bekam einen roten Kopf. »Auch viele andere Männer dieser zuletzt zurückgekehrten Einheit müssen noch bezahlt werden. Es handelt sich nur um eine Verzögerung.« Zu Sidroc und Finn sagte er hölzern: »Wenn Ihr heute zum Finanzminister geht, werdet Ihr Euren Sold erhalten.«

»Vielen Dank«, antworteten Finn und Sidroc.

»Wann würdet Ihr denn gerne Euren Dienst quittieren?«, fragte der Kaiser dann.

»So bald wie möglich«, entfuhr es Finn.

Sidroc warf ihm einen warnenden Blick zu. »Wir sind erst vor einigen Tagen von einem langen Einsatz zurückgekehrt und würden unsere Abreise nicht gerne verzögern, bis die nordischen Fjorde über die Wintermonate zufrieren.« Eine vollkommen logische Erklärung. Wenn sie sie jetzt nur noch akzeptieren würden!

Der Kaiser, der Eparch und Patriarch wechselten bedeutungsvolle Blicke, die nichts Gutes bedeuten konnten.

Auch Sidroc und Finn wechselten einen beredten Blick, der bei ihnen ein »Oh, oh!« signalisierte. *Schon wieder!*

»Da wäre noch ein kurzer Auftrag, um dessen Durchführung wir Euch bitten würden, bevor Ihr uns verlasst«, sagte der Kaiser.

»Uns beide?«, fragte Finn.

Sidroc schwor sich, Finn für seine Unhöflichkeit umzubringen, sofern es nicht schon jemand anders für ihn tat.

»Einer wäre gut, aber zwei wären besser.« Der Ton des Kaisers war nicht mehr so freundlich wie zu Beginn.

»Was ist es denn, was wir tun sollen... falls wir zustimmen?«, fragte Sidroc mit Betonung auf den letzten Worten. Höflich zu sein, war eine Sache, sich schwach zu zeigen, eine andere.

Der Kaiser forderte General Skleros mit einer Handbewegung auf, die Sache zu erklären.

»Die Stärke des Byzantinischen Imperiums hat mehr und mehr in den Festungen gelegen, die wir an den Grenzen halten, wo unsere Kriegsherren die Verteidigung gegen die Muslime aufrechterhalten haben. Doch viele dieser *dynatoi* sind zu mächtig geworden, und wir können nicht zulassen, dass das so weitergeht.«

»Sie sind gierig. Und gottlos«, sagte Patriarch Antonius, der bisher geschwiegen hatte. »Sie müssen aufgehalten werden, damit Byzanz nicht zu einem zweiten Sodom und Gomorra wird.«

Der Kaiser zog angesichts dieser Möglichkeit die Brauen hoch, aber er berichtigte den Geistlichen nicht. Weil es eine Übertreibung war, nahm Sidroc an. Und stammte der Kaiser nicht sogar selbst aus einer Kriegsherren-Familie?

Sidroc war vertraut mit der biblischen Geschichte von Sodom und Gomorra und dachte nicht im Traum daran, zur Salzsäule der Griechen zu werden. Als hätte Finn erraten, was er dachte, flüsterte er ihm zu: »Ich würde nicht gut aussehen in Salz.«

»Was sagtet Ihr?«, wollte der General wissen.

»Nur, dass wir mehr Informationen benötigen«, log Finn.

»Was genau sollen wir denn für Euch tun?«, fragte Sidroc und blickte nacheinander den Kaiser, Skleros und den Patriarchen an. Was den Eparchen anging, so hatte Sidroc keine Ahnung, welche Rolle er bei alldem spielte.

»Die Besitzer der Liegenschaften an der Grenze zahlen ihre Steuern nicht vorschriftsmäßig«, sagte der Eparch, »und wir haben den Verdacht, dass sie Verbrechern Unterschlupf gewähren, die der Justiz übergeben werden müssten.«

Der Eparch war der zweitmächtigste Mann nach dem Kaiser in Miklagard. Er war für den Gesetzesvollzug zuständig, spürte Übeltäter auf und stellte sie vor Gericht. Manchmal wurden Kriminelle jedoch auch gleich an Ort und Stelle ausgepeitscht. Er überwachte alle Menschen und Waren, die ins Land kamen oder es verließen. Jeder, der in der Stadt Geschäfte machen wollte, brauchte eine Genehmigung von ihm. Mylonas bestimmte sogar Preise und Löhne für Waren und Dienstleistungen und setzte Steuern fest. Es hieß, er habe tausend Leute, die von seinem Hauptquartier in der Präfektur aus für ihn arbeiteten, in der sich auch das Gefängnis befand und die auf der Mese lag, auf halber Strecke zwischen dem Augustaion-Platz und dem Gericht. Fest stand, dass er ein Mann war, den man nicht verärgern sollte.

Jedenfalls schloss Sidroc aus der Beteiligung des Präfekten, dass es hier ebenso sehr um Geld ging wie auch um die Furcht vor Machtverlust.

»Darf ich meine Frage wiederholen, was wir für Euch tun sollen?« Sidroc begann zu argwöhnen, dass sie in eine Falle gelockt worden waren. Da dem Kaiser und den anderen klar geworden war, dass er und Finn den Dienst quittieren wollten, setzten sie diese angebliche Mission als Druckmittel ein. »Ihr werdet doch sicher nicht von uns erwarten, dass wir Truppen in diese Gebiete führen. Das klingt nach einem massiven Einsatz.«

Der General schüttelte den Kopf. »Wir suchen nicht den offenen Kampf. Im Moment zumindest nicht. Was wir wollen, sind Informationen.«

»Spionage? Wir sollen Leute ausspionieren?«, fragte Sidroc

ungläubig. Er war ein Kämpfer, kein Schnüffler, der sich unbemerkt in dunklen Ecken herumdrückte.

»Ja«, antwortete der General, »aber nur einen der Kriegsherrn, einen Mann namens Stefan Bardas, und seine Festung, die einen Zweitagesritt – zu Pferd oder Kamel – entfernt in den Bergen um Byzanz liegt. Ihr wärt höchstens ein, zwei Wochen unterwegs.«

Die in der Stimme des Generals mitschwingende Verachtung war aufschlussreich genug. Es war eine wohlbekannte Tatsache, dass die Häuser Skleros und Bardas seit Generationen miteinander zerstritten waren. Eigentlich waren sie Herrscherhäuser, sich bekriegende Dynastien. Und die Verbindungen zwischen ihnen waren zahlreich und recht kompliziert. So war zum Beispiel Maria, die erste Frau des Kaisers, eine Bardas gewesen.

»Wären griechische Soldaten nicht besser für diese Aufgabe geeignet?«, wandte Finn ein. »Schon rein äußerlich würden Sidroc und ich uns dort schlecht einfügen.« Das stimmte. Sie waren größer als der durchschnittliche Grieche und unübersehbar nordisch von ihrer Erscheinung her, Finn sogar noch mehr mit seinem blonden Haar.

»Das ist das Beste daran«, warf der Kaiser ein. »Allem Anschein nach rekrutiert Bardas Söldner, einschließlich meiner eigenen warägischen Gardisten.«

»Wird er denn keinen Verdacht schöpfen?« Sidroc konnte nicht glauben, dass er einen weiteren Einsatz auch nur überdachte, und noch dazu einen als Spion.

»Ihr beide werdet ihn schon überzeugen«, meinte der General. »Wir würden Euch nicht bitten, wenn wir nicht glaubten, dass Ihr dazu in der Lage seid.«

Genau. Und warum bittet Ihr uns nicht einfach, durch Feuer zu gehen oder uns selbst ein Schwert ins Herz zu stoßen? »Falls wir diesen einen letzten Auftrag übernehmen«, wandte sich Sidroc an den Kaiser, »haben wir dann Euren Eid darauf, uns mit einer Sondervergütung von unseren Pflichten freizustellen?«

Der Kaiser versteifte sich bei Sidrocs Forderung nach einem Versprechen, doch dann sah er den Patriarchen an und sagte: »Ich schwöre es bei Gott.«

Das genügte Sidroc. Als Finn etwas sagen wollte, trat Sidroc ihm auf den Fuß.

Genauere Einzelheiten erhielten sie, als alle sich die Landkarte des infrage kommenden Bereichs ansahen. Pferde oder Kamele? Die konnten sie vergessen, wahrscheinlich würden sie Ziegen brauchen, um in dieser Bergregion voranzukommen! Oder zumindest Maultiere. Wie demütigend war das für einen Wikinger? *O ihr Götter dort oben, ich will endlich wieder auf einem Langschiff sein.* Bei diesem Gedanken beschloss Sidroc, seinen Männern hier in Byzanz die Nachricht zukommen zu lassen, sein Langschiff auf Vordermann zu bringen und nach Miklagard zu überführen. Es hatte in den letzten fünf Jahren an einem Strand in der Nähe eines Hafens außerhalb der Stadttore gelegen.

Nun, da die Besprechung beendet war, sah der Eparch Sidroc an und sagte: »Was wird Eure Geliebte, die hübsche Schmuckherstellerin, tun, wenn Ihr den Dienst quittiert?«

Die hübsche Schmuckherstellerin? In Sidrocs Kopf begannen die Alarmglocken zu läuten. »Sie wird arbeiten wie immer.«

»Sie wird nicht mit Euch fortgehen?«

Sidroc schüttelte den Kopf. Aber er war misstrauisch geworden, weil Mylonas' Interesse an Ianthe ihn beunruhigte. Es gab so vieles, was dieser Mann tun konnte, um ihr sowohl geschäftlich wie auch privat Steine in den Weg zu legen, wenn er wollte.

»Hat Ianthe Grund, besorgt zu sein? Sind ihre Handelslizenzen nicht in Ordnung? Ist sie mit ihren Steuerzahlungen im Rückstand?«

»Nein, nein. Es war nur eine Frage.«

Er und Finn wechselten einen Blick. Für Sidroc stand jetzt fest, dass er zusätzlich zu den Männern, die den Laden tagsüber bewachten, noch ein oder zwei weitere Leibwächter für Ianthe anstellen musste. Eigentlich wäre es sogar besser für sie, wenn sie außerhalb der Stadt leben würde, wo sie ebenso ihren Schmuck herstellen könnte und nur noch jemanden einstellen müsste, um ihr Geschäft zu führen.

Sidroc seufzte. Ein weiteres Problem, das es zu lösen galt, bevor er die Stadt verließ, die ihm langsam gar nicht mehr so golden erschien.

Und da war ja auch noch ein anderes Problem, mit dem er sich befassen musste.

»Ich glaube, ich werde bald eine Eurer Landsmänninnen kennenlernen«, bemerkte der Kaiser, während sein Kammerherr ihm in die kaiserlichen Gewänder half. »Eine wikingische Prinzessin.«

»Eine Araberin«, warf Skleros verächtlich ein. Falls es irgendetwas gab, das die Griechen noch mehr hassten als Araber, hätte Sidroc nicht sagen können, was es war.

»Eine Araberin? Hier im Palast?« Mylonas spitzte interessiert die Ohren.

»Eine Heidin? Ist sie Muslimin?« Der Patriarch spie die Worte förmlich aus, und vor lauter Empörung traten ihm fast die Augen aus dem Kopf.

»Nein, nein, nein! Drifa ist eine nordische Prinzessin. Eine Wikingerin, durch und durch. Ihr Vater ist der mächtige König Thorvald von Stoneheim.« Sidroc konnte nicht glauben, dass er das treulose Weibsstück verteidigte – die Frau, die sich durchaus als die Mutter seines geheimen Kindes herausstellen könnte. »Nein, wirklich. Sie hat höchstens ein Tröpfchen arabisches Blut vonseiten ihrer Mutter.«

Alle drei Männer musterten Sidroc abschätzend, als ob sie sagen wollten: *Das wird sich zeigen.*

»Auf jeden Fall wird es Zeit für mich, Audienz zu halten«, sagte der Kaiser, und alle drei Männer gingen einer nach dem anderen hinaus.

»Heilige Walküren!«, sagte Finn.

»Genau das dachte ich auch.«

»Meinst du, wir sollten ihnen folgen und sehen, was Prinzessin Drifa bevorsteht?«

Sidroc stieß einen tief empfundenen Seufzer aus. *Die Arbeit eines Wikingers scheint wirklich nie getan zu sein!*

Kapitel elf

Und dann kam auch schon die nächste Hiobsbotschaft ...

Drifa hatte geglaubt, in ihren zwei Tagen in Miklagard schon jedes Wunder auf der Welt gesehen zu haben, doch das war nichts, verglichen mit dem, was sie im Chrysotriklinos oder Goldenen Saal sah, wo Besucher wie Gesandte und Delegationen dem Kaiser und der Kaiserin offiziell vorgestellt wurden.

Der lang gestreckte Raum, der in seiner Erhabenheit einer Kathedrale ähnelte, war mit Marmor- und farbenfrohen Mosaikböden versehen, die wie Gemälde anmuteten. Selbst die hohen Decken waren mit Fresken verziert, von denen die meisten biblische Szenen wiedergaben. Seitlich des Raums befanden sich Säulen, zwischen und hinter denen die Besucher standen. Tatsächlich *standen* wirklich alle der mindestens zweihundert Gäste. Nur der Kaiser und die Kaiserin saßen während der nicht enden wollenden höfischen Rituale. Doch nun, da die Delegation aus Russland und einige Nonnen aus einem Bergkloster in Kreta gehört worden waren, war endlich Drifa an der Reihe.

Der Logothet oder Ministerpräsident führte Drifa und ihre Eskorte von vier Hersen, die alle Geschenke für die kaiserlichen Staatsoberhäupter bei sich trugen, durch den breiten Gang nach vorn.

Die Prozedur fühlte sich ein bisschen wie ein Spießrutenlauf vor Besuchern, Hofbeamten und ihren Assistenten an, von denen viele Eunuchen waren. In einem Gespräch mit Rafn hatte ihr Vater die Eunuchen einmal als das dritte Geschlecht von Byzanz bezeichnet. Offenbar gab es so viele von ihnen, weil sie als vertrauenswürdig galten und keine großen Ambitionen hatten.

Einige Mitglieder des als *Senat* bekannten Regierungsgremiums waren ebenfalls präsent. Und die Kaiserin hatte offenbar zahlreiche Hofdamen mitgebracht, die alle mit einer Pracht gekleidet waren, die sich mit der von Königinnen anderer Länder messen konnte.

Drifa bemerkte Sidroc und Finn an einer Seite des Gangs. Beide waren in Uniform, aber anscheinend nicht im Dienst. Finn zwinkerte ihr zu, doch Sidroc starrte sie nur grimmig an. Welche Laus ist ihm denn jetzt schon wieder über die Leber gelaufen?, dachte sie, der ewigen Launen dieses Flegels müde. Zuerst beschimpfte er sie, dann neckte er sie. Kaum blickte er sie einmal mit einem Lächeln an, da verwandelte es sich auch schon in einen bösen Blick. Erst machte er Scherze, dann drohte er ihr mit erzwungenem Intimverkehr. Aber über diese Widersprüchlichkeiten konnte sie sich später noch Gedanken machen.

Sie hatte sich heute nach allerhöchsten Maßstäben gekleidet, wie es ihrer Rolle als Abgesandter eines wikingischen Königs zukam. Sie trug eine safrangelbe, langärmelige *gunna* aus feinstem Leinen, die bis zu den Knöcheln reichte und mit einer Schleppe versehen war. An der Taille wurde sie von einem schweren Gürtel aus goldenen Kettengliedern zusammengehalten, und darüber trug sie eine seitlich offene, wikingische Schürze aus dunkler aprikosenfarbener Seide. Beide Kleidungsstücke waren von solch exquisiter Qualität, dass sie sich beim Gehen bauschten. Tatsächlich brauchte sie sogar die beiden engen, miteinander verschlungenen Armbänder an ihren Handgelenken, damit der Stoff nicht bis über ihre Hände hinunterglitt, und Goldbroschen im Penannular-Stil an den Schultern hielten die Träger ihres Gewands zusammen. Ihr frisch gewaschenes schwarzes Haar fiel ihr glatt über den Rücken und wurde von einem silbernen Stirnband aus zwei sich aufbäumenden Wölfen zurückgehalten, deren Schnauzen in der Mitte einen Stern aus Bernstein festhielten. Die Wölfe standen für die Standarte ihres Vaters, und der Stern stellte den Polarstern dar. Drifas Füße steckten in weichen weißen Brokatschuhen mit Gold- und Silberprägung. An einer schweren Goldkette um ihren Nacken hing ein Anhänger mit einem Bernstein wie der an ihrem Stirnband, nur dass dieser größer und in Gold gefasst war. Mit eingravierten Runen bedeckte Ringe schmückten mehrere ihrer Finger.

Zu beiden Seiten Drifas schritten die vier Hersen, mit denen sie nach Byzanz gekommen war und die heute ebenso viel Sorgfalt auf ihr Erscheinungsbild verwandt hatten wie sie. Mehr als eine Frau warf ihnen einen interessierten Blick zu, als sie vorbeigingen, besonders Jamie, der traditionelle schottische Kleidung trug, die seine muskulösen Beine unbedeckt ließ. Ihre vier Leibwachen befanden sich in der Menge hinter ihnen.

Als sie sich dem Podium näherten, auf dem der Kaiser und die Kaiserin saßen, stolperte Drifa vor Schreck über das, was sich unmittelbar vor ihren Augen abspielte. Ohne Wulf und Thork hätte sie vielleicht sogar das Gleichgewicht verloren.

Der Thron erhob sich ein wenig in die Luft, und die goldenen Löwen, die ihn rechts und links flankierten, begannen mit den Schwänzen zu wackeln und zu brüllen. In goldenen und silbernen, mit kostbaren Edelsteinen, wie Diamanten und Rubinen, verzierten Bäumen saßen lebensgetreu aussehende Vögel, die zu singen begannen. Es war das erstaunlichste Schauspiel, das Drifa je gesehen hatte. Es musste Zauberei sein – oder aber eine Meisterleistung irgendeines schier unglaublich klugen Hirns.

Der Kaiser lachte über ihre vermutlich vollkommen verblüfften Mienen.

Der Logothet, der sie zum Podium geleitet hatte, blieb an einem Kreis aus rotem Marmor stehen, wo er mit seinem Stab auf den Boden klopfte, um die Aufmerksamkeit der tuschelnden Menge zu erlangen. Mit dröhnender Stimme kündigte er an: »Euer Durchlaucht, darf ich Euch Prinzessin Drifa aus den nordischen Landen und ihre Begleiter Lord Wulfgar Cotley of Wessex, Lord Thork Tykirsson of Dragonstead, Lord James Campbell aus den Schottischen Highlands und Lord Alrek Arnsson of Stoneheim vorstellen?« Drifa verkniff sich ein Grinsen über die peinlich berührten Männer neben ihr, von denen keiner behauptete, ein »Lord« von irgendwas zu sein.

Ihre Männer ließen sich auf ein Knie nieder und senkten die Köpfe. Alrek kippte dabei beinahe um, aber Wulf packte ihn am Arm und fing ihn gerade noch auf. Drifa verneigte sich nur leicht, wie es ihrem hohen Rang entsprach. Hätte sie sich in unmittelbarerer Nähe des Kaisers befunden, wäre ihr vielleicht gestattet worden, seine rechte Hand zu küssen. So aber standen sie am Fuße einer kleinen Treppe mit auffallend großen Kristalleinlagerungen, die zu dem Podium führte, auf dem der Thron stand.

»Erhebt Euch und seid willkommen in Byzanz. Eure Anwesenheit zu dieser glücklichen Zeit ist eine Ehre für mich und Ihre Majestät, die Kaiserin«, sagte der Monarch mit einem Blick zu der Frau an seiner Seite, die in ein paar Tagen seine Gemahlin sein würde. Ein Anflug von Mitleid mit Kaiserin Theodora erfasste Drifa, weil das Gesicht der Frau von maskenhafter Starre war und sie deplatziert und unglücklich erschien.

Der Kaiser und die Kaiserin saßen auf einem reich verzierten, zweisitzigen Thron unter einem Baldachin aus purpurnen Seidenbehängen. Purpur war eine den Herrschern vorbehaltene Farbe, weil das Färbemittel aus dem Gehäuse einer seltenen Seeschnecke namens Purpurschnecke gewonnen wurde.

Der Kaiser war mit einer langärmeligen Tunika aus reinstem Weiß bekleidet, die in einer geraden Linie von der Brust bis zu den Füßen reichte und am Halsausschnitt von einer mit Edelsteinen durchsetzten Stickerei geschmückt war. Um die Schultern trug er eine purpurne *chlamys*, die goldene Quadrate zierten, von deren Kanten mit Edelsteinen besetzte Anhänger an goldenen Ketten hingen. Und als ob das noch nicht genug Geglitzer wäre, trug er auch noch eine überreich mit Edelsteinen besetzte Krone, von der im Nacken noch mehr solch goldene Ketten mit Juwelen hingen. Drifa dachte, dass ihr Vater und seine Männer sich über die purpurroten Schuhe köstlich amüsieren würden.

Wie bei den Pfauen erschienen die Frauen nicht so farbenfroh. Kaiserin Theodoras fast gänzlich graues Haar war straff aus dem Gesicht gekämmt und über den Ohren zu Schnecken festgesteckt. Sie trug keinen Schmuck außer einem Diadem, das eine kleinere Variante der Krone ihres zukünftigen Gatten war. Ihr *chiton* aus blassblauer Seide wies weder Stickereien noch sonstige Verzierungen auf, und ihr Gesicht war völlig frei von den Schönheitsmitteln, die so viele Frauen bei Hof benutzten ... Khol, Rouge, Puder und dergleichen.

Mit übertriebenem Zeremoniell nahm der Logothet die Pergamentrolle mit den Referenzen von Drifa entgegen und reichte sie an einen neben dem Thron stehenden Gehilfen weiter.

»Euer Majestät, ich habe Euch Geschenke meines Vaters, König Thorvald, mitgebracht.« Drifa gab den Hersen ein Zeichen, einer nach dem anderen vorzutreten. »Dies«, sagte sie, als sie ein reich geschnitztes, mit Satin ausgeschlagenes Holzkästchen öffnete, »sind Proben einiger der kostbarsten Bernsteine, die von Wikingern im Baltikum gesammelt wurden. Wie Ihr seht, gibt es sie in allen Farben und Größen, sodass sie sich nicht nur zur Ausstellung oder Dekoration eignen, sondern auch zu edlem Schmuck verarbeiten lassen.« Der Kaiser beugte sich mit lebhaftem Interesse vor.

»Für Euch, Kaiserin Theodora, habe ich ein ganz besonderes Geschenk«, fuhr sie fort und ließ sich von Thork einen kleinen, mit Seide gefütterten Lederbeutel reichen. Nachdem Drifa erfahren hatte, dass die Kaiserin früher einmal Nonne gewesen war, hatte sie Ianthe heute Morgen gebeten, schnellstens eine Gebetskette oder *komboskini*, wie sie die Griechen nannten, anzufertigen. Die für die Kaiserin bestimmte bestand aus kleinen, an einer Silberkette aufgereihten Bernsteinperlen und einem silbernen Amulett mit einer Reliquie der Heiligen Sophia, die Ianthe beschafft hatte. Für Ianthes Gehilfinnen war es eine leichte Aufgabe gewesen, da sie nur die Perlen aufreihen mussten.

Man hätte glauben können, Drifa hätte Theodora einen Sack voller Gold überreicht, so erfreut war sie. Ihr kamen sogar die Tränen, als sie sagte: »Ich bedanke mich für Euer Geschenk, Prinzessin Drifa.« Dann setzte die Kaiserin hinzu: »Wie ich hörte, interessiert Ihr Euch für Blumen. Würdet Ihr gern meinen privaten Garten sehen?«

Drifa nickte, und die Kaiserin versprach, dass eine ihrer Hofdamen sich bezüglich Zeit und Ort mit ihr in Verbindung setzen würde.

Rein äußerlich war die Monarchin noch ebenso unscheinbar wie in der Nacht zuvor, aber sie war eine sympathische Frau, fand Drifa, und das war sehr viel wichtiger. Auf jeden Fall für sie.

Neben dem Bernstein überreichte sie dem Kaiser auch noch andere Präsente, wie seltene weiße Eisbärfelle, eine Tonne Met und ein kunstvoll gearbeitetes Schwert aus Damaszener-Stahl, dessen Griff aus massivem, goldgeprägtem Silber war.

Nach der Überreichung der Geschenke erhielt Drifa eine offizielle Einladung des Kaisers zu der bevorstehenden Hochzeit und wurde angehalten, im Palast zu bleiben, solange sie sich in der Stadt aufhielt. Dann erhob Johannes Tzimiskes die Hand und machte das Kreuzzeichen, was bedeutete, dass sie entlassen waren. Der Logothet bedeutete ihnen, vom Thron zurückzutreten, während er »So sei es! So sei es!« rief.

Während sie sich entfernten, bemerkte Drifa General Skleros, den Oberkommandierenden aller byzantinischen Truppen, den man leicht an seiner Uniform erkannte. Er tuschelte mit einem Mann, dessen Gesicht sie an das einer Ratte erinnerte und der sie misstrauisch beäugte.

Sie fand schon bald heraus, warum.

»Ich bin Präfekt Mylonas«, sagte er und legte eine Hand auf ihren Unterarm, um sie zurückzuhalten.

Drifa, die sich über die anmaßende Geste ärgerte, versuchte die Hand abzuschütteln, aber das Rattengesicht drückte nur noch fester zu.

»Ich habe gesehen, was Ihr dem Kaiser mitgebracht habt, und frage mich, welche anderen Waren Ihr noch in unser Land gebracht habt. Was ich weiß, ist, dass Ihr keine Zollerklärung abgegeben habt. Doch niemand handelt in Konstantinopel ohne meine Genehmigung, nicht einmal königliche Persönlichkeiten.«

»Handeln? Wieso handeln?«, stammelte Drifa überrascht.

»Das werden wir besprechen. Kommt morgen Vormittag zur Präfektur. Zwingt mich nicht, Euch von meinen Männern vorführen zu lassen.«

»Droht Ihr mir?«

Er zuckte mit den Schultern. »Und hier ist noch ein bisschen Stoff zum Nachdenken, Mylady. Mir ist nicht entgangen, dass

Ihr arabisches Blut in Eurem hübschen Körper habt. Seid Ihr womöglich gar als Spionin unserer arabischen Feinde hier in Konstantinopel unterwegs?«

»Das ist eine unerhörte Unterstellung! Ich habe in meinem ganzen Leben nur einen Araber gekannt, und er war ein Arzt und Kollege meines angelsächsischen Schwagers.«

»Seid morgen dort. Das ist alles, was ich im Augenblick sagen werde.«

Der Wortwechsel dauerte nur einen Moment, und Drifas Begleiter hatten sie noch nicht eingeholt. Ihre Hersen waren so sehr damit beschäftigt, sich mit großen Augen umzuschauen, dass sie den Mann nicht einmal bemerkt hatten.

Aber Sidroc hatte ihn bemerkt.

Als sie sich draußen auf einem Korridor befanden, kam er zu ihr herüber und fragte: »Was wollte Mylonas von dir?«

»Mylonas? Das Rattengesicht?«

»Genau.«

»Ich soll ihm beweisen, dass ich nicht zum Handeln hier bin. Oder um zu spionieren.«

»Das ist nicht alles, was er will.«

»Was?«

Sidroc bedeutete Ivar, den anderen drei Leibwächtern und auch den vier Hersen, ihm in ein Nebenzimmer zu folgen. Der Raum ging auf einen langen, terrassenförmig angelegten Garten hinaus, der bis zur Ufermauer hinunterführte.

»Morgen früh müssen Finn und ich die Stadt verlassen...«

»Ich hätte nicht gedacht, dass ihr so schnell abreisen würdet«, unterbrach ihn Drifa, deren ganzer Körper sich aus irgendeinem Grund vor Schreck versteifte. Sie wollte auf keinen Fall, dass Sidroc ging.

»Nicht nach Hause, Prinzessin. Wir müssen zu einem Einsatz. Zu einem kurzen militärischen Einsatz, der uns etwa eine Woche von der Stadt fern halten wird. Ivar«, sagte er dann an den Leibwächter gewandt, »ihr müsst jetzt ganz besonders darauf achten, die Prinzessin keinen Moment allein zu lassen und andere darüber zu informieren, wohin sie geht. Es kommt vor, dass Menschen in Miklagard verschwinden, oft sogar auf Mylonas' Anweisung hin.« Er wandte sich wieder an Drifa und fuhr fort: »Ich möchte deinen reizenden Popo nicht aus einem Wüstenharem befreien müssen, an den du als Sklavin verkauft wurdest.«

»Sei nicht albern. Das würde nie geschehen.«

Sidroc zog die Augenbrauen hoch.

»Das ist öfter vorgekommen, als ich zählen kann. Und offensichtlich hast du die Aufmerksamkeit des Eparchen erregt. Ganz zu schweigen von General Skleros, der einen Hass gegen alles Arabische hegt.«

»Ich bin doch keine Araberin«, entgegnete sie bestürzt.

»Zu einem Teil bist du das schon«, berichtigte er sie trocken.

Ivar legte eine Hand auf Sidrocs Schulter. »Danke für die Warnung. Wir werden ganz besonders vorsichtig sein.«

Sidroc wandte sich nun ihren Hersen zu, die aufmerksam zuhörten. »Wulf, wie lange werdet Ihr noch in der Stadt sein?«

Wulf zuckte mit den Schultern. »Nicht länger als eine Woche, aber wenn die Gefahr so groß ist, wie Ihr sagt, werden wir Prinzessin Drifa mitnehmen.«

Und meinetwegen noch weitere Verzögerungen hinnehmen – was ich mir bis zum Sankt-Nimmerleins-Tag würde anhören müssen.

»Ich würde Prinzessin Drifa zu dem Gespräch mit dem Präfekten begleiten, doch leider muss ich die Stadt schon vor Tagesanbruch verlassen«, fuhr Sidroc, ohne Drifa zu beachten, fort. »Würdet Ihr das übernehmen, Wulf? Oder besser noch Ihr alle?«, sagte er, sowohl an ihre Hersen wie auch an ihre vier Leibwächter gewandt.

Das erschien Drifa ein wenig übertrieben, doch es war nicht das Einzige, worüber sie sich ärgerte. »Ich bin hier, Sidroc. Du brauchst nicht so zu reden, als wäre ich unsichtbar. Und Ihr, Wulf, merkt Euch bitte, dass ich meine eigenen Entscheidungen treffe und Miklagard nicht eher verlassen werde, bis ich so weit bin.«

Die Männer verdrehten die Augen, wie Männer es taten, wenn sie glaubten, ihre Frauen benähmen sich unvernünftig. Oder, anders ausgedrückt, wenn sie nicht einer Meinung mit ihnen waren.

»Ich habe ein ungutes Gefühl«, beharrte Sidroc schließlich.

»Ich bin nicht dein Problem«, erwiderte sie nachdrücklich, und damit war die Diskussion für sie beendet. Zumindest dachte sie das.

»Leider scheint das nicht der Wahrheit zu entsprechen.« Bevor sie Aufklärung über diese seltsame Bemerkung verlangen konnte, wandte Sidroc sich den anderen zu. »Ich würde die Prinzessin gern einen Moment unter vier Augen sprechen. Du, Ivar, kannst in der Tür stehen bleiben und zusehen, falls die Schicklichkeit dir Sorgen macht.«

»Ich habe kein Interesse an ...«, begann Drifa, aber Sidrocs Finger schlossen sich wie eine Klammer um ihren Oberarm, und er schleifte sie schier in den Garten hinaus und an einem der allgegenwärtigen Brunnen vorbei. Vermutlich war es Panik, die sie in diesem Moment bemerken ließ, dass dies doch ein Vogelgarten sein müsse. Dutzende verschiedener Arten schienen zu zwitschern und zu singen. Als sie weit genug von neugierigen Ohren entfernt waren, atmete Sidroc mehrmals ein und aus.

»Na los, heraus damit! Irgendetwas scheint dir doch gegen den Strich zu gehen. Wieder mal.«

Er warf ihr einen bösen Blick zu. »Ich versuche nur, die richtigen Worte zu finden.«

Drifa zog die Augenbrauen hoch und wippte mit dem Fuß.

»Ist Runa meine Tochter?«

Was Frauen alles tun, um ihre Geheimnisse zu verbergen ...

Mit wachsendem Zorn verfolgte Sidroc, wie das Blut aus Drifas Wangen wich, wie sie ins Schwanken geriet und eine Hand an ihr Herz drückte. Was ihm vor Kurzem noch wie eine undenkbare Vorstellung erschienen war, wurde plötzlich möglich.

»Was meinst du mit dieser Frage?«, entgegnete sie mit erhobenem Kinn und in ihrem hochmütigsten Prinzessinnen-Ton, als wüsste sie tatsächlich nicht, wovon die Rede war.

Ha! Sie war so ahnungslos wie eine Kobra in einem Abort. Aber ihre Lügen würden sich jetzt rächen und sie in den Hintern beißen.

»Was glaubst du denn, was ich meine? Wann immer ich das Kind oder seinen Vater erwähne, kriegst du es mit der Angst zu tun. Du beantwortest mir nie Fragen nach dem Mädchen. Und gerade eben fielst du fast in Ohnmacht, als ich fragte, ob Runa meine Tochter ist. Du verbirgst etwas vor mir, schöne Lügnerin, ein Geheimnis, von dem ich gerne wüsste, was es ist. Die logische Folgerung wäre ...«

»... dass ich ein Kind von dir geboren habe? Bei Freya und allen anderen Göttern, Sidroc! Als du fragtest, ob Runa deine Tochter ist, meintest du, ob sie *unsere* ist?«, versetzte Drifa mit großen Augen und vergaß sogar, den Mund zu schließen. Doch dann wich ihr Erstaunen Erleichterung – ausgerechnet! »Und was war das dann? Eine unbefleckte Empfängnis? Eine Fern-Zeugung? Nimm es mir nicht übel, aber du bist wirklich der größte aller Schwachköpfe!«, sagte sie und wagte es sogar, ihn auszulachen.

Sidroc presste vor Wut die Zähne zusammen und ballte die Fäuste, um Drifa nicht gleich auf der Stelle zu erwürgen. »Hast du dich während meiner sechswöchigen Ohnmacht mit mir vergnügt oder nicht? Hast du ein Kind von mir zur Welt gebracht? Ist Runa vor ... na, sagen wir, genau vier Jahren, geboren worden?«

Drifa starrte ihn mit scheinbar ungläubigem Erstaunen an.

»Beantworte meine verdammten Fragen!«, brüllte er.

Er konnte sehen, dass sie versucht war, ihn zu schlagen, doch stattdessen fragte sie mit entnervend ruhiger Stimme: »Kannst du mir erklären, wie eine Frau es anstellen sollte, sich mit einem schlafenden Mann zu *vergnügen*?«

»Als ob du das nicht wüsstest! Sie würde warten, bis er wie ein Toter schliefe, und wenn er dann eine nächtliche Erektion hätte – oder sie mit ihren Händen und ihrem Mund nachgeholfen hätte –, würde sie ihn besteigen und ihn reiten, bis er seinen Samen in ihr verströmt hätte.«

Ihre Augen wurden größer und größer bei seinen Worten. »Mit dem Mund ... nachhelfen ... reiten?«, stammelte sie. »Du denkst, dass ich so etwas getan habe?«

Er nickte. »Vielleicht sogar mehr als einmal.«

»Runa ist nicht mein leibliches Kind.«

Sie log, oder zumindest verheimlichte sie ihm noch etwas. »Schwörst du mir, dass Runa nicht von mir ist?«

»Sie ist nicht unser Kind, Sidroc. Allein aus Neugierde wüsste ich jedoch gern, was du tun würdest, wenn sie es wäre? Du bist Soldat, und du hast weder ein Zuhause noch eine Ehefrau.«

»Das Zuhause werde ich schon bald haben, und auch ohne würde ich mein Kind unter meinem Schutz haben wollen. Wenn du mir ein Kind geboren und es mir vorenthalten hast, würde ich mir das Baby auf der Stelle holen und nie wieder zurückblicken.«

Drifas Lippen und Hände zitterten, als sie sich auf einer Marmorbank niederließ. Sidroc folgte ihr und setzte sich so dicht neben sie, dass seine Knie ihre berührten, als er sich ihr zuwandte.

»Ich war noch nie mit einem Mann zusammen, und Runa ist nicht unser Kind, Sidroc«, versicherte sie ihm.

Doch er blieb misstrauisch. »Wenn ich deine Männer nach dem Mädchen fragen würde ... nach der Farbe seines Haars, seinen Augen oder Gesichtszügen, dann würden sie also nicht antworten, dass es rötlich braunes Haar und graugrüne Augen hat? Wenn ich nach Stoneheim ginge und das Mädchen sähe, wäre keine Ähnlichkeit mit mir vorhanden?«

»Nein, befrage meine Männer bitte nicht. Und ich will erst recht nicht, dass du nach Stoneheim gehst, um meine Familie zu belästigen.«

»Deine Wünsche sind nicht mehr meine Sache, falls sie es überhaupt je waren.«

»Ich schwöre dir beim Grab meiner Mutter und dem Herzen meines Vaters, dass Runa nicht unser Kind ist.«

»Und was ist dann das Geheimnis, das du hütest?«

»Vielleicht werde ich es dir eines Tages erzählen, aber zunächst mal ist und bleibt es *mein* Geheimnis.«

»Wie du meinst!« Er erhob sich, um zu gehen. Und das Erste, was er tun würde, war, einige ihrer Leibwachen zu befragen.

»Warte«, sagte sie und stand auf, um ihn mit einer Hand zurückzuhalten. »Im Grunde *ist* Runa mein Kind, obwohl ich sie nicht zur Welt gebracht habe, und ich muss sie um jeden Preis beschützen. Wenn du mir versprichst, keine Fragen mehr über sie zu stellen, werde ich dir nach deiner Rückkehr in die Stadt und bevor du Miklagard endgültig verlässt mein Geheimnis offenbaren.«

»Warum sollte ich dir so etwas versprechen?«, entgegnete er stirnrunzelnd. »Was hätte ich davon?«

»Wenn du abwartest«, sagte sie errötend, »werde ich ... gebe ich dir ...«

Er wusste instinktiv, was sie ihm als Gegenleistung für den Verzicht auf weitere Fragen anbieten würde. »Zweiundvierzig Nächte in meinem Bett?«

»Oder bis du die Stadt ein für alle Mal verlässt.«

»Und zu dem Zeitpunkt wirst du mir dann endlich dein Geheimnis offenbaren?«

Drifa nickte.

»Das muss aber ein schwerwiegendes Geheimnis sein, das du hütest, Prinzessin, wenn du deine Jungfräulichkeit opfern würdest, um ein Kind zu beschützen. Ein Kind, das ich gefährden könnte, wie du zu glauben scheinst.« Er fragte sich jetzt nur noch, wer der Vater sein könnte. Ganz offensichtlich jemand von Bedeutung. Das würde er irgendwann schon noch herausfinden, aber er war nicht bereit, Drifa so schnell vom Haken zu lassen. »Du bist neunundzwanzig Jahre alt, Prinzessin. Woher soll ich wissen, ob dein weibliches Geschlecht nicht schon verdorrt ist wie eine Rosine?«

Vor Scham stieg ihr die Röte ins Gesicht, doch sie blieb ihm keine Antwort schuldig. »Du bist einunddreißig«, gab sie scharf zurück. »Woher soll ich wissen, dass dein Dingelchen nicht schon verschrumpelt ist wie eine zu lange gelagerte Karotte?«

Sidroc lachte. »Mein *Dingelchen* ist in bester Ordnung, kann ich dir versichern, besonders nach dem Aufbohren meines Schädels, das mir aufgezwungen wurde.«

»Wäre es dir lieber gewesen, wenn sie dich zum Sterben hätten liegen lassen?«

»Wie du, meinst du?«

Drifa verdrehte die Augen. »Müssen wir das alles noch einmal durchkauen? Wirst du mein Angebot nun annehmen oder nicht?«

»Ja«, sagte er nach kurzer Überlegung und wandte sich zum Gehen. Aber dann blieb er noch einmal stehen. »Komm her«, sagte er und winkte ihr mit dem Zeigefinger.

Er sah, wie sie mit sich kämpfte, um ihm nicht zu sagen, was er mit seinem Finger tun könne ... oder dergleichen. Aber schließlich gab sie nach und ging zu ihm hinüber.

»Leg deine Arme um meinen Nacken und besiegle unser Abkommen mit einem Kuss.«

Sie tat es mit einer Unbeholfenheit, die ihn wider Erwarten rührte. Zuerst ließ er es noch zu, dass sie ihre Lippen zu einem Kuss an seine drückte, der mehr zu einem Kind gepasst hätte.

»Hast du alles vergessen, was ich dir beigebracht habe?«, fragte er dann und zog sie an sich, bis ihre Brust an seiner und ihr Unterleib an seinem lag, wozu sie sich auf die Zehenspitzen stellen musste.

»Das liegt fünf Jahre zurück.«

»Du widersprichst mir immer noch, Prinzessin. So wirst du mich nicht dazu bringen, zu tun, was du willst.«

Sie murmelte ein Wort, das so gar nicht zu einer Prinzessin passte. »Und was ist es, was ich tun soll?« Sie waren sich so nahe, dass er ihren Atem an den Lippen spürte.

»Öffne den Mund für mich.« Nun übernahm er selbst die Initiative, und es stellte sich heraus, dass Drifa gar nicht so viel vergessen hatte. Bald schon keuchten beide vor Erregung, und er konnte spüren, wie erstaunt sie über ihre schnelle, leidenschaftliche Reaktion auf ihn war. Auch er war erstaunt – und erfreut – darüber.

»O ihr Götter im Himmel«, flüsterte sie und legte einen Finger an ihre Lippen.

Sidroc lächelte. »Sei vor Einbruch der Nacht in meinen Zimmern und stell dich darauf ein, dass du nicht vor Tagesanbruch wieder gehen wirst. Und noch etwas: Mach dir nicht die Mühe zu baden, bevor du zu mir kommst. Das werden wir zusammen in meinem Badebecken tun.«

Er konnte sehen, dass sie zunächst schockiert war, wie er beabsichtigt hatte, aber sie verbarg ihren Ausdruck schnell hinter einem kühlen, abschätzigen Blick. »Das ist gut. Du stinkst nämlich.«

Er hob einen Arm und schnupperte daran. Natürlich *stank* er nicht. Er hatte sich gewaschen und eine saubere Uniform angezogen, bevor er sich zum Hof begeben hatte. Und während er noch darüber nachdachte, bemerkte er zwei andere Dinge: dass Drifa nicht mehr da war ... und die kleine Hexe wieder mal das letzte Wort behalten hatte.

Kapitel zwölf

Lass uns mit dem Unterricht beginnen ...

Drifa hatte Stunden Zeit, um sich auf ihr abendliches »Treffen« mit Sidroc vorzubereiten, doch sie wartete bis zum letzten Augenblick, um Ivar über ihre Pläne zu unterrichten.

»Ich werde die Nacht mit Sidroc verbringen«, sagte sie ohne Umschweife.

»Aber Prinzessin! Das könnt Ihr nicht tun.«

»Ich kann und werde es tun, Ivar. Deine Meinung in allen Ehren, aber ich bin neunundzwanzig Jahre alt und aus dem Alter heraus, mich wie ein junges Ding um meine Tugend zu sorgen.«

Sein schockierter Gesichtsausdruck versetzte ihr einen Stich. »Ich habe Eurem Vater versprochen, Euch zu beschützen, Mylady.«

»Und das tust du auch ganz vortrefflich.« Da ihm sein Misstrauen jedoch anzusehen war, sagte sie etwas, von dem sie wusste, dass sie es lieber nicht sagen sollte, aber es half ihr, sich zumindest ein bisschen Selbstachtung zu bewahren, und vielleicht würde es ihren Leibwächter auch nachgiebiger stimmen. »Sidroc und ich sind verlobt.«

Und folglich war sie in einer ziemlich hitzigen Gemütslage, als die Abenddämmerung endlich nahte und sie mit Ivar vor Sidrocs Unterkunft eintraf. Und ja, Ivar würde die ganze Nacht lang Wache stehen vor ihrer Tür. Das war das Zugeständnis, das sie hatte machen müssen, als er verlangte, ihn zuerst mit Sidroc reden zu lassen. Sie wusste, was ›Reden‹ nach sich ziehen würde.

Im besten Fall nur ein paar Fausthiebe; im schlimmsten einen Kampf, der blutig enden würde.

Als sie an Sidrocs Tür klopfte, öffnete er sofort und zog die Brauen hoch, als er den finster dreinblickenden Ivar bei ihr sah – die sogar noch höher stiegen, als Drifa ihn beiseiteschob, die Tür zuknallte und Ivar draußen stehen ließ.

»Das war aber sehr unhöflich.«

»Sprich *du* nicht von Unhöflichkeit, du schamloser, aufgeblasener Rüpel! Tu ja nicht so, als ob ...« Drifa unterbrach sich jäh, als sie Sidroc bewusst wahrnahm. Er trug nur Beinkleider, die tief auf seinen Hüften saßen, und nichts weiter. Selbst seine großen, nackten Füße hatten etwas Sinnliches. Wäre sie nicht so schrecklich aufgebracht gewesen, hätte sein gutes Aussehen sie in Versuchung bringen können. Vielleicht hätte sie eine Hand auf das feine, rötlich braune Haar auf seiner Brust gelegt. Oder eine Fingerspitze an seine harten kleinen Brustspitzen. Vielleicht hätte sie sogar sehr viele ungehörige Dinge getan ... doch stattdessen fauchte sie: »Erwartest du eine Hitzewelle?«

»Nein, nur dich.«

Sie konnte sehen, dass ihre Wut ihn amüsierte, was nicht beabsichtigt gewesen war. Schade, dass kein Tonkrug in der Nähe stand, sonst hätte sie ihn ihm an den Kopf geworfen.

»Wird Ivar die ganze Nacht da draußen stehen?«

»Oh ja. Aber geh ruhig hinaus und versuch ihn wegzuschicken, wenn du willst.«

»Ach, mich stört er nicht. Du darfst nur nicht zu laut schreien vor Ekstase, sonst denkt er noch, ich ermordete dich hier.«

Als ob ich wüsste, was Ekstase ist!, dachte sie mit einem angewiderten Blick auf ihn.

Doch er lächelte nur. »Wie hast du ihn dazu gebracht, dir zu gestatten, die ganze Nacht bei mir zu bleiben?«

»Ich habe ihm gesagt, wir wären verlobt.« Sie hob eine Hand, um jeglicher beleidigenden Bemerkung – wie beispielsweise der, dass er sie nicht einmal mehr heiraten würde, wenn sie die letzte Frau diesseits von Asgard wäre – Einhalt zu gebieten. »Mach dir keine Sorgen, dass ich mir etwas vormache, was deine Absichten betrifft. Ich werde dich bestimmt nicht bitten, eine ehrbare Frau aus mir zu machen.«

»Ehrbar?«, versetzte er spöttisch.

Dieser Kasper! »Also sag mir, was ich tun soll, und lass uns diese Farce so schnell wie möglich hinter uns bringen.«

»Wie begierig du darauf bist zu beginnen.«

»Von wegen. Ich bin begierig darauf, die Sache zu beenden.«

»Meine Süße«, sagte er lachend, »wir haben mindestens neun Stunden miteinander, schätze ich. Ich habe sogar eine Kerzenuhr angezündet, damit du mitzählen kannst. Wir haben jede Menge Zeit.«

Drifa, die sich beim besten Willen nicht vorstellen konnte, *was* neun Stunden in Anspruch nehmen könnte, schluckte. Aber wahrscheinlich veräppelte er sie nur.

»Ich dachte, wir beginnen mit einer leichten Mahlzeit«, sagte er und deutete auf einen niedrigen Tisch mit Obst, Käse und einer Karaffe Wein.

»Danke, aber bei der bloßen Vorstellung, etwas mit dir zu essen, dreht sich mir der Magen um.«

Eigentlich hätte er gekränkt sein müssen, doch er zuckte nur mit seinen breiten Schultern. »Vielleicht wirst du ja noch Appetit bekommen.«

Ich hoffe nicht, dachte sie.

Er reichte ihr jedoch einen der Weinbecher, und als sie auch den ablehnen wollte, sagte er: »Trink den Wein, Drifa. Er wird deine Angriffslust ein wenig mildern.« Sie wollte schon einwenden, dass ihre Angriffslust ihre einzige Waffe gegen diese unhaltbare Situation war, doch Sidroc legte eine Fingerspitze an ihre Lippen. »Schluss mit dem Gerede. Komm lieber mit und lass dir alles von mir zeigen.«

Sein Schlafzimmer war klein und enthielt nur ein einfaches, pritschenartiges Bettgestell mit einer dicken Matratze, einige Kleiderhaken an der Wand und eine große Truhe. Außer der Eingangstür gab es noch eine zweite auf der anderen Seite des Raums, die zu einem Badebecken mit Lotusblüten hinausführte, das inmitten eines kleinen Gartens lag. Dort gab es auch eine Art Vorzimmer mit einem Tisch, auf dem Soldaten ihren müden Muskeln eine Massage gönnen konnten. Ein weiterer Tisch, der im Garten stand, wurde offenbar zum Essen oder für das typisch wikingische Brettspiel *hnefatafl* benutzt, das noch offen dastand, als wäre eine Partie gerade unterbrochen worden.

»Stellen sie allen warägischen Soldaten solch feudale Unterkünfte zur Verfügung?« Wären ihre Gedanken nicht so von dem, was kommen würde, beherrscht gewesen, hätte es ihr sicher Spaß gemacht, sich den Garten genauer anzusehen. Aber Blumen waren im Moment das Letzte, woran sie denken konnte.

»Nein. Nur Divisionskommandeure wie Finn und ich erhalten separate Unterkünfte. Und die teilen wir uns.« Er zeigte auf fünf andere, geschlossene Türen, die mit seiner einen Halbkreis um den Garten bildeten.

Drifa war entsetzt. »Die anderen Männer könnten jederzeit herauskommen und sehen, was du und ich ...«

Sidroc lächelte. »Dein guter Ruf ist hier nicht in Gefahr, Drifa. Diese Türen sind auf meine Bitte hin verschlossen worden.«

Den Göttern sei Dank!

»Die Männer wissen, dass ich Damenbesuch habe, aber nicht, wer die Dame ist.«

Oh, Allmächtige dort oben!

»Dass Ivar draußen auf dem Korridor Wache steht, könnte für einige allerdings ein Hinweis sein.«

Tja, aber daran konnte sie nichts ändern. Ivar würde sich nicht von der Stelle rühren ohne sie, das war so sicher wie ... wie die Sünde, die sie im Begriff war zu begehen.

»Es ist ein gutes Leben, das du hier hast«, bemerkte sie, während sie an dem Wein nippte, den Sidroc ihr gegeben hatte, damit sie sich entspannte, den *sie* aber vor allem brauchte, um Mut zu fassen. »Bist du sicher, dass du all diesen Luxus aufgeben willst?«

»Völlig sicher. Finn und ich haben erst kürzlich darüber gesprochen. Wikinger sind für ein solch bequemes Leben einfach nicht geschaffen. Es schwächt und verweichlicht uns nur.«

Drifa nickte verständnisvoll. »Mein Vater sagt immer, dass die Kälte des Nordens die Muskeln eines Mannes stählt.«

»Und andere Körperteile«, bemerkte er trocken.

Unter anderen Umständen hätte sie vielleicht sogar mit ihm gelacht.

»Bereitet es dir kein schlechtes Gewissen, Ianthe zu betrügen?«

»Guter Versuch, aber du kannst mir keine Schuldgefühle einreden. Ianthe und ich haben nicht diese Art Beziehung. Im Grunde haben wir überhaupt keine mehr, wenn man davon absieht, dass wir Freunde sind.« Drifa schien ein zweifelndes Gesicht zu machen, weil er schnell hinzufügte: »Erwartest *du* Treue von mir, Drifa?«

»Nein, das ist nicht, was ich meinte.«

Ihren Einwand ignorierend sagte er: »Nun, du hast sie jedenfalls. Du wirst die Einzige sein, mit der ich das Bett teile, bis ich dieses Land verlasse.«

»Auch nicht mit Ianthe?«

»Auch nicht mit Ianthe«, stimmte er zu und lachte dann. »Rate mal, wer ihr heute Abend Gesellschaft leisten wird.«

»Wer?«

»Alrek, euer etwas linkischer Begleiter.«

Das war eine Neuigkeit, die sie allerdings nicht hätte überraschen dürfen. Seit dem Bankett beim Kaiser hatte Alrek über nichts anderes mehr gesprochen als Ianthe. »Ihr Gesellschaft leisten? Meinst du das im Sinne von ... nun ja, dass er mehr tun wird, als nur mit ihr zu plaudern?«

»Das bezweifle ich, aber nicht, weil der junge Mann nicht will. Er scheint sich nämlich in meine ehemalige Geliebte verliebt zu haben – jedenfalls sagt er das.«

»Und wie denkt Ianthe darüber?«

Sidroc zuckte mit den Schultern. »Sie wird vor allem amüsiert sein, denke ich. Immerhin ist er sehr viel jünger als sie.«

»Und es stört dich überhaupt nicht, dass Ianthe so bald schon wieder mit einem anderen Mann zusammen sein könnte?«

»Nein. Wir sind Freunde, und das werden wir immer sein. Ich wünsche ihr viel Glück in ihrem Leben, egal, woher oder von wem es kommt.«

Diese Einstellung fand Drifa wirklich sehr erstaunlich. Ob auch ich ihm so gleichgültig sein werde, sobald er dieses Spiel mit mir beendet?, fragte sie sich. Wird er mich stehen lassen wie schal gewordenes Bier, weil wir im Grunde nicht mal Freunde sind?

Sidroc setzte sich auf eine flache Bank neben dem Wasserbecken und schlug die langen Beine übereinander. »Zieh dein Kleid aus, Drifa, damit ich sehen kann, was ich ›gekauft‹ habe.«

Welch reizender Beginn! »Du hast mich nicht gekauft, du ... Bauer! Wir sind gleichberechtigte Partner in diesem Handel.«

»Zieh das Kleid aus, Drifa.«

Sie stürzte den Rest ihres Weins hinunter und spürte, wie das berauschende Getränk eine angenehme Trägheit in ihren Gliedern auslöste und ihren Geist abstumpfte. Doch leider nicht einmal annähernd genug. Ihr war noch immer viel zu gut bewusst, was sie tat, als sie ihre Kleidungsstücke und Schuhe ablegte. Dann hob sie trotzig das Kinn, konnte sich aber dennoch nicht dazu überwinden, Sidroc anzusehen. Sie spürte, dass nicht nur ihr Gesicht, sondern ihr ganzer Körper glühte, der seinen Blicken schutzlos ausgeliefert war, was für sie Beweis genug war für die Schmach, die er ihr zufügte.

»Und jetzt löse deinen Zopf und kämm das Haar mit den Fingern aus.« Seine Stimme war ein wenig rauer als gewöhnlich.

Drifa hob die Hände, wodurch auch ihre Brüste angehoben wurden, die ihrer Meinung nach zu voll für ihren schlanken Körper waren. Um mit den Fingern durch ihr langes Haar zu fahren, musste sie nicht nur die Arme heben, sondern auch ihre Schultern hin und her bewegen, was wiederum ihre Brüste in Bewegung brachte. Ganz unwillkürlich warf sie dabei einen Blick in Sidrocs Richtung ... Und riskierte augenblicklich einen weiteren. Es war nicht nur so, dass sein Gesicht genauso glühte wie das ihre, sondern unter seinen Beinkleidern war auch eine sehr beachtliche Wölbung zu erkennen!

Bevor sie sich auf ihre vorlaute Zunge beißen konnte, fragte sie: »Kommt das vom Aufbohren deines Schädels?«

»Nein, das ist ganz und gar dein Werk.«

Mein Werk? Es ist mein nackter Körper, der diese Wirkung auf ihn hat? Sie fühlte sich nicht nur geschmeichelt von seiner Bemerkung, sondern war irgendwie auch hocherfreut darüber.

»Komm her«, befahl er ihr und spreizte seine langen Beine.

Du schaffst das, Drifa. Denk an Runa. Für sie kannst du es tun. Als sie zwischen Sidrocs Schenkeln stand, strich er mit den Fingerspitzen über die Außenseite ihrer Arme, die sie fest an ihre Seiten gedrückt hielt. Jedes noch so feine Härchen an ihrem Körper richtete sich auf, sogar an einigen sehr intimen Stellen.

»Oh nein, weich meinem Blick nicht aus. Öffne die Augen, Drifa.«

Denk ans Blumenpflanzen. Und an Dünger. Pferdedünger. Lass ihn nicht deine Gefühle sehen. Als sie die Augen öffnete, bemerkte sie sofort, dass seine sich vor Verlangen verdunkelt hatten und jetzt mehr grau waren als grün. »Braves Mädchen«, sagte er und reckte den Kopf, um sie kurz zu küssen, bevor er sie ein wenig zurückschob, um sie besser ansehen zu können. »Du bist sehr schön, Drifa.«

Das war sie keineswegs, doch dies war nicht der richtige Moment für Widerspruch. Tatsächlich bezweifelte sie sogar, dass sie auch nur zwei Worte aneinanderreihen könnte, als er seine Hände unter ihre Brüste legte, sie ein wenig anhob und mit den Daumen über ihre zarten kleinen Spitzen strich, die sich sogleich verhärteten. *Denk an Dünger. Pferdedünger. Kuhdünger. Hühner ... ooooh!*

Als er spürte, wie sie schwankte, legte er ihr für einen Moment lang stützend die Hände um die Taille. »Es ist in Ordnung, wenn du ab und zu ein bisschen stöhnst vor Lust.«

»Ich schwöre, dass ich dir einen Tonkrug über den Kopf schlagen werde, sobald sich die Gelegenheit dazu ergibt!«

»Sei nicht böse auf *mich*, Drifa, weil dein Körper dich verrät.«

Und dann verriet ihr treuloser Körper sie noch mehr, als Sidroc mit ihren Brüsten zu spielen begann, ihre harten kleinen Knospen zwischen Daumen und Zeigefinger nahm und daran zupfte, dann mit den Fingerknöcheln darüberstrich und sie erneut zwischen die Finger nahm und hineinzwickte. *Hineinzwickte*, der Flegel! Doch *wirklich* zu viel wurde es, als er eine der empfindsamen Brustwarzen zwischen die Lippen nahm und daran sog, daran sog wie ein Kind bei seiner Mutter! Hart. Rhythmisch. Und immer wieder unterbrochen von erstaunlich sanften Liebkosungen seiner geschickten Zunge. Dann nahm er ihre andere Brust zwischen seine großen Hände und tat mit ihr genau das Gleiche.

»So viel zu Dünger!«, murmelte sie.

»Was?«

»Ich denke an Pferdemist, damit ich dir besser widerstehen kann.«

»Untersteh dich!« Wieder begann seine Zunge ein aufreizendes Spiel mit einer ihrer Brustspitzen, und ein ganz eigenartig warmes, aufregendes Kribbeln durchlief ihren Körper. Ihre Knie gaben nach, und sie geriet ins Taumeln, aber Sidroc fing sie leise lachend auf und setzte sie auf seinen Schoß. Und nicht nur das. Plötzlich saß sie rittlings auf seinen Schenkeln, mit weit gespreizten Beinen und hilflos seinen neugierigen Blicken ausgeliefert. Und *dass* sie neugierig waren, ließ sich nicht bestreiten.

»Oh, das ist nicht normal, Sidroc! Lass mich aufstehen, hörst du?«

»Keine Chance.«

»Aber ... aber ich muss mal! Ich glaube, meine Blase ist undicht.«

Eine ruckartige Bewegung ging durch seinen Unterleib, und ein ersticktes Aufstöhnen entrang sich seiner Kehle, bevor er seine Stirn an ihre presste, als versuchte er, wieder zu Atem zu kommen. »Drifa, Liebste, was du spürst, das ist nicht deine Blase. Es ist deine weibliche Feuchte, die sich sammelt, wo es dich am meisten nach mir verlangt, und dich auf die Vereinigung mit mir vorbereitet.«

»Du liebe Güte! Dann muss ich ja genauso verdorben sein wie du!«, rief sie aus, als sie verstand, was er ihr sagen wollte. *Kann diese Situation noch beschämender werden?*

»Das hat nichts mit Verdorbenheit zu tun, du Dummchen. So haben die Götter ... oder auch der Eine Gott ... die Frauen nun mal geschaffen. Diese Feuchte wird dir helfen und dein sinnliches Vergnügen erhöhen.«

»Vergnügen! Ich habe nicht die Absicht, *Vergnügen* aus dieser ... dieser Sache zu beziehen. Absolut nicht!« *Solange ich es verhindern kann.*

»Na, na, na! Weißt du es nicht besser, als einen Wikinger herauszufordern?«

»Ich habe dich nicht herausgefordert.«

»So hörte es sich aber für mich an.« Um es ihr zu beweisen, glitt er mit einer Fingerspitze in ihre feuchte Hitze und bewegte sie ein paarmal hin und her.

Drifa flog beinahe von seinem Schoß.

Aber er legte schnell die Hände um ihre Hüften und hielt sie fest. Und nicht nur das: Mit einer einzigen geschickten Bewegung zog er sie an den noch von Stoff bedeckten Beweis seiner männlichen Begierde.

»Warum quälst mich so?«, stöhnte sie.

»Aber es ist doch hoffentlich eine süße Qual«, entgegnete er nur.

Und dann begann er sie zu küssen, und oh, wie gut er sich darauf verstand! Sie hatte stets gewusst, dass Wikinger meisterhafte Seeleute und Kämpfer waren, aber sie hätte nie gedacht, dass einige von ihnen auch wahre Meister im Küssen waren. Tatsächlich hatte sie nicht einmal gewusst, dass Küssen eine Kunst sein konnte, doch das war es in der Tat.

Sidroc nahm ihr Gesicht zwischen seine Hände und strich mit seinen Lippen über ihre, mal sehr sachte nur, mal fester, liebkoste sie mit seiner Zungenspitze und brachte seinen Mund und ihren nach und nach in die perfekte Stellung. Und dann, *Götter und Göttinnen, seid gepriesen!*, küsste und küsste und küsste er sie, bis ihre Lippen sich wie von selbst seiner Zunge öffneten, die er wie ein Instrument zur sinnlichen Eroberung benutzte.

»Du bist zu gut darin«, murmelte Drifa während einer seiner kurzen Pausen.

»Im Küssen?«

Sie nickte.

»Ich übe viel.«

»Das glaube ich dir gern«, sagte sie und biss ihn ganz leicht in die Unterlippe.

Er lachte und biss zurück.

Ihr ganzer Körper fühlte sich an, als summte und prickelte er in Erwartung eines sehr bedeutsamen Geschehens. »Wirst du mich jetzt ... beschlafen?«

Sidroc gab einen glucksenden Laut von sich. »Nein, Drifa. Der Liebesakt ist wie ein gutes Wildschweingulasch, das man besser sehr, sehr lange schmoren und köcheln lässt.«

»Ich habe lange genug geschmort. Also tu es endlich.«

»Nein. Zuerst werde ich dich zum Höhepunkt bringen, und das allein mit meinen Fingern. Weißt du, was ein Höhepunkt ist?«

»Nicht genau.«

»Erinnerst du dich an unser Zusammensein in deinem Garten?«

»Oh.« *Wie könnte ich das je vergessen?*

»Hast du dich noch nie selbst zum Höhepunkt gebracht? Mit deinen eigenen Fingern, meine ich?«

»Bist du verrückt?« *Hör endlich auf zu reden und mach weiter!*

»Tja, dann werde ich dir wohl zeigen müssen, wie das geht.«
»Warte! Wirst du auch diesen Höhepunkt erreichen?«
»Ich hoffe nicht. Zumindest werde ich versuchen, mein eigenes Verlangen im Zaum zu halten, bis du deinen Höhepunkt erreicht hast. Deshalb behalte ich ja auch meine Beinkleider an, denn sonst würdest du mich dazu bringen, die Beherrschung zu verlieren, fürchte ich.«

Drifa betrachtete ihn abwägend, weil ihr der Gedanke gefiel, dass sie die Macht besaß, ihn die Kontrolle über sich verlieren zu lassen.

Sidroc, der zu erraten schien, was sie dachte, lachte. »Leg deine Hände auf meine Schultern, Drifa.«

Das konnte sie tun, auch wenn sie sich nicht sicher war, wozu.

Was sie jedoch schnell herausfinden sollte.

»Und nun lehnst du dich zurück. Noch weiter. Gut, so ist es richtig, ja.«

Hätte sie sich nicht an seinen Schultern festgehalten, wäre sie nach hinten umgekippt. *Wozu diese Verrenkungen? Dieser Mann ist wirklich abartig ...* Danach konnte sie allerdings überhaupt keinen Gedanken mehr fassen. Weder an Dünger, Akrobatik noch sonst etwas.

Sidroc berührte sie an einer Stelle zwischen ihren Beinen, an der sich alle Nervenenden in ihrem Körper zu bündeln schienen. Ein ersticktes Stöhnen entrang sich ihr, als eine wachsende Anspannung sie von Kopf bis Fuß erfüllte, die sie bis in ihre Fingerspitzen und ganz besonders auch *dort unten* spürte. Wäre sie nicht so konzentriert darauf gewesen, was Sidrocs Fingerspitze machte, hätte sie schon früher bemerkt, dass der Mittelfinger seiner anderen Hand in sie hineingeglitten war. Als es ihr bewusst wurde, schrie sie leise auf und versuchte, sich ihm zu entziehen, aber das ließ er nicht zu.

»Nein, Liebling! Bieg dich mir entgegen, um meinen Finger noch tiefer in dir aufzunehmen, und zieh deine Muskeln um ihn zusammen. Ja, genau! Was für eine gute Schülerin du bist!«

Und dann schrie sie auf. Schrie, weil sie gar nicht anders konnte, als Welle um Welle lustvollster Empfindungen sie durchströmte und ihr ganzer Körper bebte. Es war das Schlimmste/Schönste, was ihr je im Leben widerfahren war. Besser sogar noch als das überwältigende Glücksgefühl, das sie empfunden hatte, als es ihr vor einiger Zeit gelungen war, eine blutrote Rose zu züchten.

Als das rauschhafte Beben ihrer Verzückung nachließ, hing sie kraftlos in Sidrocs Armen, das Gesicht an seinen Nacken gedrückt und seine streichelnden Hände auf ihrem Rücken. Sie war zutiefst beschämt, nicht aufgrund dessen, was Sidroc mit ihr getan hatte, sondern ihrer eigenen Reaktion auf diese intimen Zärtlichkeiten wegen.

Er beugte sich ein wenig zurück und küsste sie sanft auf die Lippen. Dann sagte er das Letzte, was sie in diesem Moment hören wollte.

»Das war schon mal ein guter Anfang, meine Süße.«

Kapitel dreizehn

Er war ein regelrechter Marco Polo ...

Als Sidroc Drifa anfangs dazu »überredet« hatte, in sein Schlafzimmer zu kommen, war er nicht überzeugt gewesen, dass er seine Drohungen wahrmachen würde, sondern hatte ihr eigentlich nur einen Schreck einjagen wollen, damit sie ihr Geheimnis preisgab. Doch nun ... Heiliger Thor! Selbst wenn er wollte, könnte er jetzt nicht mehr aufhören.

Sie hatte ihn nicht nur dazu gebracht, die Kontrolle zu verlieren und seine Beinkleider zu beflecken wie ein übereifriger junger Bursche bei seinem ersten Mädchen, sondern auch seine Leidenschaft erneut geweckt. Er zögerte schon fast, sie das ganze Ausmaß seines männlichen Verlangens sehen zu lassen, aus Furcht, sie mit dem Anblick in die Flucht zu schlagen.

Zum Glück war sie noch ein wenig benommen, als er sie in sein Schlafzimmer trug und auf das Bett legte. Eine Öllampe, die er in Erwartung ihres Besuches angezündet hatte, verbreitete ein warmes Licht im Raum.

Er ging wieder hinaus, um den Wein und die Becher zu holen, und bei seiner Rückkehr war Drifa überhaupt nicht mehr benommen. Sehr wach sogar stand sie am Fußende seines Betts, in das Bettlaken gehüllt wie in ein Leichentuch. Mit einer Hand raffte sie den Stoff zusammen, während sie in der anderen sein auf dem Boden aufgestütztes Breitschwert hielt. Die Waffe war schon schwer für einen Mann. Eine Frau, besonders eine von ihrer zierlichen Statur, würde kaum in der Lage sein, sie mit beiden Händen hochzuheben, geschweige denn mit einer. Natürlich könnte sie das Laken fallen lassen, um beide Hände zu Hilfe zu nehmen. Das war ein Bild, das er zu gern sehen würde ... eine nackte, Schwert schwingende Drifa. »Ich habe meinen Teil für heute Nacht getan«, sagte sie.

»Oh nein, du raffiniertes kleines Biest. Dieses bisschen Herummachen zählt nicht für eine Nacht.«

»Es war Intimverkehr, wie du es wolltest«, widersprach sie.

»Es war ein Vorspiel, weiter nichts. Glaub ja nicht, dass du mir so leicht davonkommst.«

»Leicht?«, entgegnete sie schrill. »Das war nicht leicht.«

»Leg das Schwert hin, Drifa, bevor du dich verletzt. Und trink einen Becher Wein, um deine Nerven zu beruhigen.«

»Meinen Nerven geht es gut, aber diese Scharade ist beendet. Du hast deinen Spaß gehabt, und jetzt wird es Zeit ...«

»Drifa, Drifa, Drifa! Sieht *das* etwa so aus, als hätte ich meinen Spaß gehabt?«, fragte er mit einem vielsagenden Blick auf seine heiße Härte. »Im Hippodrom werden Wettbewerbe für alles Mögliche veranstaltet. Wenn es einen für den Mann mit dem größten Ständer gäbe, würde ich den mühelos gewinnen.«

»Das ist mehr als nur beschämend«, sagte sie, auf die Wölbung unter seiner Hose starrend.

Sie geniert sich? Ich bin es, der sich genieren müsste. Na ja, nicht wirklich.

»Ich komme mir vor wie ein kleines Kind, das ins Bett gemacht hat, und du unhöflicher Dummkopf weist mich auch noch darauf hin.«

»Was?«

Sie ließ das Schwert so jäh und heftig fallen, dass Sidroc nur hoffen konnte, dass der Marmorboden keinen Sprung davongetragen hatte. Doch das konnte er auch später überprüfen. Mittlerweile ging sie, über das hinter ihr her schleifende Bettzeug stolpernd, zu dem Tisch mit dem Wein und den Bechern hinüber und trank mehrere große Schlucke, wahrscheinlich in der Hoffnung, dass der Alkohol ihr Mut verleihen würde. Erst dann erklärte sie mit ihrem Becher auf den dunklen Fleck an der Vorderseite seiner Hose zeigend: »Ich habe dich nass gemacht.«

Das hatte sie, oh ja, aber nicht so, wie sie glaubte. »Pfff! Das ist hauptsächlich von mir und nicht von dir.«

Mit schiefgelegtem Kopf beobachtete sie, wie er schon fast übertrieben vorsichtig seine Beinkleider herunterzog und sich mit einem Tuch, das er in einer Schüssel Wasser befeuchtet hatte, zu waschen begann.

Drifa konnte gar nicht anders, als scharf den Atem einzuziehen.

Sidroc warf ihr einen Blick zu und sah, dass sie mit großen Augen sein voll erregtes Glied anstarrte. Aber gab es überhaupt ein schöneres Kompliment für einen Mann als das scharfe Einatmen einer Frau, wenn er die Hosen fallen ließ?

»Warum ist es so rot am Ende? Tut es weh?«

Er begann etwas zu erwidern, erstickte dann aber fast an seinen Worten und sagte erst nach einem kurzen Hustenanfall: »Ja, aber es ist ein angenehmer Schmerz.«

»Was für eine männliche Unlogik ist das schon wieder? Oh! Du meinst, wie diese süße Qual, die du mir gerade bereitet hast?«

Süße Qual. Das hörte er gern. »Genau.«

»Gib mir ein Tuch, damit ich mich säubern kann.«

»Dazu müsstest du dein Laken fallen lassen«, gab er zu bedenken und dachte: *Nur zu! Ich kann es kaum erwarten.*

»Du könntest wegsehen.«

»Oder auch nicht.«

»Gib mir das verdammte Tuch.«

Sidroc lachte und hielt den Waschlappen außer Reichweite.

»Ich sehe gern die Feuchtigkeit auf deinem lockigen Haar dort unten glitzern.« *Komm näher, kleiner Käfer. Diese große böse Spinne möchte dir noch mehr von deinem süßen Nektar entlocken.*

»Ich habe kein lockiges... O ihr Götter dort oben in Walhalla, ist *das* nicht abartig?«

»Nicht mal annähernd.« Sidroc schlenderte zum Bett hinüber und ließ sich mit unter dem Kopf verschränkten Händen darauf nieder.

»Du siehst lächerlich aus«, sagte sie.

»Du auch.«

»Ich meinte, lächerlich wegen dieses... dieses Flaggenmasts an dir.«

»Findest du?« Er blickte an sich herab und dachte, dass es doch recht beeindruckend aussah.

»Du glaubst doch wohl nicht, dass das... passen würde.«

»Ich weiß, dass es passen wird.« *Komm näher, kleiner Käfer, dann zeige ich dir, wie.*

Drifa trat nervös von einem Fuß auf den anderen und fragte sich wahrscheinlich, ob sie nicht einfach die Flucht ergreifen sollte.

Das wäre ein Anblick, um die stumpfsinnigen Höflinge in Schwung zu bringen! *Ein nackter Waräger, der eine ebenso nackte wikingische Prinzessin über die Gänge jagte. Vielleicht könnten wir das später mal versuchen. Oder vielleicht auch besser nicht.*

»Es ist noch nicht zu spät, um diese Farce zu beenden, Sidroc.«

Bei Thors Atem! Sie redet immer noch. »Nur wenn du mir deine Geheimnisse verrätst.«

»Das kann ich nicht. Noch nicht.«

Sidroc zuckte mit den Schultern, weil *sie* ihn im Moment weit mehr interessierte als ihre Geheimnisse. »Komm ins Bett, Drifa, und erfülle dein Versprechen – oder hast du vielleicht irgendeine besondere Art von Unterhaltung mit mir vor?«

Sie gab ein Schnauben von sich, das bei einer Frau abscheulich klingen müsste, bei ihr jedoch sogar ganz reizend war. »Und was sollte das wohl sein?«

Wieder zuckte er mit den Schultern. Sie machte es ihm *so* leicht, eine Spinne zu sein. »Nackt vor mir tanzen, herumturnen oder mir eine Vorstellung in Selbstbefriedigung geben.«

Bei jedem seiner Vorschläge fiel ihr die Kinnlade ein wenig weiter herunter.

Hmmm. Für mich klingen diese Ideen ganz gut, wenn ich das selbst einmal so sagen darf. Aber vielleicht verschob er sie besser auf später.

Ohne Vorwarnung streckte er plötzlich einen seiner langen Arme aus und zog an Drifas Laken, wodurch sie ruckartig nach vorn geschleudert wurde. Er ergriff sie und hob sie hoch, alles in einer einzigen Bewegung, die damit endete, dass Drifa ausgestreckt auf seinem Körper lag, natürlich ohne das Laken, das auf dem Boden zurückgeblieben war. »Ich hab dich!«, rief er triumphierend.

Drifa rang nach Atem, zappelte und versuchte, sich seinen Armen zu entwinden, was ihr allerdings überhaupt nichts nützte. Statt sie freizugeben, platzierte er sie so, dass ihre Brüste an seinem Brusthaar lagen und sein liebster Körperteil sich an das weiche Haar zwischen ihren Schenkeln presste. *Das* war die perfekte Stellung, seiner Meinung nach.

Er streichelte die weiche Haut an ihrem Rücken, von ihren Schultern bis zu ihrem festen kleinen Po, immer und immer wieder, bis ein heftiges Erschauern sie durchlief.

Ein Erschauern, von dem Sidroc sich ziemlich sicher war,

dass es auf sein Streicheln und nicht etwa Widerwillen zurückzuführen war.

In einem letzten, verzweifelten Versuch, ihn umzustimmen, sagte sie: »Morgen früh wirst du dich hassen, wenn du das jetzt tust.«

Du hast ja keine Ahnung! »Im Gegenteil. Ich würde mich morgen hassen, wenn ich es nicht täte. Und jetzt, meine Süße, wird es Zeit, dass wir wie alle guten Wikinger auf Forschungsreise gehen.«

Die Bemerkung ließ sie aufhorchen. »Wo? Was werden wir erforschen? Den Palast? Die Gärten?«

»Dich«, sagte er und drehte die naive kleine Törin auf den Rücken, um sich über sie beugen zu können.

Er konnte sehen, dass sie widersprechen wollte und einen heftigen inneren Kampf mit sich austrug. Bettvergnügen gegen Geheimnisse. Bettvergnügen siegte – Odin, Thor, Frey und jedem anderen Gott des wikingischen Universums sei dank.

»Na schön. Wenn es sein muss.« Sie schloss die Augen und legte den Kopf wieder auf das Kissen und die Arme an die Seiten, sodass sie steif wie eine Leiche – oder Märtyrerin – dalag.

Aber nicht mehr lange, schwor er sich.

»Bring es hinter dich. Und beeil dich bitte, wenn es dir nichts ausmacht.«

»Das tut es aber. Diese Forschungsreise wird eine sehr langsame und ausgedehnte sein, mit vielen Entdeckungen, kann ich dir versichern.« Zunächst einmal erfreute er sich an dem Anblick, der sich seinen Augen bot. Drifa hatte sich gut gehalten, stellte er fest. Er hatte etwas schlaffere Haut und nicht mehr ganz so feste Brüste erwartet, aber sie war nahezu vollkommen, mit verführerischen Rundungen an all den richtigen Stellen. Und nichts deutete darauf hin, dass sie ein Kind geboren hatte, aber vielleicht wiesen ja nicht alle Frauen äußere Anzeichen dafür auf.

»Warum? Warum können wir uns nicht beeilen?«

Bla, bla, bla. Sie stellt mehr Fragen als ein Knabe, der zum ersten Mal etwas über den Geschlechtsakt erfährt. »Du willst doch bestimmt nicht, dass mir etwas Wichtiges entgeht, weil ich mir keine Zeit für meine Forschungsreise nehme?« *Wo soll ich beginnen? Es ist, als säße ich vor einem Festbankett und wüsste nicht, welches köstliche Gericht ich zuerst probieren soll.*

»Da seien die Götter vor!«

»Hältst du Sarkasmus unter diesen Umständen für klug, kleine Lilie meines Herzens?« *Ich habe keine Ahnung, was ihr Gerede von den Göttern soll, aber ... Pffff! Wen interessiert das schon?*, dachte er und streichelte mit der Fingerspitze ihr festes kleines Kinn.

»Fang bitte nicht schon wieder mit diesem Blumen-Unsinn an. Noch mehr Tortur ertrage ich nicht.« Sie lag noch immer steif wie eine Statue da, aber ihre Hände ballten sich zu Fäusten, als er seine Fingerspitze von ihrem Kinn zu ihrer Brust und von dort zu ihrem Bauchnabel hinuntergleiten ließ. Ihre geballten Fäuste deutete er als ein gutes Zeichen, dass sie nicht immun gegen seine Liebkosungen war. Andererseits jedoch bedeutete es vielleicht nur, dass sie jetzt gerne einen Tonkrug in der Nähe hätte ...

Doch Schluss mit dem Gerede. Jetzt war es an der Zeit zu handeln. »Das Erste, was ein guter Forscher tut, ist, sich eine Vorstellung von seinem Terrain zu machen.«

Und das tat er.

»Ah, der Nordstern«, sagte er und zeichnete mit der Zungenspitze die zarten, schön geschwungenen Konturen ihrer Lippen nach. Als sie weicher und nachgiebiger wurden und sich für ihn öffneten, glitt er mit der Zunge zwischen sie. Zu Anfang genoss er einfach nur das Gefühl ihres Mundes und war froh, dass sie ihn nicht biss, aber dann vereinte ihre Zunge sich mit seiner – vermutlich nur aus einem Reflex heraus –, und er stöhnte an ihrem Mund und wich dann leicht zurück. »Mir scheint, ich habe einen neuen Fjord entdeckt, dessen Gewässer warm und köstlich sind«, flüsterte er an ihren Lippen.

»Du Narr!«, murmelte Drifa, strafte ihre Worte dann aber mit einem zufriedenen kleinen Seufzer Lügen.

Mit einem Seufzer, der nicht *einladender* hätte klingen können.

»Sieh mal, was ich gefunden habe, schöne Frau! Zwei Inseln. Eine im Osten und eine im Westen. Sie sind hübsch und auch nicht gerade klein.«

»Sie sind viel zu groß«, widersprach sie, während sie ein Auge einen Spaltbreit öffnete.

»Nein, sie sind gerade richtig.« Sie waren in der Tat ein bisschen groß für ihren schlanken Körper, doch genau das war es, was sie so reizvoll machte. Für einen Mann zumindest, und für Sidroc, der eine Vorliebe für große Brüste hatte, erst recht. »Und das Beste ist, dass köstliche aussehende Beeren auf deinen Inseln wachsen und ich sehr hungrig bin.«

Drifas Hände waren noch zu Fäusten geballt, ihre Augen zugekniffen, ihr Körper steif und gewappnet für den Angriff, den sie offenbar von ihm erwartete. Das dumme Ding! Er war der *Lord of Bedplay* oder Meister des Liebesspiels, gegen den es keine Abwehr gab.

Er blies seinen warmen Atem zuerst auf eine ihrer Brüste und dann auf die andere.

Vor Überraschung schlug sie die Augen auf. »Was zum Teufel machst du da?«

»Aber, aber! Was für eine Ausdrucksweise!«, monierte er und blies erneut. »Sieh mal! Ein starker Nordwind bläst über die Inseln.« Und das war alles, was er für eine ganze Weile tat – mal sanft, mal stärker mit seinem Atem über ihre Brüste zu streichen. Aber dann begann er mit der Zungenspitze die rosigen Kreise um ihre Brustspitzen zu liebkosen, ohne die empfindsamen Knospen jedoch zu berühren, und danach blies er auf die zarte Haut, um sie wieder zu trocknen. Eine ganze Weile ging das so. »Es ist ein regnerischer Nordwind«, murmelte er erklärend.

Als Drifa sich ihm leicht entgegenbog, als *suchte* sie den Wind, wusste er, dass er sich auf dem richtigen Weg befand. Da es nach seinem Dafürhalten jedoch noch zu früh war, fügte er der Erforschung seiner Inseln noch eine weitere Variante hinzu. Mit beiden Händen unter ihren Brüsten hob er sie ein wenig an und fuhr fort, sie mit der Zunge zu befeuchten und dann die Feuchtigkeit mit seinem warmen Atem wegzublasen.

Schließlich fluchte Drifa unterdrückt, ergriff mit beiden Händen seinen Kopf und zog ihn fest auf ihre Brust herab. »Nun iss diese verdammten Beeren schon, du schleimschlürfender Nachkomme eines Trolls!«

»Mit Koseworten erreichst du alles, Liebling«, sagte er lachend an ihrer Brust, an die sie sein Gesicht gedrückt hatte. Es wurde Zeit, mit seinen Spielchen aufzuhören, beschloss er, und sich auf ihre hübschen kleinen Brustspitzen zu konzentrieren, die schon hart wie Kiesel waren ... oder Beeren ... und eindeutig um seine Aufmerksamkeit bettelten. Ganz unvermittelt begann er, hart daran zu saugen, um sich dann mit gespitzten Lippen jäh zurückzuziehen, was ein lautes, schmatzendes Geräusch erzeugte. Bevor Drifa sich über das vulgäre Geräusch beschweren konnte, tat er das Gleiche auch mit ihrer anderen Brust. »Hmm, deine Beeren sind süßer als Honig«, raunte er.

Drifa atmete schon schwerer. Genau genommen hatte sie ihre Arme in entspannter Haltung hoch über den Kopf gestreckt. Aber das ging Sidroc viel zu leicht! Schließlich sollte dies hier eine Art »Bestrafung« für sie sein. Von diesem Gedanken geleitet, stand er auf und ging zum Fußende des Betts hinunter.

»Wa-was?«

Da das Bett weder Kopf- noch Fußteil hatte, ergriff er Drifas Fußknöchel und zog sie unerbittlich auf sich zu, bis sie ihre Knie beugen musste, damit wenigstens ihre Fußsohlen noch am Rande der Matratze ruhten. »Bist du bereit für eine andere Art Erforschung?« *Du solltest besser zustimmen, denn du kriegst sie so oder so, ob du bereit bist oder nicht.*

»Was für eine Art Erforschung?«

Schön, dass du fragst, mein kleiner Käfer. »Nun, da meine Finger langsam müde werden, dachte ich, ich sollte einen anderen Körperteil für meine Entdeckungen benutzen.« Er hielt einen Moment inne, damit sie sich das Schlimmste vorstellen konnte.

»Deine flache Hand?«, fragte sie hoffnungsvoll.

Denk an etwas »Abartigeres«, meine naive kleine Blume. »Meine Zunge.«

Sie verstand nicht gleich, was er ihr sagen wollte, und er nutzte die Gelegenheit, um sich schnell auf dem Boden hinzuknien und ihre Beine weit zu spreizen. *Bei Odins Sohn! Gab es einen schöneren Anblick für einen Mann mit einer Mission? Einer Verführungsmission?*

Drifa schrie auf und schwenkte wild die Arme, um sich aufzusetzen.

Sidroc stieß sie auf das Bett zurück. Und nicht gerade sanft.

»Ich wusste, dass du verdorben bist, aber das geht wirklich zu weit! Du ... du Kröte. Was unterstehst du dich? Was ... oh! O ihr Götter in Walhalla!«

Er hatte mit der Zunge die empfindsame kleine Knospe an ihrer intimsten Stelle berührt und wusste jetzt ohne jeden Zweifel, dass er gewonnen hatte. »Magst du das, Drifa?«

Ihre einzige Antwort war ein gurgelndes Geräusch, doch ihre Beine erschlafften, und sie wehrte sich nicht, als er sie noch weiter spreizte.

»Ich muss der beste Forscher auf der Welt sein, Drifa. Vielleicht werde ich mit Erik dem Roten diese neue Welt hinter Island erforschen. Vielleicht habe ich einen geheimen Wasserweg zum Paradies entdeckt. Natürlich gibt es dort all diese Untiefen und verborgenen Kanäle, und weiter vorne gibt es vielleicht auch einen Damm. Aber keine Bange – mein Langschiff wird es hindurchschaffen, das versichere ich dir.«

»Vielleicht, vielleicht, vielleicht. Wenn dein Langschiff noch länger wird, wird es in den Untiefen steckenbleiben, *das* versichere ich dir«, entgegnete sie.

»Ich liebe Frauen, die beim Liebesspiel noch Scherze machen können.« Und das war die reine Wahrheit. Das Leben war bisweilen viel zu hart und unbarmherzig, und Lachen und Freude erleichterten einem Mann den Weg durchs Leben.

»Das war kein Scherz. Das war ... Verflucht noch mal! Was tust du jetzt?«

»Ich benutze nur mein Paddel, um das Wasser zu erforschen«, sagte er und strich mit seiner Zunge über ihre wonnevolle Feuchtigkeit. Gewisse Stellen liebkoste er nur mit der Zungenspitze, und als er begann, ihren empfindsamsten Punkt zu küssen, bäumte sie sich so jäh und heftig auf, dass sie um ein Haar vom Bett gefallen wäre. Da Sidroc das nicht zulassen konnte, legte er ihre Beine über seine Schultern und begann mit den Lippen an der winzigen Knospe zu zupfen, wie er es mit ihren Brustspitzen getan hatte.

Und Drifa wurde von Wellen sinnlicher Empfindungen durchströmt, die nicht mehr aufhören zu wollen schienen. Wäre Sidroc nicht schon durch ihr anhaltendes Stöhnen zu dem Schluss gekommen, dass sie einen Höhepunkt nach dem anderen hatte, hätte ihr Beben an seinem Mund es ihm verraten.

»Nicht noch mehr! Hör auf«, protestierte sie, als er sie auf dem Bett hinaufschob und sich dann auf sie legte.

»Psst! Ich werde mich um alles kümmern«, versprach er, strich ihr die feuchten Haarsträhnen aus dem Gesicht und küsste sie.

»Das ist es, was mir Angst macht. So sollte es nicht sein.«

»Ach wirklich? Und *wie* sollte es sein?«, fragte Sidroc schmunzelnd.

»Schnell.«

»Schnell ist hin und wieder gar nicht schlecht. Aber manchmal ist es das Beste, die Reise so lange wie möglich auszudehnen, um die Landschaft entlang des Weges zu genießen und die Freude zu verlängern.«

»Meine *Landschaft* ist etwas sehr Privates, und ich glaube nicht, dass ich noch mehr Freude ertragen kann. Musst du das tun?«

»Was?«

»Meine Brüste mit deinem Brusthaar kitzeln. Das ist ...«

»Was, Drifa?«

»Irritierend.«

Im Geiste hob er triumphierend die Faust. »Das ist so, weil dein Körper sich noch mehr ersehnt.«

»Das erfindest du doch nur.«

Er beugte sich über sie und strich noch aufreizender mit seinem Brusthaar über ihre harten kleinen Knospen. Als er sah, wie ihre Augen sich verdunkelten, sagte er: »Siehst du? Aber jetzt bin ich an der Reihe. Leg deine Beine um meine Hüften.« Und damit schob er auch schon seine Hände unter ihren Po und hob ihn an, um sein heißes, hartes Glied an den Eingang ihrer Weiblichkeit zu bringen. »Beim ersten Mal könnte es ein bisschen wehtun, meine Süße. Möchtest du, dass es schnell geht, oder soll ich mir Zeit lassen?«

»Schnell.«

Das war alles, was er wissen musste. Sie war bereit für ihn, heiß und feucht. Aber sie war auch eng. Sehr eng. Erst nach drei kraftvollen Bewegungen fühlte er, wie die spürbare Barriere ihrer Tugend nachgab, und konnte so tief in sie eindringen, wie ihr Körper es erlaubte. Und diesmal war er es, der aufstöhnte, weil die Gefühle, die ihn durchströmten, so unbeschreiblich lustvoll waren. Und nicht nur der heißen, samtenen Enge ihres Körpers wegen, sondern auch, weil sich alles in ihr um ihn zusammenzog, als wollte sie ihn nie wieder gehen lassen.

Als er endlich wieder in der Lage war, mehr als ein Stöhnen hervorzubringen, richtete er sich ein wenig auf und blickte auf die Ellbogen gestützt auf sie herab.

Sie war wie betäubt, ihre Augen riesengroß und starr, während ihr Mund ein erstauntes kleines »Oh« zu formen schien.

»Ist alles in Ordnung mit dir, Drifa?«

»Ich denke schon.«

»Hast du Schmerzen?«

Sie schüttelte den Kopf. »Zu Anfang hat es wehgetan, aber jetzt fühlt es sich nur noch komisch an. Sind wir fertig?«

War sie wirklich so naiv? Offensichtlich schon. »Ich warte nur darauf, dass du neue Kraft schöpfst.«

»Kraft wofür?«

Er versuchte zu lächeln, merkte aber, dass er es nicht konnte, weil er viel zu sehr von einer anderen Betätigung beansprucht war. Während er sich langsam zurückzog, genoss er es, wie Drifas Muskeln sich wieder um ihn zusammenzogen und sich seinem Rückzug widersetzten. Dann nahm er sie mit einer kraftvollen Bewegung wieder in Besitz und drang dieses Mal sogar noch tiefer in sie ein.

Die perfekte Art, wie Frauen für Männer gebaut waren, war ein Geschenk der Götter.

Wie auch der Liebesakt an sich schon ein Geschenk der Götter war.

Oder Drifa, die zweifelsohne das größte Geschenk der Götter überhaupt war.

Sie schaute blinzelnd zu ihm auf und sagte: »Tu das noch einmal.«

Oh ja, sie war definitiv ein Geschenk. Und bei dem Gedanken konnte er auch wieder lächeln. »Mit dem größten Vergnügen, Mylady.«

Drifa mochte zwar vor ein paar Minuten noch Jungfrau gewesen sein, aber sie lernte schnell. Sie passte sich seinem Rhythmus an und bog sich jeder seiner Bewegungen entgegen, bis er sie so vollkommen ausfüllte, dass er vor Wonne zu vergehen glaubte und beide keuchend dem Höhepunkt der Lust zustrebten, von dem er hoffte, dass sie ihn im selben Moment wie er erreichen würde.

Bei den nächsten drei Stößen achtete er darauf, ihre empfindsame kleine Knospe zu stimulieren, und plötzlich hörte er ihren verzückten Aufschrei und konnte spüren, wie sich alles in ihr um ihn zusammenzog. Er musste seine ganze Selbstbeherrschung aufbieten, um sich aus ihr zurückzuziehen, bevor auch er den Höhepunkt der Lust erreichte.

Erst als er allmählich ruhiger atmete und sein Herz nicht mehr gegen seine Rippen hämmerte, als würde es jeden Augenblick zerspringen, wurde ihm bewusst, dass er mit seinem ganzen Gewicht auf Drifa lag, die ausnahmsweise einmal erstaunlich still war. Er hätte sich von ihr herunterrollen sollen, um sie zu entlasten, dachte aber mit Schrecken an das, was dann mit absoluter Sicherheit geschehen würde. Drifa würde beginnen, ihm Vorhaltungen wegen allem Möglichen zu machen, und er war noch nicht bereit, sich verderben zu lassen, was für ihn das aufregendste Liebesspiel gewesen war, das er je erlebt hatte – und mit einunddreißig hatte er mehr als genug Erfahrungen gesammelt.

Und er war auch noch nicht bereit, sich Gedanken über das Geschehene zu machen. Mit Sicherheit war es mehr als nur ein Geschlechtsakt gewesen. Aber er fürchtete sich davor, herauszufinden, was dieses »mehr« sein könnte. Besonders bei Drifa und all ihren Geheimnissen. Bei Drifa, der alles zuzutrauen war, nachdem sie auch keine Skrupel gehabt hatte, ihm einen Tonkrug über den Kopf zu schlagen und ihn damit wochenlang außer Gefecht zu setzen.

Aber dann machte die kleine Hexe ihn ganz sprachlos vor Erstaunen, indem sie ihn in die Schulter biss und statt etwas wie *Sind wir jetzt endlich fertig, du elender Wüstling?* zu sagen, wie eine zufriedene Katze schnurrte. *Schnurrte* und ihm dann auch noch mit ihrer flinken kleinen Zungenspitze übers Ohr fuhr.

Kapitel vierzehn

Eine wikingische Amazone?

Wer hätte das gedacht? Drifa jedenfalls nicht. Und warum hatte eigentlich keine ihrer Schwestern ihr ausführlich erklärt, was genau beim Geschlechtsakt geschehen würde und wie berauschend schön das sein würde? Selbst mit einem Depp wie Sidroc. Sie hätte ihnen einiges zu erzählen nach ihrer Heimkehr.

»Hat es dir gefallen, Drifa?«, fragte der Depp mit einer Stimme, die geradezu triefte vor männlicher Selbstzufriedenheit, als er sich von ihr rollte und mit einem Zipfel des Bettlakens seinen Samen von ihrem Oberschenkel abwischte. Dann besaß er auch noch die Frechheit, sie ausgerechnet dort zu küssen, dieser abartige Mensch! Als spürte er ihre Empörung über sein Verhalten, nahm er sie in den Arm und zog sie an sich, bis ihr Kopf an seiner Schulter lag.

Prompt biss sie ihn in die Schulter, nur um ihm zu zeigen, dass sie gar nicht *so* begeistert von seinen Talenten war. »Wenn du jetzt grinst, dann schwöre ich dir, dass ich ...«

»Was? Dass du mir einen Krug über den Kopf schlägst?«

»Vielleicht.«

»Gib doch einfach zu, Drifa, dass dein erstes Mal dir sehr gefallen hat.«

»Natürlich hat es das. Und zum Teufel mit den Nornen des Schicksals, die dafür sorgten, dass ausgerechnet du der Erste warst.«

»Sei vorsichtig mit dem, was du über die Göttinnen sagst. Sie könnten dich dazu verurteilen, den Akt mit mir zu wiederholen, immer und immer wieder.«

Falls er das als Strafe hinstellen wollte, stand ihm eine noch größere Überraschung bevor, als sie geplant hatte. *Es ist an der Zeit, dir zu zeigen, du warägischer Troll, mit was für einer Art von Frau du momentan zusammen bist. Ich werde nicht dein dummes kleines Betthäschen sein.* »Diese Sache mit dem Erforschen ... geht das auch andersrum? Bekommt auch die Frau Gelegenheit dazu?«

Sidroc versteifte sich und wandte den Kopf, um sie ansehen zu können. »Willst du damit sagen ...?«

Drifa zuckte mit den Schultern. *Mal sehen, wie es dir gefällt, wenn eine Frau die Strippen zieht.* »Vielleicht habe ich ja auch Lust, dich ein bisschen genauer zu erforschen?«

»Lust?«, sagte er mit erstickter Stimme.

Drifa betrachtete es als gutes Zeichen, dass sie ihm den Atem rauben konnte. »Ja. Mein einziges Problem ist, dass ich keine Erfahrung darin habe, ein Langschiff über das offene Meer zu steuern. Mir scheint, dass ich wohl eher Berge erforschen müsste. Ah! Was sehe ich denn hier? Einen Wald«, sagte sie und strich mit der Fingerspitze über das Haar an seiner Brust, das die gleiche rötlich braune Farbe hatte wie das auf seinem Kopf. Sie glitt mit den Fingern durch die krausen Löckchen und freute sich, als sie ihn scharf die Luft einziehen hörte.

Sie musste zugeben, dass er ein Bild von einem Mann war, sogar für einen Wikinger. Er war groß, schlank und muskulös, und er hatte ein Lächeln, das Loki, der Gott des Schabernacks, ihm verliehen haben musste, um Frauen zu betören.

»Drifa«, sagte er mit diesem betörenden Lächeln, »vielleicht sollte ich dich warnen. Sei vorsichtig, wenn du deinen Kopf ins Maul des Löwen steckst.«

»Ach, manchmal sind auch Löwen nur große Katzen, weißt du.«
»Unterschätz mich nicht.«
Das ist mir schon passiert. Sonst würde ich mich nämlich nicht in deinem Bett befinden und mein Körper nicht nach mehr verlangen... »Würde ich das tun?«, entgegnete sie katzenfreundlich und mit einem vielsagenden Blick auf seine Männlichkeit, die sich schon wieder regte. *Dieses dumme Ding! Dieses verführerische dumme Ding*, berichtigte sie sich jedoch sogleich.

»Bleib still liegen und lass mich auf Entdeckungsreise gehen«, befahl sie ihm.

»Was immer Ihr verlangt, Mylady.«

Danach sprach sie in ihrem sinnlichsten Ton zu ihm – von ihrer Entdeckung einer Rinne auf halbem Wege zwischen seiner Taille und seinen Schenkeln und den zwei großen, moosbedeckten Felsen, aus denen ein Baum hervorragte mit einem sehr kraftvollen und geraden Stamm. Die dicken Adern daran seien die Borke und das runde Ende ein Pilz, erklärte Drifa, von der Art, die manchmal aus Baumstämmen herauswachse.

Mittlerweile lachte Sidroc und schien ihre Aufmerksamkeit sehr zu genießen, wie die Größe seines »Baums« vermuten ließ.

»Ich glaube, das Erklimmen dieses Berges wird zu anstrengend für dich«, sagte er schließlich. »Du brauchst ein Pferd zum Reiten.« Und schon hob er sie auf und ließ sie rittlings über seinen Schenkeln nieder. Dann berührte er mit der Fingerspitze ihre intimste Stelle und erklärte mit vor Verwunderung ganz rauer Stimme: »Du bist ganz heiß und feucht, Drifa.«

»Das ist nur der Rest deines Samens.« Ihr Gesicht war so erhitzt, dass ihre Wangen flammend rot sein mussten.

»Nein, dein Fjord fließt über, um meinem Langboot das Vorankommen zu erleichtern.«

»Hör auf mit diesem Fjord- und Langboot-Unsinn!«

»Es bedeutet, dass du bereit bist für mich, Drifa. Komm und nimm mein Langschiff ... ähm, meinen durstigen Baum und weise ihm den Weg in deinen Körper, damit sein Durst gestillt werden kann. Ja, so ist es gut, meine Schöne – lass dich nach und nach auf mich herab.«

Ob Langschiff, Baum oder Folterstab – es war ihr alles einerlei. Hätte ihr vor ein paar Stunden jemand gesagt, dass sie so etwas tun und auch noch seufzen würde vor Wonne, weil sie von diesem Flegel genommen wurde, so hätte sie gelacht. Doch jetzt konnte sie kaum noch atmen.

Die Hände auf ihren Hüften, führte Sidroc sie. »Es ist wirklich fast so, wie ein Pferd zu reiten, nicht?«, fragte er sie grinsend.

Wenn es noch etwas Verführerischeres als sein Lächeln gab, dann war es sein Grinsen.

»Wie gut bist du im Galoppieren?«

Haben wir schon Spaß? ...

An einem seichten Rand des Badebeckens saß Sidroc Drifa gegenüber, die die Augen geschlossen hatte und so tat, als schliefe sie. Als könnte sie seinen Aufmerksamkeiten so leicht entkommen!

Da das Becken nicht besonders groß war, brauchte er nur die Beine auszustrecken, um Drifa mit den Zehen zu berühren. Durch das bloße Umlegen eines Hebels ließ es sich mit warmem oder kaltem Wasser füllen oder leeren. Im Moment war das Wasser lauwarm und angenehm entspannend für überanstrengte Muskeln. Und Sidroc war sich ziemlich sicher, dass er einige von Drifas Muskeln überanstrengt hatte.

»Wann wirst du zu deinem Einsatz aufbrechen?«, fragte sie

mit geschlossenen Augen und ohne den Kopf vom Rand des Beckens zu erheben.

»Am frühen Morgen. Ich werde mich mit Finn in den Stallungen der Tagmata treffen.«

»Und wenn du zurückkehrst, wirst du Byzanz verlassen. Mit welchem Ziel?«

»Das weiß ich noch nicht genau. Finn und ich werden diese Frage unterwegs besprechen. Ich habe ein Langschiff, das an einem Strand außerhalb der Stadt liegt und während meiner Abwesenheit wieder seetüchtig gemacht werden wird. Vielleicht fahren wir zu den Orkneys. Oder woandershin im Norden. Vielleicht werde ich sogar irgendeinen Besitz in der Nähe von Stoneheim erwerben.«

Drifa riss die Augen auf und warf ihm einen ärgerlichen Blick zu, weil er das Thema anschnitt, das er versprochen hatte zu vermeiden.

»Das war ein Scherz, mehr nicht.«

Nachdem sie ihn sicherheitshalber mit einem weiteren unfreundlichen Blick bedacht hatte, schloss sie die Augen wieder, ließ sich tiefer in das Wasser sinken und seufzte zufrieden, als sie mit den Fingern hindurchfuhr. Sie war entspannt. Zu entspannt.

»Du brauchst dir keine Sorgen zu machen, Prinzessin. Nach meiner Rückkehr werden wir noch genug gemeinsame Nächte haben.«

»Aber nicht zweiundvierzig. Höchstens einundvierzig.«

»Komm, Drifa, du hast dich lange genug ausgeruht. Es wird Zeit, uns abzutrocknen und etwas Neues zu probieren.«

Jetzt waren ihre Augen groß und wachsam, als sie fragte: »Etwas Neues?«

»Eine Überraschung.« Und damit stieg er aus dem Wasser und begann, sich mit einem großen Leinentuch abzutrocknen, wozu er sich sehr viel Zeit nahm, als er merkte, mit welch interessierten Blicken Drifa seinen nackten Körper musterte. Dann ging er zur anderen Seite des Beckens hinüber und zog sie hoch. Während er auch sie abtrocknete, bewunderte und kommentierte er ihre verschiedenen Körperteile.

»Deine Haut ist weicher als byzantinische Seide«, sagte er.

»Aber oft ist sie auch schmutzig, wenn ich im Garten arbeite«, erwiderte sie.

»Deine Brüste sind wie knackige Granatäpfel und doppelt so süß«, erklärte er.

»Wohl eher wie überreife Melonen«, versetzte sie.

»Das Haar zwischen deinen Schenkeln ist wie das Vlies eines goldhaarigen Schafs.«

»Es gibt keine goldhaarigen Schafe. Und abgesehen davon ist Rohwolle grob und rau.«

»Deine entzückenden Pobacken rauben mir den Atem.«

»*Pobacken!* Schluss jetzt!«, protestierte sie schließlich. »Als Nächstes wirst du noch Oden an meine Fußnägel verfassen!«

»Nun, da du sie erwähnst...«

Drifa stöhnte.

Sidroc lächelte. Er wusste, dass sein Lächeln *ihr* den Atem raubte, weil sie es ihm in einem schwachen Moment gesagt hatte. »Komm, Drifa, ich habe etwas ganz Besonderes für dich geplant.« *Beziehungsweise für uns. Und insbesondere für mich, um ganz genau zu sein.*

Er führte sie zu der anderen Seite des Badebeckens, wo sich eine Wandplatte befand, die sich nach innen öffnen ließ. Als sie sich drehte, erschien vor ihnen eine massive Platte aus poliertem Messing, die größer war als ein Mann und doppelt so breit wie einer.

Drifa schnappte verblüfft nach Luft. »Einen solch großen

und so perfekt polierten Messingspiegel habe ich noch nie gesehen.« In ihrem Erstaunen vergaß sie sogar vorübergehend, dass sie völlig unbekleidet davor stand. Sidroc merkte es sofort, als ihre Nacktheit ihr bewusst wurde. »O ihr allmächtigen Götter!«, sagte sie und versuchte, mit einem Arm über ihren Brüsten und einer Hand vor ihrem Geschlecht ihre Blöße zumindest halbwegs zu bedecken.

»Nein, Drifa, nimm deine Hände weg und betrachte dich so, wie ich dich sehe, während ich ein paar Sachen hole.«

Obwohl sie nicht aufhörte, den erstaunlichen Spiegel bewundernd anzustarren, versuchte sie noch immer, sich irgendwie zu bedecken, als Sidroc mit mehreren Öllampen, zwei dicken Kerzen und einem hübsch geschnitzten Kästchen aus Olivenholz zurückkam, dessen Deckel mit einer Einlegearbeit aus Elfenbein versehen war, die ein wikingisches Langschiff darstellte.

Wenn sie doch nur wüsste, dass sie von hinten fast ebenso bezaubernd aussieht wie von vorn, dachte Sidroc. Drifas Beine waren lang und kräftig, wahrscheinlich von all ihrer Gartenarbeit. Ihr Po war fest und wunderbar gerundet. Die leichte Biegung ihrer Hüften betonte ihre schmale Taille, und am Ansatz ihres Rückens hatte sie zwei entzückende kleine Grübchen rechts und links. Sidroc wusste selbst nicht, warum, aber er hatte eine besondere Schwäche für diese Körperstelle dieser Frau.

Er zündete die Kerzen und Lampen an und stellte sie zu beiden Seiten des Spiegels auf, was das Mondlicht verstärkte, das in das Zimmer fiel. Es war schon beinahe so hell wie Tageslicht.

»Glaubst du, ich könnte hier in Miklagard einen solchen Messingspiegel kaufen?«

Vielleicht würde sie ja gar kein Andenken an Byzanz mehr wollen, wenn diese Nacht vorüber war. »Wahrscheinlich schon, aber er würde ein Vermögen kosten.«

»Das wäre kein Problem.«

Sidroc zuckte mit den Schultern. »Es wird Zeit, einmal etwas anderes zu versuchen«, sagte er statt einer Antwort.

Drifa zuckte zusammen, als ihr bewusst wurde, wie dicht er hinter ihr stand. »*Wie* anders?«, fragte sie mit unsicherer Stimme. »Wird es etwas Abartiges sein?«

»Du meine Güte, Drifa, was soll dieses ständige Gerede über *abartig*?« Er legte ihr die Arme an die Seiten und schlang dann schnell die seinen um ihre Taille. »Aber die Antwort ist Ja. Diesmal wird es nach den Maßstäben einiger Leute tatsächlich etwas Abartiges sein.«

Sie gab einen hilflosen Laut von sich, erhob aber keine Einwände. Schließlich wusste sie inzwischen, welche Freude es ihm machte, ihren Widerstand zu überwinden.

»Sieh nur, wie gut wir zusammen aussehen, Drifa.«

»Wir sind nackt!«

»Das ist das Beste daran.«

»Ich glaube nicht, dass ich je die Dinge vergessen werde, die du mich heute Nacht gezwungen hast zu tun.«

»Oh, oh! Glaub nur nicht, dass du mir die Schuld an allem zuschieben kannst. Ich mag dich auf eine sinnliche Entdeckungsreise geführt haben, aber am Ende warst du bei mir. Außerdem gefallen mir die Bilder, die wir zu unserer Erinnerung erzeugen.«

»Das kann ich mir vorstellen.«

»Leg den Kopf zurück an meine Schulter und die Hände hinter deinen Rücken«, verlangte er.

»Warum?«

»Und hör auf zu reden. Du bist meine Liebessklavin, vergiss das nicht. Du musst tun, was dir dein Herr befiehlt.«

Drifa verdrehte die Augen, doch sie tat, was er verlangte. Und bevor sie merkte, was er vorhatte, band er ihr die Hände mit einem Schal zusammen.

Durch ihre Haltung wölbte sich ihr Rücken, und ihre Brüste, deren empfindsame Spitzen noch aufgerichtet und gerötet waren von Sidrocs Spielereien, wurden vorgeschoben. Trotzdem nahm er sie jetzt wieder zwischen Daumen und Zeigefinger und zupfte daran, um sie gleich darauf sehr sanft mit seinen Handflächen zu streicheln.

»Was du bei unserem neuesten Liebesspiel lernen sollst, ist, dass es nur ein schmaler Grat ist zwischen Schmerz und Lust. Wenn du erregt bist wie jetzt, reagieren deine Brüste und andere erotische Stellen an deinem Körper auf beides. Zum Beispiel werde ich dir jetzt einen Schmuck anlegen, der dir das sehr gut verdeutlichen wird.«

Er griff in das Kästchen zu seinen Füßen und nahm zwei kleine goldene Ringe heraus, die aus solch dünnem Draht bestanden, dass sie sich verformen ließen. Er legte einen um ihre rechte Brustspitze und drückte ihn zusammen, fester und fester, bis die zarte Knospe schließlich vollkommen von dem goldenen Draht umschlossen war. Ein kleinerer Reif hing davon herunter.

»Au!«, sagte Drifa und versuchte, sich aus Sidrocs Armen herauszuwinden, was ihre Brüste in Bewegung brachte und den Druck auf den Ring erhöhte, sodass er sich noch tiefer in die Haut eingrub.

»Manche Frauen, ja sogar Männer, lassen sich ihre Brustspitzen durchstechen, um die Ringe zu befestigen, aber das würde ich dir nicht antun.«

»Du tust mir auch so schon weh«, beklagte sie sich.

»Psst. Der Schmerz wird gleich vergehen«, sagte er und begann mit ihrer anderen Brustspitze genauso zu verfahren, bevor sie merkte, was er im Sinn hatte.

»Du siehst bezaubernd aus, Drifa. Sieh nur, wie viel größer deine Brustspitzen jetzt sind – und dazu noch rot wie Kirschen.«

»Zuerst Granatäpfel und jetzt Kirschen. Was kommt als Nächstes?«

»Das hier«, sagte er. »Ein bisschen Sirup für die Kirschen.«

Er nahm einen Stöpsel aus einem Glasfläschchen mit Öl und ließ es auf ihre Brüste tropfen, um es dann mit den Fingerspitzen einzureiben. »Wie fühlt sich das an?«

Sie verweigerte ihm die Antwort, aber ihre schönen Augen hatten sich verdunkelt, und ihre Nasenflügel bebten vor wachsender Erregung. Auch seine männliche Erregung nahm zu und drückte gegen den Spalt in ihrem hübschen kleinen Po.

»Du kannst diese Brustwarzenringe unter deiner *gunna* tragen, wenn ich fort bin, damit sie dich an mich erinnern.«

Sie gab ein schnaubendes Geräusch von sich, das sich mit *Nie im Leben!* übersetzen ließe, aber er wäre jede Wette eingegangen, dass sie versucht sein würde, es zu tun.

»Lass mich dir noch etwas anderes zeigen«, sagte er dann.

»O ihr Götter im Himmel, reicht das denn noch nicht?«

»Bei Weitem nicht.« Sidroc lachte und befestigte mehrere Perlenschnüre an beiden Ringen, die durch ihr zusätzliches Gewicht den Reiz erhöhten, hoffte er.

Drifa seufzte nur und legte den Kopf noch weiter zurück, wodurch ihr Hals noch mehr entblößt und ihre Brüste sogar noch weiter angehoben wurden.

»Wie fühlt es sich an?«, fragte Sidroc dicht an ihrem Ohr.

»Sündhaft.«

»Sündhaft schön?«

Sie nickte.

»Wir werden uns jetzt setzen, Drifa, damit ich dich vielleicht noch etwas lehren kann.« Bevor sie Einwände erheben konnte, ließ er sich mit ihr auf dem Marmorboden nieder, platzierte sie zwischen seinen Schenkeln und spreizte ihre dann so weit, dass sie ihre intimste Stelle im Spiegel sehen konnte. Er bezweifelte, dass sie sich jemals so betrachtet hatte. »Siehst du, wie feucht du für mich bist?«

Mit den Fingerspitzen beider Hände spreizte er ihr empfindsames weibliches Geschlecht noch mehr. »Und siehst du diese kleine Knospe, die praller und röter ist als die Schamlippen ringsum? Das ist die Quelle der Lust einer Frau. Allein schon das Streicheln dieser Stelle kann einige Frauen zum Höhepunkt bringen.«

»Und wirst du das jetzt tun?«

Er schüttelte den Kopf. »Ich werde sie größer und wärmer werden lassen, bis es dich so sehr nach einem Höhepunkt verlangt, dass du mich anflehen wirst, dich zu nehmen.«

»Dieses Spiel gefällt mir nicht.« Drifa versuchte, ihre Beine zusammenzunehmen und aufzustehen, aber das ließ er nicht zu.

Stattdessen zog er, während er sie zwischen seinen Schenkeln festhielt, einen weiteren kleinen Glasbehälter aus seinem Kästchen und sagte: »Dieses Öl ist ein ganz besonderes, das die Haut, wo immer es sie berührt, ganz heiß macht und zum Pochen bringt. Man braucht nur einen Tropfen ...« Er hielt den Stöpsel über Drifas intimste Stelle, und ein Tropfen fiel genau dorthin, wo er ihn haben wollte.

Fast augenblicklich starrte sie halb entsetzt, halb fasziniert auf das, was sich vor ihren Augen tat. »Tu etwas! Oh ... oh, ich brenne, ich vergehe! Nein, ich poche. Oh, nun tu doch schon etwas, du Flegel!«

»In einer Minute.« Wieder tauchte er den Stöpsel in das Fläschchen und gab auch auf jede ihrer Brustspitzen ein Tröpfchen. Sie schwollen zusehends an und wurden sogar noch röter.

»Lass mich los! Ich halte es nicht mehr aus! Ich muss mich dort unten berühren.«

Diese Bemerkung hätte ihn fast die Kontrolle über sich verlieren lassen, was viel zu früh gewesen wäre. »Vielleicht beim nächsten Mal.«

Trotz ihrer Proteste führte er seinen Mittelfinger zwischen ihr Geschlecht und verrieb das Öl auf der prallen kleinen Knospe, die jetzt doppelt so groß wie normalerweise war. Dann benutzte er denselben Finger, um ihre Schamlippen zu streicheln und schließlich in sie einzudringen, so tief er konnte.

Inzwischen schrie und weinte sie beinahe vor Ekstase. Sidroc entfernte den Schal von ihren Handgelenken und brachte sie dazu, sich hinzuknien, bis sie buchstäblich auf allen Vieren auf dem Boden vor dem Spiegel hockte. Dann, nach kurzem Zögern nur, fügte er noch zwei weitere Perlengehänge zu jedem Ring an ihren Brustspitzen hinzu, wodurch ihre Brüste leicht hinuntergezogen worden.

»Schau dich an, Drifa. Schau uns an.«

»Ich sehe aus wie eine Wilde«, jammerte sie. »Wie eine wilde Hündin!«

»Nein, du siehst hinreißend aus.«

Und dann nahm er sie von hinten. Als er in sie eindrang, hüpften ihre Brüste unter dem Gewicht der Perlen, aber Sidroc streichelte und stimulierte sie noch mehr mit seinen Fingerspitzen, und schließlich tat er auch das Gleiche mit der Knospe zwischen ihren Beinen.

»Willst du, dass ich aufhöre, Drifa?« Er zog sich zurück, bis er nur noch mit der Spitze seines Glieds mit ihr verbunden war, und hielt dann inne. »Sag mir, was du willst.« Sie wackelte mit ihrem Po und bog sich ihm verlangend entgegen, aber Sidroc zog sich nur noch mehr zurück. »Sag es«, befahl er.

»Ich will dich«, bettelte sie schließlich. »Jetzt sofort.«

»Was immer du willst, Prinzessin«, murmelte er rau und begann sie dann mit tiefen, langsamen oder auch kurzen, harten Bewegungen zu nehmen. Sie erreichte nicht nur einmal oder zweimal den Gipfel der Ekstase, sondern dreimal, bevor ihr Verlangen gestillt war und er sich seinem eigenen Vergnügen widmen konnte.

Später, als sie in seinem Bett lagen und er sie streichelte, bis ihr die Augen vor Ermattung zufielen, sagte er: »Danke, Drifa.«

»Wofür?«, murmelte sie an seiner Brust, während sie sich noch fester an ihn kuschelte und ein Bein über seine Schenkel legte.

»Dafür, dass du mir solch unglaubliche Lust geschenkt hast. Und auch dafür, dass du Vergnügen an einem ... nun ja, etwas extremen Liebesspiel gefunden hast.«

»Wenigstens gibst du zu, dass es extrem war.« Sie schwieg einen Moment und beschrieb mit einer Fingerspitze Kreise in dem Haar auf seiner Brust. »Hättest du solche Dinge auch schon damals vor fünf Jahren mit mir gemacht?«

Er zuckte mit den Schultern. »Wahrscheinlich nicht. Ich habe erst auf meinen Reisen in andere Länder eine Vorliebe für ... gewisse Dinge entwickelt. Das heißt aber nicht, dass ›normaler Beischlaf‹ nicht ebenso befriedigend sein kann. Ich hätte dich nur nicht so schnell so weit treiben dürfen.«

»Heißt das, dass du mich von meinen ... Verpflichtungen entbindest?«

»Ha! Ich bin schon ungemein gespannt darauf, was wir als Nächstes tun werden.«

Kapitel fünfzehn

Ein guter Mann ist schwer zu finden ...

Der Kerzenuhr nach blieben noch zwei Stunden, bis Drifas *Nacht des Schreckens* endete. Das Schlimmste jedoch war, dass Drifa sie gar nicht so schrecklich fand, wie sie es eigentlich tun müsste. Dazu hatte sie alles viel zu sehr genossen, sogar die abartigen Dinge, die Sidroc von ihr verlangt hatte. Sie könnte natürlich so tun, als wäre sie dazu gezwungen worden, bis alle Walküren nach Walhalla heimkehrten, aber im Grunde war sie ein wahrheitsliebender Mensch, und die Wahrheit war, dass sie letztendlich eine bereitwillige Beteiligte gewesen war. Verführt worden war sie, zweifellos, aber gezwungen? Nein.

Und was machte das aus ihr? Eine von Grund auf schamlose Person? Oder war sie nur für diesen Mann allein empfänglich? Das Letztere war eine schlimme Aussicht. Falls sie diesem schamlosen Flegel Zugang zu ihren Emotionen erlaubte, würde er diese Schwäche gegen sie verwenden. Besser *gürtete sie ihre Lenden* gegen ihn. Und sie musste stark sein für den gefürchteten Moment, wenn sie ihm von seiner Tochter erzählte und ihre Hoffnung äußerte, dass er Runa erlauben würde, auch weiterhin bei ihr auf Stoneheim zu bleiben.

»Warum bist du plötzlich so verspannt?«, flüsterte Sidroc an ihrem Ohr. Sie hatte gedacht, er schliefe, endlich erschöpft genug, um sich an ihrer Seite zu entspannen. »Wirst du dich jetzt wieder tot stellen? Wenn ja, dann diesmal aber bitte ohne Leichentuch.«

Sie streckte ihm die Zunge heraus, obwohl er es nicht sehen

konnte, da sie auf der Seite und er hinter ihr lag. Wenn er es sähe, würde er es wahrscheinlich als Aufforderung zu weiteren erotischen Spielchen auffassen.

Da sie jedoch keine körperliche Erregung bei ihm wahrnehmen konnte, hielt sie sich für sicher. Für den Augenblick zumindest.

Etwas verspätet antwortete sie: »Ich schlafe.«

Er lachte leise, und wieder spürte sie seinen Atem an ihrem Ohr, das sehr empfindlich war nach all seinen Zuwendungen. Ja, sie musste es zugeben: Dieser Mann hatte sogar ihre Ohren in sein Liebesspiel mit einbezogen! »Warum hast du dich dann im Schlaf versteift? Hattest du einen bösen Traum?«

Nein, einen Albtraum. »Mach die Augen zu und schlaf weiter, Sidroc. Wir müssen früh aufstehen, und du hast morgen einen langen Tag im Sattel vor dir, wenn du in die Berge reitest.« Er hatte ihr gesagt, dass er und Finn zu einem Militäreinsatz in einem der vielen griechischen Gebirge abkommandiert worden waren, aber er hatte ihr nicht verraten, wohin oder worum es ging.

»Ich kann im Sattel schlafen, egal, ob es der eines Pferdes oder eines Kamels ist. Diese Fähigkeit habe ich mir erworben, als ich in endlosen Kämpfen für König Harald ›Blauzahn‹ die eine Küste der Sachsenländer hinauf und die andere hinuntergeritten bin. Wir haben so viel *danegeld* verdient, dass wir Kavalleriesoldaten manchmal zu Fuß gingen, damit die Pferde unsere Beute tragen konnten. Einmal hab ich deswegen sogar eine Blase von der Größe einer Zwiebel an meinem großen Zeh gehabt.«

Drifa konnte gar nicht anders, als über das Bild zu lachen. Der große böse Soldat, niedergestreckt von einer Blase. Schade nur, dass er sie nicht an seinem Sitzfleisch gehabt hatte.

»Drifa!«, tadelte er sie.

Erst da merkte sie, dass sie unabsichtlich laut gesprochen hatte. *Na ja, und wenn schon.*

»Was wirst du heute tun?«, fragte er und strich ihr das Haar aus dem Gesicht, das wahrscheinlich vollkommen verheddert und verfilzt war nach der Nacht mit ihm.

»Schlaf.«

Daraufhin kniff er sie strafend in die Schulter.

»Wenn ich geschlafen habe, werde ich Rattengesicht aufsuchen.«

»Du musst vorsichtig sein.«

»Keine Bange. Meine vier Hersen und auch meine Leibwächter werden mich begleiten. Und außerdem dachte ich, es wäre eine gute Idee, vorher Arrangements für meine Verabredung mit der Kaiserin zu treffen, damit ich dem Eparchen sagen kann, ich könne nicht lange bleiben, weil die Kaiserin mich erwartet.«

»Kluges Mädchen!«

»Ich bin nicht umsonst König Thorvalds Tochter.«

Sidroc lachte. »Und was wirst du danach tun?«

»Was den Rest des Tages angeht, bin ich mir noch nicht sicher. Aber ich würde gern den Obergärtner des kaiserlichen Palastes treffen, zu einer Besichtigung und einem Gespräch. Um etwas Neues dazuzulernen.«

»Habe ich dich nicht schon genug Neues gelehrt?«

Sie schlug ihn spielerisch. »Vielleicht wird der gute Mann mir den Weg zu den Gärten zeigen, die sich für meine Studien am besten eignen. Weißt du, ich zeichne und male gerne, was ich sehe. Deshalb werden diese Besuche keine kurzen sein. Und natürlich werde ich auch das Hippodrom aufsuchen, um die Rennen dort zu sehen. Und Ianthe hat mir Wurzeln versprochen.«

»Wurzeln?«, rief Sidroc verwundert.

»Iriswurzeln«, erklärte sie, »die ich mit nach Hause nehmen kann, um sie dort zu pflanzen. Ich habe auch schon Setzlinge des Judasbaums.«

Sie konnte fühlen, wie er den Kopf schüttelte über ihre Unbeirrbarkeit.

»Vielleicht könnte ich dir ein paar Wurzeln und Samen abgeben, damit du sie in deinem neuen Garten pflanzt, wo immer der auch sein mag. Zur Erinnerung an mich«, sagte sie, um auf diese Weise vielleicht etwas Genaueres über sein neues Zuhause zu erfahren.

»Ich brauche keine Gedächtnishilfen, Drifa. Diese Nacht mit dir könnte gar nicht fester in meiner Erinnerung *verwurzelt* sein.« Drifa konnte Belustigung und noch etwas anderes in seiner Stimme hören. Etwas, das für sie wie Staunen klang. »Du magst Ianthe, nicht?« Er schien erfreut zu sein.

»Ja, ich mag sie sogar sehr. Was ich nicht verstehe, ist, warum du sie nicht heiratest und mitnimmst, wenn du fortgehst.«

»Erstens würde Ianthe mich gar nicht wollen als Ehemann. Sie ist eine dieser hoffnungslosen Romantikerinnen, die auf Liebe warten ... eine Liebe wie die, die sie und ihren Ehemann verband. Und wenn ich ehrlich sein soll, will ich auch keine Ehefrau. Ich stamme von einer Reihe übler Männer ab. Mein Vater, mein Großvater, meine Brüder ... sie alle misshandeln ihre Frauen und Kinder. Die Faust oder die Peitsche liegen ihnen mehr als Worte – was allerdings nicht heißt, dass ihre Worte nicht auch verletzen können.«

Drifa versuchte, sich den jungen, heranwachsenden Sidroc in einem solchen Haushalt vorzustellen, und ihr Herz verkrampfte sich vor Mitgefühl mit ihm. Noch schlimmer jedoch war der Gedanke, dass die arme Runa, die sich auf Stoneheim so wunderbar entfaltete, bei einer solch lieblosen Behandlung ganz und gar verkümmert wäre. »Du bist nicht wie sie, Sidroc. Warst du nicht der Mann, der bereit war, einem Kind zuliebe eine Ehe mit mir zu ertragen?«

Sidroc drehte sie auf die Seite, um sie ansehen zu können. »Ich glaube nicht, dass eine Ehe mit dir eine solche Mühsal wäre. Du hast meine unbedachten Worte Finn gegenüber zu persönlich genommen. Obwohl ich lange darauf beharrt habe, dass die Ehe nichts für mich ist, hatte ich doch eine Verpflichtung meiner Tochter gegenüber. Das hat Finn dir gesagt. Und ich habe sie im Stich gelassen. Letzten Endes war es jedoch wahrscheinlich sogar das Beste, dass sie starb. Wer weiß, ob ich nicht genauso grob zu ihr gewesen wäre wie mein Vater zu mir und meinen Brüdern.«

Jetzt wäre genau der richtige Moment, ihm zu gestehen, dass Runa lebte. Doch die Angst – nicht davor, dass er ihr etwas antun könnte, sondern dass er ihr vielleicht das Kind wegnehmen würde – hielt Drifa zurück. *Er verdient zu wissen, dass sie lebt. Ich werde es ihm nach seiner Rückkehr sagen*, schwor sie sich im Stillen. *Ich werde ihn davon überzeugen, dass ich eine gute Mutter bin, und ihm erzählen, wie gut Runa sich in einem liebevollen Haus entwickelt. Aber ich brauche Zeit, um ihm das alles klarzumachen.* Und so sagte sie einstweilen nur: »Sidroc, du bist ein Tier im Bett und bringst mich dazu, schlimme Dinge zu tun und sie auch noch zu mögen. Du beleidigst mich viel zu oft, und deine Neckereien sind alles andere als amüsant, aber du bist ein *guter Mensch*.«

»Das ist das halbherzigste Kompliment, das ich je gehört habe«, sagte er und drückte sie, als wollte er sie bestrafen, fast schmerzhaft fest an sich.

Aber Drifa blickte lächelnd zu ihm auf. »Du würdest genauso wenig eine Frau oder ein Kind schlagen, wie du dir einen Arm abhacken würdest, davon bin ich restlos überzeugt.«

Er schien jedoch nicht ganz so überzeugt, und trotzdem sagte er: »Danke. Es ist nett, dass du das sagst.«

Danach trat Stille ein, als Drifa sich an ihn schmiegte und das Gesicht an die beruhigende Wärme seines breiten Brustkorbs legte. Einer seiner Arme lag um ihre Schultern, der andere über seinem Kopf. Bald konnte sie fühlen, wie seine Atmung sich verlangsamte und er einschlummerte.

Lange Zeit lag sie einfach nur ganz still in seinem Arm und dachte über diesen oft so rüpelhaften Mann nach, den sie eigentlich hassen müsste, aber es nicht konnte. Kummer und Herzeleid erwarteten sie zweifellos bei ihm. Aber sie konnte diesem Schicksal genauso wenig ausweichen, wie sie die Zeit daran hindern konnte zu vergehen. Sie dachte an ein Dutzend Dinge, die sie tun sollte. Dinge, wie aus dem Bett zu schlüpfen und die Flucht zu ergreifen. Oder ihm einen weiteren Tonkrug über den Kopf zu schlagen. Oder eine Liste seiner vielen schlechten Eigenschaften anzulegen. Aber sie tat nichts von alledem, und nach einer Weile schlief sie ein.

Und dann hörten sie Glöckchen ...

Der Himmel wurde langsam grau, und die Kerzenuhr war schon beinahe heruntergebrannt, als Sidroc Drifa mit einem sanften Kuss weckte. »Wach auf, schlafendes Veilchen. Es wird Zeit zum Aufbruch.«

»Grmpfh«, murmelte sie an seiner Halsbeuge.

Seine schöne Prinzessin hielt ihn mit Armen und Beinen fest wie eine Schlingpflanze. Ihr Gesicht lag an seinem Schlüsselbein, einer ihrer Arme umfasste seine Taille, und eines ihrer Beine hielt einen seiner Schenkel umschlungen wie ein festes Tau.

Es blieb noch eine Stunde bis Tagesanbruch, aber es wäre besser, wenn sie zu ihren eigenen Gemächern zurückkehrte, bevor andere im Palast erwachten. Warum er allerdings um ihren guten Ruf besorgt sein sollte, konnte er sich selbst nicht recht erklären.

Sie war eine absolute Überraschung für ihn gewesen. Eine angenehme Überraschung. Er hatte Dinge von ihr verlangt, die schockierend waren, besonders für eine noch unberührte junge Frau, aber sie war in jeder Beziehung auf ihn eingegangen und hatte ihn darüber hinaus auch selbst herausgefordert. Sie würde eine großartige Gefährtin sein, falls er je den Wunsch nach einer haben sollte. Was nicht der Fall war und auch nie sein würde. Drifa war die Art von Frau, die einen Mann in die Knie zwingen könnte.

»He«, flüsterte er. »Wach auf, schöne Ackerwinde, damit deine Leibwächter, falls sie hereinkommen, nicht deinen entzückenden nackten Popo sehen.«

Ihre Augen flogen auf. »Wa-was?«

»Es wird Zeit, dass du gehst«, sagte er.

Sie blickte sich um. »Es ist noch dunkel.«

»Aber nicht mehr lange.« Er küsste sie aufs Haar und erhob sich, um ein Paar Beinlinge überzuziehen.

Für einen ausgedehnten Moment starrte Drifa seinen nackten Körper an und vergaß darüber sogar ihre eigene Nacktheit. Als ihr wieder einfiel, dass sie nichts als Haut am Körper trug, sprang sie mit einem entsetzten kleinen Aufschrei auf und begann ihre *gunna* anzulegen, die Sidroc auf der Truhe am Fußende seines Betts bereitgelegt hatte. Ihr Gesicht glühte, während sie sich anzog, und ihr Blick glitt immer wieder zu Sidroc, weil sie wahrscheinlich an alles dachte, was sie in der Nacht getan hatten. Er half ihr, ihr vollkommen zerzaustes Haar zu flechten, was er als ganz eigenartig befriedigend empfand.

»Komm«, sagte er und nahm sie an der Hand. »Möchtest du etwas essen oder trinken, bevor du gehst?«

Sie schüttelte den Kopf.

Kurz bevor sie die Außentür erreichten, griff er nach einem Päckchen aus zusammengefaltetem Stoff. »Würdest du mir einen Gefallen tun, meine Schöne?«

»Was?« Sie wurde augenblicklich misstrauisch, wozu sie ja auch allen Grund besaß.

»Nach meiner Rückkehr werden wir unsere nächtlichen Treffen wiederaufnehmen, aber ich möchte, dass du etwas für mich tust.«

»Was?«, fragte sie erneut, doch diesmal mit vor der Brust verschränkten Armen.

»Trag das hier in der ersten Nacht nach meiner Rückkehr.« Er reichte ihr den Stoff, obwohl sie abwehrend die Hände ausstreckte, um ihn wegzuschieben, weil sie zweifellos schon ahnte, was es war.

»Nein, ich will das nicht.«
»Aber ich will, dass du es nimmst.«
»Nein.«
»Doch.«

Beim Hin- und Herreichen des Stoffs entfaltete er sich und erzeugte ein Geräusch. Es war das Bimmeln von Glöckchen, was Drifa da hörte.

Hüte dich vor Männern mit Rattengesichtern ...

In unbehaglichem Schweigen, das schamrote Gesicht unter der tief herabgezogenen Kapuze ihres Umhangs verborgen, ging Drifa neben Ivar zu ihren eigenen Zimmern zurück. Zu ihrer

Überraschung war sie jedoch nicht die Einzige, die im Schutz der Dunkelheit durch die stillen Gänge heimeilte.

Ihrer Zofe Anna sagte sie, sie brauche keine Hilfe beim Entkleiden, als sie sich wieder in ihrem eigenen Schlafzimmer befand. Sidroc hatte sie innerlich geprägt, für immer, das stand fest, und nur die Götter wussten, was für Spuren er auf der Außenseite ihres Körpers hinterlassen haben mochte.

Sie würde nie wieder dieselbe sein.

Und sie konnte es ihm nicht einmal verübeln. Nicht wirklich. Sie hatte dieser Vereinbarung aus freiem Willen zugestimmt, um ihr Geheimnis nicht preisgeben zu müssen, ein Geheimnis, das zu bewahren sie kein Recht besaß. Und sie konnte nicht bestreiten, dass sie das Liebesspiel mit Sidroc sehr genossen hatte, sowohl die dunkle als auch die helle Seite. Sidroc hatte Leidenschaften in ihr geweckt, von denen sie noch immer nicht ganz wusste, ob sie ihr gefielen.

Für den Moment jedoch fiel sie in einen tiefen, sorglosen Schlaf, aus dem sie erst gegen Mittag erwachte, als Anna sie an ihre Zusammenkunft mit dem Eparchen erinnerte und ihr sagte, dass ihre Hersen und Leibwachen sie schon erwarteten.

Obwohl Drifa griechische Kleidungsstücke gekauft hatte, entschied sie sich für eines ihrer traditionellen, langärmeligen Wikingergewänder, um die Spuren zu verbergen, die Sidrocs Schnurrbart, Hände, ja sogar seine Zähne an verschiedenen Stellen ihres Körpers hinterlassen hatten. Ein *torques*, ein eng anliegender, silberner Reif, verdeckte einen roten Fleck an ihrem Hals, den der Flegel ihr mit einer merkwürdig saugenden Art von Kuss verursacht hatte. Das Schlimmste war jedoch, dass sie wahrscheinlich genauso viele Spuren auf *seinem* Körper hinterlassen hatte.

Als sie ihre Tür öffnete, brummte Wulf: »Was zum Teufel hat Euch so lange aufgehalten?«

Könnte ich nicht einfach wieder ins Bett gehen und meinen Kopf eine Woche lang unter den Decken verstecken?

Ivar, in seiner fürsorglichen Art, bedachte ihn mit einem grimmigen Blick und sagte: »Mylady war gestern zu lange in der Sonne ... außerdem wurde sie von einer Biene in die Lippe gestochen.«

Die Götter bestrafen mich für meine Sünden.

Jamie fing lauthals an zu lachen, bevor er sich besann und sich mit einer Hand den Mund zuhielt.

Thork dagegen hatte keine Hemmungen, sich zu äußern. »Sieht so aus, als wäre jemand gestern Nacht nicht allein gewesen«, verkündete er lautstark. Wulf gab ihm mit den Fingerknöcheln eine Kopfnuss, was den Flegel allerdings nicht bremste. »Aber deswegen müsst Ihr Euch nicht schämen, Prinzessin Drifa«, fuhr er fröhlich fort. »Schon so mancher Wikinger hat den Gang der Scham am Morgen danach ertragen müssen – was aber nicht heißt, dass Ihr Euch wegen irgendetwas schämen müsstet.«

Möchtest du eine Wette darauf eingehen?

»Ha! Wir schottischen Jungs haben den Gang der Scham vervollkommnet, nur dass der unsere auf dem langen Heimweg durch die Heide führt«, erklärte Jamie. »Habt Ihr schon mal sturzbetrunken den Geruch von Erika gerochen?«

Was? Was hatten Blumen zu tun mit ... oh.

»Einmal bin ich auf allen Vieren durch die Tür ins Haus gekrochen«, bemerkte Farle, einer von Drifas Leibwächtern. »Meine Frau hat mich dafür eine Woche lang im Kuhstall schlafen lassen.« Er strahlte, als sei das etwas, worauf er stolz sein konnte.

Männer! »Ich habe nicht getrunken«, protestierte Drifa.

»Das weiß ich«, stimmte Jamie augenzwinkernd zu.

»Es gibt mehr als eine Art von Scham«, klärte Thork sie auf, auch er mit einem Augenzwinkern.

Ich brauche einen dieser Umhänge, die orientalische Frauen tragen, bei denen nur die Augen sichtbar sind. Aber natürlich würden auch meine Augen meine Scham verraten. Das einzig Positive an der ganzen Situation war, dass Sidroc nicht anwesend war. Er hätte ihre Erniedrigung bestimmt noch vergrößert, indem er allen die Spuren gezeigt hätte, die sie an ihm hinterlassen hatte.

»König Thorvald wird mich umbringen«, sagte Wulf zu niemand Bestimmtem.

»Uns beide«, murmelte Ivar.

»Wo ist Alrek?«, fragte Drifa, um das Thema zu wechseln.

»Er ist gestern Nacht nicht zurückgekehrt«, verkündete Thork fröhlich. »Ich glaube, dass auch er das Glück gehabt hat, nicht allein zu sein.«

Jamie stieß Thork den Ellbogen in die Rippen und zischte: »Sei still, du Dummkopf. Hast du denn kein bisschen Verstand in deinem hohlen Kopf?«

Drifa konnte sich recht gut vorstellen, wo Alrek die Nacht verbracht hatte. Anscheinend hing Ianthe nicht so sehr an Sidroc, wie Drifa gedacht hatte. Auch Sidroc hatte ihr das versichert. Und dennoch ...

Der Himmel war von einem Unheil verkündenden Grau, denn im Osten braute sich ein Unwetter zusammen, als sie die Präfektur erreichten, wo viele der städtischen Angelegenheiten unter den wachsamen Rattenaugen des Eparchen Alexander Mylonas verwaltet wurden. Hunderte von Angestellten arbeiteten in bienenstockähnlichen Kämmerchen des riesigen Gebäudes, viele von ihnen mit Pergamenten, Tinte und Federn. Auf den Gängen wimmelte es von Leuten, die es scheinbar alle eilig hatten, wohin auch immer zu gelangen. Gelegentlich drangen laute Rufe und einmal sogar ein Schrei aus den unterirdischen Gewölben des Gebäudes herauf, in denen sich das Gefängnis befand, wie Drifa bereits wusste.

Als sie Mylonas' Hauptquartier erreicht hatten, ließ man sie eine gefühlte Ewigkeit lang in einem Vorzimmer warten, während Gehilfen kamen und gingen, die alle nicht gerade glücklich wirkten. Als Drifa und ihre Begleiter endlich an der Reihe waren, eröffnete ihnen ein Mann in der Uniform der kaiserlichen Garde, dass auf Anweisung des Eparchen nur zwei der Herren die Prinzessin hineinbegleiten dürften.

Sie waren nicht erfreut über die Anweisung, doch schließlich gingen Ivar und Wulf mit Drifa hinein, während die anderen Männer draußen vor der Tür blieben, nachdem sie sich vergewissert hatten, dass sie der einzige Ein- und Ausgang zu den Amtsräumen des Eparchen war. Trotzdem taten sie allen Vorübergehenden mit finsteren Blicken ihr Missfallen kund.

Im Zimmer des Präfekten erwartete Drifa eine abschreckend nüchterne Atmosphäre. Obwohl er ein wohlhabender Mann war, gab es hier keinerlei Anzeichen für Reichtümer oder eine Person von hohem Rang. Nur einen Tisch, hinter dem Mylonas saß, flankiert von zwei Männern, die sich auf knisterndem Pergament Notizen machten. Einer von ihnen, ein bedrückt und mutlos aussehender Mann slawischer Herkunft, trug ein Sklavenhalsband.

»Prinzessin Drifa«, begrüßte der Eparch sie knapp, und nicht minder aufschlussreich war, dass er sich nicht einmal zum Zeichen des Respekts erhob. Dann wandte er sich den anderen zu. »Lord Cotley. Ivar of Stoneheim.« War es kein gutes Zeichen, dass er sich an ihre Namen erinnerte? »Nehmt Platz«, sagte er und deutete auf die schlichten, harten Stühle vor dem Tisch.

»Ich heiße Euch erneut willkommen in Konstantinopel, Prinzessin Drifa. Ihr seid erst seit ein paar Tagen in der Stadt, aber ich frage mich ... Habt Ihr darüber nachgedacht, Waren, die hier verkauft werden sollen, anzumelden?« Sein Gesichtsausdruck verriet Intelligenz, aber auch Arglist und Gerissenheit. Seine beiden Vorderzähne standen ein wenig vor, was seine Ähnlichkeit mit einem Nagetier noch unterstrich. Dieser Mann war kein Freund und würde es auch niemals sein.

»Ich habe keine Waren zu verkaufen«, sagte Drifa. »Ich bin hergekommen, um die Gärten Eurer schönen Stadt zu sehen. Ich kann Euch also versichern, dass ich einzig und allein zu meinem Vergnügen hier bin.«

Bei dem Wort *Vergnügen* schoss sein Kopf hoch, und er unterzog sie einer wohldurchdachten, beleidigenden Musterung, die sich hauptsächlich auf ihre geschwollenen Lippen konzentrierte, als wüsste er, was in der Nacht zuvor geschehen war. Aber das konnte er doch unmöglich wissen. Oder?

»Das waren feine Geschenke, die Ihr dem Kaiser und der Kaiserin überreicht habt. Seid Ihr sicher, dass Ihr nichts anderes in mein Land gebracht habt, um es zu verkaufen oder gegen andere Waren einzutauschen? Die Strafe für das Einschmuggeln unverzollter Waren in Byzanz ist hoch.«

»Ich habe bereits gesagt, dass ich das nicht tue. Verstößt es gegen Euer griechisches Gesetz, Geschenke zu machen?«

Mylonas' Augen verengten sich bei ihrer scharfen Antwort. »Selbstverständlich nicht. Aber Ihr habt bereits Kontakte zu einem unserer Kunsthandwerker – beziehungsweise Kunsthandwerker*in* – geknüpft. Zu der Schmuckmacherin, um genau zu sein. Ihr habt doch hoffentlich nicht vor, sie mit Edelsteinen zu beliefern?«

»Ich habe keineswegs die Absicht, so etwas zu tun. Und *wenn* ich es täte, würde ich die Steine deklarieren, wie es das Gesetz vorschreibt.«

»Dann hätte ich noch eine andere Frage, Prinzessin Drifa. Gedenkt Ihr während Eures Aufenthaltes hier Kontakt zu Euren arabischen Verwandten aufzunehmen?«

Diese Frage kam so unerwartet, dass sie Drifa völlig überrumpelte. »Was? Warum sollte ich das tun? Und wie? Ich weiß von keinen arabischen Verwandten.«

»Eure Mutter ...?«, beharrte er.

»Meine Mutter war eine Sklavin, bevor sie meinen Vater heiratete, und sie starb bei meiner Geburt. Was mich betrifft, so bin ich eine Wikingerin und werde auch niemals etwas anderes sein.«

Mylonas zuckte mit den Schultern.

»Worum geht es hier eigentlich?«, mischte Wulf sich ein. »Wird Prinzessin Drifa irgendeines Vergehens beschuldigt?«

»Habe ich das gesagt?« Mylonas setzte eine geradezu lächerlich unschuldige Miene auf, die bewirkte, dass seine Zähne über den geschürzten Lippen sogar noch weiter hervortraten. »Aber wenn Ihr es schon unbedingt wissen wollt: Prinzessin Drifa erregte auf dem Bankett vor zwei Tagen das Interesse einiger arabischer Würdenträger.«

»Araber wurden zu einem griechischen Fest geladen?«, fragte Ivar ungläubig. Jeder wusste von den fortdauernden Kämpfen zwischen den christlichen und muslimischen Nationen.

»Obwohl wir uns im Krieg mit den meisten der Ungläubigen befinden, die allen Byzantinern den *Dschihad* oder Heiligen Krieg erklärt haben, gibt es auch einige, die uns freundlich gesinnt sind«, erklärte der Eparch. »Die Anzahl derjenigen, die es nicht sind, ist natürlich weitaus größer, und auch Eure möglichen Blutsverwandten gehören dazu.«

Drifa und ihren Begleitern schwindelte vor Schreck.

»Und was wollt Ihr damit andeuten?«, beharrte Wulf.

»Ich deute gar nichts an. Derzeit gibt es drei große Kalifate in der muslimischen Welt, von denen eines das der Abbasiden mit der Hauptstadt Bagdad ist. Ich fragte nur, ob Prinzessin Drifa möglicherweise die Enkelin des berühmtesten der Hamdaniden-Emire sein könnte, Saif ad-Dawla, oder auch besser bekannt als »Schwert des Staates«, bevor er starb. Seine Tochter wurde vor vielen Jahren in Ägypten entführt, und mir scheint, dass eine Ähnlichkeit besteht.«

»Selbst wenn es diese Verbindung gäbe, was macht das schon?« Wulf war sichtlich verärgert über die verhüllten Drohungen des Präfekten.

»Saif ad-Dawlas Familie hat noch immer viele Anhänger. Sowohl sie als auch seine Feinde könnten Prinzessin Drifa für ihre eigenen üblen Vorhaben benutzen.«

Drifa argwöhnte, dass Mylonas selbst zu jenen gehörte, die sie benutzen könnten – was ihre ohnehin schon schlechte Meinung von dem Mann noch schlechter werden ließ.

»Der Name meiner Mutter war Tahirah. Ich habe allerdings keine Ahnung, ob das ihr Geburtsname war oder nicht. Mein Vater kaufte sie auf den Sklavenmärkten in Haithabu. Zuerst brachte er sie als seine Konkubine heim, und später heiratete er sie. Das ist alles, was ich weiß.«

»Und Ihr habt nicht vor, die arabischen Lande zu bereisen, wenn Ihr schon einmal hier seid, um vielleicht Beziehungen zwischen den nordischen Landen und unseren Feinden aus der Wüste aufzubauen?«

»Du liebe Güte, nein! Natürlich nicht!« Drifa wollte nichts mit Politik oder jahrhundertealten Fehden zu tun haben.

»Ihr erhebt viele Anschuldigungen. Habt Ihr irgendwelche Beweise, um sie zu belegen?«, schaltete sich nun Ivar ein.

Mylonas hob abwehrend eine Hand. »Ich erhebe keine Anschuldigungen. Falls ich Euch mit meinen Fragen beleidigt haben sollte, bedaure ich das.« Doch die Ratte bedauerte gar nichts. Sie konnte hier niemandem etwas vormachen.

»Weiß der Kaiser, dass Ihr einen seiner Ehrengäste in solcher Art verhört?«, fügte Wulf hinzu.

»Verzeiht mir, falls ich respektlos auf Euch wirke, Prinzessin Drifa. Aber es ist meine Aufgabe, für die Sicherheit und das finanzielle Wohl der Stadt zu sorgen. Und Bedrohungen kommen ebenso von der Aristokratie wie vom gemeinen Volk.«

Und zu welcher Gesellschaftsschicht zählte er *sie*? Ach, wen kümmerte das schon. »Ich bin keine Bedrohung«, stieß sie zwischen zusammengepressten Zähnen hervor.

»Das hoffe ich. Ich wünsche Euch noch einen schönen Aufenthalt hier in Konstantinopel«, sagte er und schwenkte eine Hand, was wohl bedeutete, dass sie entlassen waren.

»Na, das war ja interessant«, sagte Drifa, sowie sie den Raum verlassen hatten. »Aber was war Eurer Meinung nach der Sinn und Zweck des Ganzen?«

»Einschüchterung«, erwiderte Wulf prompt und berichtete den anderen, was hinter der geschlossenen Tür vorgefallen war.

»Und? Möchtest du nun deine arabischen Verwandten kennenlernen?«, wollte Thork von Drifa wissen.

»Ich wäre nie darauf gekommen, dass das möglich sein könnte, doch nun, da es zur Sprache gebracht wurde, glaube ich nicht, dass ich das möchte. Dazu habe ich mich zu viele Jahre als Wikingerin betrachtet.«

»Ich hätte nichts dagegen, ein paar Haremsdamen kennenzulernen«, sinnierte Jamie mit ausgeprägtem schottischen Akzent, der bei ihm zu kommen und zu gehen schien, wie es ihm gerade passte.

»Harems*damen*?«, warf Thork spöttisch ein.

»Ich bin immer noch der Meinung, dass Ihr bald nach Stoneheim zurückkehren solltet, Prinzessin Drifa. Selbst mit Euren Leibwächtern ... Ich weiß nicht, irgendwie habe ich ein ungutes Gefühl.« Wulf runzelte besorgt die Stirn.

»Ich auch«, überraschte Ivar sie mit seiner prompten Zustimmung.

Sie sah den älteren Mann mit erhobener Augenbraue an, worauf er sagte: »Ich bin mir meiner Fähigkeiten in einem offenen Kampf, ja selbst bei einem Angriff aus dem Hinterhalt sehr sicher. Aber wir befinden uns in einer fremden Stadt, und für uns normale Regeln gelten hier anscheinend nicht.«

»Hört zu«, sagte Drifa zu den Männern. »Ich kann eure Besorgnis gut verstehen, und ich gebe sogar zu, dass die Gefahren hier größer sein könnten, als wenn ich in Jórvík, Birka oder Dublin wäre, aber ich bin kein dummes kleines Mädchen, Männer. Ich werde mit der Kaiserin Freundschaft schließen, und ich verspreche, dass ich nirgendwo ohne Leibwache hingehen werde. Außerdem haben wir die ganze Mannschaft meines Langschiffes zu unserer Unterstützung, falls es nötig sein sollte. Ich bin hier, um mir Gärten anzusehen, und das werde ich allen deutlich machen. Ich werde sogar den Präfekten über Ianthes Pflanzenwurzeln informieren, die ich mit nach Hause nehmen will.«

Alle sieben Männer, die sie begleiteten, schüttelten hoffnungslos die Köpfe.

»Wenn das so ist, werden unsere Langschiffe in zwei Tagen auslaufen«, sagte Wulf.

»Dann sollten wir uns heute noch einen schönen Tag miteinander machen«, schlug Drifa fröhlich vor. »Was haltet ihr davon, ins Hippodrom zu gehen?«

Alle stimmten freudig zu, obwohl einige von ihnen schon am

Vortag dort gewesen waren. Doch offensichtlich gab es hier jeden Tag etwas Neues zu erkunden.

Als Drifa später an jenem Tag zu ihren Zimmern zurückkehrte, erzählte Anna ihr, dass in ihrer Abwesenheit ein Päckchen für sie abgegeben worden war. Es enthielt das Haremsgewand, und auch eine Nachricht lag dabei:

Drifa:
Bis zu meiner Rückkehr. Ich hoffe, du vermisst mich.
S.

Das tat sie jetzt schon.

Kapitel sechzehn

Liebesspiele in der Goldenen Stadt ...

Drifa war traurig, als sie zwei Tage später schon früh am Morgen ihren vier Hersen nachwinkte, deren Langschiff sich langsam aus dem Hafen der Goldenen Stadt entfernte. Sie waren monatelang ihre Begleiter gewesen und mit der Zeit wie Brüder für sie geworden.

Aber sie blieb nicht lange traurig. Heute würde sie ein wahrhaft spektakuläres Ereignis miterleben ... eine kaiserliche Hochzeit in Byzanz. Und Kaiserin Theodora, mit der sie gestern eine Stunde in ihrem privaten Flügel des Palasts verbracht hatte, hatte sie eingeladen und ihr einen besonderen Platz in der Kathedrale und bei dem anschließenden Hochzeitsfest versprochen. Sehr zu Ivars Missvergnügen übrigens. Wenn es nach ihm ginge, würde Drifa in ihren eigenen Palastgemächern bleiben. Er war besorgt um ihre Sicherheit inmitten der Mengen von Besuchern, die erscheinen würden, um dem historischen Ereignis beizuwohnen.

Andererseits jedoch machte Ivar sich bei jedem Ort oder Geschehen Sorgen. So wie gestern beispielsweise, als er und Farle an ihr geklebt hatten wie Kletten am Saum einer *gunna*, während der Obergärtner sämtlicher Palastgärten, ein griechischer Mönch namens Pater Sylvester, ihr eine Führung gab, die dank des Einflusses der Kaiserin den ganzen Nachmittag gedauert hatte. Doch während Drifa fasziniert gewesen war von dem enormen Wissen des Mönchs, hatten ihre Männer sich offenbar zu Tode gelangweilt, wie ihr schier unaufhörliches Gähnen anzudeuten schien. Als sie Ivar später fragte, ob er die Besichtigung nicht interessant gefunden habe, starrte er sie an, als hätte sie den Verstand verloren, und meinte, die Tour sei ebenso unterhaltsam gewesen, wie seinen eigenen Zehennägeln beim Wachsen zuzusehen.

»Nicht einmal das Tamarisken-Wäldchen gefiel dir?«

»Pfff! Nicht mal die Lotusblüten-Brunnen oder der Statuen-Garten, und Ihr könnt sagen, was Ihr wollt, aber das Ding dieses griechischen Senators war nicht größer als ein Radieschen.«

Drifa verbarg ein Lächeln hinter ihrer Hand und tat beleidigt. »Manche Männer haben eben keinen Sinn für die feineren Dinge im Leben.«

»Das Feinste, was ich mir jetzt vorstellen könnte, ist ein Horn voll kühlem Met.«

Drifa hatte sich fast ihr ganzes Leben für Pflanzen interessiert und erst jetzt gemerkt, wie viel sie noch zu lernen hatte. Beispielsweise über die Vorteile der Terrassierung des Geländes und des Spalieranbaus. Über Möglichkeiten, bestimmte Bäume zu veredeln und Blumen miteinander zu kreuzen. Oder wie sich die Anzahl und Qualität der Rosen eines Strauchs erhöhen ließ. Wann die beste Zeit zum Beschneiden oder Ausdünnen von Pflanzen war. Welche Blüten und Wurzeln essbar waren. Sogar verschiedene Arten von Dünger lernte sie kennen, von denen einige sehr ungewöhnlich waren, wie Kameldung beispielsweise.

Aber andererseits konnte auch Drifa Pater Sylvester ein paar Tipps geben, besonders zu den robusteren Pflanzen, die auch in dem schneereichen Klima ihrer Heimat gediehen, und Möglichkeiten, die Widerstandskraft einer Spezies zu erhöhen.

Der Priester hatte ihr die Erlaubnis gegeben, demnächst zurückzukehren und in den Gärten zu zeichnen, solange sie sich nur rechtzeitig anmeldete. Immerhin waren diese Gärten stille kleine Oasen in dem ansonsten sehr geschäftigen Palast. Und er hatte ihr Wurzeln, Samen und Ableger gegeben, um sie nach Stoneheim mitzunehmen. All das ergab zusammen mit den Iriswurzeln, die Ianthe schon für sie ausgegraben hatte, da die Blumen früh zu blühen aufgehört hatten, bereits eine hübsche Sammlung für Drifa.

Doch jetzt musste sie sich zunächst einmal auf die Hochzeitsfestlichkeiten vorbereiten. Ianthe hatte sie gemeinsam mit ihrem neuen Leibwächter – einem stämmigen nubischen Eunuchen namens Joseph Samuel, den Sidroc für sie angeheuert hatte – zum Hafen begleitet, und nun kehrte sie mit ihr zum Palast zurück, um Drifa dort beim Ankleiden zu helfen. Ianthe selbst hatte sich dafür entschieden, nicht zu der Hochzeit zu gehen. Da sie keine besondere Einladung mit gesicherten Plätzen hatte, befürchtete sie, von der Menge erdrückt zu werden.

»Mir ist nicht entgangen, dass du heute Morgen einige Zeit mit Alrek verbracht hast, bevor sie ausliefen«, bemerkte Drifa, während sie dahinschlenderten.

Ianthe errötete. »Er ist zu jung für mich.«

Eine aufschlussreichere Antwort habe ich in meinem ganzen Leben noch nicht gehört. »Ach? Und wenn er zweiunddreißig wäre und du zweiundzwanzig, wäre es dann in Ordnung?«

Ianthe zuckte mit den Schultern. »Das ist nun mal der Lauf der Dinge.«

»Pah! Du weißt, wie sehr ich deine eigenständige Lebensweise bewundere, Ianthe. Das habe ich dir schon oft genug gesagt. Und auch in so vielen anderen Dingen setzt du dich über die Konventionen hinweg.«

»Das ist etwas anderes. Das Herz hängt nicht an einem Geschäft. Oder jedenfalls nicht in gleicher Weise. Ich habe Angst, mich lächerlich zu machen.«

Haben wir das nicht alle? »Es ist doch offensichtlich, dass

Alrek Zuneigung zu dir empfindet. Ich kenne ihn, seit er ein zehnjähriger Junge war und ganz allein seine beiden jüngeren Schwestern und einen Bruder aufzog. Selbst damals war er für sein Alter schon sehr reif. Und ich kann dir eins versichern: Ich habe ihn noch nie so verliebt gesehen, wie er es in dich zu sein scheint.«

»Ja das sagte er auch.« Trotz ihrer Bedenken schien Ianthe doch erfreut zu sein.

»Es spricht für Alrek, wie gut er seine drei Geschwister aufgezogen hat. Sein Bruder dient als rechtschaffener Soldat in den Truppen meines Vater, und seine beiden Schwestern sind im heiratsfähigen Alter und haben die freie Wahl dank der Mitgiften, die Alrek über die Jahre für sie angesammelt hat.«

»Seine Ehre stand nie infrage. Und auch seine Fasson nicht«, fügte Ianthe spitzbübisch hinzu.

»Er ist ein wenig ungeschickt.« Drifa fühlte sich genötigt, Ianthe darauf hinzuweisen. Immerhin lebte sie recht beengt und arbeitete mit scharfen Gegenständen bei der Schmuckherstellung.

Ianthe schien Drifas Bemerkung jedoch als beleidigend zu empfinden. »Ach, ich finde Alreks Ungeschicklichkeit ganz drollig.«

Ein »drolliger« Wikinger? Jeder seiner Urahnen dort oben in Walhalla musste sich ja krummlachen vor seinem Bier. »Also denkst du ernsthaft über seine Werbung nach?«, folgerte Drifa und lächelte über Alreks Glück – und natürlich auch Ianthes.

»Wir werden sehen. Alrek sagte, dass er nach seinen Einsätzen gegen den angelsächsischen König zurückkehren wird.«

»Und?«

»Ich kann dir nur eins sagen: Als Sidroc fragte, ob ich Byzanz mit ihm verlassen wolle, habe ich nicht gezögert, Nein zu sagen. Bei Alrek dagegen ist die Versuchung groß.«

Sidroc hat sie gebeten, mit ihm fortzugehen? Als seine Ehefrau oder Geliebte? Das muss der Grund gewesen sein, aus dem ihre Beziehung endete. Es muss Ianthe gewesen sein, die sie beendigte, nicht Sidroc. Drifa war nicht sicher, warum das von Bedeutung für sie war, aber das war es.

Dann kam ihr ein weiterer ungebetener Gedanke: Falls Sidroc heiratete, ob nun Ianthe oder irgendeine andere Frau, konnte sie sich beinahe sicher sein, dass er ihr Runa wegnehmen würde.

Aber daran wollte sie jetzt nicht denken. Später. Sie würde sich später Gedanken darüber machen, da sie ihm ihr Geheimnis nach seiner Rückkehr ohnehin verraten musste wie versprochen und ohne Rücksicht auf die Konsequenzen.

»Und nun lass uns sehen, was du zu der Hochzeit tragen wirst«, sagte Ianthe.

Sie befanden sich wieder in Drifas Gemächern im Palast, wo Anna anfangs protestiert, aber schließlich ihrer Bitte nachgegeben hatte, sie allein zu lassen, um sich nur mit Ianthes Hilfe für die Festlichkeiten anzukleiden. Nicht zum ersten Mal fragte Drifa sich, ob die scharfäugige Anna ihr Tun einer höher gestellten Persönlichkeit berichtete, wie dem Kaiser selbst, dem General oder – der Gedanke ließ sie erschaudern – dem Eparchen. Aus welchem Grund sie das tun sollte, hätte Drifa nicht sagen können ... bis zu ihrer letzten Begegnung mit dem Eparchen. Seitdem misstraute sie so gut wie jedem in ihrem Umkreis.

Ianthe sah sich die verschiedenen *gunnas* auf Drifas Bett an, die sie herausgelegt hatte, und hielt dann eine aus weißer Seide hoch.

Drifa schüttelte den Kopf. »Wir werden zu Fuß zur Kathedrale gehen. Der Saum wäre schwarz, bevor wir zum Palast zurückkehren.«

»Das stimmt«, sagte Ianthe und entschied sich dann für eine

purpurrote, die ebenfalls aus Seide war und eine plissierte Schleppe sowie Goldlitzen an den engen Ärmeln und dem runden Halsausschnitt hatte. Dazu gehörte eine seitlich offene Schürze aus der gleichen roten Seide mit goldenen Stickereien an den Rändern, die einen sich aufbäumenden Wolf darstellten, statt mit breiten goldenen Litzen wie bei der *gunna*. Nachdem sie alles angelegt hatte, steckte Drifa goldene Broschen, die ebenfalls die Form eines Wolfes hatten, an ihren Schultern fest. Nachdem sie ein goldenes Stirnband angelegt hatte, experimentierte Ianthe mit einer Frisur, für die Strähnen von Drifas schwarzem Haar über und unter das Stirnband gezogen wurden, sodass das Gold, wo es unter ihrem Haar hervorschaute, wie ein Teil davon erschien. Natürlich fiel ihr auch ein Wasserfall aus seidigem schwarzen Haar über den Rücken.

Drifa, die sich in einem kleinen Handspiegel betrachtete, war sehr beeindruckt von dem Ergebnis von Ianthes Bemühungen. Sie wagte kaum daran zu denken, wie viel einfacher es wäre, sich anzukleiden und zu frisieren, wenn sie einen großen Spiegel wie den in Sidrocs Unterkunft hätte. Die Erinnerung daran brachte jedoch zu viele Bilder mit. Sündige Bilder. »Die Frisur ist wundervoll. Ich wäre nie auf die Idee gekommen, mein Haar so zu frisieren.«

»Aber dieses Silber passt nicht zu dem Rest.« Bevor Drifa sehen konnte, was Ianthe vorhatte, öffnete sie den silbernen Halsreif und sagte: »Du brauchst etwas Goldenes um den Hals. Dieses Silber ist zwar sehr schön, aber es passt nicht zu ...« Eine verblüffte Pause folgte, als Ianthe den verräterischen roten Fleck an Drifas Hals entdeckte. Doch zu ihrer Überraschung brach Ianthe in Gekicher aus, das sich schnell zu schallendem Gelächter steigerte. »Sidroc ... Du und Sidroc ... Das hast du nicht getan! ... Das ist unmöglich! ... Ach, du meine Güte!«, rief sie mit erstickter Stimme. »Ich kann nicht glauben, dass du den Flegel auch nur in Reichweite gelassen hast.«

Ich auch nicht. Drifa hätte gekränkt sein müssen, aber stattdessen begann auch sie lauthals zu lachen. Es *war* lustig, und nicht nur der dumme Fleck an ihrem Hals, den sie übrigens recht lieb gewonnen hatte, wenn sie ehrlich war, sondern vor allem auch der Umstand, dass ausgerechnet Sidrocs Geliebte – oder frühere Geliebte – es war, die den beschämenden Fleck entdeckte. »Du musst mich ja für eine furchtbar schamlose Person halten«, sagte Drifa, als sie sich die Lachtränen von den Wangen wischte.

»Was? Machst du Witze? Bin *ich* etwa so tugendhaft, dass ich Steine werfen dürfte?«

»Oh, ich wollte nicht...«

»Ach, vergiss es, Drifa! Du musst aufhören, dich ständig bei mir zu entschuldigen. Ich bin nicht so schnell beleidigt. Selbst in deiner Heimat können Freundinnen sich doch sicher alles sagen, ohne befürchten zu müssen, die andere zu beleidigen.«

»Ha! Wikinger sind bekannt für ihre Unverblümtheit. Du würdest nicht glauben, was mein Vater so alles von sich gibt. Oder meine Schwestern.«

Sie lächelten einander an, und dann durchstöberten sie Drifas Schmuckkästchen und einigten sich auf einen filigranen goldenen Halsreif mit einem Rubin in der Mitte. Sie fanden auch dazu passende Rubine für die Ohrringe.

»Schade, dass ich nicht eine meiner Spinnweb-Halsketten für dich mitgebracht habe, obwohl ich nicht glaube, dass ich derzeit welche mit Rubinen habe.«

»So sehr mich das gefreut hätte, halte ich es im Moment doch nicht für klug, Aufmerksamkeit auf deinen Schmuck zu lenken«, erwiderte Drifa und erzählte Ianthe von ihrer Begegnung mit dem Eparchen.

»Mylonas ist zweifellos ein grausamer Mann«, sagte Ianthe, während sie sich umblickte, wie um sicherzugehen, dass sie nicht belauscht wurden. »Und gefährlich. Du hast recht. Es ist besser, keine Aufmerksamkeit auf sich zu lenken, wenn Rattennase einem auf der Fährte ist.«

Drifa lachte.

»Aber danke für die Warnung. Ich werde ab jetzt besonders gewissenhaft sein mit meinen Geschäftsberichten. Seine Spione sind überall.«

Sie traten in Drifas kleinen Garten hinaus, wo sie kühle Zitronenlimonade erwartete, die Anna für sie bereitgestellt hatte. Es würde noch mindestens eine Stunde oder länger dauern, bis Ivar und ihre anderen Begleiter erschienen.

In der Zwischenzeit musste Drifa etwas klären. »Ianthe«, sagte sie, »das mit Sidroc ist mir unangenehm. Es stimmt, dass wir etwas miteinander haben, und da kommt noch mehr, befürchte ich, obwohl ich es lieber vermeiden würde, aber er gehört ... oder gehörte dir.«

»Nein, nein, nein! Ich habe dir schon oft genug gesagt, dass das mit uns nie eine Liebesgeschichte war, und was auch immer wir hatten, ist vorbei. Falls du ein schlechtes Gewissen hast, dann nur ja nicht meinetwegen. Wenn irgendwer sich schuldig fühlen sollte, dann bin ich das. Beischlaf außerhalb der Ehe – und zudem noch ohne jede Absicht, irgendwann zu heiraten – ist eine Sünde in meiner Religion. Du dagegen warst zumindest schon mit ihm verlobt.«

Aber da ich es nicht mehr bin, ist es eigentlich ebenso unentschuldbar wie bei dir. Im Grunde ist meine Sünde in den Augen deines Gottes wahrscheinlich sogar noch größer, so vermischt mit Lügen, wie sie ist. Nein, der Beischlaf, so sündhaft er auch war, ist nicht meine größte Schuld. Obwohl Jungfräulichkeit vor der Heirat auch in der wikingischen Kultur geschätzt wurde, waren Männer und Frauen doch ungezwungener in ihren geschlechtlichen Aktivitäten. Das Wort *Sünde* existierte nicht einmal für diese Dinge, soweit Drifa bekannt war. Das bedeutete jedoch keineswegs, dass Wikinger keine Moral besaßen; die ihre war einfach nur von einer anderen Art. Doch damit konnte sie sich jetzt nicht aufhalten.

»Ianthe, ich würde dich gern etwas fragen ...« Sie zögerte, auszusprechen, was ihr keine Ruhe ließ. »Ach, egal.«

»Na, na, na! Du kannst jetzt nicht mehr aufhören.«

Drifa schöpfte tief Luft, um Mut zu fassen, bevor sie begann. »Ich habe vier Schwestern, die verheiratet sind, alle mit sehr virilen Männern, die sie von Herzen lieben. Daher weiß ich, dass Frauen die körperliche Liebe genießen können, aber ... bei den Göttern in Walhalla!«, stieß sie hervor und verdrehte die Augen.

»So gut, hm?« Ianthe grinste und gewann Drifas Unbehagen anscheinend viel zu viel Vergnügen ab.

Drifa überlegte, ob sie lügen sollte, aber was hätte ihr das genützt? »Ich halte mich nicht für naiv, aber so hatte ich mir das nicht vorgestellt!«

»Ich dagegen kann es mir sehr gut vorstellen. Der Flegel sollte es besser wissen, als einer unerfahrenen Frau einen solchen Unfug zuzumuten.«

»Ich bin sicher, dass er mich damit nur schockieren wollte.« *Und nicht nur einmal, sondern immer und immer wieder.*

»Und? Warst du schockiert?«

»Und wie! Macht normalen Frauen so etwas Spaß?« *Mir auf jeden Fall, wie ich zu meiner Schande gestehen muss.*

»Ich werde nicht fragen, was genau du meinst, aber ich kann dir etwas dazu sagen. Wenn zwei Menschen einander gernhaben und keiner dabei verletzt wird...« Sie zuckte mit den Schultern. »Wenn ich daran denke, was mein Ehemann und ich miteinander trieben, werde ich heute noch rot. Und wir waren beide noch völlig unerfahren bei unserer Heirat.«

Der Unterschied ist der, dass Sidroc und ich uns nicht »gernhaben«, dachte Drifa.

Oder doch?

Hatte *sie* ihn gern?

Und selbst wenn Sidroc ein bisschen für sie übrig hatte, wie schnell würde sich das ändern, wenn er erfuhr, was sie ihm bisher über seine Tochter verschwiegen hatte? Sie wünschte, es gäbe einen Weg, herauszufinden, wie er in Bezug auf Runa reagieren würde. Mit Sicherheit würde er glücklich sein, dass sie noch lebte, aber die große Frage war, ob er darauf bestehen würde, seine Tochter selbst aufzuziehen. Ohne mich, dachte Drifa. Wenn doch nur ihre Schwestern hier wären, um ihr zu helfen, sich für die richtige Vorgehensweise zu entscheiden!

Zögernd sagte sie: »Ianthe, ich brauche deinen Rat in einer wichtigen Angelegenheit.«

»Jederzeit.«

»Du musst mir aber versprechen, nicht weiterzuerzählen, was ich dir sage.«

»Natürlich nicht.«

Drifa schilderte ihr alles, wobei sie von Ianthe nur ab und zu mit sachdienlichen Fragen unterbrochen wurde. Als sie ihren Bericht beendet hatte, fasste Ianthe die Situation in vier Worten zusammen: »Was für ein Schlamassel!«

»Verstehst du jetzt, was mein Problem ist?«

Ianthe nickte.

»Wird Sidroc so froh sein über die gute Nachricht, dass er nur das Beste für seine kleine Tochter wollen wird?«

»Du meinst, ob er bereit sein wird, das Kind bei dir zu lassen?«

Drifa nickte eifrig.

»Das kann nicht dein Ernst sein.«

Enttäuscht ließ sie die Schultern hängen. »Er wird mich umbringen.«

»Er wird zumindest daran denken.«

»Aber es war doch alles nur ein Missverständnis!«

»Das du mühelos hättest klären können, seit du in Konstantinopel bist.«

Drifa hatte gehofft, dass Ianthe sie beruhigen würde, statt sie zu verurteilen. Ihr Gesichtsausdruck musste ihre Empfindungen verraten haben, denn Ianthe griff nach ihrer Hand und drückte sie.

»Betrachte die Situation doch einmal aus Sidrocs Perspektive, Drifa. Er hat dich mit seinem Heiratsantrag beleidigt, ja, aber daraufhin hast du ihm einen Schlag an den Kopf versetzt, der tödlich hätte ausgehen können. Dann, als er tatsächlich wochenlang wie tot dalag, bist du zu einer, wie er glaubte, Vergnügungsreise aufgebrochen. Danach entdeckte er, dass seine Tochter verschwunden war ... was für ihn nur bedeuten konnte, dass sie tot war. Und heute, fünf Jahre später, begegnet er dir wieder, und deine ersten Worte an ihn sind nicht ›Sidroc! Ich habe gute Neuigkeiten für dich!‹, wie es hätte sein müssen. Und jetzt willst du auch noch, dass er dir seine Tochter überlässt.«

»So ist das nicht ...«

Ianthe hob die Hände, um Drifa aufzuhalten. »Warte. Ich habe von Sidrocs möglicher Sichtweise der Situation gesprochen. Und nun lass uns die Sache mal aus deiner Sicht betrachten.«

Ja, das sollten wir.

»Du hast recht, Sidroc hat sich wie ein Schwein benommen, als er mit Finn über seine Verlobung mit dir sprach. Männer benehmen sich leider oft wie Schweine. Das ist nichts Neues. Du hast sehr emotional reagiert, als du ihm den Krug über den Kopf geschlagen hast. Ich hätte das Gleiche getan. Aber du bist eine Frau mit Herz, und als du von seiner Tochter hörtest, hast du nach deinem Gewissen gehandelt und das Kind gerettet. Es war nie deine Absicht, die Kleine vor Sidroc zu verstecken. In den ersten paar Jahren hast du sogar mehrmals versucht, ihn aufzuspüren. Sidroc könnte sagen, du hättest dir mehr Mühe geben sollen, doch das ist kein Argument. Du hast in all diesen Jahren für seine Tochter gesorgt und sie lieb gewonnen. Für mich, und wie ich vermute auch für Sidroc, wird dein größtes Verbrechen sein, es ihm jetzt nicht zu sagen. Mit jeder Stunde, jedem Tag, die verstrichen, während er in Unkenntnis gelassen wurde, verlor deine Unschuld ... ihre Unschuld.«

»Also ist es hoffnungslos?«

»Keineswegs. Es ist offensichtlich, dass Sidroc sich zu dir hingezogen fühlt. Oh ja, das tut er. Mir ist nicht entgangen, wie er dich während des Banketts und bei deinem Besuch in meinem Geschäft ansah. Du musst dir diese Hingezogenheit zunutze machen.«

Drifa runzelte verwirrt die Stirn.

»Du musst ihn heiraten.«

»Waaas?«, kreischte Drifa.

»Wenn ihr verheiratet seid, wird Runa bei euch beiden leben.«

»Aber er will nicht heiraten, und schon gar nicht mich.«

»Dann musst du ihn verführen.«

Drifa stöhnte. »Ich bin so weit entfernt davon, eine Verführerin zu sein, wie ein Ruderboot es von einem Langschiff ist.«

»Drifa, Drifa, Drifa«, sagte Ianthe tadelnd. »Alle Frauen

haben die nötigen Werkzeuge dazu. Ich werde dich lehren, sie zu benutzen.«

War Drifa wirklich drauf und dran, Unterricht in der Kunst der Liebe zu erhalten? Von der früheren Geliebten des Mannes, der verführt werden sollte?

Sollten ihre Schwestern je davon erfahren, würden sie einen Skalden einstellen und ihn Gedichte über ihre Eskapaden schreiben lassen.

Und falls ihr Vater je davon erfuhr, würde er sie taufen lassen und für den Rest ihres Lebens in einem Kloster einsperren.

Und Sidroc ... der würde sich wahrscheinlich totlachen oder sie umbringen, wenn er davon hörte. Oder beides.

»Also?« Ianthe wippte ungeduldig mit dem Fuß.

Drifa holte tief Luft und sagte: »Lass uns so schnell wie möglich mit dem Unterricht beginnen.«

Kapitel siebzehn

Es war nicht die Hochzeit von Kate und Prinz William, aber immerhin...

In den darauffolgenden Tagen spürte Drifa die Gegenwart von jemandem, der sie beobachtete. Die eines Fremden. Nicht Ivars oder die der anderen Wachen. Und sie spürte sie auch immer nur in der Öffentlichkeit.

Der Hochzeitszug vom kaiserlichen Palast zur Hagia Sophia wurde von hundert Waräger-Gardisten in Paradeuniformen angeführt; Drifa hatte sie vorher schon herumsitzen und sich mit Würfelspielen die Zeit vertreiben sehen, während sie auf ihren Einsatz warteten. Den Warägern folgte eine weitere Hundertschaft der Tagmata oder Elitetruppen, auch sie natürlich in Paradeuniformen. Alle trugen Helme mit Federbüschen und ritten schwarze Hengste mit silbernen Schabracken. Drifa nahm an, dass auch Sidroc und Finn an dem Hochzeitszug teilgenommen hätten, wenn sie in der Stadt gewesen wären.

Nach den Soldaten kamen einige Dutzend Priester und Mönche, die mit vor der Brust gefalteten Händen und andächtigen Mienen hinter ihnen herschritten. Drifa war froh, sich nicht in der Nähe ihrer geruchsintensiven Körper zu befinden, da viele der frommen Männer Bäder als fleischliche Gelüste abtaten.

Dann kamen Chöre, die wunderschöne lateinische Hymnen sangen, gefolgt von Trommlern und Lautenspielern. Das Einzige, was fehlte, waren die Akrobaten, doch die würden wahrscheinlich erst bei der Auszugsprozession dabei sein.

Kaiser Johannes I. Tzimiskes war mit seinem Gefolge schon

in der Kathedrale und erwartete dort seine Braut, die in einer elfenbeinernen, goldgeränderten Sänfte mit Vorhängen aus gesponnenem Goldgewebe saß. Die Sänfte wurde von acht Äthiopiern getragen, die alle exakt die gleiche Größe hatten und deren muskulöse Körper eingeölt waren und daher wie aus poliertem Ebenholz aussahen. Leibwachen auf Kamelen umringten die Sänfte, und dahinter ritt der Patriarch auf einem schneeweißen Maultier, wohl um eine Geisteshaltung der Bescheidenheit und Reinheit zu bekunden, vermutete Drifa. Danach kamen die acht Hofdamen der Kaiserin mit ihren schwarz umrandeten Augen, mit Rosenpomade geschminkten Lippen und kalkbestäubten Hälsen und Dekolletés, die jeweils zu zweit in vier prunkvollen Sänften saßen. Was für ein Gegensatz zu dem Mann der Kirche! Wie die fromme Kaiserin Theodora all diesen Prunk und Pomp doch hassen musste!

Die Menschen, die sich in den Straßen der Stadt drängten, schrien immer wieder: »Lang lebe Kaiserin Theodora!«, gefolgt von stürmischem Beifall und Jubel. Hin und wieder streckte die Kaiserin eine Hand aus und warf ihren Untertanen Münzen zu, womit sie jedes Mal fast eine Stampede auslöste.

Prinzessin Drifa und ihre vier Leibwachen gingen hinter der Prozession, zusammen mit Hunderten von anderen Würdenträgern und Gesandten anderer Länder. Ihre Leibwachen sahen heute besonders gut aus. Sie waren von Kopf bis Fuß in Schwarz gekleidet, mit Tuniken und Beinlingen aus feinster Wolle, die von schweren silbernen Gürteln zusammengehalten wurden. Und an den Seiten trugen sie Schwertscheiden, aus denen silberne Griffe hervorragten. Alles in allem dauerte der Hochzeitszug trotz der kurzen Entfernung vom Palast zur Kathedrale länger als zwei Stunden.

Etwa auf der Hälfte des Weges wurde Drifa von hinten angestoßen. Als sie herumfuhr, starrten sie dunkle Augen unter einem Burnus hervor an. So nannte sich der Kapuzenmantel der Wüstenbewohner, den sie auch ihren Schwager Adam, den Heiler, und seinen Gehilfen Rashid hin und wieder hatte tragen sehen. »Ich bitte um Verzeihung, Fräulein«, sagte der Mann in von einem starken Akzent geprägtem Griechisch und zog sich unter Verbeugungen zurück. Es geschah alles so schnell, dass ihre Leibwachen sie zwar stolpern sahen, den Mann, der sie zweifellos geschubst hatte, aber nicht bemerkten. Drifa beschloss, sie nicht zu beunruhigen, oder wenn überhaupt, erst später.

Sowie sie in der Kathedrale war, verflogen alle Gedanken an Gefahren angesichts der überwältigenden Pracht und Herrlichkeit des Gotteshauses. Drifa war keine Christin, aber sie wusste den monumentalen Sinn für Schönheit, die allein dem Einen Gott gewidmet war, zu würdigen. Die riesige zentrale Kuppel besaß Dutzende von Bogenfenstern, die den Sonnenschein hereinließen, der von Marmorsäulen und Mosaikwänden widergespiegelt wurde. Viele der Säulen und Wände waren mit farbenfrohem Lapislazuli und kunstvollen Bildern versehen, die Geschichten über den Einen Gott sowie Heilige und Engel erzählten. All das war schon beeindruckend genug, um einen heidnischen Wikinger in einen Gläubigen zu verwandeln.

»Ich will verdammt sein!«, murmelte Ivar neben ihr, und irgendwie klang es überhaupt nicht frevelhaft. All ihre Begleiter standen mit großen Augen da und vergaßen vor lauter Erstaunen, den Mund zu schließen.

Am Altar stand der Kaiser in einer blütenweißen Seidenrobe. Die Kaiserin, deren Gesicht verschleiert war, war ebenfalls ganz in Weiß gekleidet, nur war ihr Gewand aus Brokat mit erhabenen Mustern in Gold und Silber. Überreich verzierte, schwere Kronen wurden von Bediensteten über die Köpfe des Kaiserpaars gehalten, während sie ihre Gelübde sprachen und die Ringe austauschten.

Mehrere hohe kirchliche und bürgerliche Würdenträger erwiesen dem Kaiser und der Kaiserin ihre Reverenz, indem sie sich in einer ehrerbietigen Haltung, auch »Proskynese« genannt, vor ihnen auf den Boden warfen. Es war das höchste Zeichen von Gefolgschaftstreue, nicht nur dem Kaiser, sondern auch seiner frischvermählten Gattin gegenüber, die jedoch nur mit versteinerter Miene vor sich hin starrte.

Ein für eine Kirche völlig unpassendes Bild von Theodora, wie sie mit Johannes all die Dinge tat, die sie, Drifa, mit Sidroc getan hatte, drängte sich ihr unwillkürlich auf. Und fast augenblicklich wusste sie, dass das nie geschehen würde. Nicht bei Theodora und Johannes. *Was sagt das über mich aus? Vielleicht nur, dass es mir nie bestimmt war, Kaiserin zu werden? Oder Nonne?* Sie musste eine Hand vor ihren Mund legen, um nicht laut herauszulachen.

Ivar warf ihr einen fragenden Blick zu, den sie ignorierte, als hätte sie ihn nicht gesehen.

Aber Drifa bemerkte sehr wohl alles um sich herum und hoffte, es sich einprägen zu können, damit sie allen daheim davon erzählen konnte. Wenn sie doch nur eine echte zeichnerische Begabung hätte!

Als sie sich während der langwierigen rituellen Handlungen einmal umblickte, sah sie, dass der Eparch Mylonas sie von der anderen Seite des Kirchenschiffs her anstarrte. Ein ungutes Gefühl ließ sie erschaudern, und sogar die Härchen an ihrem Nacken richteten sich auf.

Es war nicht etwa so, dass der Eparch sie lüstern ansah, wie viele andere Männer es taten. Nein, es war eher so etwas wie Abneigung, was sie in seinen Augen sah. Eine geradezu fanatische Abneigung. Was hatte sie getan, um eine solche Feindseligkeit in dem Mann hervorzurufen? Ah, dachte sie und verstand plötzlich, worum es ging. Es war ihre halb arabische Abstammung, was ihm so verhasst an ihr war. Für einige Griechen war arabisches Blut schon Grund genug für Hass.

Und das erinnerte sie an den Mann in dem arabischen Burnus, der sie während der Prozession angestoßen hatte. Sie musste Ivar von diesen beiden Vorfällen erzählen, auch wenn es dazu nicht allzu viel zu sagen gab. Es war einfach nur ein unbehagliches Gefühl, das sie verfolgte.

Später auf der Hochzeitsfeier, in der Empfangshalle der Neunzehn Liegen oder *accubita*, wurde Drifa an einen Tisch mit Fremden gesetzt. Ihren Leibwachen wurde gestattet, an der Seite in der Kolonnade zu stehen, doch zur Teilnahme an dem eigentlichen Festbankett waren sie nicht eingeladen. Es wäre auch ohnehin kein Platz für sie gewesen.

Die Gäste, mit denen Drifa speiste, waren recht freundlich, da aber keiner von ihnen richtig Griechisch sprach, waren die Gespräche oft ein wenig gezwungen und gestelzt. Gegen Ende des Abends beugte sich jedoch ihr Tischnachbar aus dem Land der Rus zu ihr vor und sagte: »Ich habe eine Nachricht für Euch von Eurem Cousin.«

»Cousin? Von welchem Cousin?« Drifa versuchte sich zu erinnern, ob sie ihren Vater je einen Cousin hatte erwähnen hören. Nein, beschloss sie dann. Er hatte nie von einem Cousin gesprochen.

»Ich spreche von Bahir Ahmed ad-Dawla, Eurem Cousin dritten Grades.«

»Hm?«

»Er hat Euch heute in der Prozession gesehen und ist erfreut.«

Der Mann in dem Burnus. »Wie nett von ihm.«

»Vielleicht liegt auch für Euch eine Hochzeit in der baldigen Zukunft.«

»Was? Damit könnt Ihr unmöglich meinen, was ich zu verstehen glaube. Das ist völlig ausgeschlossen!«

»Wer weiß schon, was Allah für uns vorgesehen hat?«

Ah, dann war dieser Mann also trotz seiner Herkunft aus dem Land der Rus ein Muslim. Das war ja gut und schön, aber Drifa war es nicht, und kein Gott verkündete eine Hochzeit für sie, und schon gar nicht mit einem Fremden.

»Habt keine Angst, Mylady. Bahir ist jung und viril. Er hat schon zehn Söhne und sechs Töchter mit seinen anderen Ehefrauen hervorgebracht.«

»Mit seinen anderen Ehefrauen?«

»Natürlich. Was für eine Art reicher Mann wäre er mit einundvierzig, wenn er nicht mindestens drei Ehefrauen hätte? Bahir hat fünf.«

»Und ich wäre Nummer sechs?«

Der Rus nickte. »Und die mit größter Wertschätzung betrachtete.«

»Tja, tut mir leid, dass ich diesen höchst ungewöhnlichen Antrag ablehnen muss, falls es denn tatsächlich einer ist. Aber ich genieße mehr als genug ›Wertschätzung‹ daheim im Norden.«

»Nein, nein, nein, Prinzessin. Bagdad ist Euer wahres Heim und die Wüste Euer Garten.«

Ha! Einen fabelhaften Garten würde ich in all dem Sand anlegen können.

»Eine holde Maid wie Ihr gehört nicht in das eisige Land der Barbaren.«

»Mein Vater ist kein Barbar.« Oder jedenfalls nicht allzu oft. »Und lasst mich wiederholen: Danke, aber nein, ich bin nicht interessiert.«

Der Mann lächelte nur und wandte sich ab, um mit der Dame aus Kreta zu sprechen, die an seiner anderen Seite saß.

Als Drifa später Ivar von dem sonderbaren Antrag erzählte, dachte sie, er würde lachen, doch stattdessen regte er sich furchtbar auf. »Wir sollten auf der Stelle heimfahren! Es ist genauso, wie ich es erwartet hatte. Immer mehr Gefahren. Wohin man auch tritt, sind Fallgruben.«

»Ivar! Es war nichts als ein dummer Heiratsantrag aus der Ferne. Der Mann hat mich ja nicht mal selbst gefragt. Und außerdem ist das nicht der erste Antrag, den ich je erhalten habe.«

»Eher so was wie der Fünfzigste«, brummte Ivar.

»Was hast du gesagt?«

»Nichts«, grummelte er weiter. Dann straffte er sich. »Mir scheint, ich sollte ein paar Seemänner von Eurem Langschiff herkommen lassen, um Euch besser zu bewachen.«

»Was? Nein! Das ist ja lächerlich. Vier wikingische Wachen sind genug. Noch mehr, und ich würde nur unerwünschte Aufmerksamkeit auf mich ziehen.«

»Als tätet Ihr das nicht bereits!«

»Mir gefällt dein Ton nicht, Ivar. Ganz und gar nicht!«

»Ich wollte nicht respektlos sein, Mylady.«

Mit einem Nicken nahm sie seine Entschuldigung zur Kenntnis und legte eine Hand auf seinen Arm. »Wir werden vorsichtig sein, mein guter Freund. Und falls es noch weitere ›Probleme‹ geben sollte, werden wir die Situation noch einmal überdenken. Ich verspreche dir, dass ich zustimmen werde heimzufahren, falls wir sie für zu gefährlich halten.«

Er nickte, war aber ganz offensichtlich nicht zufrieden. »Ich habe ständig dieses Zucken im Nacken, was ein eindeutiges Anzeichen dafür ist, dass nichts Gutes auf uns zukommt.«

Und in der Woche darauf war das Schlechte auch schon da.

Wem die Stunde schlägt ...

Sidroc und Finn waren eine ganze Woche in den Bergen auf der Feste von General Leo Biris gewesen, als sie zugeben mussten, dass der Kriegsherr keine unmittelbare Bedrohung für den Kaiser war. Und das sagten sie ihm auch.

»Ich müsste Euch die Köpfe dafür abhacken, dass Ihr Euch in mein Lager geschlichen habt unter dem Vorwand, meiner Garde beitreten zu wollen«, brüllte der General, der ein Bär von einem Mann mit einer Mähne dichten schwarzen Haars und Vollbart war.

»Bitte nicht. Dann bekäme ich Blut aufs Haar, und ich habe es gerade erst gewaschen. Oder besser gesagt, eine Eurer hübschen Mägde hat es mir gewaschen«, sagte Finn und strich sich geziert die langen blonden Locken aus dem Gesicht.

Im ersten Moment fiel Leo fast die Kinnlade herunter über Finns schwachsinnigen Humor. Dann schlug er ihn so hart auf den Rücken, dass Finn über den Tisch flog, an dem sie seit dem Abendessen saßen.

»Leo, Ihr müsst verstehen, dass Finn ein sehr ungewöhnlicher Mann ist. Man muss sich erst an ihn gewöhnen.«

»Das ist wahr. Aber eins sage ich Euch, Finn: Hätte ich nicht selbst gesehen, wie Ihr die Weberin meiner Frau vernascht habt, würde ich schwören, dass Eure Glocken verkehrt herum läuten.«

Finn straffte sich gekränkt. »Mein Gong gongt nur in einer Richtung.«

Alle lachten.

»Sagte ich schon, dass ich fünf unverheiratete Töchter habe?«, fragte Leo, nicht zum ersten Mal und nicht zum zwanzigsten, der schlaue Fuchs. Wenn sie nicht aufpassten, würden sie sich, an festes Land und eine ungewollte Ehefrau gekettet, auf einem byzantinischen Berg wie diesem wiederfinden.

Sidroc hatte seine Beinkleider fest zugeschnürt gelassen, seit er Miklagard verlassen hatte. Für ihn war dies eine lange Zeitspanne des Zölibats, wo es doch jede Menge williger Bettgefährtinnen gab. Finn dagegen hatte jedes zweite weibliche Geschöpf vernascht, das auch nur in Schnuppernähe kam.

»Ich habe keine deiner Töchter angerührt«, protestierte Finn.

»Das weiß ich«, antwortete Leo traurig.

Sidroc und Finn hatten schon im stillen Kämmerlein besprochen, dass keiner von ihnen sich je allein in einem Raum mit einer von Leos Töchtern wiederfinden durfte. Nicht dass die Mädchen, die zwischen vierzehn und zwanzig waren, nicht hübsch wären. Das waren sie. Aber Finn war entschlossen, die schönste Frau der Welt zu finden, also eine, die sich mit seiner eigenen Schönheit messen konnte, und Sidroc, sollte er gezwungen sein, den Bund der Ehe einzugehen, wollte dies mit einer Frau seiner eigenen Wahl tun. Aus irgendeinem merkwürdigen, aber äußerst ärgerlichen Grund musste er dabei an Drifa denken.

Ich hätte sie nicht nötigen sollen, all die Dinge zu tun, die ich mit ihr tat.

Und sie hätte nicht nachgeben sollen.

Eine unschuldige junge Frau verdient Besseres als eine solch unsanfte Behandlung.

Aber sie ist mit mir genauso unsanft umgegangen. Ich trage noch die Spuren, die es beweisen.

Sie war noch Jungfrau; also kann das Kind namens Runa nicht das ihre sein, wie ich schon vermutete.

Warum macht sie dann ein solches Geheimnis daraus? Warum hat sie sich geweigert, mit mir über das Kind oder seinen Vater zu sprechen?

Sidroc hatte an diesem vergangenen Wochenende ohnehin beschlossen, seine Drifa gegenüber ausgesprochene Drohung zu beenden, wenn er nach Miklagard zurückkehrte, so verlockend ihre Reize auch waren. Zum Teufel mit ihren Geheimnissen! Es wurde Zeit, die Vergangenheit ruhen zu lassen. Falls sie je wieder mit ihm das Bett teilte, sollte sie es aus freiem Willen tun. Andererseits jedoch rechnete er ohnehin damit, dieses Land schon sehr bald zu verlassen. Vielleicht war es das Beste, wie bei Ianthe die Beziehung abzubrechen und Freunde zu bleiben.

Ein merkwürdiges Lachen erschallte in seinem Kopf bei der Vorstellung, dass er und Drifa *nur* Freunde sein könnten. Doch dann sah er, dass Leo es war, der da lachte. Anscheinend hatte der General weitergeredet, während Sidrocs Geist auf Wanderschaft gegangen war.

Finn entschuldigte sich und ging, um nach seinem Pferd zu sehen, dessen Hufkrankung er behandelte. Sie würde verheilt sein müssen, bevor sie sich auf den Rückweg machten.

»Also hat sich der Halunke gegen mich gewendet, sowie er vom Militärzelt in ein weiches Bett gewechselt ist?«, sinnierte Leo über den Kaiser, als sie nur noch zu zweit waren. »Als ehemaliger Kampfgefährte und Soldat müsste Johannes Tzimiskes mich eigentlich besser kennen.« Leo schien aufrichtig verletzt von der Handlungsweise seines alten Freundes.

»Ich glaube, dass es nicht so sehr der Kaiser ist, sondern vielmehr General Skleros und der Eparch Mylonas, die Euch misstrauen«, beruhigte Sidroc ihn. »Wie Ihr wisst, verlässt sich das Reich auf Eure Lehnsherren in den Grenzgebieten, um die Muslime fernzuhalten. Und sie sind auf die Steuern angewiesen, die Ihr der Stadt zukommen lasst. Aber es ist gerade Eure Stärke, die sie Euch fürchten lässt, und damit meine ich alle *dynatoi*. Sie befürchten, dass Ihr diese Stärke für Eure eigenen Zwecke nutzen könntet. Zumindest sind das Skleros' und Mylonas' Ansichten dazu.«

»Pfff! Die können mich mal, die zwei! Nur weil ich bei meinen Leuten beliebt bin und unsere Ländereien gut gedeihen oder weil immer mehr Soldaten sich meinen Truppen anschließen wollen, bilden sie sich ein, ich müsste irgendwas Verkehrtes tun. Kommt ihnen denn nie der Gedanke, dass ich einfach nur alles richtig mache, so wie sie es auch tun sollten?« Der General schlug mit einer seiner Pranken auf den Tisch, was die Bierbecher darauf für einen Moment ins Schwanken brachte.

»Ich weiß, dass das wahr ist, und genau das werde ich auch dem Kaiser sagen.«

»Werden sie Euch zwecks Untersuchungen auch zu den anderen *dynatoi* schicken?«

Sidroc hob abwehrend die Hände. »Nicht mich.«

»Seid Ihr sicher, dass Ihr Euch mein Angebot, Euch meinen Truppen anzuschließen, nicht noch einmal überlegen wollt? Ich würde Euch und Finn hohe Positionen geben, und Ihr würdet einen guten Sold erhalten.«

»Nein. Es wird höchste Zeit, dass ich meine eigene Heimstatt gründe.«

»Warum nicht hier? Ich könnte Euch Land geben.«

»Nochmals vielen Dank für Euer Angebot, aber ich bin ein Wikinger, General. Es wird Zeit für mich, in den Norden heimzukehren.«

Und tatsächlich hatte Sidroc inzwischen beschlossen, dass sein Bestimmungsort die nordischen Lande sein würden. Er war es leid, sich sein Leben von seinem Vater vorschreiben zu lassen, doch er würde sich nicht in einem anderen Land niederlassen, nur um seiner schurkischen Familie aus dem Weg zu gehen. Allerdings wollte er ihnen auch nicht zu nahe sein. Vielleicht würde er sich weiter südlich in Vestfold ein Gut oder Ländereien suchen. Er würde wissen, was der richtige Ort für ihn war, wenn er ihn sah.

Drei Tage später waren er und Finn gerade bei Schwertübungen mit einigen von Leos Soldaten, als ein Bote von Süden herangeritten kam. Je näher er kam, desto mehr versteifte Sidroc sich vor Sorge. Und es dauerte auch nicht lange, bis er den Mann erkannte. Der Reiter war Farle, einer von Drifas Leibwachen.

Es konnte nichts Gutes bedeuten, dass er hier auftauchte.

Kapitel achtzehn

Und schon begann der Ärger...

Drifa war nun schon über zwei Wochen in Miklagard, und trotzdem hatte sie bisher nur einen kleinen Teil dessen gesehen, was sie sich vorgenommen hatte. Und sie vermisste Runa immer noch ganz schrecklich. Deshalb beschloss sie, ein wenig Zeit mit Ianthe zu verbringen, die zu einer guten Freundin geworden war. Zu dem Besuch bei ihr nahm Drifa ihren Zeichenkasten mit, nicht nur, um Ianthe ihre Arbeiten zu zeigen, sondern auch, weil sie hoffte, dass die Freundin einige Wissenslücken bezüglich bestimmter Pflanzen füllen konnte, die in diesem Klima anders gediehen als im hohen Norden.

Ivar hatte die Augen verdreht, als sie ihn über ihre Pläne unterrichtete. »Ihr wollt schon wieder gärtnern?«, murrte er. Und Drifa konnte ihn sogar verstehen. Der arme Ivar war ja auch wirklich besser dazu geeignet, mit seiner Streitaxt die Kämpfe ihres Vaters auszufechten, als in einem Garten nach dem anderen das Kindermädchen für sie zu spielen.

Deshalb war sie gar nicht überrascht, dass er vor Langeweile eingeschlafen war, als sie an jenem Nachmittag in die Diele ging, um ihm zu sagen, dass es Zeit zum Aufbruch sei. Und da die Tore des Palastes vor dem späten Nachmittag geschlossen wurden, mussten sie sich beeilen.

»Ivar!«, schrie sie bestürzt, als es ihr nicht gelang, ihn aufzuwecken.

Im selben Augenblick schrie Ianthe: »Komm her, Drifa! Schnell!«

Doch es war bereits zu spät. Ein maskierter Mann war hinter ihr erschienen, riss sie unsanft von den Beinen und trug sie hinein.

»Bei den Göttern! Ihr habt meinen Leibwächter ermordet«, sagte sie auf Griechisch, weil sie ihn für einen Griechen hielt.

»Er lebt. Er schläft nur von den Kräutern in seinem Bier«, erwiderte der Mann, auch er auf Griechisch, das seinem starken Akzent nach zu urteilen jedoch nicht seine Muttersprache war.

»Aber ich habe ihm doch selbst das Bier gebracht«, wandte sie ein und fing Ianthes furchtsamen Blick auf, als sie fragend zu ihr hinübersah.

»Sie haben dem Bier etwas beigemischt. Deine anderen Wachen und meine Angestellten ›schlafen‹ auch«, erwiderte Ianthe. »Sogar Joseph Samuel.«

»Wie bald auch ihr zwei«, sagte ihr Bezwinger und sprach dann in einer fremden Sprache zu drei anderen Männern, die durch die Balkontür und über die Treppe kamen, die zum Laden hinunterführte. Obwohl Drifa im Arabischen nicht sehr bewandert war, erkannte sie einige der Worte wieder. Rashid, der Gehilfe ihres Schwagers Adam, der als Heiler tätig war, hatte sie ihr während eines Besuchs bei ihnen in Northumbria beigebracht.

Wenig später wurden sie und Ianthe mit Schals, die die anzüglich grinsenden Männer in einer kleinen Truhe in Ianthes Schlafzimmer gefunden hatten, gefesselt und geknebelt. Dann schleiften die Männer Drifas vier Leibwächter, Ianthes Angestellte und Joseph Samuel herein, die alle im gleichen tiefen Schlaf wie Ivar lagen. Auch sie wurden geknebelt und gefesselt. Die Einzige, die fehlte, war Irene, Ianthes bejahrte Dienstmagd, sodass Drifa nur vermuten konnte, dass sie es war, die das Bier mit einem Schlafmittel versetzt und diesen Männern geholfen hatte.

Zum Glück hatten Drifa und Ianthe nur Wein getrunken, denn sonst befänden sie sich jetzt im gleichen Zustand.

»Wir müssen ein paar Stunden warten, bis es dunkel ist«, sagte der Mann, der Drifa überwältigt hatte, in seinem von einem starken Akzent geprägten Griechisch.

»Sollen wir die beiden auch betäuben, Hakim?«, fragte einer der anderen den offenkundigen Anführer der Bande.

»Wir können warten, Faisal, solange sie geknebelt sind. Hast du ein Schild ins Schaufenster gestellt, dass der Laden wegen einer Beerdigung geschlossen ist?«

»Ja. Fragt sich nur, wessen Beerdigung es sein wird, ha, ha, ha!« Faisal schien sich großartig zu amüsieren. Und er strahlte einen grauenvollen Gestank nach Knoblauch aus. War ihm noch nie von irgendwem gesagt worden, dass weniger oft mehr war?

Und Drifa fand auch überhaupt nichts lustig an seinem makabren Scherz.

»Sollen wir beide Frauen mitnehmen, wenn wir gehen?«, fragte ein dritter Mann. »Die Griechin könnte uns als Übersetzerin dienen.«

»Ich glaube nicht, dass das nötig sein wird, da die Prinzessin Griechisch spricht«, antwortete Hakim. »Aber wir könnten die Griechin auf der Reise dazu benutzen, unsere Bedürfnisse zu befriedigen, und sie dann in Bagdad auf den Sklavenmärkten verkaufen.«

Drifas Blick schoss buchstäblich zu Ianthe, deren Augen noch größer wurden vor Furcht.

O gütiger Himmel, dachte Drifa, ich wünschte, Sidroc wäre noch in der Stadt! Wer sonst würde nach ihnen suchen? Sie glaubte nicht, dass außer ihren Leibwachen noch irgendjemand anderer ihr Fehlen bemerken würde. Zumindest nicht sofort.

»Nein. Wir sollten uns genauestens an die Befehle halten«, beschloss Hakim, den Göttern sei gedankt!

Die Zeit, die sie in ihrer unbequemen Haltung auf dem Boden lagen, erschien Drifa wie eine kleine Ewigkeit. Nur hin und wieder bekam sie etwas von den Gesprächen der Männer draußen auf der Terrasse mit. Ein paar Mal hörte sie den Namen Mylonas, doch viel öfter wurde ad-Dawla erwähnt. Dieser letztere Name passte auch zu der Bemerkung Hakims über Bagdad ...

Und da kam ihr plötzlich ein furchtbarer Gedanke: Was, wenn die Männer vorhatten, sie in diese Stadt zu bringen, die irgendwo mitten in Arabien lag? Dann würde sie vielleicht nie gefunden werden!

Sie wusste, dass ihre Leibwachen, sofern man sie am Leben ließ, sofort eine Suche in die Wege leiten und vielleicht sogar den Kaiser um Hilfe bitten würden, auch wenn nur die Götter wussten, ob nicht auch er in diese Angelegenheit verwickelt war. Und ihr Vater würde natürlich mit einer ganzen Armee erscheinen, doch bis er die Nachricht erhielt und die Reise nach Byzanz zurückgelegt hätte, würden Wochen, ja Monate vergehen und ihr Schicksal vielleicht schon längst besiegelt sein.

Sidroc ... er ist meine einzige Chance, dachte sie und betete zu Thor, Odin und sogar dem Einen Gott der Christen, dass Sidroc bald zurückkehren und genug für sie empfinden möge, um nach ihr zu suchen. Und lasst nicht zu, dass diese Männer meine Leibwachen und Ianthe töten!, flehte sie im Stillen.

Als es endlich dunkel wurde, kam Hakim, der zwar noch immer maskiert, aber an seiner Größe erkennbar war, mit einem Fläschchen bernsteinfarbener Flüssigkeit zu ihr. Nachdem er ihr den Knebel abgenommen hatte, befahl er: »Trinkt das.«

»Ist es Gift?«

Er lachte. »Nein. Es ist nur ein Schlaftrunk ... um Euch umgänglicher zu machen auf Eurer Reise.«

»Nein!«, protestierte Drifa und wandte den Kopf ab. »Bitte tut das nicht.«

Hakim nahm ihr Kinn in einen brutalen Griff. »Ich kann Euch die Nase zuhalten und Euch den Mund gewaltsam öffnen, oder Ihr trinkt freiwillig. Entweder fügt Ihr Euch, oder ich bringe alle hier in diesem Zimmer um, angefangen bei der Juwelierin.«

»Wenn ich gehorche, was werdet Ihr dann mit den anderen machen?«

»Ihnen noch etwas von dem Schlafmittel geben, damit sie nicht vor morgen früh erwachen. Niemand hat uns ohne Masken gesehen. Es ist also nicht nötig, sie zu töten, aber wenn es sein muss, werde ich es tun.«

Drifa öffnete sofort den Mund und spürte bald darauf, wie sie in einen tiefen Schlaf hinüberglitt.

Als sie irgendwann nach und nach erwachte, hörte sie ein unangenehm schrilles Geräusch, das sich wie »*Groink! Groink! Groink!*« anhörte. Kurz darauf bemerkte sie, dass es dunkel war und sie auf einem Kamel saß ... vor einem Mann, der, seinem Knoblauchgeruch nach zu urteilen, nur Faisal sein konnte.

»Sie erwacht«, rief Faisal Hakim zu, der ebenfalls ein Kamel ritt.

Die sechs Kamele, die sie und die jetzt unmaskierten Männer trugen, blieben stehen, und Drifa wurde von ihrem herabgehoben. Ihre Beine waren jedoch so schwach, dass ihre Knie nachgaben, aber Hakim packte sie noch rechtzeitig und verwünschte ihre »Ungeschicklichkeit«. Nicht minder rüpelhaft war das Kamel, das sie anspuckte. Drifa hatte Kamele schon aus der Ferne gesehen, war ihnen aber noch nie so nahe gewesen und hatte daher keine Ahnung, was für unleidliche Kreaturen sie sein konnten. Außerdem rochen sie sehr streng und zogen Horden von Fliegen an.

Auf Griechisch riet ihr Hakim, eines der nahen Gebüsche aufzusuchen, um sich zu erleichtern. Als wäre sie ein launenhaftes kleines Mädchen statt einer erwachsenen, *entführten* Frau! Als sie zurückkam, befahl er Faisal: »Gib ihr noch etwas von dem Schlafmittel.«

Drifa protestierte, doch daraufhin verweigerten sie ihr das Trinkwasser, bis sie tat, was sie verlangten. Als das Fläschchen an ihren Mund gehalten wurde, trank sie und leerte dann noch durstig einen Becher Wasser, um unter dem beruhigenden, schaukelnden Gang des Tieres schon sehr bald wieder einzuschlafen.

In den nächsten drei Tagen und Nächten – zumindest glaubte sie, dass es drei waren –, ritt sie entweder auf einem Kamel, schlief in einem Zelt oder erleichterte sich in den Büschen. Was jedes Mal eine beschämende Angelegenheit war, weil sie mittlerweile so geschwächt war von den Betäubungsmitteln, dass sie von zwei lachenden Bewachern gestützt werden musste.

Am Morgen nach der dritten Nacht ihrer Entführung war sie, wenn auch völlig ermattet und entkräftet, doch endlich bei Bewusstsein, als sie sich einer Art Ortschaft aus farbenfrohen Zelten näherten.

Sie wandte den Kopf, um Hakim, auf dessen Kamel sie heute mitritt, zu fragen, wo sie waren.

»Im Wüstenstützpunkt Eures Verlobten Prinz Bahir ad-Dawla.«

»Was? Ich bin mit niemandem verlobt!«

»Doch, das seid Ihr, Prinzessin Drifa.«

»Ich habe keiner Verlobung zugestimmt.«

»In diesem Land ist die Zustimmung einer Frau nicht nötig.

Nur die ihres Vaters oder eines Vormundes, und Euer Onkel, König Asbar, ist definitiv einverstanden.«

»Ich verstehe nicht«, sagte Drifa kopfschüttelnd.

»Das werdet Ihr schon noch.«

Ihr fiel auf, dass Hakim sie jetzt mit dem Respekt behandelte, an dem er es in Ianthes Haus und während ihrer langen Reise hatte fehlen lassen. Er führte sie sanft, mit einer Hand unter dem Ellbogen, in eines der kleineren Zelte, wo er einer Sklavin befahl, Badewasser und ein Essen für die Prinzessin vorzubereiten. Er hob nie hervor, von was für einer Prinzessin er da sprach. Drifa hoffte, dass er »die wikingische«, meinte.

Doch da irrte sie sich.

Sie badete und legte saubere Kleidung an ... ein schlichtes arabisches Gewand mit Gesichtsschleier, den sie in der Öffentlichkeit zu tragen hatte, über einem etwas offenherzigeren Seidenkleid. Dann wurde sie durch die Stadt aus Zelten zu dem größten von allen, das Prinz ad-Dawlas zweites Zuhause war, geführt. An der mittleren Zeltstange hing eine Flagge mit einem mächtigen, bluttriefenden Schwert vor einem schwarzen, rot gesäumten Hintergrund – ein Sinnbild des »Schwerts des Staates« oder Symbol der Macht eines Monarchen, nahm sie an. Nicht einmal die leiseste Brise bewegte die Flagge in der drückend heißen Wüstenluft.

Ausgerechnet in dem Moment stimmte der Muezzin den *adhān*, einen monotonen Aufruf zum Gebet, an. Drifa sah, wie die Männer einer nach dem anderen auf die Knie fielen und die Köpfe auf den Boden senkten. Mittlerweile fielen andere in den *adhān* ein, sodass er überall um sie herum zu einem gespenstischen Echo von zunehmender Lautstärke wurde. Hakim hatte ihr bereits gesagt, dass der Muezzin die Gläubigen fünfmal täglich zum Gebet aufrief. Als sie fragte, ob auch Frauen daran teilnähmen, war er entsetzt gewesen.

Das Innere des Zelts des Wüstenprinzen war erstaunlich luxuriös. Den Boden bedeckten kostbare Orientteppiche, auf denen große, weiche Kissen herumlagen, und in allen vier Ecken des Zeltes hingen Weihrauchkessel. Auf einem niedrigen Tisch standen Platten aus solidem Gold, die Feigen, mit Walnüssen gefüllte Datteln und kleine, mit Honig glasierte Blätterteigkuchen enthielten.

Eine ältere Frau mit Hakennase und scharf blickenden schwarzen Augen saß mit gekreuzten Beinen auf dem Boden und beaufsichtigte ein paar junge Mädchen, die geschäftig im Zelt hin und her eilten. Die Alte trug keinen Gesichtsschleier, aber ihr graues Haar bedeckte eine Art Kopftuch in der gleichen Farbe ihres schlichten, hellblauen Gewands, das der Hitze wegen aus leichtem Stoff war, aber trotzdem bis zu ihren Hand- und Fußgelenken reichte. Obwohl es wegen des wallenden Gewandes schwer zu sagen war, so schien der Leibesumfang der Frau doch in etwa ihrer Körpergröße zu entsprechen, die allerdings alles andere als bemerkenswert war. An ihren schwieligen Füßen trug sie Sandalen, und ihre dicken, knotigen Hände streichelten eine große, schwarzgolden gefleckte Katze an einer Leine. Einen Leoparden!

Drifa erstarrte, aber Hakim flüsterte ihr zu: »Keine Angst. Das Tier hat keine Zähne, und man hat es auch kastriert und ihm die Krallen gezogen.«

Ein Leoparden-Eunuch. Statt erleichtert zu sein, war Drifa entsetzt, dass ein solch wunderschönes wildes Tier so behandelt worden war. Es erschien ihr in etwa so, wie einen Wikinger in ein Küchenmädchen zu verwandeln. Zum Glück trug sie noch den Schleier, sodass ihr Gesichtsausdruck verborgen blieb.

Die Alte beäugte sie spöttisch und sagte dann etwas zu Hakim, in einem solch schnellen, schneidenden Arabisch, dass Drifa kein einziges Wort verstand.

»Königin Latifah möchte, dass Ihr Euren Schleier und das Übergewand ablegt.«

Drifa bezweifelte, dass eine solche Bitte geäußert worden war. Zumindest nicht so höflich.

Es war jedoch nicht nötig, auf die Forderung einzugehen, weil unter hektischer Betriebsamkeit vor dem Zelt ein Mann eintrat, ihr einen flüchtigen Blick zuwarf und dann zu der alten Frau hinüberging, die plötzlich lächelte. Der Leopard tat fauchend sein Missfallen kund, und Drifa kam der Verdacht, dass es vielleicht dieser Mann gewesen war, der die Raubkatze kastriert hatte. Er beugte sich vor und küsste die alte Frau auf beide Wangen. »Wie geht es dir, Mutter?«, fragte er freundlich.

»Ich habe Schmerzen hier und Schmerzen da, mein Sohn«, erwiderte sie achselzuckend. »Wie war das Einreiten der Pferde?«

Der Mann lächelte. »Fünfzehn wilde Hengste stehen jetzt zum Verkauf bereit.«

»Mein kluger Sohn!« Die Frau strahlte vor Stolz.

Sie sprachen natürlich Arabisch, was Drifa jetzt aber verstehen konnte, da die Worte nicht mehr buchstäblich zu einem einzigen aneinandergereiht wurden. Aus irgendeinem Grund hatte sie bislang jedoch niemanden von ihren sprachlichen Fähigkeiten wissen lassen. Rein gefühlsmäßig hatte sie den Eindruck, dass es klüger war, es nicht zu tun.

»Ich habe Hakim gesagt, dass er der Frau die *abaya* abnehmen soll, aber er gehorcht nur widerwillig«, beklagte sich die alte Frau. »Er war wohl zu lange in den christlichen Ländern, denke ich.«

Hakim zuckte zusammen, besonders als der Mann, den Drifa für Prinz ad-Dawla hielt, aufstand und ihm mit dem Handrücken ins Gesicht schlug. »Du gehorchst meiner verehrten Mutter nicht?«

»Doch, Herr, doch«, sagte Hakim schnell und nickte.

Dann wandte ad-Dawla sich Drifa zu und sagte auf Griechisch: »Nehmt Euren Schleier und die *abaya* ab. Sofort.«

Drifa suchte den Blick des Prinzen und erwiderte ihn ruhig. Am liebsten hätte sie sich geweigert, aber sie hatte Angst vor dem, was er dann womöglich Hakim antun würde, der unschuldig war, zumindest im Augenblick.

Und so nahm sie ihren Schleier und das Übergewand ab und ließ beides auf den Boden fallen, setzte ihre hochmütigste Miene auf und fragte den Prinzen auf Griechisch: »Ist das die Art, wie Gäste in Eurem Land behandelt werden?«

Zuerst versteifte er sich gekränkt, und im Hintergrund konnte Drifa ein empörtes Zischen seiner Mutter hören, wahrscheinlich über ihren Ton, doch dann setzte er eine freundliche Miene auf und verbeugte sich vor ihr. »Ich bitte um Verzeihung für meine Manieren, Prinzessin Drifa. Willkommen in unserem Land. Und natürlich auch in Eurem, dem Geburtsland Eurer Mutter.«

Während er sprach, taxierten seine dunklen Augen sie in etwa so, wie er es auf einem Pferdemarkt täte, wenn er einen Kauf ins Auge fasste. Und deshalb tat Drifa genau das Gleiche.

Er sah nicht schlecht aus, soweit das bei seinem weißen, an der Taille von einem schweren Gürtel aus geflochtenem Seil zusammengehaltenen Gewand zu erkennen war. Bis auf einen schweren, mit Edelsteinen geschmückten Ring am Mittelfinger seiner linken Hand trug er keinen Schmuck, und er war nur ein wenig größer als sie selbst, aber gut gebaut, mit breiten Schultern und schmalen Hüften. Sein straff zurückgekämmtes schwarzes Haar – Drifa war nicht sicher, ob es feucht war oder fettig – war von einigen grauen Strähnen durchzogen. Aber er war ja auch schon einundvierzig, wie sie von dem Rus erfahren hatte, dem sie auf dem Hochzeitsfest begegnet war. Ein sehr gepflegter Oberlippenbart zierte sein ansonsten glattrasiertes Gesicht. Die Arroganz, die sein Benehmen prägte, ließ Drifa vermuten, dass er und Finn ihrer Eitelkeit wegen großartige Kameraden abgeben würden.

»Warum habt Ihr mich entführen lassen?«, fragte sie scharf.

Er schien bestürzt. »Entführen? Nein!« Dann wandte er sich an Hakim. »Solltest du die Prinzessin in irgendeiner Weise schlecht behandelt haben, wird dein Kopf noch vor Einbruch der Nacht auf einer Pike stecken!«

»Nein, nein, nein!«, unterbrach sie ihn. »Hakim hat nichts falsch gemacht, außer, mich gegen meinen Willen hierher zu bringen – und das auf Euren Befehl hin, nehme ich an.«

»Was sagt sie?«, wollte seine Mutter wissen.

Der Prinz übersetzte es ihr.

Und seine Mutter befahl ihm: »Schlag die Frau für ihre Dreistigkeit!«

Noch immer auf Arabisch, antwortete er: »Später, Mutter. Wir müssen zuerst ihre Zustimmung erlangen.«

Seine Mutter nickte.

So, so. Dann wird meine Zustimmung ja doch gebraucht. Drifa hatte Schwierigkeiten mit dem Wechsel zwischen den beiden Sprachen, und das Schlimmste war, dass sie auf die arabische keine Reaktion zeigen durfte.

Mit einer herablassenden Handbewegung bedeutete ad-Dawla Hakim, zu gehen. Der Mann verbeugte sich und verließ rückwärtsgehend das Zelt. Drifa hoffte nur, dass dieser anmaßende Wüstenprinz nicht die gleiche Fügsamkeit von ihr erwartete.

Aber nein, *ihr* wandte er sich freundlich zu, mit einem öligen Lächeln, das einige Frauen bezaubern mochte, bei ihr jedoch keine Wirkung zeitigte. Sie war zu lange von Männern umgeben gewesen, um nicht zu erkennen, wann arglistige Verführung mit im Spiel war. »Prinzessin Drifa, Ihr seid schöner als tausend Sonnenuntergänge.«

Oh, erspar mir bitte diesen Unsinn.

»Sie ist mager wie ein halb verhungertes Huhn nach einem langen Winter«, bemerkte ad-Dawlas Mutter.

Drifa setzte eine ausdruckslose Miene auf, um nicht zu verraten, dass sie verstand.

»Du kannst sie vor der Hochzeit noch herausfüttern«, erwiderte der Sohn mit einem schmeichlerischen Lächeln.

Oh! Ich habe Neuigkeiten für dich. Es wird keine Hochzeit geben, und das Einzige, was hier dicker werden wird, ist dein grinsender Mund, wenn meine Faust dort ihre Spuren hinterlässt.

»Sie ist alt«, bemäkelte die Mutter.

»Nicht so alt, dass sie mir nicht noch viele Söhne gebären könnte.«

Seine Mutter zuckte mit den Schultern.

Nur, wenn die Hölle zufriert!, dachte Drifa.

Sich ihr wieder zuwendend sagte er: »Meine Mutter sprach davon, wie glücklich ich mich schätzen kann, eine solch wunderbare Braut gefunden zu haben.«

Was für ein verdammter Lügner du doch bist.

Seine Mutter sah sie böse an.

»Allah muss mir heute wohlgesonnen sein«, schloss der Prinz.

Oder Loki, der Gott des Schabernacks, denn der Angeschmierte wirst du sein, du arroganter Schwachkopf. Es wird keine Hochzeit mit mir geben, das kann ich dir garantieren. »Prinz ad-Dawla«, begann sie mit erzwungener Ruhe und Höflichkeit.

»Nennt mich Bahir«, sagte er und führte sie zum Tisch, wo er ihr bedeutete, sich auf ein dickes Kissen neben seiner nicht weniger dicken Mutter zu setzen. Doch Drifa ignorierte ihn und ging zu einem Kissen auf der anderen Seite des Tischs.

Sofort folgte ihr Bahir und ließ sich neben ihr nieder.

Indem sie so tat, als richtete sie das Kissen unter sich, schob sie unauffällig ein kleineres zwischen sich und ihn.

»Bahir«, begann sie von neuem, »Ihr müsst verstehen, dass ich Euch nicht heiraten kann.«

»Warum nicht?«

»Erstens, weil wir uns nicht kennen.«

Er warf ihr ein anzügliches Lächeln zu und sagte: »Wir können uns nach der Hochzeit kennenlernen. Das verspreche ich Euch, meine Liebe. Trotz der Verpflichtungen meinen anderen Ehefrauen und Konkubinen gegenüber werde ich mich drei volle Wochen lang nur Euch allein widmen.« Dabei lächelte er, als hätte er ihr soeben ein großartiges Geschenk gemacht.

Schönes Geschenk! »In meinem Land muss eine Frau ihre Einwilligung zu einer Heirat geben.« Das stimmte zwar nicht ganz, aber das brauchte er nicht zu wissen.

»Dies ist jetzt Euer Land, Prinzessin Drifa.« An seinem Ton erkannte sie, dass ihre Einwände ihn verärgerten.

Gut!

»Ich weiß, dass dies alles Euch noch fremd ist, aber Ihr werdet Euch schon noch an unsere Lebensweise gewöhnen. Frauen fügen sich hier der größeren Weisheit ihrer Männer.«

»Meint Ihr das ernst?«

»Seht Euch vor, Prinzessin Drifa. Ihr mögt meine Verlobte sein, aber das gibt Euch nicht das Recht, die Grenzen des Anstandes zu überschreiten.«

»Ist es anständig, mich zu einer Heirat zu zwingen?«

»Schluss mit diesem Thema!«, erklärte er in eisigem Ton. »Die Hochzeit wird in drei Tagen stattfinden, mit oder ohne Eure Zustimmung. In der Zwischenzeit werdet Ihr in meinem Harem untergebracht, um Euch vorzubereiten.«

Mich vorzubereiten? Worauf? Frag nicht, Drifa, denn das willst du gar nicht wissen. »Ihr habt einen Harem hier in der Wüste?«

»Selbstverständlich.«

Was? Er kann nicht einmal für kurze Zeit seine niedrigeren Instinkte unterdrücken, dachte sie verächtlich. »Also begleitet Euch Eure gesamte Entourage, ganz gleich, wohin Ihr geht?«

»Entourage?«

»Harem. Soviel ich weiß, habt Ihr fünf Ehefrauen, aber ...«

»Woher wisst Ihr, dass ich fünf Ehefrauen habe?«, fragte er scharf.

Drifa hatte nicht vor, Hakim in weitere Schwierigkeiten zu bringen. »Jemand erwähnte es im Palast. Der Eparch Mylonas, glaube ich, als er andeutete, ich könnte arabische Verwandte haben.« *Und dass du mich beobachtet hattest.*

»Mylonas! Was für ein Schwein!«

Mehr eine Ratte, aber Schwein passt auch ganz gut. »Wie dem auch sei, wie viele Konkubinen habt Ihr neben Euren Ehefrauen? Ich glaube, so nennt Ihr doch die Bewohnerinnen des Harems. Oder sind es Huris?«

»Ich habe sechs Konkubinen, zwölf in meinem Bagdader Harem und vier in meinem Harem in den Bergen. Wir könnten nach Bagdad reisen, um dort zu heiraten, wo mein Vater anwesend sein kann ... der nicht bei bester Gesundheit ist. Aber nein, das würde zu lange dauern, und ich kann es kaum erwarten, Eure weiblichen Reize zu erproben.« Schon wieder dieses ölige Lächeln.

»Mein Vater wird mit einer Armee erscheinen, um mich zu befreien. Wollt Ihr eine Schlacht mit zweihundert Wikingern riskieren?«

»Bis Euer Vater eintrifft, werdet Ihr schon ein Kind von mir erwarten.«

»So sicher seid Ihr Euch?«

»Allerdings! Ich habe bereits einunddreißig Kinder, von denen zwanzig Söhne sind und sechzehn eheliche Kinder! Ihr habt nichts zu befürchten, was meine Manneskraft angeht.« Er zwinkerte ihr zu, als hätte er einen sehr pikanten Kommentar von sich gegeben.

»Mein Vater wird mich nicht zwingen zu bleiben, selbst wenn ich schwanger bin oder schon ein Kind geboren habe.«

»Ich denke, Ihr werdet Euren Landsleuten klarmachen, dass Ihr aus freien Stücken bleibt, wenn Ihr das Kind nicht hier zurücklassen wollt.«

Was für ein abscheulicher, bösartiger Lump! »Ihr seid ein verabscheuungs...«

Bahir drückte seine Fingerspitzen an ihre Lippen. »Das stärkste Pferdegespann kann ein Wort nicht zurückholen, sobald es ausgesprochen ist. Gebt Acht mit dem, was Ihr mir sagt.«

Ihr Gesicht musste ihre Gedanken widergespiegelt haben, denn er beugte sich zu ihr hinüber und tätschelte ihr die Hand. »Macht Euch keine Sorgen. Von nun an werde ich mich um Euch kümmern. Und jetzt esst etwas. Ihr werdet Kraft brauchen für die nächsten Tage. Und Nächte«, schloss er augenzwinkernd, um dann wie als Nachtrag hinzuzufügen: »Allah sei gepriesen.«

Drifa aß tatsächlich etwas, obwohl sie sich fast übergeben musste, als man ihr vergorene Ziegenmilch vorsetzte, die ein hochgeschätztes Getränk hier war. Ihr Gestank war fast so schlimm wie ihr Geschmack. Auf Anweisung Bahirs reichte Königin Latifah ihr widerstrebend ein Glas Traubensaft, um den schlechten Geschmack hinunterzuspülen.

Die Königin legte ihrem Sohn die besten Scheiben Lammfleisch vor und schnitt sie dann in mundgerechte Stücke, als ob er noch ein kleiner Junge wäre. Sie streute sogar Rosinen auf einen mit Orangenspalten verzierten Teller Reis, den sie ihm reichte. »Ich habe die Orangen kurz nach Tagesanbruch selbst für dich gepflückt«, sagte sie auf Arabisch.

»Du bist die beste Mutter der Welt.«

Drifa hätte speien können, und nicht nur, weil sie noch immer den Geschmack der vergorenen Ziegenmilch im Mund hatte.

Aber dann hatte sie plötzlich ganz andere Sorgen, als Königin Latifah bemerkte: »Bist du sicher, dass sie noch Jungfrau ist?«

Die Frage schien Bahir zu alarmieren, und er schaute Drifa an, als ließe sich ihre Jungfräulichkeit oder deren Fehlen an ihrem Gesicht ablesen. »Diese Möglichkeit hatte ich noch nicht bedacht, aber sie *ist* ja schon neunundzwanzig«, antwortete er zögernd. »Und sie *ist* zum Teil Wikingerin. Man weiß ja, wie unmoralisch diese Heiden sind.«

Habe ich dir schon gesagt, wie gut ich mit einem Tonkrug umgehen kann, du schleimiger Sohn einer Kröte?

»Keine Angst, mein Junge«, sagte seine Mutter. »Ich werde selbst feststellen, ob sie noch unberührt ist oder nicht, sobald ich sie in den Harem bringe.«

Bahir nickte und schien beruhigt.

Drifa allerdings musste sich fragen, wie genau man feststellte, ob eine Frau noch unberührt war? Und was geschehen würde, wenn sie entdeckten, dass dem nicht so war?

Kapitel neunzehn

Lawrence von Arabien war er nicht!...

»Verdammtes Frauenzimmer!«
»Verzögerung!«
»Verdammte Araber!«
»Verdammte Griechen!«
»Verdammte Kamele!«
»Verdammte Hitze!«
»Verdammte Fliegen!«

Sidroc war so verdammt wütend, dass er hätte ausspucken können – was er dann auch tat, da er natürlich Sand im Mund hatte. Tatsächlich hatte er Sand in jeder seiner Körperöffnungen. Wahrscheinlich hatte er sogar Sand in seinem Urin; das würde er überprüfen müssen, wenn er sich das nächste Mal erleichterte.

Als er vor einer Woche in Miklagard eingetroffen war, nach einer in Rekordzeit zurückgelegten Rückreise, hatte er erfahren, dass Drifa von einigen Arabern entführt worden war, die für Mitglieder ihrer Familie mütterlicherseits gehalten wurden. Laut Ivar hatte Mylonas bei Drifas Besprechung mit ihm darauf angespielt.

»Worüber beschwerst du dich denn jetzt schon wieder?«, fragte Ianthe mit entnervender Fröhlichkeit von ihrem Kamel, das mit entnervender Langsamkeit neben seinem eigenen entnervenden Kamel dahinschritt.

Ihr Kamel war ein freundliches Tier. Das seine dagegen hatte ihn schon zweimal gebissen, zog sämtliches fliegendes Ungeziefer in der Wüste an und ließ immer wieder Blähungen entweichen, besonders wenn der Wind von hinten kam. Sidroc hatte sein Kamel nach dem Luzifer der christlichen Religion benannt, der dem wikingischen Gott Loki entsprach, dessen Name er nicht hatte benutzen wollen, um die nordischen Götter nicht noch mehr zu verärgern.

»Er meckert unentwegt, Ianthe«, bemerkte Finn von seiner anderen Seite. Niemand war überrascht gewesen, dass Finn das schönste Kamel mit langem, seidigem Fell gefunden hatte. Ein Weibchen zweifellos, das ihn bei jeder Gelegenheit mit seinen langen Wimpern anplinkerte. »Wenn er weiter so finster dreinschaut, könnte sein Gesicht zu solch tiefen Falten erstarren, dass Drifa Rosen darin pflanzen kann.«

»Wir müssen nachsichtig sein«, sagte Ianthe zu Finn. »Sidroc ist schlecht gelaunt, weil er sich solche Sorgen um seine Liebste macht.«

Sidroc erstickte fast an einem Mundvoll Sand.

Liebste?, formte Finn lautlos mit den Lippen.

»Drifa ist nicht meine Liebste!«, protestierte Sidroc scharf. »Schlagt euch diese Vorstellung am besten gleich aus euren dummen Köpfen.«

»Wie du meinst«, sagte Ianthe, obwohl sie offensichtlich etwas völlig anderes dachte.

Genau genommen *wollte* Sidroc einfach nicht danach gefragt werden, warum er so besorgt um Drifas Wohlergehen war, dass er sich zu ihrem Retter ernannt hatte, und das war es, was seiner zunehmenden, selbst verursachten Gereiztheit zugrunde lag.

Und wenn sie sich in Schwierigkeiten gebracht hatte? Und wenn sie verletzt oder angegriffen worden war? Und wenn er sie nie wiedersah? Nichts könnte ihn weniger interessieren.

Was eine unverschämte Lüge war.

Denn natürlich kümmerte es ihn.

Viel zu sehr sogar.

»Warum lasst ihr euch nicht zurückfallen und unterhaltet den Rest der Truppe?«, schlug er vor.

Das war noch etwas, das ihn ungeheuer wütend machte. Seit er und Finn dem Kaiser über ihre Entdeckungen auf den Besitzungen der Feudalherren an der Grenze Bericht erstattet hatten und nachdem Sidroc Mylonas zu dessen vermeintlicher Beteiligung an der Verschwörung gegen die Wikingerprinzessin die Meinung gesagt und dann Pläne gemacht hatte, sie zu retten – obwohl er selbst nicht verstand, wieso er das als seine Pflicht betrachtete –, sah er sich einer ganzen Horde Menschen gegenüber, die ihn begleiten wollten. Diese »Horde« bestand aus Finn, Drifas vier Leibwachen, die nahezu überwältigt waren von Schuldgefühlen, und Ianthe, die jetzt Drifas beste Freundin zu sein behauptete. Wäre Drifa nicht zu Besuch zu ihr gekommen, wäre Ianthes von Gewissensbissen getrübter Meinung nach nichts von alledem geschehen. Sie glaubte, es sei alles ihre Schuld. Nein, es sei ihrer aller Schuld, behaupteten die anderen. Mit Ausnahme von Finn, der mitkam, um das Debakel auszukosten. Nein, das war unfair. Finn war ein guter Freund, und ein Soldat war immer froh, einen Kameraden mit kämpferischen Fähigkeiten im Rücken zu haben.

Jedenfalls hatte die ganze Bande nicht einmal gefragt, ob sie mitkommen könne, sondern einfach darauf bestanden. Und auf Sidrocs mehrfache Weigerung hin, sie mitzunehmen, hatten sie frech erwidert, dann würden sie ihm eben irgendwie folgen.

Besonders neugierig hatte ihn Ianthes Kommentar gemacht, dass Drifa weibliche Gesellschaft brauchen werde, wenn er ihr Geheimnis aufdeckte. Doch dann hatte das unausstehliche Frauenzimmer sich in Schweigen gehüllt und sich geweigert, mehr zu sagen. Es war ein bitterer Gedanke, dass die kleine

Hexe von Prinzessin ein Geheimnis, das anscheinend mit ihm zu tun hatte, mit einer Frau teilte, die immer noch eine Fremde für sie war, aber nicht mit ihm.

»Werde ich verärgert sein, wenn dieses Geheimnis gelüftet wird?«, hatte er gefragt, weil er fand, dass Ianthe ihm wenigstens das verraten könnte.

Aber sie hatte nur mit den Schultern gezuckt.

O ihr Götter, wie ich dieses Schulterzucken langsam hasse!

»Erfreut und wütend zugleich. Aber ich hoffe, dass die Freude den Ärger überwiegt.«

Was für ein Haufen weiblicher Unlogik!

Sie verbrachten die Nacht an einem Feuer in einer Oase, die aus einem Wassertümpel mit einer einzigen Palme inmitten von etwa einer Million Hektar Sand bestand. *Oh, welche Freude!* Hoffentlich würden sie morgen zu der Zeltstadt gelangen, die Mylonas nur widerwillig und unter Druck des Kaisers erwähnt hatte.

»Wie wollt Ihr vorgehen?«, fragte Ivar, der einen Brocken *paximadi* in seinen Becher Bier tauchte. *Paximadi* war das harte Brot, das das griechische Militär auf allen Einsätzen mitführte. Es hielt ewig, weil es hart wie Stein war.

Sidroc hob sein Brot auf, um es am Ende der Reise an Luzifer zu verfüttern, damit dieser Teufelsbraten hoffentlich daran erstickte. Bei seinem Pech neuerdings war es allerdings auch möglich, dass das Biest das Brot halb verdaut wieder von sich geben und ihm ins Gesicht spucken würde.

»Hört Ihr zu, Guntersson? Wie ist Euer Plan?«

Was für ein Plan? »Zuerst müssen wir herausfinden, wo Drifa festgehalten wird.« *Das klingt doch wie ein Plan, oder nicht?* »Es wäre unvernünftig von uns, in ein feindliches Lager hineinzustürmen, denn genau das ist diese arabische Zeltstadt. Glaubt nur ja nicht, dass sie uns willkommen heißen werden.« *Man sollte meinen, ich hätte das Ganze wirklich schon durchdacht, statt von meinen Emotionen getrieben einfach so voranzustürmen. Emotionen? Ich?*

»Ich kann ins Lager gehen, wenn ich mich arabisch kleide«, sagte Gismun, einer von Drifas Leibwachen. »Mit meinem schwarzen Haar und der etwas dunkleren Haut sehe ich am wenigsten von allen wie ein Wikinger aus.«

»Das könnte gefährlich sein«, warnte Sidroc.

Gismun schob das Kinn vor. »Ich bin ein Wikinger.«

Und das besagte auch schon alles.

Sidroc nickte. »Wenn wir Drifa ausfindig gemacht haben, müssen wir versuchen, sie mit List und Heimlichkeit herauszuholen. Wir sind zu wenige für einen offenen Angriff.«

»Ich weiß, wo Drifa ist«, erklärte Ianthe entschieden. »Sie wird in einem Harem sein.«

Alle drehten sich langsam zu Ianthe um und starrten sie mit großen Augen an.

»Mylonas gab uns bei unserer Begegnung mit ihm zu verstehen, dass Drifa einen arabischen Cousin hat, der zum Zwecke eines Bündnisses daran interessiert sein könnte, sie zu heiraten«, überlegte Sidroc laut.

Ianthe winkte ab. »Das spielt keine Rolle. Sie würden sie auf jeden Fall in einen Harem stecken. Zumindest anfangs.«

»Woher willst du das wissen?«, fragte Sidroc.

»Eine meiner Verkäuferinnen hatte eine Cousine, die einmal von arabischen Nomaden entführt worden war und mit einem Lösegeld wieder freigekauft wurde. Sie hat uns viele Geschichten erzählt.«

»Und?«, beharrte Sidroc. Warum hatte Ianthe bis jetzt gewartet, um ihnen das zu erzählen? Begriff sie nicht, dass das kleinste bisschen Information nützlich sein konnte, damit diese Mission gelang?

»Selbst wenn dieser Cousin ad-Dawla vorhat, Drifa zu seiner Frau zu machen, würde sie zuerst in den Harem kommen, wo sie auf die Hochzeit vorbereitet würde«, erklärte Ianthe. »Das könnte Tage oder sogar Wochen dauern.«

Sidroc wagte nicht zu fragen, *wie* sie »vorbereitet« würde. Er hatte auch ohne diese beunruhigende Aufklärung schon genügend Grund zur Sorge. Und irgendwo im Hinterkopf hatte er ein Bild von Drifa in dem freizügigen Haremsgewand, das er ihr gekauft hatte, und wollte nicht, dass irgendjemand anderer sie in einem solchen Aufzug sah.

Drifas vierter Leibwächter, ein zumeist stiller Mann mittleren Alters namens Ulf, bemerkte nun: »Solange die Prinzessin noch Jungfrau ist, hat sie keinen Grund zur Sorge. Sie werden sie mit Respekt und liebenswürdiger Fürsorge behandeln.«

Ivar warf Sidroc einen entsetzten, vorwurfsvollen Blick zu.

Sidroc, dessen Kehle eng geworden war, fragte: »Und was geschieht mit den Frauen, die keine Jungfrauen mehr sind?«

»Sie werden nicht geheiratet, das steht schon mal fest«, antwortete Ulf. »Sie landen entweder ihr Leben lang als Konkubine in einem Harem, oder sie werden auf dem Sklavenmarkt verkauft.«

Finn legte den Kopf zur Seite und sah Sidroc mit großen Augen an, die laut und deutlich fragten: *Das hast du nicht gewollt, oder?*

Na großartig. Nun war auch noch Sidroc unter den Schuldbeladenen.

»Ich denke, sobald Gismun sich in die Zeltstadt geschlichen und Drifas Aufenthaltsort herausgefunden hat, sollte ich versuchen, unbemerkt ins Haremszelt zu gelangen, vorausgesetzt, dass Drifa sich dort wirklich aufhält. Mit Schleiern und dergleichen und dem Schutz der Heiligen Jungfrau, zu der ich gebetet habe, werde ich nicht erkannt werden.« Das kam natürlich von Ianthe. »Wir müssen Drifa warnen, sich jeden Moment zur Flucht bereitzuhalten.«

»Ich habe eine Idee«, sagte Finn. »Dieser ad-Dawla ist ein bekannter Pferdezüchter. Ich könnte herausfinden, wo seine Herde gehalten wird, und die Tiere freilassen. Das müsste für genügend Aufregung sorgen, um alle Männer herbeizurufen, um die Pferde wieder einzufangen, und die Aufmerksamkeit von dem Harem ablenken.«

»Je nachdem, welche Informationen Gismun uns zurückbringt, klingt das wie ein guter Plan«, gab Sidroc zu.

Und dann begannen alle auf einmal zu reden und die verschiedenen Vorgehensweisen bezüglich ihrer Rettungsaktion zu erörtern. Es war unmöglich, seine eigenen Gedanken zu verstehen, bis Finn in die Hände klatschte, um die Aufmerksamkeit der anderen zu gewinnen.

»Nur eine Frage«, sagte er mit erhobenem Zeigefinger. »Kann ich eine der Haremsdamen mit nach Hause nehmen?«

Alle lachten, weil sie annahmen, er scherzte nur.

Nur Sidroc *hoffte*, dass er scherzte.

Auf jeden Fall war das bisschen Humor wie Sauce auf einem schlechten Stück Fleisch. Sie mussten lachen, wenn sie nicht weinen wollten über die schlimme Situation, in der sie sich befanden.

Was hatte es auf sich mit Männern und Jungfrauen?

Am ersten Tag schon drang Königin Latifah mit ihren dicken Fingern in Drifas intimste Stelle ein und verkündete voller Schadenfreude: »Sie ist keine Jungfrau mehr!«

Drifa wusste nicht, was sie mehr empörte: dass zwei Männer Zeugen ihrer Demütigung waren, wenn auch nur Eunuchen, denen befohlen worden war, sie auf dem Bett festzuhalten, oder dass der Prinz, der sie heiraten wollte, seiner Mutter eine solch respektlose Behandlung seiner Braut gestattete. Das Einzige, was noch schlimmer sein könnte, wäre, wenn Bahir selbst als Zeuge danebenstünde.

Doch auch so war Bahir außer sich vor Zorn, als er das Haremszelt betrat, das eigentlich eine ganze Reihe miteinander verbundener Zelte war, die so gut wie alles enthielten, von weichen Lagerstätten zum Schlafen bis hin zu Baderäumen und Salons. Einige der Konkubinen, die teilweise nicht älter als dreizehn waren, eilten ihrem aufgebrachten Herrn und Meister aus dem Weg, da sie mit Sicherheit schon einmal unter seiner Wut gelitten hatten.

Nachdem er zu Drifa hinübergestürmt war, die auf der Bettkante saß, zum Glück schon wieder ganz von ihrem Gewand verhüllt, riss er sie mit einem schmerzhaften Griff um ihre Oberarme hoch und schlug ihr dann so hart mit der Rückhand ins Gesicht, dass sie taumelte und hinfiel. Sein Ring hatte ihr die Wange aufgerissen, und sie spürte, wie das Blut aus der Wunde zu ihrem Kinn hinunterlief.

»Du verlogenes Luder!«, brüllte er sie auf Griechisch an.

»Ich habe nie gesagt, ich sei noch Jungfrau. Vielleicht hättet Ihr das bedenken sollen, bevor Ihr mich entführen ließt.« Manchmal war Drifa einfach zu impulsiv, um ihre Gedanken für sich zu behalten.

»Du wagst es, Widerworte zu geben?«, fauchte er und zog sie an ihren langen Haaren hoch, bis sie so dicht vor ihm stand, dass sie seinen Speichel auf ihrem Gesicht spüren konnte. Sie musste das Gesicht abwenden, um ihm Platz zu machen, wenn sie keine dicke Haarsträhne verlieren wollte. Und trotzdem schlug er sie auch noch auf die andere Wange. Sie würde grün und blau sein bis morgen. »Das wirst du büßen, du Hure. Und wie du büßen wirst«, versprach er und stieß sie wieder auf das Bett.

»Ihr könnt mich immer noch zurückschicken«, schlug sie vor. *Und das solltest du auch besser tun, du Rohling, denn ich schwöre, dass ich dir sonst irgendwann einen Dolch in dein verderbtes Herz jage! Dir einen Krug über den Kopf zu schlagen wäre nicht genug für jemanden wie dich.*

»Niemals! Du wurdest zu einem bestimmten Zweck hierher gebracht, und diesen Zweck hast du noch nicht erfüllt.«

»Und was soll das sein?«

»Die muslimischen Völker müssen sich zusammenschließen, um die Griechen zu bekämpfen. Seit der Niederlage unseres geliebten Saif ad-Dawla vor zehn Jahren sind wir in viele kleine Stämme zersplittert. Das muss aufhören, und unsere Heirat wird die Einigung bewirken. Ein zusätzlicher Vorteil werden Eure Wikinger sein, die in den Schlachten auf unserer Seite kämpfen werden.«

»Glaubt Ihr, mein Vater würde sich mit Euch verbünden? Denn selbst wenn ich ein Kind von Euch bekäme, wäre ich doch nichts weiter als eine Gefangene in Eurem Harem!«

»Eine Gefangene? Meine Konkubinen sind keine Gefangenen. Sie sind freiwillig hier.«

Drifa zog zweifelnd die Augenbrauen hoch.

Was ihn noch mehr aufbrachte.

Doch mittlerweile war es ihr egal, denn auch sie war wütend.

»Wer sagt, dass es keine Heirat geben wird?«, fragte er mit einem von Grund auf bösen Lächeln. »Wir werden abwarten, bis Euer Monatsfluss einsetzt oder nicht. Wenn Ihr kein Kind erwartet, werde ich euch heiraten, und möge Allah Euch vor meiner Wut beschützen, denn ich tue es nicht. Und solltet Ihr schwanger *sein*, wird Euch nichts vor meinem Zorn beschützen können.«

Drifa hätte Angst bekommen müssen, doch eigentlich frohlockte sie sogar im Stillen. Sie war nicht schwanger, den Beweis dafür hatte sie schon kurz nach Sidrocs Abreise aus der Stadt erhalten. Es würden mindestens noch zwei Wochen bis zu ihrem nächsten Monatsfluss vergehen. Zeit – das war es, was Bahirs Entscheidung ihr gab. Zeit für Sidroc, herzukommen und sie zu retten.

Bitte, allmächtige Götter, lasst Sidroc genug für mich empfinden, um zu kommen und mich zu holen.

Aber muss sie bauchtanzen? ...

Zwei Tage später schickte Sidroc sich an, Ianthe in die Zeltstadt zu schicken, um zu einer Haremshuri zu werden.

Sie war mit einem schwarzen Obergewand mit Kapuze und einem Gesichtsschleier bekleidet, die alles bedeckten außer ihren Händen und die mit reichlich Khol schwarz umrandeten Augen. Sie trat an die Stelle einer jungen Slawin, die sie auf dem Weg zum Abortzelt aufgehalten hatten. Die Frau, die Marizke hieß, dankte Gott für ihre Rettung nach fünf langen Jahren in dem Harem.

Gismun hatte sich gestern Abend bei ihnen zurückgemeldet, nach einem ganzen Tag in der Zeltstadt, wo er sich als Pferdehändler von einem der entfernten arabischen Stämme ausgegeben hatte. Er bot einen prachtvollen Hengst zum Verkauf an, den der Kaiser Sidroc vor einiger Zeit geschenkt hatte.

Gismun konnte ihnen nun sagen, wo die Haremszelte lagen,

und zu ihrer aller Kummer berichtete er, dass er Drifa im Vorbeigehen gesehen hatte. Und dass sie blaue Flecken auf beiden Seiten des Gesichts hatte.

Auf ihre Frage hin erzählte Marizke ihnen, dass der Prinz sich furchtbar aufgeregt hatte, weil Drifa keine Jungfrau mehr war, was jedoch niemand wissen sollte außer ihm und seiner Mutter, der »bösen Königin«, wie sie heimlich genannt wurde. Anscheinend hatte die Königinmutter eine Abneigung gegen Drifa gefasst, sich vor allen über ihre wikingische Herkunft lustig gemacht und ihr bei jeder Gelegenheit einen Stoß mit einem Stock versetzt. Ein weiterer Beweis für die Grausamkeit der Frau war, dass sie Drifa zwang, bei ihrem Leoparden, den sie als Haustier hielt, zu schlafen. Wobei es keine Rolle spielte, dass der Panther harmlos war, denn Drifa musste trotzdem große Angst vor dem Raubtier haben.

Sidroc schwor, dass er Bahir und seine Mutter töten würde, sobald alle wieder in sicherer Entfernung von der Zeltstadt waren.

»Du musst so unauffällig wie nur möglich sein. Sprich nicht, solange du nicht angesprochen wirst, und antworte dann nur mit einem Wort, wenn möglich«, riet Sidroc Ianthe. »Versuch, Drifa so schnell wie möglich allein zu sprechen, und unterrichte sie von unseren Plänen. Keiner von euch beiden darf irgendetwas tun, das die Aufmerksamkeit auf euch lenken würde.«

»Sidroc!«, unterbrach Ianthe ihn kopfschüttelnd. »Wir haben das doch alles schon besprochen. Du brauchst mich nicht noch mal daran zu erinnern.«

Er war sich dessen jedoch nicht so sicher und zudem zutiefst besorgt darüber, das Gelingen ihrer Pläne diesen beiden Frauen zu überlassen. Vielleicht hätte er vertrauensvoller sein müssen, aber er wusste ja, wie unberechenbar Drifa sein konnte. Und Ianthe wurde ihr immer ähnlicher. Finn vertraute er vorbehaltslos, und dennoch konnte alles Mögliche schiefgehen in einer Situation wie dieser.

»Betet«, riet Ianthe ihnen, als endlich der Abend dämmerte. »Drifa und ich werden euch erwarten, sobald sich alle schlafen gelegt haben.«

Sidroc nickte und nahm Ianthe noch einmal beiseite. »Sag Drifa...« Er hielt inne, um sich zu räuspern. »Sag ihr, dass ich verspreche, sie zu ihrem kleinen Mädchen zurückzubringen.« Dann merkte er, wie dumm das klang, als er Ianthes erstaunte Miene sah, und fügte hinzu: »Sag ihr, dass es zwischen uns noch unerledigte Angelegenheiten gibt.«

Von einer Frau wird WAS erwartet? Iiih!...

Drifa saß im Schneidersitz auf dem Teppich zwischen den anderen »Haremsinsassinnen«, wie sie die Konkubinen im Stillen nannte. Wie so oft hielt Imad, der Obereunuche, ihnen einen Vortrag zum Thema »Wie verwöhne ich meinen Herrn«.

»Iiih!«, murmelte Marizke, die slawische Haremssklavin, die sich neben Drifa hingehockt hatte, nachdem sie vom Abort zurückgekommen war.

»Er ist noch immer beim Thema ›den Baum lecken‹«, flüsterte Drifa Marizke zu, die den Kopf gesenkt hielt, als lauschte sie Imad aufmerksam. »Ich bin Gärtnerin, aber *Bäume lecken?* Wer will schon... Rinde schlucken?«

Marizke hielt eine Hand vor ihren Mund, um ein Kichern zu unterdrücken. »Oder Harz?«

Drifas Kopf flog nach rechts. »Ianthe?«

Die verschleierte Frau legte warnend eine Fingerspitze an die Lippen.

»Wie ...? Wann? Den Göttern sei Dank!«

»Prinzessin Drifa, da Ihr heute so gesprächig zu sein scheint, würdet Ihr vielleicht gern nach vorne kommen und uns vorführen, worum es geht?«, verlangte Imad in einem Ton, der keinen Widerspruch erlaubte.

Imad sprach Arabisch, aber ein junger Eunuch namens Habib übersetzte alles, was er sagte, in verschiedene andere Sprachen wie Griechisch, Italienisch, ja selbst Angelsächsisch.

»Oh ... ich bitte um Entschuldigung. Ich wollte mich nur vergewissern, dass Marizkes Magen sich beruhigt hat.«

Habib übersetzte für sie.

Imad zog misstrauisch die dunklen Brauen hoch, doch in ebendiesem Moment knurrte der Magen der beleibten Konkubine, die vor ihnen saß, und alle lachten, weil sie dachten, dass es Marizkes war.

»Gut, dann also Isobel«, sagte Imad lächelnd zu einer Frau, die ganz vorne saß und eine Favoritin Bahirs aus den angelsächsischen Landen war. Und es stellte sich auch schnell heraus, warum sie Bahirs Favoritin war. »Isobel wird euch die richtige Art zeigen, ›den Baum zu melken‹.«

Isobal trat vor und nahm von Imad einen langen Marmorphallus entgegen, ähnlich wie die, die Drifa auf dem Marktplatz in Miklagard gesehen hatte.

Einige der Frauen kicherten.

Imad bedachte sie mit einem Stirnrunzeln, was sie sofort verstummen ließ, weil sie wussten, dass der Eunuche Bestrafungsmethoden hatte, die keine Spuren hinterließen – wie ihnen die Fußsohlen zu peitschen oder sie einen ganzen Tag lang einen kleinen Metallstab innerhalb ihres Körpers tragen zu lassen. Einer jungen Frau war sogar eine Rute ins Gesäß geschoben worden, was eine besonders qualvolle Strafe war. Sie hatte es gewagt, sich der Königinmutter zu widersetzen, als diese ihr befahl, sich zu entkleiden und auf den Schoß eines zu Besuch weilenden Pferdezüchters zu setzen, den der Prinz beeindrucken wollte.

Drifa war erst eine Woche hier, aber sie hatte schon gemerkt, dass es das Beste war, sich so unauffällig wie möglich zu verhalten. Auch so war es jedoch nur ihr hoher Rang als nordische Prinzessin und mögliche sechste Ehefrau Bahirs, was sie vor einigen sehr schmerzhaften oder erniedrigenden Bestrafungen bewahrte.

Alles, was die Haremskonkubinen taten, hatte ausschließlich den Interessen ihres Herrn zu dienen. Wie sie sich kleideten (sehr dürftig, wenn sie zu ihm gerufen wurden), was sie aßen (Wurzelgemüse, das angeblich ihre Wollust weckte – obwohl Karotten bei Drifa nie derartige Gedanken hervorriefen), was ihre Körperpflege anging (bevorzugt wurde ein glattrasierter Schambereich), ja selbst die Gedanken, die den Frauen durch den Kopf gingen (und ohnehin nicht sehr viel hergaben), hatten sich ausschließlich um das Vergnügen dieses einen Mannes zu drehen.

Doch Moment mal – was war denn das? Isobel tat etwas ganz Erstaunliches mit diesem Marmorphallus. Sie kniete auf dem Boden, den Kopf weit in den Nacken gelegt, und führte nach und nach das ganze widerliche Phallusding in ihren Mund ein! Kaum war ihr das gelungen, zog sie es langsam heraus, um es sogleich wieder hineinzuschieben.

»Die Kunst dabei ist, eure Halsmuskeln zu entspannen«, erklärte Imad ihnen. »Und dann lasst den Herrn eure Herzen berühren.«

Von innen? Ist der Kerl verrückt? »Allmächtige Götter!«, murmelte Drifa trotz ihrer Entschlossenheit zu schweigen.

Auch Ianthe fiel vor Erstaunen fast die Kinnlade herunter.

»So, und nun achtet darauf, wie sie den Baum an seinem Ende melkt, bevor sie ihn wieder in sich aufnimmt. Und manchmal lässt eine gute Konkubine auch den Baum die ganze Arbeit tun.« Grinsend trat er vor, nahm den Phallus in die Hand und ließ ihn in und aus Isobels Mund gleiten, den Rhythmus imitierend, mit dem ein Mann mit einer Frau verkehrte.

»Sie verdient jedes Lob, das sie von Bahir erhält«, flüsterte Ianthe beeindruckt.

»Besser sie als ich«, flüsterte Drifa zurück.

Imad tätschelte Isobel den Kopf, als er mit ihr fertig war, fast so, als hätte sie den Akt an ihm vollzogen. »Du darfst dir den Rest des Tages freinehmen, Kleine.«

Isobel setzte ein gespielt schüchternes Lächeln auf, doch als sie das Zelt verließ, sah Drifa den Ausdruck der Verzweiflung auf ihrem hübschen Gesicht. Sie bemerkte auch die rote Narbe an einer ihrer Wangen, die von der Art war, wie eine Peitsche sie erzeugte. Wie viele Bestrafungen hatte Isobel erleiden müssen, um eine solche Unterwürfigkeit zu entwickeln?

Nach dem Unterricht begaben sich alle zu ihrem Mittagsmahl aus Früchten und Oliven. Drifa und Ianthe blieben dabei nur wenige Momente der Ungestörtheit, weil sie keine Aufmerksamkeit auf sich lenken wollten.

»Heute Nacht«, raunte Ianthe.

Drifa nickte.

»Wir müssen ein Signal abwarten. Es wird für Ablenkung gesorgt werden.«

Wieder nickte Drifa. »Wer ist hier?«

»Sieben von uns.«

»Was?«

»Sidroc, Finn, Ivar, Farle, Gismun und Ulf.«

»Sidroc wollte Byzanz doch verlassen. Jetzt ist er sicher wütend, was?«

Ianthe grinste. »Ein bisschen ungehalten über all die Ungelegenheiten.«

»Das kann ich mir vorstellen.«

»Keine Angst, Liebes. Ich glaube, seine Gefühle für dich sind ziemlich stark.«

»Ja, wie sein Hass zum Beispiel.«

»Er bat mich, dir auszurichten, er würde dich zu deinem kleinen Mädchen zurückbringen.«

Drifa stöhnte.

»Und er sagte«, fügte Ianthe mit einem Anflug von Belustigung hinzu, »dass es noch unerledigte Angelegenheiten zwischen euch gibt.«

Ach du lieber Himmel, dachte Drifa. Jetzt werde ich ihm sogar noch mehr als die versprochenen Nächte schuldig sein!

Im selben Moment betrat Imad das Zelt und klatschte in die Hände. »Kommt, meine Damen, es wird Zeit für euren Unterricht.«

Als sie gemessenen Schritts durch die Kette miteinander verbundener Zelte gingen, die Gesichter dicht verschleiert für den Fall, dass ihnen ein unachtsamer Mann begegnen sollte – was Allah verhüten mochte! –, fragte eine der Konkubinen den Eunuchen: »Was lernen wir als Nächstes, Meister?«

»Heute werden wir mit Henna unsere Blütenknospen färben.«

»Blütenknospen?«, formte Drifa mit den Lippen.

»Brustspitzen«, erwiderte Ianthe auf die gleiche Weise.

Kapitel zwanzig

Mein Held! ...

Die Pferde wurden freigelassen, was die ganze Zeltstadt aufschreckte. Die hektische Betriebsamkeit, mit der urplötzlich alle schreiend umherrannten, gab Sidroc und Finn Gelegenheit, sich dem Haremsbereich zu nähern. Die anderen standen an verschiedenen Punkten Wache, einschließlich Ivar, der wild entschlossen war, seine Streitaxt heute Nacht zum Einsatz zu bringen. Sidroc, der das Gleiche vorhatte, hoffte, dass seine Waffe mit königlichem arabischen Blut befleckt sein würde.

Finn stieß dreimal den Schrei einer Eule aus. Dann hielt er inne, wartete und wiederholte den Schrei. Es war das vereinbarte Signal, das Ianthe und Drifa anzeigen sollte, wo die Männer sie erwarteten. Was diese allerdings nicht in Betracht gezogen hatten, war der Lärm, sodass sie sich nun fragen mussten, ob ihr Signal über die vielen panischen Stimmen und Schreie innerhalb und außerhalb des Haremszeltes überhaupt zu hören war.

Ausgerechnet in dem Moment, als Sidroc eine weibliche Stimme seinen Namen flüstern hörte, kam von hinten eine arabische Wache auf sie zu.

Sidroc gab Finn mit einer schnellen Kopfbewegung zu verstehen, dass er mit seiner scharfen Klinge den Stoff des Zelts zerschneiden und die Frauen befreien sollte, während er selbst mit beiden Händen sein Breitschwert hoch über den Kopf hob. Innerhalb von Sekunden, trotz des geschickt ausweichenden Arabers und zwei gescheiterter Versuche durchtrennte Sidroc dem Mann die Kehle. Blut spritzte überallhin, natürlich auch auf Sidrocs Körper, aber ihm blieb keine Zeit, darüber nachzudenken, weil schon sehr bald andere Angreifer nachrückten.

Er bemerkte kaum, wie Finn die beiden Frauen – nein, *drei*, zum Teufel aber auch! – an ihm vorbeiführte, doch er hörte einen bestürzten Schrei von Drifa, gefolgt von einer Warnung: »Sei vorsichtig, Liebling!«

Liebling?

Egal! Jetzt hatte er es mit zwei anderen Männern zu tun, die mit jenen alten, sichelförmigen Schwertern, die sich *chepesch* nannten, bewaffnet waren und ihm arabische Schimpfwörter zuschrien. Schnell ließ er das Breitschwert fallen und nahm seinen Sachs, das Kurzschwert, in die eine Hand und seine Lanze in die andere, bevor er den Kampf begann. Es war eine besondere Technik, die er mit den Jahren perfektioniert hatte und bei der er den Feind mit einem Schwung der Lanze auf die Knie brachte und erst dann mit dem kurzen Schwert zuschlug.

Finn war schon wieder zurück und hatte Ivar mitgebracht. Die drei ergänzten sich sehr gut im Kampf, erlösten fünf weitere Feinde von ihren Todesqualen und ließen drei andere Angreifer ihre Schwerter spüren, die jedoch entkommen konnten, als Sidroc für ein paar Sekunden innehielt, um Finn zu fragen, ob die Frauen in Sicherheit seien.

»Ja, bis auf Marizke, die ins Zelt zurückgelaufen ist. Anscheinend zieht sie die Teufel, die sie kennt, denen, die sie nicht kennt, vor.«

»Du meinst uns?«

»Genau. Und wir müssen hier auch schnellstens verschwinden«, sagte Finn.

Alle atmeten schwer, doch Sidroc war immer noch von wilder Kampfeslust beherrscht. Er war zum Kämpfen ausgebildet worden und machte seine Sache gut. Deshalb war es auch nicht leicht für ihn, einen Kampf so einfach aufzugeben.

»Du und Ivar geht zuerst. Wir treffen uns in ein paar Stunden an dieser Oase, wo wir gestern übernachtet haben.«

»Nein! Ich gehe nicht ohne dich«, erklärte Finn.

»Seid kein Dummkopf, Guntersson«, unterstützte Ivar ihn. »Es gibt zu viele von denen und zu wenige von uns.«

»Bevor ich gehe, will ich Bahir töten. Ich *muss* diesen verdammten Bastard töten.«

»Heb dir das für ein andermal auf«, riet Finn ihm.

»Ich kann den Kerl nicht der Strafe für seine Untaten entgehen lassen.«

»Soll ich ihm eins über den Kopf geben und ihn auf der Schulter hinaustragen?«, fragte Ivar Finn. Gemeint war allerdings Sidroc und nicht ad-Dawla.

»Wenn es sein muss«, stimmte Finn ihm zu.

»Ihr Narren!«, sagte Sidroc, als er sich beruhigte und einsah, wie selbstmörderisch es wäre, wenn er bliebe. Bahir würde seine Männer auf ihn hetzen. Dieser elende Feigling würde sich nicht selbst auf einen Kampf einlassen, solange er nicht die besseren Chancen für sich sah. Statt wie ein Mann zu kämpfen, würde er ihn gefangen nehmen lassen, das war Sidroc klar. Aus diesem Grund schloss er sich fluchend Finn und Ivar an und eilte mit ihnen auf die Stelle zu, wo ihre Kamele warteten. Er betete zu den Göttern, dass diese Viecher galoppieren konnten, denn wenn Bahir und seine Männer ihnen zu Pferde folgten, würden sie in argen Schwierigkeiten sein.

Dank Thor, dem Gott des Krieges, kam jedoch in ebendiesem Augenblick der zweite Teil ihres Plans zur Wirkung: In drei verschiedenen Bereichen der Zeltstadt sah Sidroc Feuer auflodern. Die knochentrockenen Zeltstoffe gingen rasend schnell in

Flammen auf, die sich genauso schnell verbreiteten. Nun konnten sie nur noch hoffen, dass es den Arabern wichtiger sein würde, ihre Zelte, darin verbliebene Menschen und ihre Besitztümer zu retten, als den Wikingern nachzujagen.

Bis Sidroc und seine beiden Waffenbrüder die anderen eingeholt hatten, mussten sie noch zwei Mal arabische Soldaten zurückschlagen. Einmal waren es vier Männer, das andere Mal drei. Für den Moment war Sidrocs Kampfeslust erloschen und seinem Überlebenstrieb gewichen. Keiner sprach, alle galoppierten nur, solange die Tiere es ertrugen, und ausnahmsweise bockte Luzifer weder, noch furzte er.

Sidroc war kaum abgesessen, als Drifa sich auch schon auf ihn stürzte. Er fing sie gerade noch auf, als sie ihm die Arme um den Hals warf und schluchzend ihren Kopf daran barg. Und dann blieb ihm gar nichts anderes mehr übrig, als sie an der Taille festzuhalten, während ihre Füße über dem Boden baumelten.

»Danke, danke, danke, dass du mich gerettet hast, ich bekam nämlich gerade meine Monatsblutung, und wenn du nicht gekommen wärst, hätte ich diesen schleimigen Prinzen heiraten müssen, obwohl Ianthe sagte, ich solle unbesorgt sein, aber morgen sollte ich mit dem Marmorphallus üben, und, oh, ich glaube, ich hätte mich eher umgebracht, aber sie hatten mich und Ianthe schon mit Henna gezeichnet, wir konnten sie nicht daran hindern, und die Königinmutter ist grausamer als ein verrückt gewordener Krieger, und sie zwang mich, bei ihrem verdammten Leoparden zu schlafen, dessen Atem wie faules Fleisch roch, und ich brauche dringend ein Bad, und wusstest du, dass vergorene Ziegenmilch ein ebenso beliebtes Getränk wie Met ist, und wieso hast du überhaupt so lange gebraucht, nicht, dass ich mich etwa beklage, aber ...«

Immer weiter plapperte sie, ohne auch nur zum Luftholen

innezuhalten, weswegen Sidroc auch nur die Hälfte von dem verstand, was sie erzählte. Zu guter Letzt musste er lachen, weil er gar nicht anders konnte.

Das leichte Beben seiner Brust musste ihr seine Belustigung verraten haben, denn plötzlich legte sie den Kopf zurück und blickte zu ihm auf. Ihr Gesicht war schmutzig und von Tränenspuren überzogen, ihr Haar verfilzt und ihre Nase rot. Alles in allem sah sie jedoch bezaubernd aus, sogar mit den entwürdigenden blauen Flecken an ihren beiden Wangen.

»Du lachst mich aus?«, fragte sie gekränkt.

»Nun, du musst zugeben, dass du in einem fort geredet hast, ohne auch nur Luft zu holen. Ich muss allerdings fragen, was genau du mit einem Marmorphallus üben solltest?«

Sie errötete und versuchte, sich aus seinen Armen herauszuwinden, aber das ließ er nicht zu. Noch nicht.

Doch dann bemerkte sie die dunklen Flecken auf seiner Tunika und in seinem Gesicht – die jetzt auch auf ihrem Nachtgewand zu sehen waren. Einem sehr hübschen Nachtgewand übrigens, das Sidroc einen flüchtigen Blick auf nicht besonders gut verborgene Reize gewährte.

»Du bist verletzt! Um Himmels willen! Bist du verwundet worden? Wo?«

Er hätte sie herunterlassen sollen, aber das wollte er nicht. Nachdem er sie jedoch noch einmal fest an sich gedrückt hatte, tat er es mit einem kleinen Seufzer doch. Denn dies war weder der richtige Moment noch Ort.

Sowie Drifa wieder auf ihren eigenen Beinen stand, begann sie seinen Gürtel zu öffnen, um sein Hemd hinaufzuziehen und sich seine Wunden anzusehen. Wohin sie ihre Hände auch bewegte, versuchte er ihr Einhalt zu gebieten, aber dann versuchte sie es einfach nur an einer anderen Stelle.

Er begann wieder zu lachen, besonders, als sie ihm auf die Finger klopfte, wenn er sie aufzuhalten versuchte. »Später, Drifa. Später kannst du meinen Körper gründlich untersuchen. Aber ich bin nicht verletzt. Es ist nur das Blut meines Gegners.«

»Oh«, sagte sie und trat zurück. Dann rief sie: »Iiih!«, als sie bemerkte, dass die Vorderseite ihres Gewands jetzt rot und feucht an ihren Brüsten klebte. Doch obwohl sie dachte, dass Sidroc von dem Anblick angewidert sein müsste, war er es offensichtlich nicht.

Ianthe kam mit feuchten Tüchern für beide, um das Schlimmste zu entfernen, weil sie nicht mehr tun konnten, bis sie eine richtige Wasserstelle erreichten. Dann straffte Ianthe sich und küsste ihn auf die Wange. »Ich habe Drifa immer wieder gesagt, dass du kommen würdest, aber sie war dennoch sehr besorgt.«

»Du zweifeltest an mir, Prinzessin? Aber, aber«, sagte er und schnalzte missbilligend mit der Zunge.

»Es ist nicht so, dass ich an dir zweifelte. Ich wusste, dass du es versuchen würdest, aber ...«

»Und wieso wusstest du, dass ich es versuchen würde?«

»Weil du diese Art von Mann bist. Ein Mann von echtem Schrot und Korn ...«

Ein seltsames Hochgefühl überkam Sidroc bei diesem Kompliment.

»... aber ich machte mir Sorgen, dass du es nicht schaffen würdest ...«

Das Hochgefühl verebbte.

»... bei so vielen Wachen. Es gibt Frauen, die seit zehn Jahren oder länger in diesem Harem festgehalten wurden. Wie die arme Isobel.« Sie blickte zu der Frau hinüber, die bei Finn stand und mit ihm sprach. Sie war attraktiv, aber mindestens dreißig Jahre alt und dünner, als Sidrocs Freund es mochte. Außerdem schien sie eine schon recht alte Narbe an einer Seite ihres Gesichts zu haben. Sidroc musste genauer hinsehen, um sicherzugehen, dass seine Augen ihm keinen Streich spielten ... aber nein, so war es keineswegs. Finn sah die Frau tatsächlich so an, als ob er Gold gefunden hätte.

Sidroc und Drifa wechselten einen amüsierten Blick.

Sie fassten den Beschluss, sich in drei Gruppen aufzuteilen, die sich in verschiedene Richtungen aufmachen, aber letztlich alle in Miklagard wiedersehen würden, wo sowohl Sidroc als auch Drifa Langschiffe liegen hatten, die sie gegebenenfalls zur Flucht benutzen konnten. Durch die Aufteilung in drei Gruppen hofften sie, feindliche Verfolger zu verwirren und ihre Reihen zu schwächen. Niemand war überrascht, als Finn Isobel und Ulf als Begleiter wählte. Farle und Gismun würden mit Ianthe reiten, und Sidroc würde bei Drifa und Ivar bleiben.

Alle saßen in der Oase und nahmen eine letzte gemeinsame kalte Mahlzeit ein, bevor sie sich dann trennten. Es war noch immer dunkel und würde erst in einigen Stunden hell werden, was von Vorteil war, wenn ihre Flucht gelingen sollte.

»Ich möchte heimkehren«, sagte Drifa zu Sidroc.

»Nach Byzanz?«

»Nein, nach Norden.«

»Vielleicht solltest du das tun. Zumindest haben dir das alle von Anfang an geraten.«

»Wirst du dich jetzt damit brüsten, recht gehabt zu haben?«

»Nur ein bisschen.« Er lächelte. »Wenn Ivar später vorausreitet und vor uns ankommt, kann er dein Langschiff auslaufbereit machen. Sollten wir zuerst dort sein, kann ich dich der Obhut deiner Seemänner überlassen.«

»Und was ist mit dir? Wolltest du nicht auch fortgehen?«

»Eines Tages ja. Aber ich denke nicht daran, ohne meinen

Waräger-Sold für das vergangene Jahr zu gehen, den der Kaiser mir noch schuldet.«

»Nun, das ist gut so, weil ich nämlich auch nicht ohne meine Zeichenbücher und Malfarben gehen werde. Ganz zu schweigen von den Wurzeln, die Ianthe für mich aufgehoben hat, sowie den Keimlingen und Ablegern, die der kaiserliche Gärtner mir versprach. Der Schmuck, den ich in meinen Palasträumen hinterlassen habe, ist ein Vermögen wert. Und ich muss noch ein Geschenk für meinen Vater kaufen. Als ich sagte, ich möchte heimkehren, meinte ich damit nicht sofort.«

Sidroc verdrehte die Augen, genau wie Ivar, der an Drifas anderer Seite saß und alles mitbekommen hatte.

»Tu, was du willst«, sagte Sidroc mit einem leidgeprüften Seufzer. »Du wirst es ja so oder so tun.«

»Nein, du hast mich missverstanden, Sidroc. Was ich meinte, ist, dass ich auf dich warten kann.«

»Habe ich dich darum gebeten?«

»Du liebe Güte!«, knurrte sie und schien sich innerlich zu wappnen. »Ich möchte, dass du mit mir nach Stoneheim kommst.«

Ihre Worte stießen jedoch nur auf Schweigen.

Die große Offenbarung war wirklich groß! ...

Du Dummkopf! Dummkopf! Dummkopf!, schalt Drifa sich für ihre ungeschickten Worte und wollte es gerade noch einmal versuchen, als Gismun schrie: »Da kommen Männer! Reiter nahen!«

Obschon ordentlich beschlagene Pferde in der Wüste gut vorankamen, konnten sie doch keine größeren Entfernungen ohne Wasser oder Verschnaufpausen zurücklegen. Kamele dagegen besaßen die Fähigkeit, über lange Strecken ohne Rast und Wasser auszukommen.

Während Drifa sich mit den anderen beiden Frauen hinter den Kamelen versteckte, kämpften ihre sechs Männer tapfer eine Stunde oder länger. Am Ende hinterließen sie zehn tote Gegner auf dem Wüstenboden, während auf ihrer Seite nur Finn einige leichte Verletzungen davongetragen hatte, die Isobel bereits versorgte. Alle Männer in ihrer Gruppe, vor allem jedoch Sidroc, waren erfahrene Schwertkämpfer, deren Fähigkeiten Drifa nur bewundern konnte. Im Grunde waren die sechs vergleichbar mit der doppelten oder dreifachen Anzahl anderer Kämpfer. Drifa konnte verstehen, warum Sidroc und Finn für die Waräger-Garde rekrutiert worden waren oder warum ihr Vater ausgerechnet diese vier Leibwachen gewählt hatte, um für ihre Sicherheit zu sorgen.

»Kein Trödeln mehr«, sagte Sidroc wenig später. »Es wird höchste Zeit, Luzifer zu besteigen und hier zu verschwinden.«

Trödeln? Sie hatte auf ihn gewartet. Dieser Flegel! »Luzifer?«

»Mein Kamel. Das Kamel, das aus der Hölle kam. Du weißt schon – Luzifer der Böse in der Religion des Einen Gottes«, erklärte er und zeigte auf ein Kamel, das ein wenig abseits von den anderen fünf stand.

»Schäm dich! Du kannst dieses hübsche Tier doch nicht Luzifer nennen.«

»Warum nicht?«

»Erstens, weil es ein hässlicher Name für so ein schönes Tier ist.« Sie gingen auf das Kamel zu, und Drifa streichelte sein verfilztes Fell. In Wirklichkeit war es ein übelriechendes Biest und ganz und gar nicht hübsch, egal, was sie gesagt hatte. Aber sie war schon immer überzeugt gewesen, dass auch Tiere Gefühle hatten, und es war nicht nett, in ihrer Gegenwart schlecht über sie zu reden.

»Meinst du dasselbe Biest, das mich andauernd anspuckt und im Rhythmus seiner schwerfälligen Huftritte seine Winde entweichen lässt?«

Drifa unterdrückte ein Kichern, als das Kamel Sidroc böse anguckte, bei ihr selbst aber geradezu zu schnurren schien.

Sidroc starrte das Tier ungläubig an.

»Außerdem ist es ein Mädchen und kein Junge.«

»Was? Das ist es nicht! Oder doch? Woher weißt du das?«

Sie stemmte die Hände in die Hüften und sah ihn an wie einen dummen kleinen Jungen. Dann blickte sie vielsagend auf Luzifers Hinterteil und warf einen ebenso beredten Blick auf die gleiche Stelle eines anderen Kamels. Die beiden sahen dort tatsächlich völlig anders aus!

»Oh. Wie konnte ich das nur übersehen?«

Ivar schüttelte sich vor Lachen, bis er fast von seinem Kamel fiel, das er schon bestiegen hatte ... sein sehr männliches Kamel.

»Also von wegen Luzifer! Aber du könntest sie auch Lucy nennen. Nach Santa Lucia, der christlichen Heiligen der Blinden. Selbst Wikinger beten manchmal zu ihr, um die Dunkelheit der langen Winter ertragen zu können.«

»Wirst du jetzt auf dem ganzen Weg nach Miklagard reden?«, brummte Sidroc, während er irgendetwas mit der Gerte tat, damit das Kamel sich hinkniete und sie aufsteigen konnten.

»Hat da jemand einen Dorn im Fuß?«

»Was? Meinst du das Kamel?«

»Nein, nicht das Kamel. Vielleicht bist *du* ja grantig.«

»Ich zeig dir gleich, *wie* grantig«, sagte er und kniff sie in den Po, bevor er sie aufhob, um sie vor sich in den Sattel zu setzen.

Nach einem weiteren leichten Antippen mit der Gerte erhob das Tier sich anmutig und begann, Ivars Kamel zu folgen.

Drifa winkte den anderen zu, die ebenfalls aufbrachen, sich aber in andere Richtungen wandten.

Als sie es sich bequem gemacht hatte – oder so bequem, wie es auf einem vierbeinigen Langschiff möglich war –, sagte Drifa über die Schulter: »Du wirst bemerkt haben, dass ich nichts dagegen hatte, mit dir nach Miklagard zu reiten. Wunderst du dich eigentlich nicht, warum?«

»Kann ich nicht behaupten.«

»Dumpfbacke!«, murmelte sie. »Ich habe nicht widersprochen, weil es Dinge gibt, die ich mit dir besprechen muss.«

Er stöhnte. »Du wirst also doch den ganzen Weg lang reden?«

»Sei nicht unhöflich.«

»Ich begleite dich nicht nach Stoneheim, falls es das ist, worauf dieses Gespräch hinausläuft.«

»Warum nicht?«

»Könnte es nicht möglich sein, dass ich unerfreuliche Erinnerungen an diesen Ort habe?«

»Darüber müssen wir reden.«

»Warum müssen Frauen immer alles totreden? Was geschehen ist, ist geschehen.«

»Nicht dir und deinen zweiundvierzig Nächten sinnlicher Tortur zufolge.«

An seinem Tonfall konnte sie hören, dass er lächelte. »Vielleicht hatte ich ja auch einen Dorn im Fuß, als ich das von dir verlangte.«

»Ich wollte dir ohnehin sagen, dass es so etwas nicht mehr geben wird.«

»*So etwas?*«

»Bettvergnügen, wie du es nennst.«

»Ach, tatsächlich? Den gleichen Gedanken hatte ich auch schon ... Ich wollte dir sagen, dass deine Nächte hemmungsloser Leidenschaft vorüber sind, weil ich beschlossen habe, dich von deinem Versprechen zu entbinden. Und bettle nicht. Ich lasse mich nicht umstimmen.«

»Was? Betteln? Ich? Gib dich keinen Illusionen hin.«

»Du kannst nicht bestreiten, dass du es auch genossen hast. Alles.«

»Wie dem auch sei, und ob du mich von meinem Versprechen entbindest oder nicht, *ich* habe jedenfalls beschlossen, mich für meinen Ehemann aufzuheben.«

Sidroc lachte. Dieser Flegel wagte es tatsächlich, sie auszulachen! »Ist es dafür nicht ein bisschen zu spät?«

Dieser Mann braucht wirklich noch mal eins über den Schädel! »Es ist nie zu spät für einen Neuanfang. Das solltest du auch mal versuchen.«

»Hast du zufällig irgendeinen bestimmten Mann im Sinn? Oh nein, sag jetzt nicht, dass ich deswegen mit nach Stoneheim kommen soll. Du willst mich in eine Heiratsfalle locken.«

»Sei nicht albern.«

»Wieso albern? Du hast mich Liebling genannt, als ich dich rettete.«

»Da war ich völlig überdreht. Es hatte nichts zu bedeuten. Ich nehme es zurück.«

»Es gibt Dinge, die man nicht zurücknehmen kann, *Liebling*.«

»Warum musst du mir in allem, was ich sage, widersprechen?«

»Vielleicht weil es mir Spaß macht?«

»Du unreifer Bengel!«

»Du hast wirklich eine ganz eigene Art, einen Mann zu dem zu überreden, was du willst, Prinzessin.«

»Verflixt noch mal! Kannst du nicht wenigstens einen Moment lang zuhören, ohne mich zu veräppeln? Ist es nicht offensichtlich, dass ich dir etwas Wichtiges mitzuteilen habe?«

»Oh, oh! Wird jetzt womöglich das große Geheimnis offenbart?«

»Irgendwann muss ich es tun, aber ich hatte gehofft, dich nach Stoneheim mitnehmen zu können, bevor ich es dir sage.«

»Ah, das ist es also, wohin diese umständliche Unterhaltung führen soll. Und wozu brauchst du mich auf Stoneheim für die große Offenbarung?«

»Hör auf, dich über mich lustig zu machen, und hör mir richtig zu. Es geht nicht so sehr darum, was ich dir sagen muss, sondern wen ich dir dort zeigen muss.«

»Wen? Das Ganze wird immer verwirrender.« Sie konnte fast schon sein Gehirn arbeiten hören. »Oh nein! Falls du womöglich daran denkst, mir eine neue Braut zu besorgen, um mich dafür zu entschädigen, dass du mich so kurz vor der Hochzeit sitzengelassen hast, kannst du das vergessen.«

»Du machst mich wahnsinnig mit all diesen ›womöglich‹ und ›falls‹. Hilf mir, mich umzudrehen, damit ich dich ansehen kann. Was ich dir zu sagen habe, sollte von Angesicht zu Angesicht gesagt werden.«

»Jetzt machst du mir aber Angst«, sagte er und drehte sie so, dass sie seitlich auf dem Sattel saß, mit den Beinen auf der einen Seite des Kamels und ihrem Po auf Sidrocs Schoß – oder vielmehr auf dem wachsenden Beweis seiner Erregung. Es war traurig, aber wahr, dass es ihn erregte, Drifa aufzuziehen. »Hör auf zu zappeln«, befahl er, »wenn du nicht auf einem Kamelrücken verführt werden willst.«

Lucy tat mit einem lauten Pupser ihre Ansicht dazu kund. Sidroc erschauderte, aber Drifa tat so, als bemerkte sie es nicht.

»Also gut, ich höre zu. Was ist so wichtig, dass du fast ins Zittern kommst bei dem Gedanken, es mir zu sagen?«

»Deine Tochter lebt.«

»Welche Tochter?«

»Runa ist die Tochter, von der du glaubtest, sie wäre während deiner langen Bewusstlosigkeit gestorben.«

Sidroc runzelte die Stirn. »Signe?«

Drifa nickte. »Ich habe sie von Signe in Runa umbenannt.«

»Warum? Was? Wen?«, stammelte er. »Willst du mir sagen, dass das Baby vor fünf Jahren nicht gestorben ist, sondern die ganze Zeit am Leben war und du es mir verschwiegen hast?«

»Ja, aber...«

Sein Herz trommelte in seinem Brustkorb, sein Blut raste, und ihm war schwindelig. Nach und nach registrierte sein vollkommen perplexes Hirn die Fakten. Signe war nicht tot. Drifa hatte sie irgendwie gerettet. In all diesen Jahren der Schuldgefühle und des Kummers war seine Tochter am Leben gewesen ... eine Tochter, deren Name geändert worden war, aus Gründen, die allein die Götter wissen mochten. Und Drifa hatte ihm von alldem nichts gesagt.

»Du Luder! Du hast mir Schuldgefühle eingeflößt, weil ich dir die Jungfräulichkeit genommen und dich an ungewöhnliche Liebesspiele herangeführt habe. Und in all der Zeit, in der du meine Ehre beleidigt und infrage gestellt hast, warst du selbst es, die die größte Lüge lebte! Kannst du dir nicht vorstellen, unter welchen Schuldgefühlen ich in all den Jahren gelitten habe, weil ich Signe nicht hatte retten können? Und du hast gewartet, bis wir uns mitten auf einer gefährlichen Flucht durch die Wüste befinden, bei der du, ich oder sogar wir beide den Tod finden könnten?«

»Ich habe versucht, dich zu finden, Sidroc.«

Er schnaubte nur ungläubig.

»Ich habe Rafn zur Jomsburg und in viele Marktstädte geschickt, in die Normandie, die angelsächsischen Lande und sogar nach Island. Als er nirgendwo etwas über dich in Erfahrung bringen konnte, hielten wir dich für tot.«

»Und seit du nach Byzanz gekommen bist? Was hielt dich seither davon ab, es mir zu sagen? Welche lächerliche und nutzlose Entschuldigung hast du für dieses Verbrechen gegen die Menschlichkeit?«

»Angst.«

»Angst wovor? Ich habe noch nie eine Frau geschlagen.«

»Nicht diese Art von Angst. Ich befürchtete ... Ich hatte einfach Angst, dass du mir mein Kind wegnehmen würdest.«

»*Dein* Kind?«

Er riss an den Zügeln des Kamels, um es zum Stehen zu bringen, und rief dann Ivar zu: »Prinzessin Drifa wird von jetzt an bei dir mitreiten, während ich schon mal vorausreite. Allein.«

Ivar schien überrascht zu sein, doch er hielt sein Kamel an, saß ab und holte Drifa wortlos zu sich herüber auf das seine. Drifa konnte kaum die Tränen zurückhalten, die hinter ihren Augenlidern brannten, und Sidroc hielt den Blick starr abgewandt und weigerte sich, sie anzusehen.

Trotzdem versuchte sie es noch einmal. »Ich muss dir noch mehr sagen, wenn du mir nur ...«

Aber mit einer verächtlichen Handbewegung schnitt er ihr das Wort ab. »Schluss damit! Wenn du noch mehr sagst, kann ich nicht dafür garantieren, dass ich mich nicht rasend vor Wut auf dich stürze.«

Drifa nahm ihren ganzen Mut zusammen, um ihm ungeachtet seiner Drohung doch noch etwas zu sagen. »Ich liebe deine Tochter, als wäre sie meine eigene. Sie ist bezaubernd, Sidroc.

Das sagen alle. Mit einem bloßen Lächeln erobert sie die Herzen von ganz Stoneheim.«

»Soll mich das jetzt dazu bringen, die Rechte auf mein eigenes Kind aufzugeben?«

»Das habe ich nicht gesagt.«

»Woher soll ich das wissen? Du schwatzt und schwatzt und schwatzt, und wozu das alles? Woher soll ich wissen, was Lügen sind und was die Wahrheit ist bei jemandem wie dir?«

»Hier hast du eine Wahrheit! Runa sieht genauso aus wie du, und ich habe ihr von dir erzählt, von ihrem Vater, und ihr gesagt, dass du ihr das Leben gerettet hast. Und du *hast* ihr auch das Leben gerettet, Sidroc, indem du deinen Vater dazu zwangst, dir Zeit zu geben.«

Er erstarrte, schloss für einen langen Moment die Augen und ritt dann ohne ein weiteres Wort davon.

Kapitel einundzwanzig

Die traurigsten Worte: Was hätte sein können ...

Es wurde Abend, bis Sidroc Drifa wiedersah. Er war den ganzen Tag geritten, ohne auch nur einmal anzuhalten, bis er ein kleines Wasserloch fand, das zu verlockend war, um daran vorbeizureiten, zumal ein großes, zerfleddertes, aber noch brauchbares Zelt daneben zurückgelassen worden war. Vorher hatte er allerdings eine Schlange, zwei Eidechsen und eine haarige Spinne daraus ausquartieren müssen.

Obwohl er Abstand zu Ivar und Drifa hielt, ritt er nie so weit voraus, dass er sie nicht mehr sehen konnte, um sicherzugehen, dass sie nicht in Gefahr gerieten. Und die ganze Zeit zerbrach er sich den Kopf über das, was Drifa ihm von seiner Tochter erzählt hatte. Jenes furchtbare Ereignis – der vermeintliche Tod Signes – war ein solcher Wendepunkt in seinem Leben gewesen, dass er nun Schwierigkeiten hatte, die späte Erkenntnis zu verarbeiten, dass sie noch lebte.

Die Schlange zu häuten und fürs Abendessen zu rösten, war eine Möglichkeit, aber dann fing er ein mageres Lamm ein, das es irgendwie geschafft hatte, in der Wüste zu überleben, nachdem es wahrscheinlich einer vorbeiziehenden Karawane entlaufen war. Das Schlangenfleisch wickelte er in feuchte Palmblätter und vergrub das Päckchen mit heißen Kohlen im Sand, bevor er einen behelfsmäßigen Bratspieß für das Lamm errichtete.

Danach badete er, wechselte die Kleidung und zündete ein Lagerfeuer an. Das Lamm verbreitete schon einen köstlichen Duft, als Ivar und Drifa ihn einholten.

An Drifas verquollenen Augen und roter Nase konnte er erkennen, dass sie heftig geweint hatte, doch das kümmerte ihn überhaupt nicht.

Er sah auch sofort, dass Ivar wütend auf ihn war, weil er seine Schutzbefohlene zum Weinen gebracht hatte, und wahrscheinlich auch, weil er nicht mit ihnen zusammen geritten war. Aber auch das war ihm egal.

Sidroc half dem grimmig dreinblickenden Ivar, das Kamel von seinen Lasten zu befreien, und sagte ihm dann, vor allem Drifas wegen, dass die Wasserstelle sauber genug war, um daraus zu trinken, und auch genügend Wasser für ein paar Eimer Waschwasser enthielt. Schweigend und die gerötete Nase stolz erhoben, stakste Drifa durch den Sand an ihm vorbei.

Ivar schüttelte den Kopf.

»Was?«, fauchte Sidroc.

»Ihr Narren! Ihr seid beide Narren!«

»Du weißt nicht mal die Hälfte dessen, was sie getan hat!«

»Und du auch nicht.«

Was auch immer das bedeuten mochte! Wenn es noch mehr Geheimnisse gab, wollte er nichts von ihnen wissen. Noch nicht. Nicht, solange er die andere Täuschung nicht verarbeitet hatte.

Der alte Mann ging zu einem nahen Gebüsch hinüber, um sich zu erleichtern, und Drifa füllte einen Eimer mit Wasser und zog sich in das Zelt zurück, um sich zu waschen.

Als sie später am Lagerfeuer saßen, nachdem Ivar und Drifa sich so gut sie konnten gewaschen und frische Kleider angezogen hatten, fragte Sidroc Ivar: »Hattet Ihr Probleme heute?«

»Das nützt uns wirklich viel, dass du jetzt fragst!«

Ivars Antwort trieb Sidroc vor Scham die Röte ins Gesicht. Es war wirklich sehr unreif von ihm gewesen, allein davonzureiten.

»Nein, wir hatten keinen Ärger, wir konnten nur nicht anhalten und unseren müden Knochen eine Pause gönnen, weil wir uns beeilen mussten, um dich einzuholen. Was wolltest du eigentlich damit beweisen, Junge?«

Junge? Autsch! Andere Männer, die es gewagt hatten, ihn auf solche Weise zu beleidigen, hatten das schon schwer bereut. »Ich musste beweisen, dass ich meine Wut beherrschen konnte, nachdem ich so schmählich verraten worden war.«

»Ich habe dich nicht... Ach, was nützt das schon?«, sagte Drifa mit einem angewiderten Blick auf ihn. »Du würdest ja ohnehin nichts glauben, was ich sage.«

»Dann sprich endlich!«, verlangte er. »Ich bin jetzt bereit, dir zuzuhören.«

»Tja, aber vielleicht bin ich ja jetzt nicht mehr bereit zu reden.«

»Ich denke, ich werde ins Zelt gehen, um mir ein Nachtlager einzurichten. Von mir aus könnt ihr zwei die ganze Nacht lang streiten. Ich bin so müde, dass mir alle Knochen wehtun.«

»Mir auch«, sagte Drifa und wollte aufstehen, um sich Ivar anzuschließen.

»Setz dich!«, befahl Sidroc jedoch scharf.

Drifa zog die Augenbrauen hoch bei seinem Ton, ließ sich aber dennoch wieder auf dem Baumstumpf nieder, den sie als Sitzgelegenheit benutzt hatte. Sidroc und Ivar hatten auf einem umgestürzten Baum gesessen.

»Weißt du, Sidroc, man sollte wirklich meinen, du wärst erfreut, dass deine Tochter lebt.«

»Das bin ich auch.«

»Aber warum bist du dann so aufgebracht?«

»Weil du mir diese wunderbare Neuigkeit verschwiegen hast.«

»Ich habe dir bereits gesagt, dass Rafn auf meine Bitte hin

monatelang auf Reisen war, um dich zu suchen. Aber du warst ja unauffindbar. Er war sogar auf Vikstead, um deinen Vater zu fragen, ob er dich gesehen hatte, und erzählte ihm, dass du eine Kopfwunde erlitten hattest und wir uns alle große Sorgen wegen deines Zustands machten.«

»Ich kann mir vorstellen, wie bestürzt mein Vater über die Nachricht von meinem möglichen Ableben war«, sagte Sidroc spöttisch.

»Du hast recht. Dein Vater ist kein netter Mensch.«

Fast lächelte Sidroc über diese Untertreibung.

»Rafn hat Monate mit der Suche nach dir verbracht, und danach, wann immer er auf Handelsreisen oder Raubzüge ging, fragte er überall nach dir, doch immer vergeblich. Du schienst vom Erdboden verschwunden zu sein oder ...«

»Tot«, brachte er den Satz für sie zu Ende. »Und deshalb warst du so bestürzt, als du mir plötzlich in Miklagard begegnetest. Ich lebte noch, und das passte nicht zu deinen Plänen.«

»Nein, so war das nicht. Nicht wirklich.«

»Sei ausnahmsweise einmal ehrlich, Drifa.«

»Was wirst du jetzt tun?«, fragte sie mit geradezu erbärmlicher Furcht in ihren dunklen Augen.

Sidroc konnte sich jedoch nicht leisten, gerührt zu sein, nicht einmal, als Tränen ihr in die Augen schossen und über ihre Wangen liefen. »Ich werde uns sicher nach Miklagard zurückbringen, dort mit dem Kaiser sprechen, mein Langschiff auslaufbereit machen und nach Stoneheim segeln, um meine Tochter abzuholen.«

»Dann wirst du sie also mitnehmen?«, stieß Drifa erstickt hervor.

»Wie konntest du irgendetwas anderes denken?«

»Sie wird Angst haben. Sie kennt dich ja noch nicht.«

»Und wessen Schuld ist das? Nein, vergiss, dass ich das gesagt habe. Das laste ich dir nicht an. Was ich dir verübele, ist, dass du es mir nicht sofort gesagt hast, als du mich bei deiner Ankunft in Byzanz im Hafen sahst.«

»Darin gebe ich dir recht. Aber manchmal wird eine Verfehlung durch eine gute Tat wieder ausgeglichen. Kannst du mir meine Verfehlung nicht verzeihen, indem du meine gute Absicht und die liebevolle Fürsorge anerkennst, mit der ich deine Tochter fünf Jahre lang aufgezogen habe?«

»Verzeihen? Mit der Zeit vielleicht. Aber vergessen kann ich nicht. Du hast ja keine Ahnung, wie sehr sich der Verlust meines Kindes auf mein Leben ausgewirkt hat oder wie schuldig ich mich immer fühlte. Ich hätte das Baby nicht auf Stoneheim lassen dürfen, nicht einmal für einen Moment, geschweige denn für Wochen. Ich wusste, dass meinem Vater nicht zu trauen war. Ich wusste es.«

»Wohin wirst du sie bringen?«

Es wunderte ihn, dass Drifa sich weder weigerte, ihre Rechte an dem kleinen Mädchen aufzugeben, noch von den Stoneheimer Gefolgsleuten sprach, die sie im Rücken hatte. Das war klug von ihr, weil er in seinem derzeitigen Gemütszustand einen Kampf sogar begrüßen würde. »Ich bin mir noch nicht sicher. Doch wo auch immer ich mich niederlassen werde, wird sie bei mir sein.«

Da begann sie bitterlich zu weinen, und ihr ganzer Körper wurde von Schluchzern geschüttelt, während sie erstickte Schmerzenslaute von sich gab. Sidroc konnte sehen, dass sie seine Tochter liebte und die Trennung äußerst schmerzhaft für sie sein würde.

Doch was konnte er schon tun? Selbst wenn er ihr alles verzieh, was konnte er anderes tun, als seine Tochter wieder zu sich zu nehmen?

Ivar steckte den Kopf aus der Zeltklappe, um zu sehen, was draußen vorging. Dann sah er Sidroc kopfschüttelnd an und kehrte zu seinem Nachtlager zurück.

Für einen kurzen Moment überlegte Sidroc, wie anders sein Leben vielleicht gewesen wäre, wenn er Drifa wie geplant geheiratet hätte und sie Signe, oder Runa, wie sie heute hieß, zusammen aufgezogen hätten. Wie hätte ihr Leben sich entwickelt? Wo würden sie heute stehen? Würden sie ihren eigenen Besitz haben, noch mehr Kinder und ein schönes Leben? Oder wäre er ein grausamer Ehemann und Vater geworden wie die Männer seiner Familie, die irgendwie alle zur Gewalttätigkeit zu neigen schienen?

Es war ein hoffnungsloses Unterfangen, all diese Möglichkeiten zu erwägen.

Zorn und Mitgefühl kämpften in ihm ... bis der Zorn siegte und Sidroc sich erhob und ging.

Verliebt in einen fürchterlichen Flegel ...

Drifa erlaubte sich eine ganze Nacht der Tränen und des Selbstmitleids, bevor sie schließlich stolz das Kinn erhob und sich sagte: »Schluss damit!«

Als sie am Morgen das Zelt verließ, sah sie, dass das erloschene Lagerfeuer mit Sand bedeckt war, die Kamele schon bepackt und Ivar und Sidroc aufbruchbereit waren.

»Dort liegt etwas zu essen für dich«, sagte Sidroc zu ihr und zeigte auf eine Scheibe hartes Brot, einen Rest des Schlangenfleischs und ein Stück Käse.

Falls er glaubt, mich mit dem Schlangenfleisch einschüchtern zu können, unterschätzt er die Starrköpfigkeit einer Wikingerin.

In dieser Beziehung sind wir zehnmal stärker als unsere Männer. An Dickköpfigkeit kann ich ihn jederzeit übertreffen. Sie biss in das Fleisch und starrte ihn an, mit einem Blick, der ihn dazu herausforderte, etwas zu bemerken. Es fiel ihr schwer, das Fleisch zu schlucken, selbst mit einem Bissen Brot und einem Schluck Bier dazu, aber sie war fest entschlossen, sich keine Schwäche anmerken zu lassen.

Was vergebliche Mühe war, da weder Sidroc noch Ivar sie beachteten. Als sie sich dessen bewusst wurde, schob sie das restliche Schlangenfleisch unter den Baumstamm und aß nur Brot und Käse.

Danach ging sie zu Ivar hinüber, um wieder mit ihm sein Kamel zu teilen, aber Sidroc sagte: »Nein! Heute reitest du bei mir mit.«

»Warum?«

»Weil ich es sage.«

Hilfesuchend wandte sie sich Ivar zu, doch der zuckte nur mit seinen breiten Schultern.

»Wenn du mich weiter beleidigen willst, gehe ich lieber zu Fuß«, sagte sie daraufhin zu Sidroc.

»Gut, dass es nicht regnet. Sonst würdest du Gefahr laufen zu ertrinken mit deiner hocherhobenen Nase.«

»Liegt dir dieses flegelhafte Benehmen im Blut?«

»Muss wohl so sein«, erwiderte er und hob sie ohne jede Warnung in die Höhe. Für eine schier endlose Sekunde setzte er sie nicht auf das Kamel, sondern hielt sie einfach nur hoch und starrte sie an. »Deine Augen sind blutunterlaufen, und dein Mund ist angeschwollen von all deinem Gejammer.«

Drifa versteifte sich.

»Bist du jetzt fertig mit dem Weinen?«

»Ja.«

»Gut«, sagte er, und das war alles. Falls es als Entschuldigung gedacht war, wirkte sie wie ein Klacks Haferschleim auf einem großen Teller.

Verwirrt von seinem seltsamen Verhalten, schwieg Drifa während der ganzen ersten Stunde ihrer Reise. Zu ihrer Bestürzung war sie sich des Mannes, an dem sie lehnte, jedoch erstaunlich stark bewusst. Des Dufts seines sauberen Körpers und der frischen Kleidung, der Bewegung seiner muskulösen Arme beim Lenken des Kamels, seines Atems an ihrem Ohr, seines Herzschlags an ihrem Rücken, seiner Schenkel, die ihren Hüften Halt gaben, und seiner Männlichkeit, die gegen ihr Gesäß drückte. Es war schwer, ihren Ärger oder Kummer aufrechtzuerhalten, wenn sie unentwegt von all diesen körperlichen Merkmalen daran erinnert wurde, dass Sidroc ein Mann und sie eine Frau war.

Schließlich sagte er ganz unvermittelt: »Erzähl mir von meiner Tochter.«

Drifa war zunächst versucht, die Bitte abzulehnen, aber dann dachte sie, dass Sidroc es trotz seiner Rüpelhaftigkeit verdiente, etwas über seine Tochter zu erfahren. »Runa war ein schwieriges Baby in der ersten Zeit. Sie war kaum gefüttert worden von ihrer Amme, und ihr kleiner Popo war ganz wund von mangelnder Sauberkeit. Es war jedoch nicht Eydis' Schuld. Dein Bruder Svein verlangte, dass sie all ihre Zeit und Milch nur seinem Baby widmete.«

Sie konnte spüren, wie Sidroc sich hinter ihr versteifte.

»Das war nicht als Kritik an dir gemeint, sondern nur eine Feststellung bezüglich der Anweisungen deines Vaters, nur das Nötigste für das Kind zu tun.«

»Wie hast du das Kind ohne sein Wissen aus Vikstead herausgeholt? Was glaubt er, was geschehen ist?«

»Das wird sich jetzt schrecklich anhören.«

»Und alles andere, was du vorher getan hast, vielleicht nicht?«

»Wenn du jetzt schon wieder anfängst, mich zu beleidigen, werde ich kein Wort mehr sagen.«

»Sprich weiter«, sagte er widerstrebend.

»Im Dorf gab es ein Baby, das an einem schlimmen Husten starb. Wir schafften es, unbemerkt in die Burg deines Vaters zu schlüpfen...«

»Moment! Stoneheim wird sehr gut bewacht. Es ist keine leichte Übung, hinter seine Verteidigungsanlagen zu *schlüpfen*.«

Drifa zuckte mit den Schultern. »Meine Schwestern und ich sind schlau. Außerdem ist Tyra eine erfahrene Kriegerin.«

Er schnaubte nur, um seine Ansicht dazu kundzutun.

»Ist sie! Außerdem haben wir nichts riskiert.«

Sidroc gab einen wüsten Fluch von sich. »Nichts riskiert?«, fauchte er. »Mal ganz abgesehen davon, was mein Vater als ›Entführung‹ seines Enkelkinds betrachten würde, müsste euch doch klar gewesen sein, wie riskant allein schon das Eindringen in einen seiner Schlupfwinkel war!«

»Ich dachte, dein Vater wollte das Baby nicht am Leben lassen.«

»Das wollte er auch nicht, aber er würde es als *seine* Entscheidung betrachten, und so sicher, wie seine Seele schwarz ist wie die Sünde, würde er es sehr übelnehmen, wenn irgendjemand seine Ehre angreifen würde – völlig ungeachtet dessen, dass er keine hat.«

»Wir haben das Kind gerettet. *Wie* wir es getan haben, spielt hier doch wohl keine Rolle«, widersprach Drifa.

»Bist du wirklich so dumm, dass du nicht verstehst, was ich dir sage? Weißt du, was mein Vater mit dir angestellt hätte... bevor er dich umgebracht oder von deinem Vater ein Lösegeld für dich verlangt hätte? Er schändet Frauen, wann und wo er will, und macht sich einen Spaß daraus, seinen Männern unschuldige Frauen für öffentliche Unzucht zu übergeben.«

Drifa erschauderte. »Ich verstehe. Aber warum regst du dich so auf, wo doch alles schon vorüber ist?«

»Weil ich vermute, dass du auch in Zukunft solch unbedachte, tollkühne Entscheidungen treffen wirst.«

»Das hat dich nicht zu kümmern. Uns verbindet nichts, wie du mir ja schon mehr als einmal in Erinnerung gerufen hast.«

Sidroc atmete ein paarmal tief ein und aus, wie um sich mit Geduld zu wappnen. Männer taten das andauernd in Drifas oder ihrer Schwestern Gegenwart und insbesondere ihr Vater. »Dann erzähl schon weiter, fahr fort mit dieser wundersamen Geschichte, wie ihr es geschafft habt, euch unbemerkt in die Burg meines Vaters zu schleichen.«

»Deinen Spott kannst du dir sparen.«

Er kniff sie in den Po. »Weiter.«

»Während Vana also einer der Wachen schöne Augen machte, fand Breanne das Zimmer, in dem die Amme nicht nur dein Baby, sondern auch das deines Bruders hütete. Als sie irgendwann den Abtritt aufsuchte, stellte Breanne ihr eine Flasche starken fränkischen Wein ins Zimmer. Und als die gute Amme *drukkinn* war, kam ich mit dem toten Baby und tauschte es gegen das lebende aus.«

»Bist du wahnsinnig? Wissen die Ehemänner deiner Schwestern, was sie treiben? Man sollte dich dafür verprügeln. Oder dich zu deiner eigenen Sicherheit irgendwo einsperren.«

»Ein kleines Dankeschön würde genügen.«

»Auch deinen Spott kannst du dir sparen.«

»Wie auch immer«, fuhr sie achselzuckend fort, »es gelang uns, mit dem Baby zu entkommen, und niemand hatte Anlass, etwas anderes zu denken, als dass dein Kind gestorben war.«

»Ist das alles?«

»Nun ja...«

Sidroc stöhnte.

»Ich gebe zu, dass wir auch die Amme entführt haben, und Tyra musste eine der Wachen mit der flachen Seite ihres Breitschwerts niederschlagen, während Vana einen Mann in sein Gemächt trat ... und ich glaube mich zu erinnern, dass es zur Ablenkung auch ein kleines Feuer in der Küche gab.«

Zuerst vernahm sie ein grummelndes Geräusch, dann spürte sie ein Zittern, das Sidrocs breite Brust durchlief, und merkte, dass er lachte, aber mit aller Kraft versuchte, es nicht zu tun.

»Was ist so lustig?«, fragte sie schließlich.

»Du«, schnaufte er.

»Ein kleines Dankeschön wäre mir lieber«, sagte sie noch einmal.

Er zögerte einen Moment, bevor er sagte: »Danke, dass du mein Baby gerettet hast«, und strich dann mit den Lippen über die Biegung ihres Nackens.

Dieser bloße Hauch von einem Kuss besiegelte ihr Schicksal. Sie war in diesen fürchterlichen Flegel verliebt.

Kapitel zweiundzwanzig

Er sah nur eine Möglichkeit, die Frau zum Schweigen zu bringen...

Sidroc war nicht mehr fuchsteufelswild auf Drifa, aber er traute ihr auch nicht weiter, als er sie werfen könnte. Nicht dass er die Absicht hatte, das zu tun, *vorausgesetzt natürlich*, dass sie endlich mit ihrem Geschwätz darüber aufhörte, wie glücklich seine Tochter auf Stoneheim sei und wie unglücklich sie sein würde, falls man sie zwänge, von dort fortzugehen.

In Wahrheit war Sidroc hin- und hergerissen und brauchte Drifas ununterbrochenes Geschwätz nicht, um seine innere Erregung noch zu steigern.

»Ich will meine Tochter bei mir haben«, beharrte er.

»Aber du kennst Runa doch gar nicht. Ihr wärt Fremde füreinander.«

»Und wessen Schuld ist das?«

»Du hast noch nicht einmal ein Zuhause für dich selbst, geschweige denn für Runa.«

»Ich werde bald eins haben – und hör auf, sie Runa zu nennen.«

»Es ist der einzige Name, den sie kennt. Also gewöhn dich besser schon einmal daran. Wer würde denn für Runa sorgen? Du hast weder eine Ehefrau noch Bedienstete.«

»Das wird sich ändern.«

»Du wirst heiraten?«, fragte sie mit merkwürdig erstickter Stimme.

Doch so seltsam war das eigentlich gar nicht. Sidroc wusste, dass sie befürchtete, er werde heiraten und ihr das Mädchen nehmen, um seine eigene Familie zu gründen. Und warum auch nicht? »Nein. Ich werde nicht heiraten. Zumindest jetzt noch nicht. Aber warum fragst du? Oder war das ein Angebot?«

»Du liebe Güte, nein!«

»Ich habe das Gefühl, du protestierst zu viel, Prinzessin. Aber schlag dir die Idee am besten auf der Stelle aus dem Kopf. An Heirat brauchst du gar nicht erst zu denken.«

»Pah! Als ob ich einen Antrag von dir annehmen würde!«

»Frauen sagen immer ›Pah!‹, wenn sie einen Streit verlieren.«

»Das hier ist kein Streit.«

»Was du nicht sagst. Nur um die Sache klarzustellen: Ich sprach von weiblicher Gesellschaft für die Kleine und nicht von einer Ehefrau.«

»Hast du auch nur den Schimmer einer Ahnung, was ein kleines Mädchen braucht und gerne tut?«

Er dachte an seine eigene Kindheit ... an die Momente, in denen er der harten Hand seines Vaters entkommen war und einfach nur ein Kind sein konnte. Bei der Erinnerung daran musste er grinsen. »Ich könnte ihr beibringen, so weit wie möglich zu spucken oder unanständige Lieder zu singen.«

Statt wie sonst missbilligend zu schnalzen, grinste Drifa nur und sagte: »Ich wette, dass ich weiter spucken kann als du und auch besser Steinchen auf dem Wasser hüpfen lassen kann. Mein Vater hat mir das alles beigebracht.«

»Wenn ich es recht bedenke, hat auch dein Vater dich und deine Schwestern ohne Mutter aufgezogen, was ihr ja alle recht gut überlebt zu haben scheint.«

»Hmmpf!«, machte Drifa nur, wie sie es fast immer tat, wenn ihr die Argumente fehlten, und stapfte davon, um sich von Lucy zu verabschieden.

Drei Tage waren sie mit den Kamelen unterwegs gewesen, und nun hatten sie die Wüste endlich hinter sich gelassen und befanden sich schon innerhalb der Grenzen von Byzanz. Was allerdings nicht bedeutete, dass sie damit in Sicherheit waren. Im Moment tauschten sie die Kamele gegen Pferde ein, die sie für den Rest der Reise brauchen würden.

»Kann ich dich kurz allein sprechen, Ivar?«, fragte Sidroc.

Der ältere Mann nickte und ging mit ihm zur Seitenwand des Mietstalls in dem kleinen Dorf, in dem sie Halt gemacht hatten.

»Ich mache mir Sorgen wegen Prinzessin Drifas Rückkehr in die Stadt. Es gibt so einige in Miklagard, die bei ihrer Entführung mitgeholfen haben müssen.«

Ivar nickte. »Mir macht genau dasselbe Sorgen.«

»Ich denke, du solltest vorausreiten. Wir sind gut vorangekommen, und daher halte ich es für ziemlich unwahrscheinlich, dass ad-Dawlas Männer ihre Komplizen in der Stadt schon von Drifas Flucht unterrichtet haben.«

»Was meinst du, wie viel Zeit uns bleibt, bevor es so weit ist?«

»Zwei Tage höchstens. Hoffentlich sind auch Finn und all die anderen bis dahin eingetroffen.«

»Wie willst du weiter vorgehen, Sidroc?«

»Ich werde Drifa bei mir behalten und unsere Reise lange genug ausdehnen, damit du all ihre Sachen aus dem Palast und Ianthes Haus abholen kannst. Du kannst ihr Langschiff auslaufbereit machen und es dann zu dem Hafen in der Nähe des Santa-Barbara-Tors bringen. So kann ich Drifa gleich nach unserem Eintreffen geradewegs zu ihrem Schiff bringen, und ihr könnt sofort in See stechen und in nördlicher Richtung den Bosporus hinauffahren. Das ist der beste Weg, um die Stadt schnell hinter euch zu lassen.«

»Der Prinzessin wird es aber nicht gefallen, auf einen letzten Besuch in Miklagard verzichten zu müssen. Sie wird sagen, dass es noch mehr Gärten gibt, die sie sich ansehen muss. Noch mehr Leute, denen sie Auf Wiedersehen sagen muss. Noch mehr Sehenswürdigkeiten, die sie sich nicht entgehen lassen will.«

»Ich weiß, doch das ist eine Entscheidung, die wir beide für sie treffen müssen.«

Ivar nickte. »Ihr Vater würde es so wollen.« Dann lächelte er. »Ich beneide dich nicht, Sidroc. Wenn die Prinzessin herausfindet, was du vorhast, wird sie furchtbar wütend sein.«

»Mit ihr werde ich schon fertig«, antwortete Sidroc.

Doch ausgerechnet in dem Moment kam Drifa und bemerkte: »Ich hoffe, nicht ich bin es, von der du sprichst.«

»Natürlich nicht«, log er. »Ich sprach von dieser Stute dort drüben, die ich wahrscheinlich kaufen werde. Sie ist etwas schreckhaft, aber ich denke, ich werde mit ihr fertig meinst du nicht?«

Drifa machte ein zweifelndes Gesicht.

Ivar entschuldigte sich mit der Behauptung, er müsse noch Proviant besorgen, und Sidroc wusste, dass er die Gelegenheit nutzen würde, um zu tun, was sie besprochen hatten. Deshalb musste er Drifa beschäftigen, damit sie keinen Verdacht schöpfte. Oder zumindest jetzt noch nicht. »Ich habe eine Überraschung für dich, Drifa«, sagte er.

Sie beäugte ihn misstrauisch.

»Wie wäre es mit einem Bad und einem weichen Bett für heute Nacht?«

»Ist das möglich?«, seufzte sie.

»Der Stallmeister hat mir von einem Bauernhof erzählt, zu dem ein kleiner, abgelegener Teich gehört, und der Bauer bietet saubere Boxen für Reisende in seiner Scheune an. Wie klingt das?«

»Ich kann mir nichts vorstellen, das mir größere Freude machen würde.«

Ich schon.

»Du denkst an alles, Sidroc.«

Wenn du wüsstest!

Wo ist eine Anstandsdame, wenn man eine braucht? ...

Es war schon spät am Abend, als Drifa Ivars Fehlen bemerkte.

Sidroc hatte sie aus dem Dorf heraus und zu einem Bauernhof gebracht, wo ein älteres griechisches Ehepaar, Stamos und Vera, ihnen einen herzhaften Lammeintopf mit Linsen und warmem Brot vorsetzten. Nach dem Essen wiesen sie ihnen den Weg zu einem nahen Teich, von dem sie ihnen versicherten, dass er sauber war. Was eigentlich nur bedeutete, dass sie ihre Nutztiere von diesem Bereich fernhielten, damit das Wasser nicht von deren Kot verunreinigt wurde. Drifa und Sidroc erhielten sogar Seife und Handtücher von den Bauersleuten.

Drifa war als Erste gegangen, und ja, wahrscheinlich hatte sie länger gebraucht als nötig, weil es ein solcher Luxus war, wieder einmal sauber zu sein, von ihrem Haar bis zu den Zehennägeln. Und sie hatte die Gelegenheit genutzt, um auch ihre schmutzigen Kleider zu waschen, die sie dann zum Trocknen auf einen Busch gehängt hatte.

Da dies das erste Mal war, dass sie nackt war, seit sie die arabische Zeltstadt verlassen hatte, schaute sie sich auch zum ersten Mal ihre mit Henna gefärbten Brustspitzen und Warzenhöfe an. Sie fand, dass sie mehr als lächerlich aussahen, auch wenn der Harem-Eunuche ihr und Ianthe versichert hatte, dass es Schönheitsmerkmale für viele Männer waren. Es würden Monate vergehen, bevor die Farbe nach und nach verblasste. Gut, dass ich nicht verheiratet bin, dachte Drifa. Ein Wikinger würde sich wahrscheinlich köstlich amüsieren – oder vor Schreck Herzschmerzen bekommen beim ersten Blick darauf. Skalden würden Gedichte darüber schreiben und sie als »Ode an bemalte Brustspitzen« landein, landauf im ganzen Norden rezitieren. Und die Leute würden sich tuschelnd fragen, welche anderen ihrer Körperteile wohl noch mit Henna gefärbt worden waren. Nein, den Göttern sei Dank, dass wenigstens das nicht geschehen war, obwohl es sicherlich dazu gekommen wäre, wenn ihre treuen Freunde sie nicht gerettet hätten.

Nach dem Bad ging sie zu der Scheune, in der sie heute übernachten würden, und Sidroc machte sich auf den Weg zum Teich, um sich ein Bad zu gönnen. Drifa saß in einer sauberen *gunna* auf einer sauberen Wolldecke auf sauberem Stroh, kämmte ihr sauberes Haar und staunte darüber, dass es manchmal die einfachsten Dinge im Leben waren, die einem die größte Freude machten.

Doch dann kam Sidroc zurück.

Es war nicht so, dass sein Erscheinen ihr diese behaglichen Empfindungen nahm; das Problem war nur, dass er sie durcheinanderbrachte.

Auch er hatte gebadet und saubere Kleidung angelegt. Er hatte sich sogar rasiert – und sah besser aus, als es einem Mann gebührte, und sei er auch ein Wikinger.

Während sie fortfuhr, ihr Haar zu kämmen, flocht er die langen Strähnen rechts und links seines Gesichts. Und das hatte nichts mit Eitelkeit zu tun, wie Drifa wusste. Wikingische Männer bevorzugten langes Haar, aber sie wollten nicht, dass es ihnen ins Gesicht fiel und ihnen die Sicht nahm. Dennoch trugen diese Zöpfe sehr zu seinem guten Aussehen bei, und das wusste er vermutlich auch.

»Wo werden du und Ivar schlafen?«, fragte Drifa, als sie ihren Kamm weglegte und die Decke auf dem Stroh glattstrich. Als sie keine Antwort erhielt, drehte sie sich zu Sidroc um und sah ihn fragend an.

Er wandte jedoch den Blick ab und ging zu den nahen Boxen hinüber, um sich die Pferde anzusehen, die sie gekauft hatten.

Als er zurückkehrte, versuchte sie es erneut. »Sidroc? Du hast meine Frage nicht beantwortet.«

»Ivar ist weg.«

»Weg? Und wo steckt er? Dieser Mann ist seit unserer Ankunft in Byzanz nicht von meiner Seite gewichen. Wie Seepocken an der Unterseite eines Langschiffs klebte er an mir!«

»Bis auf Weiteres werde ich die Seepocken an deiner Unterseite sein.«

Das meinte er doch bestimmt nicht so, wie es sich anhörte? Zumal er die meiste Zeit einen Hass gegen sie zu empfinden schien und ihr die übrige Zeit mit Gleichgültigkeit begegnete.

»Warum? Wo wollte Ivar hin?«

»Er ist nach Miklagard vorausgeritten.«

»Warum?«

»Um Vorbereitungen zu treffen.«

»Was geht hier eigentlich vor?«, fragte sie misstrauisch.

»Nach reiflicher Überlegung sind wir zu dem Schluss gekommen, dass du in der Stadt in Gefahr sein könntest. Vielleicht durch Mylonas, vielleicht durch andere. Wir glauben nicht, dass ad-Dawla deine Entführung allein in die Wege geleitet hat.«

»Wir, wir, wir! Was soll dieses ›Wir‹? Warum wurde ich nicht auch gefragt?« *Ich habe ein schlechtes Gefühl bei dieser Sache. Ein sehr schlechtes.*

»Weil es Männersache ist«, murmelte er.

Wenn ich einen Tonkrug hätte, könnte ich nicht dafür garantieren, dass ich ihn diesem Rindvieh nicht über den Kopf schlagen würde! »Was hast du gesagt?«, fauchte sie ihn an.

»Nichts.« Er stieß einen tiefen Seufzer aus. »Erschwere es uns nicht noch, Drifa. Es ist das Beste so, und wir werden Ivar ruck, zuck einholen.«

Drifa verengte misstrauisch die Augen. »Lass mich meine Frage von vorhin noch einmal wiederholen. Wo gedenkst du heute Nacht zu schlafen?«

»Na hier natürlich«, sagte er.

Ich wusste es! Was bildet er sich ein, der Troll! »Nein, das wirst du nicht. Ich will keine Intimitäten mehr mit dir.«

»Vielleicht solltest du warten, bis du dazu aufgefordert wirst.«

Drifas Wangen glühten. »Geh und such dir eine andere Box zum Schlafen.«

»Es gibt keine saubere mehr. Aber mach dir keine Sorgen, ich werde dich nicht anrühren.«

Eigentlich hätte sie beruhigt sein müssen von seinem Versprechen, doch dann fügte er noch etwas anderes hinzu.

»Es sei denn, du bittest mich darum.«

Und schon begann er, sich auszuziehen. Bis er keinen Faden mehr am Leibe hatte. Dann streckte er die Arme über den Kopf, gähnte herzhaft und legte sich auf Drifas Decke.

»Gute Nacht, Prinzessin.«

Ob er wirklich vorhat, sich von mir fernzuhalten? Vielleicht hätte sie sich täuschen lassen, wenn eines nicht gewesen wäre: sein erigiertes Glied, das wie ein verdammter Flaggenmast von ihm emporragte.

Erheiterung stieg in ihr auf und entlud sich in einem schallenden Gelächter, als sie auf den Beweis seiner männlichen Erregung zeigte. Sie konnte gar nicht aufhören, abwechselnd zu kichern und zu lachen, selbst als sie sich, noch immer voll bekleidet, am äußersten Rand der Decke niederlegte.

»Gute Nacht, Sidroc«, sagte sie, als sie sich endlich beruhigte. *Ist es nicht wunderbar, dass dies ein Spiel ist, das zwei spielen können?*

Sie schlief schon fast, als sie ihn murmeln hörte: »Das ist gar nicht lustig.«

»Doch, das ist es.«

»Es ist nicht nett, sich über die ... ähm, Manneskraft eines Mannes lustig zu machen.«

Drifa schlief mit einem Lächeln ein.

Mitten in der Nacht erwachte sie von einer jähen Kühle in der Luft und einem Licht, das eigentlich nicht da sein sollte. Dann merkte sie, dass eine Fackel angezündet worden war und in einer der sicheren Wandhalterungen steckte. Und dass ihre Kleider sich irgendwie in Luft aufgelöst hatten.

Das Erstaunlichste von allem aber war – weil sie dumm genug gewesen war, nicht auf der Hut zu sein –, dass der größte Flegel des gesamten Nordens sich über sie beugte und vollkommen verblüfft ihre hennaroten Brustspitzen anstarrte.

Es sah ganz so aus, als wäre sie die Gelackmeierte in diesem Spiel.

Er war kein Künstler, aber im Geiste malte er Bilder ...

Sidroc wusste nicht, ob er lachen oder jubeln sollte über das erstaunliche Bild, das sich ihm bot. Er kniete neben Drifa und nahm den Anblick ihres nackten Körpers in sich auf. Einen höchst bemerkenswerten Anblick übrigens.

Drifa hatte plötzlich rötlich braune Brustspitzen und Warzenvorhöfe. Aber eigentlich waren sie mehr rot als braun! Entweder waren sie die Wirklichkeit gewordene Fantasie eines virilen Mannes oder aber ein Riesenscherz. Sidroc neigte mehr dazu, das Erstere zu glauben.

»Wieso bin ich nackt?«, fragte Drifa, als sie ganz unversehens die Augen öffnete.

Gab es je eine dümmere, von einer Frau gestellte Frage? »Ich hörte dich im Schlaf stöhnen und hielt es für das Beste, dich nach verborgenen Verletzungen zu untersuchen.«

»Erwartest du, dass ich das glaube?«

»Einen Versuch war es wert.« Er wandte seine ganze Aufmerksamkeit wieder ihrem Oberkörper zu, den sein Blick ohnehin noch nicht verlassen hatte. »Was, ähm ... ist passiert?«, fragte er mit so viel Zartgefühl, wie er aufzubringen vermochte.

»Ich habe dir doch schon erzählt, dass der Harem-Eunuche alle Blütenknospen, sogar Ianthes, mit Henna gefärbt hat.«

Drifa griff nach ihrer *gunna*, die neben der Decke lag.

Sidroc erwischte sie jedoch zuerst und warf sie zur anderen Seite des Stalls hinüber.

Blütenknospen? Meint sie etwa...? »Du sagst, du hast mir das bereits erzählt? Ganz sicher nicht! *Das* wüsste ich noch.«

»Ich erinnere mich genau, dass ich dir, nachdem du uns gerettet hattest, von den Marmor-Phallussen und den mit Henna gefärbten Blütenknospen erzählt habe.«

»Dann muss ich wohl noch ganz benommen gewesen sein vor Wiedersehensfreude.« *Oder was auch immer.*

»Machst du dich jetzt lustig über mich?«

Wer? Ich? »Aber nein! Du musst verstehen, dass ... Nein, deck dich nicht zu! Ich habe das Kunstwerk noch nicht genug bewundert«, sagte er und begann, mit den Spitzen seiner Zeigefinger ihre rot gefärbten Brustspitzen zu umkreisen.

Sie stieß seine Hände weg, wofür er sich augenblicklich revanchierte, indem er ihre an die Seiten ihres Körpers drückte, um sie nach Herzenslust betrachten zu können ... wofür er sich reichlich Zeit zu nehmen gedachte.

»Wie gesagt, du musst verstehen, dass wir Männer anders sind als Frauen. Wir schauen uns gerne etwas Schönes an, und obschon es sehr viele weibliche Körperstellen gibt, die ein wonnevoller Anblick für die Augen eines Mannes sind, sind die hier«, er deutete auf ihre Brüste mit den roten Spitzen, »wie Flaggen, die einem Mann zu sagen scheinen: ›Schau mich an. Berühr mich. Küss mich.‹.«

»Das ist das Absurdeste, was ich je gehört habe. Besonders in Bezug auf meine lächerlichen Brüste. Außerdem dachte ich, wir hätten beschlossen, das nicht mehr zu tun.«

Was? Rotgefärbte Brustspitzen anschauen? Am besten war, noch einmal nachzufragen, was sie meinte. »*Das?*«

»Intimitäten auszutauschen.«

Denk schnell nach, Sidroc. »Hm.«

»Ich hab dir doch gesagt, dass ich mich aufspare.«

Ach du liebe Güte! »Dann habe ich Neuigkeiten für dich, Prinzessin. Was du ›aufsparen‹ willst, hast du bereits an mich verloren.« *Eigentlich müsste ich deswegen Gewissensbisse haben. Aber fühle ich mich schuldig? Kein bisschen, nach allem, was sie mir genommen hat. Doch daran will ich jetzt nicht denken.*

»Ich spreche nicht von meiner Unberührtheit, du Flegel, und es ist nicht nett von dir, mich an diesen Fehltritt zu erinnern.«

»Fehltritt?«, wiederholte er lachend.

»Schscht! Du wirst noch die Pferde und Kühe wecken.«

Und warum sollte mich das kümmern?

»Hör auf, meine Brüste anzustarren.«

Bist du verrückt geworden, Prinzessin? Wie könnte ich sie

nicht *ansehen*? *Das wäre in etwa so, als würde man einem Verhungernden einen Wildschweinbraten vorsetzen und ihm dann verbieten, ihn anzurühren. Aber das sage ich ihr wohl besser nicht.* Widerstrebend hob er den Blick zu ihrem Gesicht. Aber das nützte nichts, denn auch dann sah er das Bild im Kopf noch vor sich. »Wenn es nicht deine Jungfräulichkeit ist, was du aufsparst, was dann? Und für wen?«

»Ich habe beschlossen, dass der Liebesakt etwas zu Besonderes ist für bloße Lustbefriedigung«, erwiderte sie steif.

»Lustbefriedigung?« *Vielleicht bin ich es ja, der verrückt geworden ist.*

»Ja, Lustbefriedigung im Vergleich zu körperlicher *Liebe*.«
Ist sie jetzt plötzlich eine Expertin in Erotik?

»Die körperliche Liebe sollte aufgespart werden für einen Mann und eine Frau, die einander lieben und entweder verheiratet oder kurz davor sind, es zu tun.«

Die ewige Leier der Frauen! Das ist nur die Schuld der Mönche. Wir hätten diese Frömmler nie in unserer Heimat dulden sollen.

»Ianthe und ich haben darüber gesprochen und sind beide zu diesem Schluss gekommen.«

Ich bringe Ianthe um. Nach etwa hundert stürmischen Nächten will sie jetzt plötzlich zur Nonne werden. Und Drifa gleich mitbekehren. Aber da irrst du dich, Ianthe!

»Ein Geschlechtsakt ohne Zuneigung ist wie ein Bad ohne Seife.«

Wie bitte? »Aber ich empfinde Zuneigung für dich«, sagte er.

»Lügner«, versetzte sie.

»Im Übrigen war ich es, der unsere Vereinbarung für beendet erklärte.« *Was? Jetzt bin ich selbst es, der ihr den Beischlaf mit mir ausredet?*

»Und?«

Den Göttern sei Dank! Ich habe meinen Verstand zurückerlangt. »Aber ich habe es mir anders überlegt.«

»Ach! Und wann war das?«

Ich kann es nicht glauben. Sie ist nackt. Ich bin nackt. Und wir reden darüber, wann wir eine bestimmte Unterhaltung geführt haben. So lange keine Frau mehr gehabt zu haben, scheint mein Denkvermögen zu beeinträchtigen. »Als du während unseres dreitägigen Ritts mit deiner Hopserei auf meinem Schoß dafür gesorgt hast, dass ich schier unentwegt erregt war.«

»Für die Hopserei konnte ich nichts. Das war das Kamel.«

Er zuckte mit den Schultern. *Und jetzt werden wir über Kamele sprechen?*

»Es gefällt mir überhaupt nicht, hier nackt vor dir zu liegen, während du mich begaffst.«

Mir schon. Sehr sogar. »Wenn du nicht mit mir schlafen willst, muss ich mir mein Vergnügen auf andere Weise suchen. Darf ich sie küssen?«

»*Was* küssen?«, fragte sie misstrauisch.

»Deine Brustspitzen.« *Aber andere Körperteile könnten mein Verlangen auch entschärfen.*

»Auf keinen Fall!«

»Lässt sich die Farbe abwaschen?«

»Denkst du, ich würde noch so aussehen, wenn sie abgewaschen werden könnte? Hör auf zu grinsen!«

»Vielleicht solltest du mich versuchen lassen, sie abzuwaschen. Meine Hände sind rau, und mit ein bisschen guter Seife könnte ich vielleicht etwas davon entfernen.« *Oder deine Leidenschaft entfachen.*

Sie schien tatsächlich für einen Moment über den Vorschlag nachzudenken, und Sidroc hatte den Eindruck, dass der Gedanke sie vielleicht sogar ein klein wenig erregte. »Eine von Bahirs Konkubinen sagte mir, dass eine Behandlung mit einer Mischung aus Olivenöl und Salz die Farbe verblassen lassen könnte.«

»Siehst du. Raue Hände, das natürliche Fett meiner Haut und das Salz des Schweißes. Die perfekte Mischung.« Endlich ließ er ihre Arme los, die er noch immer an den Seiten festgehalten hatte, und streckte die Hände nach ihren Brüsten aus.

Drifa nutzte die Gelegenheit, ihm auszuweichen, sich blitzschnell auf den Bauch zu rollen und aufzustehen. Sie hatte ihre *gunna* schon übergestreift, bevor er reagieren konnte. Die kleine Hexe genoss die Jagd anscheinend sehr.

Und wenn er ehrlich sein sollte, er auch.

»Es gibt noch eine andere Möglichkeit, die Farbe loszuwerden«, erklärte sie mit einem schelmischen Lächeln. »Wenn ich mich mit nackten Brüsten in die Sonne lege, wird sie möglicherweise auch verblassen.«

Oh, auf was für unartige Einfälle du mich bringst, Prinzessin. Sehr, sehr unartige! »Das ist eine gute Idee«, stimmte er ihr so nüchtern wie nur möglich zu. »Du reitest morgen einfach nackt auf deinem Pferd, und wenn wir dann anhalten, um zu rasten, werde ich Olivenöl und Salz auf deine Brüste reiben, nur um sicherzugehen, dass wir alle Möglichkeiten ausgeschöpft haben.«

»Bist du immer so ... lüstern?«, fragte sie, während sie mit großen Augen den unübersehbaren Beweis seiner Begierde anstarrte.

»Nur bei dir.« *Und die Götter wussten, dass das die reine Wahrheit war.*

»Blas die Fackel aus, damit ich weiterschlafen kann. Dann siehst du nicht mehr meine lächerlichen Brüste, und deine so dreist zur Schau gestellte Männlichkeit kann wieder zur Ruhe kommen.«

»Ich habe Neuigkeiten für dich, Prinzessin: Meine Männlichkeit wird keineswegs zur Ruhe kommen.« *Nicht ohne deine Hilfe.* Aber er stand auf, um zu tun, worum sie ihn gebeten hatte, und bemerkte, dass sie nicht nur sein Glied, sondern auch sein Gesäß anstarrte. Und dass ihr zu gefallen schien, was sie sah.

Als er sich in der absoluten Finsternis wieder neben sie legte, sagte er: »Weißt du was? Vor meinem geistigen Auge sehe ich noch immer deine *Blütenknospen.* Ich habe Bilder von dir im Kopf, auf denen du das Haremsgewand trägst, das ich dir gekauft habe und durch dessen durchsichtigen Stoff ich deine roten Blütenknospen sehen kann. Und dann sehe ich im Geiste vor mir, wie deine hennaroten Brustspitzen noch größer und röter werden durch die Ringe, an die du dich erinnern wirst. Und dann ... oho! Plötzlich habe ich dieses ungeheuer skandalöse Bild von dir vor Augen ...«

»Hör auf! Lass mich in Frieden mit deinen Bildern, ja!« Sie drehte sich auf die Seite und kehrte ihm den Rücken zu ... doch nun berührte die Spitze seines Glieds die zarte Haut ihres verführerischen Pos.

Hoppla!, dachte er mit einem triumphierenden Grinsen.

Aber dann verdarb sie die Stimmung – oder verbesserte sie sogar noch, je nachdem, wie man es sah, als sie murmelte: »Verdammt noch mal! Jetzt habe ich auch Bilder vor Augen.«

»Von deinen Brustspitzen?«

»Nein, natürlich nicht von meinen Brustspitzen, du Dummkopf. Von mir, wie ich nackt ein Pferd reite.«

Sidroc malte sich das gleiche Bild aus, und während er aufreizenden Gedanken darüber nachhing, fügte sie noch etwas anderes hinzu.

»Und das Pferd bist du.«

Ein lautes Aufstöhnen entrang sich ihm.

Jetzt würde er ganz sicher keinen Schlaf mehr finden. War es das, was mit der alten Redewendung »Aufgespießt auf der eigenen Lanze« gemeint sein könnte?

Kapitel dreiundzwanzig

*Es war keine vernichtende Niederlage,
aber eine Kapitulation ...*

Drifa hatte kaum geschlafen in der Nacht zuvor, und nach Sidrocs schlechter Laune zu urteilen war es ihm nicht anders ergangen. Er begann, an ihr herumzunörgeln, als sie den Mietstall erreichten, wo Geld für die Pferde den Besitzer wechselte, da ihr Wert den der Kamele überstieg.

»Was im Namen aller Götter und Göttinnen tust du da?«, fuhr Sidroc sie so heftig an, dass sie vor Schreck fast umgefallen wäre.

»Wonach sieht es denn aus, du Schwachkopf?«
»Dass du Kamelmist in einen Lederbeutel schaufelst?«
»Richtig. Ich nehme ihn mit nach Hause. Der Gärtner des kaiserlichen Palastes sagte, er sei ein wunderbarer Pflanzendünger.«

Die Hände in die Hüften gestemmt, stand Sidroc vor ihr und starrte sie an, als hätte er eine Wahnsinnige vor sich. »Glaubst du allen Ernstes, dass ich dir erlauben werde, während der zwei oder drei Tage, die wir brauchen werden, um in die Stadt zurückzukehren, *Mist in einem Beutel mitzuschleppen?*«

»Glaubst du allen Ernstes, du könntest mir irgendwas erlauben oder verbieten? Außerdem ist es ja nicht so, als würde ich den Mist auf deinem Pferd mitnehmen.«

Er schüttelte den Kopf, als sei sie ein hoffnungsloser Fall, während sie eifrig fortfuhr, ihren Beutel mit Kamelmist zu füllen. Da sie dies jedoch mit angehaltenem Atem tat, hörte sie zuerst nicht, was Sidroc sagte, aber dann sah sie, dass er ihr ein paar Kleidungsstücke reichte.

»Die müssten dir passen. Sie gehörten dem Sohn des Stallmeisters.«

»Ich soll die Kleidung eines Jungen anziehen?«

Sidroc nickte. »Verkleide dich, so gut du kannst. Trag auch die Kappe und verbirg dein Haar darunter. Und versuch bitte, nicht so kokett die Lippen zu spitzen, wie du es so gerne tust.«

Sie ignorierte die letzte Bemerkung und nahm die Kleidungsstücke, die er ihr hinhielt. »Ist das wirklich nötig?«

»Warum sollten wir etwas riskieren? Irgendwann werden wir mit Sicherheit verfolgt, und dann können wir nur hoffen, dass wir schneller vorankommen als sie.«

Dem hatte sie nichts entgegenzusetzen, und so kam es, dass sie kurze Zeit später, als sie aus dem Gebüsch zurückkam, nicht mehr Drifa, sondern ein schlanker junger Mann in Tunika und enganliegenden Beinkleidern war.

»Drifa!«, rief Sidroc verwundert aus, als er sie sah.

»Nicht Drifa, sondern Askell. Das ist mein neuer Name, der mir schon immer sehr gefallen hat.«

»Pfff! Wohl eher Am-Arschkell. Das wäre passender in unserer Situation.«

Sie lächelte über seine Wortspielerei und drehte sich kokett in ihrer neuen Aufmachung.

Sidroc stöhnte, was genau ihre Absicht gewesen war, weil sie wusste, wie eng die Beinkleider ihr Gesäß umspannten. Er verdiente die Tortur nach allem, was er ihr in der Nacht zuvor mit seinen »geistigen Bildern« zugemutet hatte. Oder, genauer gesagt, auch heute Morgen. Jedes Mal, wenn er ihr einen seiner glühenden Blicke zuwarf, spürte sie das Feuer dieses Blicks bis in die Knochen. Vermutlich war das auch der Grund, warum sie ganz bewusst noch einmal mit dem Po wackelte, als sie sich von ihm entfernte.

Der gemurmelte Fluch, den er ihr nachschickte, war ihre Belohnung.

Sie ritten ununterbrochen an diesem Tag und wichen Dörfern und Bauernhöfen aus, weil Sidroc und auch sie der Meinung waren, das Beste sei, so wenig Aufsehen wie nur möglich zu erregen. Nur hin und wieder legten sie eine kleine Rast ein, um die Pferde zu tränken und sie grasen zu lassen, während sie selbst eine kleine kalte Mahlzeit zu sich nahmen. Das geräucherte Schlangenfleisch war zum Glück schon längst verbraucht. Jetzt hatten sie dicke Scheiben Hammelfleisch, Hartkäse und Brot, die Stamos und Vera ihnen beim Aufbruch am Morgen mitgegeben hatten und die sie mit kühlem Wasser aus einem Bach hinunterspülten.

Den ganzen Tag lang – und das war es, was Drifas innere Anspannung verursachte und ihre Erschöpfung förderte – prickelte es zwischen ihnen. Und diese erotische Anziehung war beiderseitig, daran hegte Drifa nicht den geringsten Zweifel.

Manchmal, wenn sie Seite an Seite galoppierten, warf er ihr einen Blick zu, und sie konnte spüren, wie ihre Brustspitzen sich verhärteten.

Oder sie schaute zu ihm hinüber und sah die deutliche Wölbung zwischen seinen Schenkeln, die irgendwie niemals nachzulassen schien.

Wenn sie sich bückte, um Wasser zu schöpfen, spürte sie, wie er ihren Po unter der engen Hose anstarrte.

Wenn er sich bückte, um zu trinken, glitt auch ihr Blick zu seinem Gesäß.

Wenn er sich das Wasser von den Lippen leckte, stellte sie sich diese Lippen an ganz anderen Stellen vor.

Wenn sie ihre Hand ins Kreuz legte und ihre schmerzenden Muskeln dehnte, beobachtete er sie mit einem Blick, den man nur hungrig nennen konnte.

Bis zum Anbruch der Dunkelheit würde sie völlig irre sein, wenn sie nicht irgendetwas tat. Deshalb versuchte sie, sich mit einer Unterhaltung abzulenken, während sie nebeneinander über einen schmalen Bergpfad ritten. »Erzähl mir von deinen Plänen«, bat sie. »Nicht, was du mit Runa vorhast«, fügte sie schnell hinzu. »Nein, sag mir, wie deine Pläne aussahen, als du den Entschluss fasstest, die Waräger-Garde zu verlassen, und bevor du wusstest, dass deine Tochter noch am Leben ist?«

»Finn und ich waren Byzantions überdrüssig geworden. Des endlosen Kämpfens in einem Krieg, der nicht der unsere war. Des Klimas. Oh ja, manchmal sehnten wir uns sogar nach hohem Schnee und Eiseskälte. Und es war ein zu bequemes Leben für einen Wikinger.«

»Und was war eurer Meinung nach erstrebenswerter?«

»Tja, als ich dir den Heiratsantrag machte, besaß ich weder ein eigenes Heim noch Geld, da mein Haus einige Monate zuvor bis auf die Grundmauern abgebrannt war und mit ihm all meine Besitztümer. Heute ist meine Lage jedoch anders, und deshalb habe ich vor, mich auf einem eigenen Anwesen niederzulassen.«

»Auf den Orkneys? Ist das nicht der Ort, den du einmal erwähntest?«

»Nein. Ich hatte die Orkneys in Betracht gezogen, das stimmt, doch obwohl dort viele Wikinger leben, ziehe ich die nordischen Lande vor. Ich werde mich ganz sicher nicht in der Nähe meines Vaters niederlassen, aber trotzdem noch in meinem Heimatland. Und das ist alles, was ich zu dem Thema sagen werde. Also denk nicht mal daran, zu fragen, wie meine Tochter in dieses Bild hineinpasst.« Drifa konnte sehen, dass sein unabsichtlicher Gebrauch des Wortes *Bild* ihn an die anderen »geistigen Bilder« erinnerte, von denen sie gestern Abend gesprochen hatten. Deshalb begann er nun selbst Fragen zu stellen, um von der nervösen Spannung zwischen ihnen abzulenken. »Warum hast du eigentlich nie geheiratet?«

Drifa zuckte mit den Schultern. »Ich hatte es immer vor, aber wann immer ein Mann um mich anhielt, fand ich irgendeinen Grund, ihn abzuweisen. Und sie waren auch gar nicht schlecht, diese Männer, obwohl einige der Exemplare, die mein Vater mir vorführte, die verzweifelteste Frau hätten erschaudern lassen.«

»Und du warst nicht verzweifelt.«

Wie du es warst, als du mir den Antrag machtest? »Nicht einmal, als du um mich anhieltest.«

»Warum hast du dann der Heirat mit mir zugestimmt?«

Wie viel von der Wahrheit kann ich ihm erzählen? Wie viel von dem, was ich empfinde, darf ich ihm verraten? Drifa zögerte. Sie begaben sich auf ein gefährliches Terrain. Oder zumindest ein für sie gefährliches. »Ich dachte, du wärst ein Mann, den ich lieben könnte.«

»Und du dachtest, ich liebte dich auch?« Der Tonfall seiner Stimme war ungläubig, ja beleidigend. Aber auch aufrichtig, das musste sie ihm lassen.

»Ich nahm an, dass du mir Zuneigung entgegenbrachtest, und hoffte, dass mit der Zeit vielleicht Liebe daraus werden könnte. Wie dumm von mir, nicht wahr?« *Lach jetzt bloß nicht. Bitte lach jetzt nicht!*

Nach einer langen Pause sagte er: »Gar nicht mal so dumm. Die begrenzte Zeit, die ich hatte, um meine Tochter wiederzubekommen, war zu kostbar für mich, um an sehr viel mehr zu denken, aber ich glaube, dass aus meiner Hingezogenheit zu dir, selbst damals schon, mehr hätte erwachsen können.« Er zuckte mit den Schultern. »Wer weiß?«

Drifa wusste nicht, ob sie enttäuscht sein oder Hoffnung schöpfen sollte.

Und da grinste er sie an. »Du hast noch etwas gesagt nach deiner Rettung aus dem Harem. Nicht nur etwas über hennarote Blütenknospen. Du hast auch von marmornen Phallussen gesprochen. Waren sie so wie die auf dem Marktplatz?«

»So ähnlich«, sagte sie mit angewidertem Gesicht.

»Was hast du mit ihnen gemacht?«

»Gar nichts, aber man hätte mich dazu gezwungen, wenn ich noch länger dort geblieben wäre. Sie wurden hauptsächlich als Lehrmittel benutzt.«

»Phallusse als Lehrmittel? Jetzt hast du mich aber wirklich neugierig gemacht.«

»Ach was. Es ist nicht das, was du denkst.«

»Woher willst du wissen, was ich denke?«

»Ha! Ich weiß schon den ganzen Tag, woran du denkst. Man braucht keine erfahrene Haremshuri zu sein, um zu wissen, was dir durch den Kopf geht.«

»Dir auch, Mylady. Also gib nicht mir allein die Schuld.«

Und so ritten sie weiter, überwiegend schweigend, auf ihren nächsten Zielort zu.

Drifa quälte sich. Der raue Stoff ihrer Tunika rieb an ihren Brustspitzen, die rhythmischen Bewegungen des Pferdes unter ihr lösten eine heiße Feuchte zwischen ihren Schenkeln aus, und Sidrocs glutvoller Blick brachte sie auf Ideen ... auf unerhört erotische Ideen.

Als sie schließlich an einer geschützten Lichtung in der Nähe eines Flüsschens anhielten, um die Nacht dort zu verbringen, war Drifa so erregt, dass sie kaum noch stehen konnte. Als sie kurz zu Sidroc blickte, verriet ihr seine finstere Miene, dass sein Zustand nicht viel besser war.

Sie seufzte.

Er stöhnte.

Und bevor sie sagen konnte: »Ich gebe auf«, wurde sie hochgehoben und mit dem Rücken gegen einen Baum gedrückt, worauf sie ganz von selbst die Beine um seine Taille schlang. Er küsste sie, wild und ungestüm, und sie erwiderte diese heißen Küsse mit einem Verlangen, das dem seinen in nichts nachstand.

Irgendwann legte er den Kopf zurück und starrte sie aus vor Leidenschaft ganz dunklen Augen an. Und alles, was er sagte, war: »Du bist mir nicht gleichgültig, Drifa.«

Das genügte ihr.

Es war ein regelrechter Sturm...

Sidroc war schockiert über die wahre Sturzflut sinnlicher Gefühle, die ihn erschütterte.

Es erinnerte ihn an einen heftigen Seesturm, den er einmal an Bord eines Langschiffs miterlebt hatte und bei dem sowohl das Boot als auch die Seemänner wie Staubkörner hin und her geworfen worden waren. Und genauso fühlte er sich jetzt. Wie ein Staubkörnchen im Wind. Ganz und gar beherrscht von einem Wirbelsturm erotischer Empfindungen, gegen den er völlig machtlos war. Und gegen den er sich auch gar nicht wehren wollte, wenn er ehrlich war.

»Sollen wir uns hinlegen?«, flüsterte er zwischen zwei Küssen.

»Ich kann es kaum erwarten«, erwiderte Drifa atemlos und machte ihn ganz sprachlos vor Erstaunen, als sie mit ungeduldigen Fingern seine Beinkleider aufzuschnüren begann.

Gut so, dachte er, und da er sehr schnell lernte, folgte er ihrem Beispiel und begann auch ihre *braies* zu öffnen.

Ohne jedes Vorspiel drang er in sie ein und begann sich in einem harten, schnellen Rhythmus zu bewegen. Dass Drifa mit dem Rücken gegen den Baum gedrückt wurde, schien ihr gar nichts auszumachen. Im Gegenteil. Sie glich sich Sidrocs schnellen, gierigen Bewegungen sogar an, rieb ihre Brüste an seiner Brust und stöhnte vor Lust.

Aufs Innigste mit ihr verbunden, hielt Sidroc einen Moment lang inne und konnte spüren, wie ihre Muskeln sich um ihn zusammenzogen, als wollte sie ihn nie mehr freigeben. Und er hätte schwören können, dass er mit jeder Sekunde noch erregter wurde.

In seinen einunddreißig Jahren war er mit mehr Frauen zusammen gewesen, als er zählen konnte. Mit einigen von ihnen hatte er sich auf interessante Experimente eingelassen, die weit über das hinausgingen, was Ianthe oder Drifa als abartig bezeichnen würden. Doch das hier ... diese Wonne, dieses alles durchdringende Glücksgefühl, das er bei ihr empfand, ließ sich mit nichts vergleichen, was er je mit einer anderen Frau erfahren hatte.

Es war, als wäre es nicht nur seine Männlichkeit, sondern sein ganzer Körper, der so intensiv mit ihr verbunden war, von seinen dröhnenden Ohren bis zu seinen Zehen, die prickelten und kribbelten wie alles andere von ihm. Er konnte ebenso wenig aufhören, sie zu lieben, wie er das Atmen einstellen konnte.

Irgendwann schrie er auf dem Höhepunkt der Ekstase seine Lust heraus und hörte im selben Moment auch Drifas rauen Aufschrei.

Nun, das war kurz gewesen, aber schön.

Und zu spät bemerkte er, dass er vergessen hatte, sich im letzten Augenblick zurückzuziehen.

Kurz, aber schön und womöglich auch katastrophal.

War es das, wodurch er letztendlich in der Falle der Ehe landen würde? War es vielleicht sogar von Drifa so geplant gewesen? Nein, niemand auf der Welt könnte etwas so Spontanes vorausgeplant haben.

Behutsam zog er sich aus ihr zurück und half ihr wieder auf die Beine. Sie starrte ihn benommen an. »War das eine weitere Abartigkeit?«

»Nein, das war nur ein ganz normaler Geschlechtsakt, Drifa. Fast schon langweilig.«

Sie machte große Augen. »Hast du dich gelangweilt?«

»Ganz und gar nicht. Ich war so sehr bei der Sache, dass es mir fast die Augäpfel verdreht hätte.«

Da lächelte sie. »Gut. Ich hatte nämlich schon befürchtet, dass ich nur noch abartigen Beischlaf mögen würde.«

Sidroc hätte schwören können, dass ihm ganz warm ums Herz wurde, als er sie anlächelte. Gab es etwas Besseres als eine Frau, die einen Mann selbst in intimen Situationen zum Lächeln bringen konnte?

»Können wir es noch mal tun?«

Vielleicht hatte er zu früh gelächelt.

Als er von ihr zurücktrat, bemerkte er, dass ihre und seine Beinkleider sich um ihre Füße bauschten wie bei zwei übereifrigen Halbwüchsigen. Nachdem er zuerst aus dem einen Hosenbein und dann aus dem anderen gestiegen war, schob er sie mit seinen Halbstiefeln beiseite und nahm dann eine Decke von seinem Pferd, die er auf dem Boden ausbreitete.

»Auf die Decke mit dir – nackt!«

Fast rechnete er damit, dass Drifa gegen seinen befehlshaberischen Tonfall aufbegehren würde, doch zu seiner Überraschung leckte sie sich ihre vom Küssen angeschwollenen Lippen, warf ihm aus schmalen Augen einen verführerischen Blick zu und sagte: »Auf die Decke mit dir – nackt!«

Mögen die Götter mir beistehen! Ich glaube, ich bin dabei, mich zu verlieben. Oder ein bisschen jedenfalls.

Kurz darauf, nachdem Drifa ihm etwas gezeigt hatte, was die Haremsdamen über Phallusse gelernt hatten, *wusste* er, dass er sich verliebte. ›Den Baum melken‹! Welcher Mann würde keine Bindung zu einer Frau entwickeln, die *das* zustande brachte? Er war sehr gespannt darauf, was sie als Nächstes tun würde. Oder nein – eigentlich war er jetzt an der Reihe, sie zu überraschen.

»Driiifaaa«, sagte er gedehnt.

Sie lag auf dem Rücken, die Arme über dem Kopf, die Beine einladend gespreizt. Sie behauptete, er habe sie erschöpft. Ha! Sie war es, die *ihn* erschöpft hatte; er würde sich nun revanchieren.

Ihre Augen verengten sich. »Was ist?«

»Hast du schon einmal davon gehört, ›den rollenden Stamm zu reiten‹?«

In ihrem Herzen herrschte tiefste Finsternis...

Sidroc hatte Drifa einmal gesagt, sie würde seine Liebessklavin sein, doch sie hätte nie gedacht, dass sie sich einmal so bereitwillig versklaven lassen würde. Nach zwei Tagen und Nächten körperlicher Liebe war Drifa ganz und gar gefangen genommen von diesem Mann.

Und sie wagte nicht einmal, es ihm zu sagen. Ein einziges Wort von Liebe, und er würde auf der Stelle das Weite suchen. Mit ihrer Tochter. Beziehungsweise seiner Tochter. Zumindest war es das, was sie befürchtete. Selbst jetzt noch, nachdem sie so intim miteinander gewesen waren, zeichnete die Zukunft sich bedrohlich vor ihr ab. Unsicher und beängstigend, leer und dunkel.

Es war besser, sich nicht über das »Was wäre, wenn« den Kopf zu zerbrechen. Was kam, das kam. Und zwar schon bald, weil sie im Laufe des nächsten Tages in Miklagard eintreffen würden.

Sie musste Sidroc zubilligen, dass er ebenso gefesselt von ihr zu sein schien wie sie von ihm. Tatsächlich hatte er sogar mehr als einmal mit dieser sinnlich-heiseren Stimme, die sie so zu lieben gelernt hatte, gemurmelt: »Was machst du nur mit mir, Prinzessin?«

So viel ich kann, mein Liebster. So viel ich kann.

Sie liebten sich sehr oft und auf jede nur denkbare Art und Weise, und alle waren einzigartig und überaus befriedigend für sie, selbst die herkömmliche, ganz »normale« Art und Weise. Aber andererseits wusste sie auch schon gar nicht mehr, was eigentlich normal war und was nicht.

Er berührte sie andauernd, selbst im Vorbeigehen, und sie war wie ein Kätzchen, das sich schnurrend an ihm rieb und gestreichelt werden wollte. Jämmerlich eigentlich, wäre da nicht die Tatsache gewesen, dass auch er ihre ständigen Berührungen zu genießen schien.

Er unterhielt sie mit schamlosen Beschreibungen dessen, was sie als Nächstes tun würden, während sie Seite an Seite auf Miklagard zuritten. Zweimal hatten sie schon eine Rast einlegen müssen, weil er sie beide so erregt hatte mit seinen Worten. Mit *Worten!*

Eines Nachmittags war sie sogar *nackt* geritten, oder zumindest von der Taille aufwärts, um die Annahme zu überprüfen, dass die Sonne das Henna auf ihrer Haut verblassen lassen würde. Sie wusste nicht, ob es etwas genützt hatte, aber es erregte sie, bis sie vor Lust beinahe den Verstand verlor. Als sie erneut anhielten, um zu rasten, war sie buchstäblich über Sidroc hergefallen mit ihren sinnlichen Begierden.

»Schläfst du?«, flüsterte er jetzt.

»Ich bin gerade aufgewacht«, log sie und schmiegte sich noch fester in seine Arme. So schliefen sie jetzt immer, Arme und Beine miteinander verschlungen, als befürchteten sie beide, dass der andere während der Nacht verschwinden könnte. Oder vielleicht taten sie es auch nur, weil sie so gut zusammenpassten.

»Wir müssten bald in Miklagard sein«, sagte Sidroc nicht zum ersten Mal.

»Und was dann?«

»Ivar kennt den Weg, den wir in die Stadt nehmen werden. Er müsste sich schon bald mit uns in Verbindung setzen und uns wissen lassen, ob Gefahr droht oder nicht.«

»Du rechnest mit Schwierigkeiten.«

»Ja. Oder zumindest ist es besser, auf das Schlimmste gefasst zu sein und dementsprechend vorauszuplanen. Wenn dann nichts geschieht, haben wir nur die Zeit für die Vorsichtsmaßnahmen verloren, aber nicht das Leben.«

Drifa lächelte. »Das erinnert mich an die Sprichwörter, die Rashid ständig zu zitieren pflegte. Rashid war der Gehilfe meines Schwagers Adam, der ein Heiler ist. ›Bete zu Allah, aber reite ein schnelles Kamel‹.«

»Genau.« Sidroc drückte sie noch fester an sich.

»Ja, aber ich glaube, wenn ich zu der Kaiserin gehe und ihr erzähle, was im Gange ist, wird sie mich unter ihren Schutz stellen.«

»Hörst du eigentlich jemals zu, Drifa?«, versetzte er verärgert. »In den letzten hundertfünfzig Jahren oder so sind mehr als ein Drittel der Kaiser eines gewaltsamen Todes gestorben. Und ich meine Dutzende von Kaisern, Drifa, nicht nur eine Handvoll. Auch Kaiserinnen sind nicht immer verschont geblieben. Wenn es um Politik geht, ist niemand sicher.«

»Ist das nicht an jedem Hof so?«

»Hier ist es noch schlimmer, weil es ein solch reiches Land ist. Gier verdirbt die Menschen. Aber wenn zudem auch noch Religion im Spiel ist, scheint jedes Mittel gerechtfertigt zu sein, oder jedenfalls denken Mörder das. Und zweifle nur ja nicht daran, dass die Byzantiner glauben, sie führten einen heiligen Krieg gegen die Muslime, und dass die Muslime genauso sicher sind, Allah an ihrer Seite zu haben.«

Wahrscheinlich hatte er recht. Drifa schwieg sehr lange, und auch Sidroc sagte nichts mehr. Doch neben ihrer Sicherheit beschäftigten Drifa auch noch andere Dinge.

»Sidroc«, begann sie vorsichtig, »hast du Astrid, deine Frau, eigentlich geliebt?«

Im ersten Moment versteifte er sich. »Wie kommst du auf diese Frage?«

»Ich dachte nur. Du bist so fest entschlossen, Runa mitzunehmen und sie selbst aufzuziehen, dass ich dachte, das sei vielleicht so, weil du ihre Mutter sehr geliebt hast.«

»Muss ich dich daran erinnern, dass wir beschlossen hatten, bis auf Weiteres nicht über Runa zu sprechen?«

Das war dein Entschluss, nicht meiner. »Tut mir leid, aber die Frage ist mir einfach so entschlüpft.«

Sie konnte spüren, wie er an ihrem Haar lächelte. Wahrscheinlich dachte er an andere Dinge, die ihrem Mund ›entschlüpft‹ waren. Wie ihre flinke Zunge, mit der sie ihn so aufreizend liebkost hatte. Aber dann, obwohl sie schon gar nicht mehr damit gerechnet hatte, beantwortete er ihre Frage. »Nein,

Drifa, ich habe Astrid nicht geliebt. Ich glaube nicht einmal, dass ich in sie verliebt gewesen bin. Aber ich habe mich um sie gekümmert, so gut ich konnte. Machen wir uns doch nichts vor, Drifa. Ich bin nun mal kein Mann, der lieben kann.«

Und sich »zu kümmern« ist alles, was er auch mir je angeboten hat. Sie hätte gerne widersprochen, dass jeder fähig war zu lieben, aber dies war nicht der richtige Moment dazu. Beim geringsten Funken entbrannten Streitigkeiten zwischen ihnen, und das einzige Feuer, das sie im Moment entfachen wollte, war erotischer Natur. Das Feuer körperlicher Liebe.

»Was Runa angeht, so habe ich eine Verpflichtung ihr gegenüber. Sie ist meine Tochter. Es ist Ehrensache, mich um sie zu kümmern. Mit der Zeit werde ich sie vielleicht lieben lernen, und wenn nicht, kann ich wenigstens dafür sorgen, dass sie in Sicherheit und gut versorgt ist.«

Drifa, der es kalt den Rücken hinunterlief, als sie sich Runa in einem solch lieblosen Haushalt vorstellte, blinzelte, um ihre Tränen zu verdrängen. Trotz ihres Wunsches, Streitigkeiten zu vermeiden, musste sie Sidroc ihre Meinung zu seinen Plänen für die Kleine sagen. »Die Zukunft, die du dir da für Runa ausmalst, wäre genauso kalt und lieblos wie deine eigene Kindheit, höchstens ohne körperlichen Schmerz. Aber verstehst du nicht, dass auch Kälte grausam sein kann?«

Er schnappte nach Luft bei ihren Worten und begann sich ihrer Umarmung zu entziehen. Um aufzustehen und wegzugehen, nahm sie an.

Doch sie dachte nicht daran, ihn loszulassen, und hielt ihn an den Schultern fest. »Nein, geh nicht, Sidroc. Ich wollte dich nicht kränken, hörst du? Wirklich nicht.«

»Du kritisierst mich wegen Fehlern, an denen ich nichts ändern kann, Drifa. Nur weil ich keine schmalzigen Wörter säusele und unsterbliche Liebe schwöre, heißt das noch lange nicht, dass ich kein Herz habe. Ich bin *nicht* aus demselben Holz geschnitzt wie mein brutaler Vater.«

»So etwas habe ich auch nie behauptet. Nie!«

»Dann sollten wir das Thema fallen lassen. Wir haben nur noch ein paar Stunden allein miteinander. Lass uns das Beste aus dieser kostbaren Ungestörtheit machen.«

Und dann liebten sie sich, und diesmal war es sehr zärtlich und ergreifend, wahrscheinlich, weil es ihr letztes Zusammensein sein würde. Zumindest bis Miklagard. Vielleicht aber auch für immer.

Und deshalb zeigte Drifa ihm mit Küssen, Streicheln und wohligen kleinen Seufzern, wie sehr sie ihn ins Herz geschlossen hatte. Die Worte *Ich liebe dich* sprach sie nicht aus. Nicht laut. Aber jede noch so hauchzarte Liebkosung enthielt diese verborgene Botschaft.

Falls Sidroc sie verstand, so äußerte er sich nicht dazu. Doch auch er liebte sie mit einer Zärtlichkeit, die sie als Zeichen seiner unbewussten Gefühle für sie zu deuten beschloss. Und wenn sie sich dadurch zum Narren machte, dann sei es so.

Wenn sie in Miklagard waren, würde sie ihm ihre Liebe gestehen und den Vorschlag machen, zusammenzubleiben, und wenn schon nicht ihnen selbst zuliebe, dann doch zumindest Runas wegen.

Ihr blieb noch Zeit genug, mit ihm zu sprechen.

Kapitel vierundzwanzig

War er womöglich farbenblind? ...

Sidroc kam sich vor wie eine dieser Kerzenuhren. Die Zeit lief ihm davon.

Sie waren noch etwa eine Stunde von dem landseitigen Stadttor Miklagards entfernt, als Ivar mit ihnen in Verbindung trat. Er saß auf einem Pferd in einem Olivenhain links der Straße, über die sie kamen. Auf eine Kopfbewegung von ihm folgten Sidroc und Drifa ihm weiter in den Olivenhain hinein, wo sie schließlich von den Pferden stiegen.

Drifa warf sich buchstäblich auf Ivar und umschlang mit beiden Armen seine Taille, was den älteren Mann sichtlich irritierte, wie Sidroc nicht entging. Ob es daran lag, dass Ivar solche Umarmungen nicht gewohnt war, oder aber am Rangunterschied zwischen ihm und der Prinzessin, hätte Sidroc allerdings nicht sagen können. Auf jeden Fall erwiderte Ivar die Umarmung nach seinem anfänglichen Schock, schob Drifa dann aber zurück und nickte Sidroc zu.

Wie sie von dem alten Haudegen erfuhren, war keine der beiden anderen Gruppen bisher in die Stadt zurückgekehrt, was Anlass zur Besorgnis war. Noch besorgniserregender jedoch waren Ivars Berichte über die Vorgänge innerhalb der Stadt.

»Überall um Ianthes Laden und Wohnung treiben sich Wachen und Spione herum«, informierte Ivar sie. »Ob sie von Mylonas, den Arabern oder sonst jemandem beauftragt wurden, weiß ich nicht. Aber sie sind da, und im Palast sind sie natürlich auch.«

Drifa legte verwirrt die Stirn in Falten. »Das verstehe ich

nicht. Ich bin doch niemand Wichtiges. Warum sollten diese Leute sich so viel Mühe machen?«

»Eigentlich bist du sogar *sehr* wichtig, Liebling«, sagte Sidroc und bemerkte, wie Ivars Augenbrauen bei dem Kosewort in die Höhe schossen. »Nicht du selbst, aber was du als Kriegshilfsmittel darstellst.«

Sie runzelte nach wie vor verwirrt die Stirn.

»Sie würden Euch als Druckmittel benutzen, Prinzessin Drifa«, erklärte Ivar. »Für die Griechen wärt Ihr wertvoll in ihrem Kampf gegen die Muslime, und für die Araber wärt Ihr es bei der Zusammenführung ihrer Stämme. Und wieder andere haben ihre eigenen unschönen Verwendungen für eine Frau von Eurem Rang.«

»Was für ein Schlamassel!«, sagte sie. »Was soll ich tun?«

»Ich habe all Euren Besitz aus dem Palast geholt. Außerdem konnte ich durch eine Geheimtür, von der Sidroc mir erzählte, in Ianthes Haus eindringen, um auch dort alles abzuholen, was Ihr hinterlassen hattet«, berichtete Ivar.

Geheimtür?, formte Drifa mit den Lippen in Richtung Sidroc, bevor sie sich wieder Ivar zuwandte. »Und wo sind meine Sachen jetzt?«

»Ich habe sie auf der *Wind Maiden* untergebracht. Ich hielt das Schiff für den sichersten Ort, bis wir entschieden haben, wie es weitergehen soll.«

Drifa nickte widerstrebend.

Sidroc und Ivar tauschten einen beredten Blick, und Sidroc begriff, dass das Langschiff bereit war, jeden Augenblick auszulaufen. Jetzt mussten sie nur noch Drifa dazu überreden, ihren Plänen zuzustimmen.

»Lasst uns zu eurem Langschiff reiten, wo wir die Lage ausführlicher besprechen können«, schlug Sidroc vor.

»Mir wäre wohler, wenn Ianthe, Isobel und die anderen auch schon hier wären«, sagte sie.

Das ging allen so, doch für den Moment stand Drifas Sicherheit an erster Stelle. Und das war noch längst nicht alles.

Seit Tagen hatte Sidroc es vermieden, von der Zukunft zu sprechen. Von seiner und Drifas Zukunft und der seiner Tochter.

Das Problem war, dass er keine Lösung hatte. Vielleicht würde er nicht mal wissen, was zu tun war, bis er seiner Tochter gegenüberstand. Und möglicherweise würde er selbst dann noch zu verwirrt und durcheinander sein.

Wie bei der Geburt seiner Tochter vor fünf Jahren hatte er in seinem Leben wieder einmal einen Wendepunkt erreicht. Welchen Weg er jetzt einschlug, war so wichtig, dass er nicht vorschnell handeln durfte.

Würde er ein guter Vater sein? Ohne Liebe?

Würde er einen guten Ehemann abgeben – ohne Liebe?

Drifa schien das jedenfalls nicht zu glauben.

Er war ein Soldat, ein Befehlshaber, der tagtäglich Entscheidungen traf. Es gab Schwarz, und es gab Weiß, und nach diesen Kriterien musste entschieden werden.

Wieso erschien sein Leben ihm dann auf einmal so grau?

Aber wie soll ich ohne dich leben? ...

Drifa war im Frachtraum ihres Langschiffes und überprüfte ihre Habe, um sicherzugehen, dass Ivar nichts vergessen hatte, als sie ein rasselndes Geräusch vernahm. Das Schiff schien den Anker zu lichten. Ein Versehen?

Sie lief zu der Leiter hinüber – und sah, dass sie nicht mehr da war.

»Was zum Teufel geht hier vor?«, schrie sie zu der Luke hinauf.

Sidroc beugte sich über den Rand. »Du fährst heim, Prinzessin.«

»Was? Nein! Ich bin noch nicht so weit.«

»Tut mir leid, dass ich dir das sagen muss, aber die Entscheidung liegt nicht mehr bei dir, Liebling.«

»Nenn mich nicht ›Liebling‹, du Laus! Lass die Leiter herunter, damit ich hinaufsteigen kann.«

»Erst wenn wir ein gutes Stück weit von Byzanz entfernt sind.«

Ein ermutigender Gedanke kam ihr. »Du begleitest mich nach Stoneheim?«

Er schüttelte den Kopf. »Ich werde an Land springen, bevor die Vertäuungen gelöst werden.«

»Warum tust du das?«

»Weil ich deine Sicherheit garantieren muss. Erst dann kann ich mich um die Schurken in dieser Sache kümmern. Der Kaiser muss über die Schlangen in seiner unmittelbaren Umgebung unterrichtet werden. Und Ianthe braucht Schutz, bevor ich Byzanz verlassen kann.«

»Du trägst nicht die Verantwortung für mich.«

»Da bin ich anderer Ansicht.«

»Dann will ich eben nicht, dass du dich für mich verantwortlich fühlst.«

Sidroc zuckte nur mit den Schultern.

»Wo steckt Ivar, der Verräter? Er gehorcht mir, nicht dir.«

»Diesmal nicht.«

»Aber ich bin noch nicht fertig mit meinen Pflanzenstudien. Und der kaiserliche Gärtner wollte mir noch Ableger von verschiedenen Bäumen geben, um sie zu Hause anzupflanzen. Und einzigartige Rosensträucher. Und Spaliere, die ich mit Efeu überwachsen lassen wollte!«

Angesichts seines dickköpfigen Schweigens fuhr sie fort: »Und wir müssen auf die anderen Wachen warten. Und Isobel ... ich hatte ihr versprochen, ihr die Rückkehr in ihre Heimat zu ermöglichen.«

»Sie werden später auf meinem Schiff mitkommen. Und ich werde dir auch die verdammten Pflanzen und Sträucher mitbringen.«

»Dann wirst du also doch nach Stoneheim kommen?«

»Natürlich komme ich irgendwann.«

Sie hätte ihn gern gefragt, ob er ihretwegen kommen würde oder um Runa abzuholen, aber dazu war sie zu feige. Es war eine Frage, die sie viel zu lange aufgeschoben hatte, und jetzt war ihr die Zeit davongelaufen.

»Ich werde dir das nie verzeihen, Sidroc.«

»Dann füg es einfach der Liste meiner anderen Sünden hinzu.«

»Haben dir diese letzten Tage denn gar nichts bedeutet?«

»Sie haben mir alles bedeutet, Drifa. Das müsstest du doch selber wissen.«

»Ich weiß überhaupt nichts«, sagte sie, den Tränen nahe.

An Deck wurden Schreie laut, und Sidroc sagte: »Ich muss jetzt gehen.«

»Noch nicht, noch nicht, bitte«, bettelte sie.

»Pass gut auf dich auf, Prinzessin, und ... sag meiner Tochter, dass ich kommen werde.«

»Und wenn du nicht kommst, wenn dir irgendetwas zustößt, das dich an der Rückkehr hindert ...« *O ihr Götter, Allmächtige! Was ist, wenn er stirbt, bevor ich ihm sagen kann, was ich wirklich für ihn empfinde? Nicht, dass ich mir sicher wäre, was ich für ihn empfinde. O ihr Götter, Götter, Götter!* »Du setzt dich ständig Gefahren aus – was ist, wenn du stirbst? Was soll ich denn dann Runa sagen?«

Sidroc räusperte sich. »Sag ihr, dass ich sie gern hatte«, murmelte er dann erstickt.

Und während Drifa wie vor den Kopf geschlagen dastand, ging er. *Er hat letzte Worte für seine Tochter, aber keins für mich?*

Doch dann erschien sein Gesicht wieder in der Luke. »Noch etwas, mein Herz«, sagte er mit seltsam rauer Stimme. »Ich bin nicht so kalt, wie du denkst.«

Unentschlossenheit:
der Fluch eines geschäftigen Wikingerlebens! ...

Mit einer lästigen Angelegenheit nach der anderen brauchte Sidroc über einen Monat, bis er so weit war, Miklagard verlassen zu können. Die meisten Verzögerungen waren auf die langweiligen, zeitaufwendigen, unsinnigen Bestimmungen eines kaiserlichen Hofes und das Gebaren gewisser Frauen zurückzuführen.

Die anderen beiden Gruppen waren schon kurz nach Drifas Abfahrt wohlbehalten in die Goldene Stadt zurückgekehrt und trotz der beengten Wohnverhältnisse bei Ianthe einquartiert worden. Es schien einfacher zu sein, sie alle in diesen begrenzten Räumlichkeiten zu beschützen. Sidroc und Finn dagegen blieben in ihren Waräger-Unterkünften im Palast, wenn auch immer auf der Hut vor Angriffen und Sabotage.

Dann landete Sidroc in Mylonas' Gefängnis, nachdem er den Schurken Drifas Behandlung wegen zur Rede gestellt hatte. Zu seiner immensen Befriedigung brach er der Ratte die Nase, bevor zwei ihrer Wachen ihn davonschleppten. Er hätte der Welt einen Gefallen getan, wenn er es geschafft hätte, den Gauner umzubringen, und später sagte er das auch ganz unverblümt dem Kaiser.

Natürlich würde er die nächsten hundert Jahre hinken dank der Oberschenkelwunde, die er davongetragen hatte, und das auch noch durch seine eigene Hand! Er hatte wie wild seine Streitaxt in Mylonas' Büro herumgeschwungen – in der Hoffnung, dem Schuft den Kopf abzuhacken, doch die widerliche Kröte duckte sich, und die Klinge schlug in das Holz des Schreibtischs des Eparchen ein. Als Sidroc die Axt zurückzog, flog die Klinge vom Schaft und bohrte sich in sein Bein hinein. Alle dachten, er sei von Mylonas verwundet worden, und Sidroc ließ sie in dem Glauben. Hätte seine Axt die Ratte zwischen den Augen getroffen, würde Sidrocs Kopf jetzt vermutlich irgendwo als Futter für die Geier eine Pike zieren.

Letztendlich ordnete der Kaiser seine Freilassung aus der feuchten Zelle an, und der Leibarzt behandelte seine Verletzung, doch erst nachdem er ihn zwei Tage hatte schmoren lassen. Der Kaiser war wütend, sowohl auf ihn wie auf Mylonas ... auf seinen Eparchen wegen dessen schändlicher Taten und auf Sidroc, weil er nicht sofort zu ihm gekommen war, um seine Hilfe zu erbitten. Was Tzimiskes jedoch am meisten ärgerte, war, dass Sidroc glaubte, er könne etwas mit dem Komplott zu tun gehabt haben.

Trotz allem bewegte sich der Kaiser auf einem schmalen Grat zwischen der Beschwichtigung seines geschätzten Eparchen und der Sicherheit des Imperiums auf der einen Seite und der Beleidigung sämtlicher Wikinger in seiner Waräger-Garde auf der anderen Seite. Es wäre eine Katastrophe für das Reich, wenn die Männer aus dem Norden ihre Elitetruppen zurückzögen, was durchaus möglich wäre, wenn sie das Gefühl bekämen, dass einer der ihren zur Zielscheibe geworden war.

Zur größten Überraschung aller jedoch stellte sich heraus, dass die Kaiserin keineswegs die stille kleine Maus war, für die alle sie gehalten hatten. Sie hatte allen miteinander einen strengen Verweis für ihre Behandlung eines kaiserlichen Gastes erteilt, mit dem natürlich Prinzessin Drifa und nicht Sidroc gemeint war, und danach war sie es gewesen, die dafür gesorgt hatte, dass nicht nur alle Pflanzen, um die Drifa gebeten hatte, sondern noch viele andere auf Sidrocs Langschiff gebracht wurden.

Und das war die nächste Sache. Drifa hatte mit keinem Wort verlauten lassen, dass es so viele sein würden! Ableger, hatte sie gesagt, nicht ausgewachsene Bäume wie in einigen Fällen. Und wer hätte gedacht, dass es so viele verschiedene, dornenreiche Rosensträucher auf der Welt gab? Sidroc hatte kaum noch Platz für Proviant im Frachtraum mit all ihren verflixten Pflanzen dort!

Und wer würde sie gießen und dafür sorgen, dass sie während der langen Seereise nicht eingingen? *Ich natürlich.* Alle anderen lachten nur und nahmen das Ganze längst nicht ernst genug.

Als er jetzt zu Ianthe ging, um sich endgültig zu verabschieden, sah er sich mit einem weiteren Verzögerungsgrund konfrontiert.

»Ich habe den Entschluss gefasst, euch zu begleiten«, erklärte Ianthe.

Was? Er konnte sehen, dass ihre gesamte Wohnung nahezu ausgeräumt worden war. Die Teppiche waren aufgerollt, die Möbel aufgestapelt. Auch Truhen – *viele* Truhen – mit Einrichtungsgegenständen, Kleidungsstücken, Werkzeug und Material zur Schmuckherstellung standen schon zum Abtransport bereit.

Er erinnerte sich, Ianthe gefragt zu haben – vor einer Ewigkeit, wie ihm schien –, ob sie Miklagard mit ihm verlassen wolle, um sich in einem anderen Land anzusiedeln. Heute lagen die

Dinge jedoch anders. Verdammt noch mal, dachte sie etwa, sein Angebot, sie als seine Mätresse mitzunehmen, gelte noch?

Was würde Drifa davon halten? Er, Ianthe und seine Tochter? Ha! Drifa würde ihm ein Küchenmesser in sein gesundes Bein oder einen anderen Körperteil stoßen!

»Hm«, machte er nur.

Ianthe sah ihn an und wartete auf seine Antwort. Dann schlug sie ihn mit der flachen Hand gegen die Brust. »Du Idiot! Das meinte ich nicht.«

»Ach?« Er schien allmählich ein Talent für dümmliche Ein-Wort-Antworten zu entwickeln.

»Trotz allem, was der Kaiser versprochen hat, fühle ich mich nicht mehr sicher in diesem Land. Wer weiß schon, ob er nicht im Schlaf ermordet wird wie so manch anderer vor ihm.«

»Psst!« Man äußerte solche Gedanken nicht einmal flüsternd, aus Furcht, von jemandem gehört zu werden.

»Drifa sprach einmal von einem sehr hübschen Teil von Jórvík in Northumbria.«

»Ich weiß, wo Jórvík liegt«, brummte er.

»Sie sagte, dort hätten Kunsthandwerker und Händler ihre eigenen Häuser, Läden und Stände direkt im Coppergate-Viertel. Dort könnte ich glücklich sein, glaube ich.«

Sein etwas benebelter, aber auch erleichterter Verstand registrierte nur einen Punkt. »Du willst also nach Northumbria. Aber ich fahre nach Stoneheim, Ianthe.«

»Gibt es denn dort keine Schiffe, mit denen ich weiterfahren kann?«

Er nickte widerstrebend.

»Außerdem will Isobel in ihre Heimat zurückkehren. Wir können also zusammen weiterreisen.«

Sidroc stöhnte. Noch ein Passagier! »Ianthe, bei allen Bäumen und Pflanzen von Drifa, die schon auf dem Schiff sind, sowie ihren drei Leibwachen, wo sollte ich das alles noch unterbringen?«, fragte er mit einer Handbewegung auf die Stapel von Möbeln, Truhen und Teppichen im Zimmer.

»Jetzt kommt das Beste. Mit dem Geld für den Verkauf dieses Hauses habe ich ein zweites Schiff für dich gekauft.«

»Du ... du hast ein Schiff gekauft? Für mich? Ein Langschiff?«

»Ja, ist das nicht wunderbar?« Sie strahlte ihn an, als wäre ein weiteres Langschiff das beste Geschenk der Welt.

Doch das Einzige, was er denken konnte, war: *Noch mehr Verzögerungen!*

»Du brauchst dich um nichts zu kümmern. Finn hilft mir, und wir haben auch schon eine Mannschaft angeheuert.«

Nicht zum ersten Mal in diesen letzten beiden Wochen kam Sidroc der Gedanke, seinem guten Freund den Hals umzudrehen. Finn lief mit einer Trauermiene herum wie ein liebeskranker Bulle. Anscheinend wollte Isobel nichts mit ihm zu tun haben, was eine völlig neue Erfahrung für diesen für sein Glück bei den Frauen berühmten Mann war. Sidroc war nicht sicher, ob Finn unglücklicher über seine unerwiderte Liebe oder über seinen geschädigten Ruf war. Ianthe hatte ihm erzählt, dass Isobel in den zehn Jahren ihrer Gefangenschaft von Männern schwer missbraucht worden war und daher nicht nur kein Interesse an Finn hatte, sondern wahrscheinlich sogar grundsätzlich nichts mehr von Männern wissen wollte.

Und so kam es, dass erst viereinhalb Wochen nach Drifas Abreise aus Byzanz auch Sidroc für immer die Goldene Stadt verließ. Er konnte nur hoffen, dass er in zwei weiteren Wochen in Stoneheim sein würde.

Allerdings hatte er nicht damit gerechnet, dass ein Unterwasservulkan gleich hinter Byzanz ausbrechen würde, weswegen sie ihre Reiseroute ändern mussten, was weitere Verzögerungen verursachte.

Und er hatte auch nicht mit Piraten gerechnet.

Oder mit einer Meuterei auf einem der Schiffe der Rosensträucher wegen.

Oder einem Streit zwischen zwei von Drifas Leibwachen über ein nicht aufzufindendes Gewand einer Haremsdame.

Oder mit Ianthes und Isobels ständigem Bedürfnis, anzuhalten auf dem letzten Stück des Wegs nach Stoneheim, um sich zu erleichtern oder zu waschen.

Oder mit seiner quälenden Furcht davor, was er tun würde, wenn er dort eintraf, da nur die Götter wussten, was geschehen würde. Er wusste es jedenfalls nicht.

Gab es etwas Schlimmeres als einen verwirrten, ungeduldigen Wikinger?

Kapitel fünfundzwanzig

Abwesenheit entfremdet nur das Herz ...

Drifa war jetzt schon seit zwei Wochen aus ihrer eintägigen Gefangenschaft im Frachtraum des Langschiffes heraus, aber sie war immer noch verletzt und ungeheuer wütend. Dieser Troll! Diese Kröte! Diese schleimige, sich im Dreck windende, verlogene, verräterische, abscheuliche, verhasste Schlange!

Und trotz allem liebte sie Sidroc.

Der sie weggeschickt hatte wie lästiges Gepäck.

Gut, sie wusste natürlich, dass er sich Sorgen um ihre Sicherheit machte, aber wahrscheinlich wäre er auch um jede andere Frau besorgt, die er ein wenig näher kannte. Um Ianthe, seine verstorbene Frau oder sogar um irgendeine flüchtige Liebschaft, die er pflegte.

Er »sorgte« sich also um sie, *der gute Mann*. Aber Drifa wollte nicht seine Sorge, sondern seine Liebe.

So viel dazu!

Wann würde sie es endlich lernen? Vor fünf Jahren hatte er ihr schon fast das Herz gebrochen, und jetzt hatte er es erneut getan. Und möchten die Götter ihr beistehen, denn er würde es schon wieder tun, wenn er kam, um Runa abzuholen.

Aber daran wollte sie jetzt nicht denken. Die *Wind Maiden* fuhr den Fjord hinauf auf Stoneheim zu, und Drifa konnte schon eine kleine Menschenmenge am Ufer sehen, die ihre überraschende Rückkehr erwartete. Der hochgewachsene Mann mit dem wallenden weißen Haar musste ihr Vater sein, und das auf und ab hüpfende Mädchen neben ihm war ihre liebe kleine Runa.

Nach vielen Umarmungen und Küssen ging Drifa mit ihrem Vater und Runa zur Burg hinauf. Während sie ihm alles erzählte, was geschehen war, sang Runa auf ihrer anderen Seite ein selbst ausgedachtes Liedchen, das nur aus einem Wort bestand: »Ge-schenk, Ge-schenk, Geee-schee-enk«. Drifa hatte nämlich den Fehler gemacht, ihr zu erzählen, dass sie ihr Geschenke mitgebracht hatte.

Viele Wochen später saß Drifa mit ihrem Vater, Ivar, dem sie noch immer böse war, und ihrer Schwester Vana auf den Bänken im Großen Saal vor dem Kamin, der heute, an diesem schönen, warmen Herbsttag, kalt geblieben war. Runa spielte draußen mit einigen der anderen Kinder Murmeln im Hinterhof der Burg.

»Und ich sage immer noch, dass dieser schurkische Araber nicht ungestraft davonkommen darf! Ich sollte eine Truppe von zweihundert meiner besten Kämpfer zusammenstellen und mich auf die Jagd nach diesem ad-Dawla-*Nichts* machen«, sagte Drifas Vater nicht zum ersten Mal, seit sie heimgekehrt war und allen von ihrer Gefangenschaft erzählt hatte.

Der Gedanke, dass ihr Vater in seinem Alter noch in den Krieg zog und in einer abgelegenen, ihm völlig fremden Wüste den Kampf gegen einen Feind eröffnete, der sich dort bestens auskannte, war töricht und völlig inakzeptabel für Drifa. Allein schon die Vorstellung, wie er auf einem Kamel sitzend seine Truppen anführte, ließ sie erschaudern.

»Nein, Vater!«, sagten sie und Vana wie aus einem Munde.

Selbst Ivar, der König Thorvald viele Jahre treu gedient hatte, schüttelte den Kopf. »Das ist viel zu weit entfernt, und es gibt zu viele von diesen Kerlen.«

Drifa streckte eine Hand aus und legte sie auf die viel größere ihres Vaters. »Bahir ad-Dawla ist ein übler Mensch, und er sollte dem Tode ins Auge sehen, kein Zweifel, aber ich lebe noch und habe keinen körperlichen Schaden erlitten. Was mich am meisten ärgert, ist, dass meine Reise nach Byzanz ein so abruptes Ende fand.«

»Es wird noch andere Reisen geben«, versprach ihr Vater. Aber Drifa wusste, dass das nicht stimmte und sie von jetzt an nahezu eine Gefangene auf Stoneheim sein würde.

»Abgesehen davon sind ad-Dawla und seine Männer nicht die einzigen Schuldigen«, gab Ivar zu bedenken.

Der König ließ eine ganze Reihe von Kraftausdrücken los, dann fauchte er: »Und ihr könnt sicher sein, dass ich den Kaiser und seine griechischen Untergebenen wissen lassen werde, wie unzufrieden ich über den völlig unzureichenden Schutz meiner Tochter an seinem Hofe bin! Diese Byzantiner verlassen sich auf einen fortlaufenden Nachschub an Wikingern für ihre Waräger-Garde. Aber glaubt mir, wenn ich verlauten lasse, dass eine nordische Prinzessin derart schlecht behandelt wurde, wird Tzimiskes sich in Zukunft woanders nach Ersatz umsehen müssen.«

»Also, Vater ...«, begann Drifa.

Doch König Thorvald ließ sie nicht zu Worte kommen. »Und noch etwas, Tochter. Glaub nur ja nicht, ich wäre schon so schwach, dass ich für einen Tod im Bett bereit bin. Dieser Bastard Bahir wird sterben, und das schon bald. Es erfordert keine ganze Truppe, um das zu erreichen. Dem Blutadler wird er nicht entgehen.«

Was bedeutete, dass er Soldaten hinüberschicken würde, wahrscheinlich als Händler verkleidet, um die Sache für ihn zu erledigen. Dagegen konnte sie nichts sagen.

Doch genug davon für den Moment! Das Gesicht ihres Vaters rötete sich bedenklich. Sie und Vana wechselten einen

Blick, und beide waren sich einig, dass es Zeit für einen Themenwechsel war.

»Es sind zwei Monate vergangen, Schwester. Glaubst du, dass Sidroc noch kommen wird?«, fragte Vana.

Das war zwar nicht der Themenwechsel, den Drifa beabsichtigt hatte, aber sie nickte trotzdem. »Falls ihm nicht irgendetwas zugestoßen ist, wird er kommen, um Runa abzuholen.« Sie hatte der Kleinen schon von ihrem Vater erzählt, und das Mädchen konnte es kaum erwarten, ihn kennenzulernen, obwohl Drifa nicht sicher war, ob Runa wirklich verstand, was es für sie bedeuten würde, einen Vater zu haben. Vielleicht sah sie in ihm ja nur eine weitere Person, um ihre Wünsche zu erfüllen? Ihre größte Sorge war nämlich, ob er Geschenke mitbrachte.

»Kommt Sidroc nicht auch deinetwegen?«, unterbrach Vana Drifas Überlegungen.

Vana fiel es schwer zu glauben, dass irgendein Mann Drifas Gunst verschmähte. Doch das war nur die Sichtweise einer voreingenommenen Schwester.

»Er erwähnte nichts dergleichen, als ich ihn das letzte Mal gesehen habe.«

»Wie hätte er auch etwas sagen können, so wie Ihr ihn angeschrien habt?«, warf Ivar ein.

»Auf wessen Seite stehst du eigentlich, Ivar?«, fauchte sie.

»Ihr kränkt mich, Prinzessin«, gab Ivar zurück. »Bin ich Euch gegenüber jemals illoyal gewesen?«

Drifa senkte den Kopf. »Wahrscheinlich nicht.«

»Außerdem versteht Ihr Sidroc falsch. Er mag Euch sehr, glaube ich.«

»Mögen, mögen, mögen!« Drifa warf gereizt die Hände in die Luft. »Wer will schon ›gemocht‹ werden?«

Alle starrten sie an, als hätte sie den Verstand verloren.

»Willst du den Mann, Drifa? Ich beschaffe ihn dir, falls er es ist, den du gern als Ehemann an deiner Seite hättest«, sagte ihr Vater und tätschelte ihr beruhigend den Arm.

»Untersteh dich! Ich will keinen Mann, der zu einer Ehe mit mir gezwungen wurde.«

»Dein Stolz wäre dir also wichtiger, als deine Tochter zu behalten?« Vana stellte die Frage so sanft wie möglich, aber dennoch traf sie Drifa.

»Gerade du müsstest am besten wissen, was eine Ehe ohne Liebe ist«, versetzte Drifa. Vanas erster Mann war ein grausamer Mensch gewesen. Liebe hatte sie bei ihm nie erfahren, und dennoch war ihre Lage eine völlig andere gewesen als Sidrocs und die ihre. Drifa wünschte sofort, sie hätte den Vergleich nicht angestellt.

»Ihr könntet natürlich auch als Sidrocs Geliebte mit ihm gehen, um bei dem Kind zu bleiben«, schlug Ivar vor.

»Was?«, rief Drifa empört.

»Ja, was?«, wiederholte Ivar. »Seine Bettfelle waren Euch sonst doch auch nicht unangenehm.«

Ein betretenes Schweigen breitete sich aus, als Ivars Worte allen ins Bewusstsein drangen.

Ivar, der zu spät bemerkte, was sein loses Mundwerk angerichtet hatte, stöhnte laut.

Drifa erschauderte.

Und ihr Vater tat etwas, womit sie am wenigsten gerechnet hatte. Er lächelte sie an. »Dann ist die Sache erledigt. Wenn der Mann dir die Unschuld genommen hat, wird er dich heiraten oder meinen Zorn zu spüren bekommen.«

»Vater! Ich bin neunundzwanzig Jahre alt, ja fast schon dreißig. Was macht es da schon, ob ich meine Unschuld durch einen Mann verliere oder ob sie schlicht verkümmert wegen mangelnder Benutzung!«

Vana kicherte hinter vorgehaltener Hand.

»Wie dem auch sei, ich werde jedenfalls ein Wörtchen mit dem Wüstling reden, darauf kannst du dich verlassen. Was sagst du zu Evergreen als Mitgift für dich, Liebes? Es ist ein kleiner Besitz südlich von hier, der mir gehört. Noch immer im Norden, aber vom Klima her ein bisschen wärmer. Deine Blumen würden dort viel besser wachsen.«

»Und du könntest etwas von diesem Kamelmist aus dem Stall entfernen«, fügte Vana, die Verräterin, hinzu. »Er riecht noch schlimmer als Pferdemist.«

Als hätte niemand anderer gesprochen, fuhr der König fort: »Ich habe Stoneheim Rafn und Vana versprochen, wie du weißt, Drifa, und es kann keine zwei Lehnsherren in einem Jarltum geben, ohne Feindschaft entstehen zu lassen.«

Wer hat etwas von zwei Jarls gesagt? Oder dass es eine Hochzeit geben wird? Vaters Kopf ist dicker als der Schild eines Berserkers, obwohl er ihn sich durchbohren ließ.

Und noch immer fuhr ihr Vater fort: »So werden Sidroc und du ein eigenes kleines Reich auf Evergreen haben.«

Drifa vergrub das Gesicht in den Händen.

»Du könntest Sidroc noch mehr Kinder schenken, am besten Söhne. Du bist doch nicht schon guter Hoffnung, oder? Schau mich nicht so grimmig an, ich frag ja nur. Auf alle Fälle könntest du dich um das Kinderkriegen kümmern, und Sidroc könnte auch weiterhin ein Krieger sein – oder auch ein Bauer, Händler oder was auch immer er beschließt für seine Zukunft. Aber er wird auf jeden Fall ein Ehemann sein. Was meinst du, Ivar? Wie war der Zustand Evergreens, als du das letzte Mal dort warst?«

Während ihr Vater redete und redete, wurde Drifa immer aufgebrachter. Warum hörte er ihr nicht ein Mal zu? Ein Aufstöhnen war jedoch das Beste, was sie in ihrer Wut zustande brachte.

In dem Moment kam Rafn herein. »Ich habe Neuigkeiten«, sagte er.

Ein Dienstmädchen reichte ihm einen Becher Wein, und er setzte sich damit zu seiner Frau. »Ein Schiff hält auf uns zu. Es ist Jarl Gunter Ormsson von Vikstead.«

»Lasst die Zugbrücke herunter««, rief ihr Vater fröhlich aus.

Wen kümmerte es schon, dass sie weder eine Zugbrücke noch einen Burggraben hatten?

»Mir scheint, als bekäme ich doch noch meinen Kampf!« Einem vorübergehenden Diener schrie er zu: »Wo ist mein Lieblingsschwert? Nein, bring mir doch lieber den Schädelspalter. Und meinen Helm und Schild. Lass die Truppen aufmarschieren!«

Normalerweise wäre Drifa besorgt gewesen, doch viel wichtiger war jetzt, die kleine Runa zu verstecken. Und alle Beweise für ihre Reise nach Vikstead vor fünf Jahren, wie Eydis, die einstige Viksteader Amme, die heute Kammerfrau auf Stoneheim war.

Warum konnte ihr Leben nicht schön, ruhig und langweilig sein wie das anderer Prinzessinnen?

Er ließ den größten Bösewicht wie den Weihnachtsmann erscheinen...

Es war ein aussichtsloses Unterfangen, Runa zu verstecken, da Gunter Ormsson ganz genau wusste, dass seine Enkeltochter nicht tot war und auf Stoneheim lebte. Offenbar hatte irgendein Durchreisender bei einem Besuch auf Stoneheim die Amme Eydis bemerkt und erwähnt, sie dort gesehen zu haben. Den Rest konnte Jarl Ormsson sich zusammenreimen.

Wenn doch nur Sidroc hier wäre, um seine Tochter, Eydis,

Drifa und ihre Schwestern vor diesem üblen Menschen zu beschützen, der nicht nur Runa, sondern auch eine Wiedergutmachung für die Entführung seiner Enkelin verlangte.

Gunter und zwei von Sidrocs älteren Brüdern, Svein und Bjorn, waren nun schon seit gestern Morgen hier, und einen jämmerlicheren Haufen hatte es nie gegeben. Die Mägde beklagten sich über Grabschereien und unverblümte Forderungen, das Bett mit den Kerlen zu teilen. Verschiedene Stoneheimer Soldaten waren beleidigt worden und drohten mit Vergeltung.

Sie mussten diese abscheulichen Unholde loswerden. Aber ohne Runa.

»Eure Töchter haben ein Verbrechen begangen und sollten gezwungen werden, wie jeder andere Wergeld für ihre Vergehen zu bezahlen«, sagte Gunter, der ihnen mit seinen Söhnen an einem Tisch im Großen Saal gegenübersaß.

Ihr Vater, Rafn, Vana und Ivar saßen rechts und links von ihr. Runa war vor ein paar Stunden hergebracht worden, um ihren Großvater kennenzulernen, doch wie ein Hund, der das Schlechte in einem Menschen spürt, schrie die Kleine, weinte und versuchte, von seinem Schoß herunterzukommen. Ormsson hatte etwas wie »Frauen müssen an ihren Platz verwiesen werden« gemurmelt. Und: »Das Kind braucht nur eine ordentliche Tracht Prügel, um zu begreifen, wo der ist.«

Drifa lief es kalt den Rücken hinunter bei dem Gedanken, wie Runas Leben im Hause dieses Mannes aussähe. »Unser *Verbrechen* ist nicht schlimmer als die Euren«, sagte sie. »Tatsächlich würden so manche sogar sagen, dass wir ein weitaus größeres Verbrechen Eurerseits verhindert haben.«

»Was für ein Verbrechen?«, stießen Ormsson und seine Söhne empört hervor.

»Ihr hattet vor, das Kind zu töten«, antwortete Drifa ruhig.

»Sagt wer?«

»Euer Sohn Sidroc.«

Ormsson mimte den Erstaunten und tat, als suchte er mit seinem Blick die Halle ab. »Ich sehe Sidroc nicht. Und Tatsache ist, dass er seit langer Zeit nicht mehr gesehen wurde. Einige sagen, er sei tot, vielleicht sogar durch die Hand Eures Heilers, König Thorvald.«

»Ihr geht zu weit, Ormsson«, sagte Drifas Vater mit erzwungener Ruhe, vor Empörung aber eiskalter Stimme.

»Im Übrigen hat ein Mann laut Gesetz das Recht, mit seiner eigenen Familie zu tun, was er will«, fuhr Ormsson fort. »Lasst uns ein Althing einberufen. Soll doch das Thing-Gericht entscheiden, was rechtens ist.«

»Was rechtens ist und gerecht, sind zwei verschiedene Dinge«, widersprach Drifa.

»Ihr übernehmt Euch, Wei... Prinzessin.«

»Nicht mehr, als ich sollte. Und nur damit Ihr es wisst: Ich habe Sidroc gesehen.« *Und er ist noch sehr lebendig.*

»Ich auch«, bekräftigte Ivar.

»Und er befindet sich sogar schon auf der Heimreise von Byzanz, wo er ein Mitglied der Waräger-Garde war«, fügte Drifa hinzu.

»Das sagt Ihr!« Ormsson leerte sein Trinkhorn mit Bier, rülpste ungeniert und winkte einer Magd, es wieder aufzufüllen.

Drifa und Vana wechselten einen angewiderten Blick.

»Was genau wollt Ihr eigentlich?«, fragte ihr Vater.

»Das Kind natürlich.«

»Das Kind bleibt hier, um die Ankunft seines Vaters zu erwarten.«

»Der vielleicht nie kommen wird«, gab Ormsson zurück. »Und ich will hundert Goldstücke als Wergeld. Plus die Rückgabe der Amme Eydis. Und dreißig Peitschenhiebe auf den Rücken jeder der Prinzessinnen.«

Das Letztere war so absurd, dass Drifa schallend auflachte.

Ormsson warf ihr einen Blick zu, der besagte, dass sie nicht mehr lachen würde, wenn er sie allein zu fassen bekäme.

»Rührt eine meiner Töchter an, und Ihr werdet in Stücken aus dieser Burg herausgetragen werden«, drohte König Thorvald.

»Es gibt auch noch eine andere Möglichkeit«, mischte Bjorn sich ein, während er Drifa auf durchtriebene Art und Weise musterte. »Ich würde Eure jüngste Tochter zur Frau nehmen.«

Drifa und alle anderen auf ihrer Seite des Tisches zogen scharf den Atem ein.

Der König hob schnell eine Hand, um Drifa von einer Antwort abzuhalten.

»Ich dachte, Ihr wärt bereits verheiratet.«

»So?« Bjorn grinste. »Die *more danico* oder dänische Sitte ist eine anerkannte Praxis in den nordischen Landen, wie Ihr sehr wohl wisst.«

»Ich war nie mit mehr als einer Frau zugleich verheiratet«, sagte Drifas Vater. »Und auch meine Töchter werden nicht irgendjemandes Zweitfrauen sein. Außerdem suchen meine Töchter sich ihre Ehemänner selbst aus.«

»Das ist ja lächerlich«, höhnte Ormsson. »Kein Wunder, dass die Frauen in Eurem Hause sich so schlecht benehmen, wenn Ihr ihnen freie Hand in allem lasst.«

»Ich sehe hier keinen Ehemann an Prinzessin Drifas Seite. Sie hat lange genug im Regal gestanden.« Bjorn leckte sich die Lippen und starrte sie an wie eine ganz besonders zarte Scheibe Wildschweinbraten.

»Das zu beurteilen steht Euch nicht zu.« Ihr Vater betrachtete die drei Männer, als wären sie nicht mehr als Mist unter seinen Schuhen.

»Im Übrigen ist Drifa verlobt.«

Oh nein, fang nicht schon wieder damit an!

»Das hören wir zum ersten Mal.« Ormsson schien bestürzt über diesen Haken in seinen Plänen. »Es gibt gar keine Verlobung, denke ich. Oder nennt mir den Namen des Mannes, falls es tatsächlich einen gibt.«

König Thorvald strahlte, als er sagte: »Sidroc Guntersson.«

Nun waren es die auf der anderen Seite des Tisches Sitzenden, die scharf die Luft einzogen.

»Ihr riskiert einen Krieg mit uns um eine Bagatelle«, sagte Ormsson, als er sich wieder gefasst hatte.

Drifa wusste nicht, ob er damit Runa meinte oder sie, aber es war so oder so eine Beleidigung.

»Wenn es sein muss.« Ihr Vater richtete sich zu seiner vollen Größe auf, die selbst für andere hochgewachsene Wikinger einschüchternd war. Er stellte eine majestätische Erscheinung dar mit seinem sauberen, schulterlangen weißen Haar und dem immer noch recht robusten Körper.

Ormsson dagegen war zwar im gleichen Alter, aber sein ausschweifender Lebensstil zeigte sich in seinem faltigen Gesicht und ungepflegten Körper. Drifa dankte den Göttern, dass er absolut nichts mit Sidroc gemeinsam hatte, soweit sie sehen konnte.

In diesem Moment kam ein Herse auf Rafn zu und flüsterte ihm etwas ins Ohr. Mit einem breiten Lächeln trat Rafn neben seinen König und Schwiegervater. »Es kommen noch einige Besucher mehr nach Stoneheim, wie es scheint.« Nach einer Kunstpause, um die bestmögliche Wirkung zu erzielen, fuhr er fort: »Ein Langschiff wurde an der Biegung des Fjords gesichtet, der in die Nordsee führt. Es ist Sidroc Guntersson, der uns besucht.«

»Nun, dann wird diese Meinungsverschiedenheit ja wohl doch noch beigelegt werden, schätze ich«, sagte König Thorvald voller Schadenfreude und grinste seine Gegner an.

Drifa war überaus erfreut, dass Sidroc endlich kam, doch dann beugte Rafn sich mit düsterer Miene zu ihr vor und sagte so leise, dass nur sie es hören konnte: »Er hat zwei Frauen bei sich.«

Kapitel sechsundzwanzig

Es geht nichts über einen guten Kampf, um das Blut eines Mannes in Wallung zu bringen ...

Endlich, endlich traf Sidroc auf Stoneheim ein. Noch ein wenig länger, und er hätte sich sämtliche Haare ausgerissen, nicht nur auf seinem Kopf, sondern auch die in seiner Nase und in seinen Ohren.

»Reise nie, nie, nie, *niemals* mit Frauen«, riet er Finn, der düster dreinblickend wie gewöhnlich neben ihm an der Reling stand.

»Ich habe die Frauen aufgegeben«, erwiderte Finn bedrückt.

Unter anderen Umständen hätte Sidroc sich vor Lachen geschüttelt, aber er hatte sich Finns Gejammer und Lamentieren Isobels wegen schon zu lange anhören müssen. »Du brauchst ein Fass gutes Stoneheimer Bier und die eine oder andere Frau, um deine Stimmung wieder aufzuhellen«, sagte er. »Schau mal! Ist das dort drüben nicht Drifa, und – ach du meine Güte! Siehst du das kleine Mädchen bei ihr? Seine Zöpfe sind rötlich braun wie mein Haar, und hat es nicht gerade eben – ja, es *hat* dem kleinen Jungen hinter sich die Zunge herausgestreckt!« Aus irgendeinem Grund fand er dieses lausbübische Benehmen geradezu entzückend.

Je näher sie der Küste kamen, desto besser konnte er sehen. Die Kleine hatte sogar seine graugrünen Augen. Von Astrids blonder Schönheit oder ihrer zierlichen Statur war jedoch nicht viel vorhanden.

Dann richtete er seinen Blick auf Drifa und sah sofort, dass sie weinte, denn ihre Wangen glitzerten von Tränen. War sie *so* glücklich, ihn zu sehen? Er musste zugeben, dass auch er sich freute und einige lang vernachlässigte Teile seines Körpers sogar noch erfreuter waren als andere.

Ianthe und Isobel kamen an Deck und stellten sich neben ihnen an die Reling, woraufhin Finn wie ein geprügelter Hund davonschlurfte. Er war wohl schon zu oft zurückgewiesen worden.

»Oh, wie schön!«, sagte Isobel.

Was? Sidroc konnte nichts Schönes an dem Sammelsurium von Stilelementen dort oben auf dem Burghügel erkennen. Dank Drifas Schwester Breanne, die sich gerne als Baumeisterin betätigte, waren der Burg im Laufe der Jahre Anbauten hinzugefügt worden, die das Ganze ziemlich schief erscheinen ließen. Natürlich waren da auch noch Drifas Blumen, die das Durcheinander ein wenig reizvoller machten – falls Blumen auf einer wikingischen Festung überhaupt als reizvoll bezeichnet werden konnten.

»Ich hätte nicht gedacht, dass es mir hier oben im Norden gefallen würde, aber es ist wirklich hübsch hier«, stellte Ianthe fest.

»Dir wird mein Haus in der Nähe von Winchester sogar noch mehr gefallen«, versicherte ihr Isobel. »Ich kann es kaum erwarten, es dir zu zeigen, und Jórvík natürlich auch.«

Wie sie inzwischen erfahren hatten, war Isobel die Tochter eines englischen Earls, die mit knapp dreizehn Jahren entführt worden war. Nachdem sie auf den Sklavenmärkten von Haithabu verkauft worden war, hatte sie über zehn Jahre in Arabien gelebt. Inwieweit sie nach alldem von ihrer Gesellschaftsklasse akzeptiert werden würde, war ungewiss, aber nicht gerade erfolgversprechend, Sidrocs Meinung nach. Eine Frau wurde unter solchen Umständen hart beurteilt. Frauen, die in die Sklaverei verschleppt worden waren, um als Huri zu dienen, wurden auch als solche betrachtet. Das Beste, was sie sich erhoffen konnten, war die Aufnahme in ein Kloster.

Doch wie dem auch sei, sowie sie hier in Stoneheim von Bord gegangen waren, würde Finn die Frauen nach einer Rast von ein, zwei Tagen auf dem anderen Langschiff nach Britannien bringen.

Was Sidroc derweil tun würde, blieb abzuwarten.

Er blickte wieder zur Landseite hinüber, und was er sah, ließ ihn zusammenfahren. Den Hügel von der Burg herabstolziert kamen sein Vater und seine beiden Brüder!

Eine rasende, mörderische Wut, die sein Blut zum Kochen brachte, erfasste ihn, und das Langschiff war kaum gegen die Landeplanke gestoßen, als er auch schon an Land sprang und auf seine Familie zustrebte, sofern sie überhaupt so genannt werden konnte. Nur gut, dass Drifa mit Runa schon wieder gegangen war, denn Sidroc wollte nicht, dass seine Tochter mitansah, was jetzt kommen würde.

»Was zum Teufel machst du hier?«, herrschte er seinen Vater an.

»Auch dir einen schönen guten Tag, mein Sohn. Und was ich hier tue? Ich kümmere mich um Familienangelegenheiten, was du zu tun versäumt hast, junger Mann«, erwiderte sein Vater, während er ihn mit einem verächtlichen Blick taxierte.

»Halte dich von meiner Tochter fern, alter Mann! Einmal ist es dir misslungen, sie zu töten, und glaub nur ja nicht, dass ich dich noch einmal in ihre Nähe lassen werde.«

Sein Vater winkte ab. »Du hast mich missverstanden, als die Kleine geboren wurde. Aber du hast ja schon immer auf die kleinste Kleinigkeit zu heftig reagiert.« Bestätigung suchend sah er Svein und Bjorn an, die zu beiden Seiten von ihm standen, und die beiden Hohlköpfe nickten selbstverständlich.

»Ich bin hier, um eine Entschädigung für mein Leid von König Thorvald zu verlangen«, sagte Sidrocs Vater. »Immerhin ist das Mädchen meine Enkelin, und sie haben sie mir gestohlen.«

Sidroc stieß ein trockenes, humorloses Lachen aus. »Geh nach Hause, Ormsson«, sagte er dann, ohne seinem Vater den Respekt der ihm gebührenden Anrede zu erweisen.

»Du gibst mir keine Befehle, Bürschchen. Ich habe dich in die Welt gesetzt und kann dich auch wieder aus ihr herausbefördern.«

Daraufhin brach ein wildes Handgemenge aus: zwischen seinem Vater, den zwei Brüdern und über einem Dutzend Viksteader Männern auf der einen Seite und der gleichen Anzahl auf Sidrocs Seite, Finn, König Thorvald, Rafn, Ivar und ein Dutzend andere mit eingeschlossen.

Über eine Stunde kämpften sie, unterstützt von anderen, die herbeieilten, um sich ins Gewühl zu stürzen. Es war ein stummer Kampf, abgesehen von dem Grunzen und Knurren der Soldaten, die einander Schwertverletzungen zufügten oder einsteckten, dem Klirren von Stahl auf Stahl und Sirren von Pfeilen, dem Klatschen von Leder und dem einen oder anderen Todesschrei.

Am Ende, bevor die Ormssons sich davonmachten wie Ratten von einem sinkenden Schiff, verlor Sidrocs Vater ein Ohr durch ihn, Svein schien einen möglicherweise tödlichen Schwerthieb in den Bauch erhalten zu haben, und zwei Viksteader Krieger waren tot. Schwer atmend, aber lächelnd vor Zufriedenheit über einen guten Kampf, versuchte Thorvald ihre Verluste abzuschätzen. Sie hatten keine Toten zu verzeichnen, aber viele Verletzte, von denen einige sehr ernsthafte Verwundungen davongetragen hatten.

»Sollen wir die Verfolgung aufnehmen?«, fragte Rafn den König.

Der überlegte einen Moment und sagte dann: »Nein, lass die Schurken laufen. Sie sind die Mühe nicht wert. Ich könnte jetzt ein Horn Bier vertragen. Oder fünf. Was meint ihr?« Die Frage galt nicht nur Rafn, sondern allen Männern, die noch auf den Beinen waren, einige triefend vor Blut, das nicht nur von ihren Schwertern kam.

»In den Burgsaal!«, antwortete ein Chor von Stimmen. »Lasst uns feiern! Mit allem, was dazugehört!«

Sidroc hinkte zu Finn, doch das Hinken stammte nicht von dem Kampf, sondern von seinem selbst verursachten Unfall in Mylonas' Arbeitszimmer. Natürlich schmerzte das Bein nach der heutigen Anstrengung weitaus mehr als sonst. Außerdem bemerkte er etwas Feuchtes in seinem Gesicht, das sich als Schnittwunde an der Stirn herausstellte, die jedoch nicht allzu tief zu sein schien.

Finn saß an einen Fels gelehnt auf dem Boden und drückte ein blutdurchtränktes Tuch an sein Gesicht.

»Bist du verletzt, mein Freund?«

»Meine Nase ist gebrochen. Kannst du das glauben? Nach all diesen Jahren, in denen ich mein gutes Aussehen behütet habe wie einen Schatz, bin ich jetzt durch eine gebrochene Nase entstellt.«

Sidroc lächelte.

»Du hast Blut an den Zähnen«, stellte Finn angewidert fest.

Sidroc leckte sich die Lippen und merkte, dass er sich während des Kampfes auf die Zunge gebissen haben musste. Das kam hin und wieder vor. Doch zurück zu Finn. »Einige Frauen mögen Männer mit gebrochener Nase. Sie sagen, es ließe sie viel männlicher erscheinen.«

»Wenn Isobel mich nicht wollte, als ich vollkommen war, wird sie mich erst recht nicht wollen, wenn ich es nicht mehr bin.«

Nur Finn würde sich selbst als *vollkommen* bezeichnen. »Hör auf, dir Illusionen bezüglich Isobel zu machen. Sie will dich nicht, Finn, und damit basta.«

»Ich sehe aber auch Drifa nicht mit schwärmerischem Blick an deinen Lippen hängen. Wir haben wohl beide kein Glück mehr bei den Frauen, wie es scheint.«

Sidroc sah sich um. Finn hatte recht. Drifa war nirgendwo zu sehen. Und seine Tochter auch nicht. Im Grunde war das jedoch gut so, weil es sich für Frauen nicht geziemte, die Scheußlichkeiten eines blutigen Kampfs mitanzusehen.

Als er sich zur Burg umdrehte, sah er Drifas Schwester Vana mit ihrem Ehemann Rafn sprechen. »Habt ihr Drifa gesehen?«, fragte er.

»Du elender Wurm!«, fauchte Vana ihn zu seiner und ihres Ehemanns Bestürzung an, bevor sie herumfuhr und davonstürmte.

Sidroc sah Rafn an, der grinste. »Nimm es meiner Frau nicht übel. Manchmal spricht sie ihre Meinung auf ziemlich unverblümte Weise aus. Das kommt davon, dass sie in einer Burg mit so vielen rauen Kriegern lebt.«

»Aber warum ist sie böse auf mich?«

»Sie ist dir Drifas wegen böse. Und erwarte nur ja nicht weniger von Drifa selbst.«

»Wie bitte?«

»Bist du wirklich so schwer von Begriff, Sidroc?«

»Nun sag schon, was du meinst, anstatt so blöd zu grinsen!«

»Konntest du wirklich nichts Falsches daran finden, hier in Stoneheim aufzutauchen und nicht nur eine, sondern gleich zwei schöne Frauen mitzubringen, statt deine Liebste aufzusuchen?«

Liebste? Sidroc legte verständnislos den Kopf zur Seite. »Sie ist eifersüchtig, meinst du?«

»Können Drachen fliegen?«

Er dachte einen langen Moment darüber nach und kam zu dem Schluss, dass ihm Drifas Eifersucht gefiel. Als er sich von Rafn entfernte, rief der ihm nach: »Oh, vielleicht sollte ich dich warnen, dass König Thorvald eine Hochzeit plant.«

Ein Blick über die Schulter verriet Sidroc, dass Rafn noch immer von einem Ohr zum anderen grinste.

»Wessen Hochzeit?«

»Deine.«

Zuerst kam das Süße, dann das Bittere ...

Drifa saß mit Sidrocs Tochter auf einer Bank im Garten, wo sie auf ihn warteten.

Er hatte sich das Gesicht gewaschen und seine blutbefleckte Tunika gegen eine frische ausgetauscht, weil er das Kind weder ängstigen noch abschrecken wollte. Für einen Moment lang blieb er völlig reglos stehen und nahm den Anblick in sich auf.

Runa saß mit schiefgelegtem Kopf da und lauschte aufmerksam Drifas leisen Worten. Einmal glaubte er, die Kleine sagen zu hören: »Aber Mutter ...«

Meine Tochter nennt Drifa Mutter?, dachte er erstaunt, doch aus irgendeinem Grunde störte es ihn nicht so sehr, wie es das vorher vielleicht getan hätte.

Er war erfüllt von so viel Freude, aber auch von Furcht und Zorn. Die widersprüchlichsten Emotionen wirbelten in seinem Kopf und seinem Herzen herum und verwirrten ihn. Er hatte wirklich nicht erwartet, dass er derart viel empfinden würde.

Auf Drifas sanftes Drängen hin stand das kleine Mädchen auf

und begann zögernd auf ihn zuzugehen. Es trug eine leuchtend grüne *gunna* mit einer blassgrünen, seitlich offenen Schürze darüber. Seine rötlich braunen Zöpfe reichten bis zur Mitte seines Rückens. Als es ihn schüchtern anlächelte, sah er, dass ihm zwei Vorderzähne fehlten. Es wirkte relativ groß für viereinhalb Jahre, doch andererseits kannte er sich auch kaum mit Kindern aus und wusste so gut wie gar nichts über kleine Mädchen.

Als die Kleine näherkam, hockte er sich vor sie hin, um auf gleicher Höhe mit ihr zu sein. Der Schmerz in seinem Schenkel brachte ihn für einen Moment ins Schwanken, was seine Tochter dazu veranlasste zu kichern.

»Bist du mein Vater?«, fragte sie.

»Ja, der bin ich«, antwortete er ohne Zögern, und ein solch starkes Zusammengehörigkeitsgefühl ergriff ihn, dass sein Herz sogar noch wilder pochte. Meine Tochter, dachte er besitzergreifend. Meine Kleine.

»Wo bist du all die Zeit gewesen? Wolltest du mich nicht?«

»Oh doch, mein Schatz, ich habe dich immer gewollt.«

»Mutter sagt, du wärst verloren gegangen.«

Er lachte. *Verloren gegangen.* Auch keine schlechtere Bezeichnung als andere, dachte er. »Ich schätze, das könnte man sagen, aber jetzt bin ich nicht mehr verloren.«

»Hast du mir ein Geschenk mitgebracht?«

Er lachte, da er schon vor langer Zeit von Drifa vorgewarnt worden war, dass dies das Erste war, was Runa fragen würde.

»Lass mich überlegen. Vielleicht habe ich dir ein Geschenk mitgebracht. Oder ... hmm, könnten es nicht vielleicht sogar fünf Geschenke sein?«

Runas Augen, Spiegelbilder seiner eigenen graugrünen, weiteten sich, als sie lautlos an den Fingern einer Hand abzählte: eins, zwei, drei, vier, fünf ... »Ich liebe Geschenke«, schloss sie.

»Das dachte ich mir schon«, erwiderte er lächelnd.

»Du hast was Rotes an den Zähnen«, sagte sie.

Er hatte gedacht, sein Mund hätte aufgehört zu bluten, aber vielleicht ja doch nicht. Er fuhr sich mit der Zunge über die Zähne. »Ich habe mir auf die Zunge gebissen.«

Sie nickte wissend. »Ich hab mir auch mal auf die Zunge gebissen, als ich zu schnell seilgesprungen bin. Kannst du seilspringen?«

»Ich weiß nicht. Ich habe es nicht mehr getan, seit ich ein kleiner Junge war.«

»Ich könnte dir zeigen, wie es geht.«

Na wunderbar! Ein seilspringender wikingischer Krieger. »Das wäre ... schön.«

»Meine Mutter mag kein Seilspringen, weil es ihre Brüste zum Wackeln bringt.«

Drifa würde bestimmt nicht erfreut darüber sein, dass Runa ihm das erzählt hatte. Sidroc überlegte, ob er Runa sagen sollte, dass er wackelnde Brüste mochte, kam dann aber zu dem Schluss, dass das kein Thema für ein kleines Mädchen war. Von jetzt an würde er sich sehr häufig fragen müssen, ob etwas angebracht war oder nicht.

»Darf ich dich umarmen?«, fragte Runa plötzlich.

Er hätte schwören können, dass sein Herz auf das Dreifache seiner Größe anschwoll. »Das brauchst du nie zu fragen, Runa. Umarmungen sind mir stets willkommen.«

Und da warf sie sich in seine Arme, so stürmisch, dass sie ihn beinahe umgeworfen hätte. Mit ihren Ärmchen, die seinen Nacken umklammerten, und ihrem Gesicht, das sie an seine Kehle drückte, erstickte sie ihn fast, aber das störte ihn überhaupt nicht, während sie ihn mit ihren köstlich feuchten kleinen Küssen überhäufte.

Er erwiderte ihre Umarmung, drückte sie an sich und atmete ihren süßen Kleinmädchenduft nach zarter Haut und dem Honig ein, den sie erst kürzlich gegessen haben musste. Noch immer mit der Kleinen in den Armen, drehte er sich um und sah Ianthe zu ihnen herüberkommen.

»Oh, sie ist entzückend, Sidroc.« Sie legte eine Hand auf seinen Arm und schaute zu seiner Tochter auf, die die Höhe zu genießen schien. Er wusste, dass Ianthe keine Kinder bekommen konnte, und seinen kleinen Liebling zu sehen musste ihr Kummer und Schmerz bereiten. Deshalb streckte er die Hand aus und zog sie näher, um ihr einen Kuss aufs Haar zu drücken.

Er glaubte, ein scharfes Einatmen zu hören, doch als er sich umdrehte, um mit Runa und Ianthe zu der Bank hinüberzugehen, sah er, dass sie leer war. In der Aufregung über die Begegnung mit seiner Tochter hatte er vergessen, dass Drifa dort im Hintergrund gesessen hatte.

Und nun war Drifa weg.

Manche Schimpfwörter überdauern die Zeit ...

Seit Stunden führte Runa Sidroc herum wie ein Hündchen an einer Leine. Zuerst musste er die neugeborenen Kätzchen im Stall begutachten. Dann ihr Schlafzimmer, wo sie ihm ihre Sammlung farbiger Steine zeigte. Danach ging es zum Teich, wo ein Ochsenfrosch lebte, den sie als riiiiiesengroß beschrieb!

Eine weitere Stunde oder länger verging mit der Betrachtung seiner Geschenke an sie. Eine Sammlung aus Holz geschnitzter Farmtiere. Ein Miniatur-Langschiff. Ein griechisches Kleid mit hübsch gestickten Schmetterlingen an den Säumen. Eine kleine Schachtel Marzipankonfekt. Und eine Kette aus farbigen Steinen, die Ianthe ihm empfohlen hatte, da sie nicht nur als Halsschmuck diente, sondern auch als Gürtel benutzt werden konnte. Im Moment trug Runa sie um die Stirn gebunden, sodass die langen Enden der Kette ihr bis auf den Rücken fielen.

Die ganze Zeit über, während er Runa näher kennenlernte, hielt er jedoch auch nach Drifa Ausschau. Sie hätte diese wundervolle Erfahrung mit ihm teilen sollen.

Später lockte König Thorvald ihn in den Großen Saal, wo ein Trinkspruch nach dem anderen auf die Helden des Tages ausgebracht wurde. Nicht dass Sidroc sich für einen Helden hielt. Wenn er seinen Vater getötet und die Erde von dieser grausamen Kreatur befreit hätte, wäre das vielleicht heroisch gewesen, aber er hatte nicht mehr getan, als seinen Vater um ein Ohr zu erleichtern.

Das Abendessen sollte gerade aufgetragen werden, als er die Ungewissheit nicht mehr aushielt.

»Wo ist Drifa?«, fragte er den König.

»Ist sie nicht bei Runa?«

Sidroc schüttelte den Kopf.

»Vielleicht hat sie den Abtritt aufgesucht.«

»Vor vier Stunden?«

Der König zuckte mit den Schultern. »Wer weiß schon, was Frauen da drinnen tun.«

Sidroc stapfte verärgert davon und sah Ianthe, die gerade aus dem Zimmer herunterkam, das ihr und Isobel zugewiesen worden war. »Hast du Drifa gesehen?«

»Nicht mehr seit unserer Ankunft. Sie stand am Ufer, als ich sie das letzte Mal gesehen habe«, antwortete Ianthe.

»Nein, sie war im Garten, als ich Runa zum ersten Mal begegnete. Erinnerst du dich nicht?«

Ianthe schüttelte den Kopf. »Ich habe sie dort nicht gesehen.«

Ein ungutes Gefühl begann Sidroc zu beschleichen.

»Was ist? Warum machst du so ein komisches Gesicht?«, fragte Ianthe.

»Vana gab mir zu verstehen, dass ich vielleicht etwas getan habe, was Drifa eifersüchtig machte.«

»Eifersüchtig? Auf wen?«

Sidroc senkte betreten den Kopf, bevor er ihn wieder hob und seine alte Freundin ansah.

»Auf mich?«, fragte Ianthe ungläubig.

»Auf dich *und* Isobel.«

»Warum sollte Drifa eifersüchtig auf ... oh, wie konntest du nur so idiotisch sein? Drifa erwartete, dass du kommen würdest, um sie zu holen, nicht?«

»Sie erwartete, dass ich Runa holen komme. Und das ist doch das Gleiche, oder?« *Oder nicht?*

»Männer! Sag mir die Wahrheit, Sidroc: Weiß Drifa, dass du sie liebst?«

»Wie soll sie das wissen, wenn ich es selbst nicht weiß?« *Ich meine, ich weiß es schon, aber es ist schwer in Worte zu fassen. Von Bragi, dem Gott der Redegewandtheit, bin ich nie gesegnet worden.*

Ianthe fasste sich an den Kopf, als sei er ein hoffnungsloser Einfaltspinsel. Und ehrlich gesagt begann er das genauso zu sehen.

»Sidroc, was hat Drifa gesagt, als du sie begrüßt hast? Wie hat sie dich empfangen?«

»Hm ...«

Ianthe stemmte die Hände in die Hüften und zog eine Augenbraue hoch.

»Ich hatte noch keine Gelegenheit, mit ihr zu reden. Ich dachte, ich regele zuerst alles andere, um dann mehr Zeit für sie zu haben.« *Und ihr mit meinen Händen und meinem Körper zu zeigen, was meine unbeholfenen Worte ihr nicht vermitteln könnten.* »Ich musste zuerst gegen meinen Vater einschreiten und meine Tochter kennenlernen.«

Ianthe schüttelte den Kopf über ihn. »Was hast du getan, was so viel wichtiger war? Ach, vergiss es. Sag mir lieber, wie du darauf kommst, dass sie eifersüchtig ist.«

»Vana. Sie fragte, was ich mir dabei gedacht hätte, nicht nur eine, sondern gleich zwei Frauen nach Stoneheim mitzubringen.«

»Und was hat sie gesagt, als du sie aufgeklärt hast?«

»Dazu gab sie mir keine Gelegenheit ...«

Ianthe verdrehte die Augen. »Puh! Kein Wunder, dass Vana so kühl zu mir und Isobel war. Du musst Drifa suchen und alles in Ordnung bringen, und du musst es tun, bevor ihre Wunden Zeit bekommen zu eitern. Oh, und du solltest dir schon mal klarmachen, dass du vor ihr zu Kreuze kriechen musst.«

»Das glaube ich nicht! Ich habe mehr als genug gekatzbuckelt vor dieser Frau – der Frau, die mich mit einem Tonkrug niederschlug, mich zum Sterben liegen ließ und mir die Existenz meiner Tochter verheimlichte. Und was habe ich im Gegenzug getan? Ich habe sie vor einem Leben als Haremssklavin bewahrt. Ich habe meine Abreise aus Byzanz verschoben, um mich um ihre Angelegenheiten zu kümmern. Ich habe den Frachtraum meines Schiffs mit halb verdorrten Bäumen und Gesträuch gefüllt. Ich habe ihre neue beste Freundin zu einem Besuch mitgebracht. Und nach alldem glaubst du, müsste ich auch noch vor ihr zu Kreuze kriechen?« Komisch, aber irgendwie schienen Drifas Sünden beim Erzählen gar nicht mehr so schlimm zu sein.

In dem Moment wollte Vana mit den Armen voller frischer

Bettwäsche an ihnen vorbeieilen, aber Sidroc legte eine Hand auf ihre Schulter, um sie zurückzuhalten. Sie blieb stehen, starrte seine Hand jedoch an wie die eines Leprakranken, bis er sie zurückzog.

»Wo ist Drifa?«, fragte er.

»Als ob ich das jemandem wie dir verraten würde!«

Einige Frauen hätten ohne Zunge oder stumm zur Welt kommen sollen. »Drifa würde wollen, dass du es mir sagst«, log er.

»Ach, und deswegen weinte sie, als sie ging?«

Weinte? Sie weinte? Oh, oh, das gibt Ärger! Richtigen Ärger! »Als sie wohin ging?«

Statt zu antworten, sagte Vana abfällig: »Wie ich sehe, habt ihr euch gefunden, du und deine Geliebte.«

»Ich bin nicht seine Geliebte«, sagte Ianthe im selben Augenblick, als Sidroc protestierte.

»Sie ist nicht meine Geliebte!«, widersprach er scharf.

Vana zog skeptisch die Augenbrauen hoch. »Und auch nie gewesen?«

Er konnte spüren, wie seine Wangen sich erhitzten. »Schon lange nicht mehr.« *Und was geht dich das überhaupt an?*

»*Wie* lange nicht mehr?«

Jetzt errötete auch Ianthe.

Sidroc wollte die Frage nicht beantworten, wirklich nicht, aber Vana schien genauso stur zu sein wie Drifa. »Seit drei Monaten.«

»Soo lange?« Vanas Stimme triefte förmlich vor Verachtung.

»Dein Sarkasmus steht dir nicht«, sagte er ihr. *Selbst wenn er angebracht ist.*

»Und deine Arroganz steht *dir* nicht«, versetzte sie, bevor sie sich abwandte und murmelte: »Du jämmerlicher Wurm, du!«

Doch dann kam ihm ein ganz anderer Gedanke, und er sinnierte laut: »Drifa ist fortgegangen und hat mir Runa hier zurückgelassen. Hat sie etwa vor, dieses Kind, das sie so liebt, aufzugeben? Es mir zu überlassen? Ist sie deswegen weggegangen? Aber was könnte sie dazu veranlasst haben? Bestimmt nicht Eifersucht. Es muss ... könnte es sein, dass es ...«

»Natürlich ist es das, du begriffsstutziger Narr«, fiel Ianthe ihm ins Wort.

»... Liebe ist?«

Kapitel siebenundzwanzig

Das Einzige, was fehlte, waren die Geigen ...

Drifa hielt sich schon seit einigen Tagen auf Evergreen auf, um seinen Wert als ihr neues Zuhause abzuschätzen. Woher es seinen Namen hatte, war mehr als offensichtlich. Es war überwuchert von Kiefern, die sogar schon bis in den Hinterhof vorgedrungen waren.

Die aus Holz erbaute Feste war klein im Vergleich zu Stoneheim, doch das störte Drifa nicht. Sie brauchte nichts Größeres für sich allein.

Sidroc und Runa zurückzulassen, war das Schwerste, was sie je getan hatte, aber es war das Richtige. Sidroc verdiente es, seine Tochter bei sich zu haben, wo immer das auch sein würde. Und er hatte jedes Recht, sich die Frau, mit der er sein Leben teilen würde, auszusuchen, selbst wenn sie nicht Drifa war.

Und war es nicht das Beste für alle nach dem Schreck, den Jarl Ormsson ihnen eingejagt hatte? Es hätte sehr viel schlimmer kommen können, wenn Runa nach Vikstead gebracht worden wäre.

Drifa war nie bewusst gewesen, dass Liebe derart schmerzhaft sein konnte, doch nach alldem vermutete sie nun, dass es etwas war, das sie für den Rest ihres Lebens würde ertragen müssen. Eines einsamen Lebens, schwor sie sich, denn nie wieder würde sie sich von ihrem Vater zu einer Heirat überreden lassen.

Sie würde ihre Zeit damit verbringen, Evergreen wiederherzustellen, und hoffentlich zu beschäftigt sein, um über alles nachzudenken, was sie verloren hatte.

Und so kam es, dass sie an einem Tisch in dem kleinen Arbeitszimmer neben dem Großen Saal saß und eine Liste all dessen erstellte, was getan werden musste. Im Haus lebten nur wenige Dienstboten, aber Drifa hatte sie schon beauftragt, alte Binsenstreu vom Boden aufzufegen, Tische abzuschrubben und Bettwäsche zu waschen. Doch noch sehr viel mehr als das war hier zu tun. Eine Leibgarde beschützte das Anwesen, die jedoch aus höchstens einem Dutzend dieser Huscarls bestand. Dann würde sie noch Gärtner brauchen, um umgestürzte Bäume und die Kiefern, die in die Burg eindrangen, zu entfernen, Zimmerleute, um das Dach zu reparieren, sowie Küchen- und Kammermädchen.

Evergreen würde ein schönes Zuhause werden. Vielleicht würde sie ihr Heim eines Tages auch anderen Frauen öffnen können, die der Knechtschaft entkommen wollten, egal, ob es die in einem Harem oder die in einer schlechten Ehe war. Eine Scheidung aus gutem Grund war akzeptabel in der nordischen Gesellschaft, nur hatten die Frauen danach gewöhnlich kein Heim zum Leben mehr.

Moment! Drifa hielt inne, als sie draußen im vorderen Hof plötzlich Radau vernahm. Hoffentlich waren es nicht die Hausmädchen, die sich darüber stritten, wer die Aborte reinigen sollte!

Als sie aus dem Arbeitszimmer trat und durch die Halle auf die mächtige Flügeltür zuging, die der Feuchtigkeit wegen offenstand, sah sie zwei Gestalten vom Fjord heraufkommen. Eine große und eine kleine.

Drifa drückte eine Faust vor den Mund, um einen Aufschrei zu unterdrücken. Der Besucher war Sidroc, der hochmodisch gekleidet war in einer schiefergrauen Tunika über schwarzen Beinkleidern. Sein Gesicht war frisch rasiert, sein Haar glatt zurückgekämmt zu einem Pferdeschwanz, der von einem Lederriemen zusammengehalten wurde.

An der Hand hielt er Runa, die ebenfalls wie für irgendein großes Ereignis gekleidet war. Der blaue *chiton* im griechischen Stil ließ ihre Schultern und Arme frei, die jeweils eine Kette bunter Kristalle schmückte, die sich wie ein endloser Armreif von ihrem Handgelenk zu ihrem Ellbogen hinaufwand. Das blaue Kleid war an den Säumen mit einem Schmetterlingsmuster bestickt, und Runas unfachmännisch geflochtenes Haar war ebenfalls mit bunten Glasperlen durchwoben. Hatte Sidroc seiner Tochter dieses Kleid gekauft? Und sie gekämmt? Sie wusste, wie schwierig das bei einem nervös herumzappelnden Kind sein konnte.

Einmal hüpfte Runa, um mit den langen Beinen ihres Vaters Schritt halten zu können, und Drifa hätte schwören können, dass sie den großen Wikinger auch einen hüpfenden Schritt tun sah, doch wahrscheinlich irrte sie sich da.

Bis sie die steinernen Stufen erreichten, die zur Burg hinaufführten, waren Drifas Wangen tränenüberströmt.

»Mutter! Du weinst ja!«, sagte Runa, die zu ihr laufen wollte, aber von Sidroc zurückgehalten wurde. Dann flüsterte er ihr etwas zu, und das kleine Mädchen nickte.

»Wie konntest du mich mit deiner verrückten Familie allein lassen, Drifa?« Sidrocs Worte waren vorwurfsvoll, doch seine Augen übermittelten eine völlig andere Botschaft, die Drifa nicht zu deuten wagte, weil sie viel zu kostbar war.

»Ich kann dir deine Charakterisierung meiner Familie nicht verübeln. Ich habe fast dreißig Jahre mit ihnen gelebt und mich bisweilen selbst für ein bisschen verrückt gehalten.« *Wie jetzt.*
»Aber was genau haben sie dieses Mal getan?«

»Sie bereiten etwas vor, das sie die Hochzeit des Jahrhunderts nennen. Beim letzten Zählen enthielt ihre Gästeliste tausend Besucher aus neun Ländern.«

Drifa brauchte nicht zu fragen, wessen Hochzeit ihre Familie plante. Stoneheim musste ein totales Irrenhaus sein. »Ich werde dem auf der Stelle ein Ende setzen!«

»Wirst du das?«, entgegnete er gedehnt.

Sie nickte nur, weil sie einen Kloß in ihrer Kehle hatte, der ihr das Sprechen schier unmöglich machte, und lehnte sich Halt suchend an den Türrahmen.

»Und dein Vater ist der Schlimmste von allen. Er will während des Hochzeitsfestes *Kopfbohrungen* an alle Wikinger verkaufen, die daran interessiert sind.«

Drifa fiel beinahe die Kinnlade herunter. »Das ist wirklich schlimm, sogar für meinen Vater. Aber sei unbesorgt, denn Adam würde sich nie auf einen solchen Unfug einlassen.«

»Dein Vater scheint jedoch zu glauben, dass irgendwer es tun wird. Er hat sogar schon einen Schmied bestellt.« Und dabei lächelte Sidroc sie zum ersten Mal an.

Der Flegel! Er weiß genau, was sein Lächeln bei mir bewirkt. Dass es mir alle Kraft aus meinen Gliedern raubt und ich ganz weiche Knie bekomme.

Sie ertrug die Anspannung nicht länger. »Warum bist du hier, Sidroc?«, fragte sie und warf einen vielsagenden Blick auf Runa, als wollte sie hinzufügen: *Genügt es nicht, dass ich dir mein über alles geliebtes Kind überlassen habe?*

Und da flüsterte Runa – laut genug, dass sogar die Seemänner im Fjord sie hören konnten: »Jetzt, Vater? Jetzt?«

»Ja, mein Liebling, jetzt«, sagte er.

Runa wandte sich Drifa zu. »Wir sind gekommen, um dir einen An ... An ...« Die Kleine stockte und blickte Hilfe suchend zu ihrem Vater auf.

»... Antrag zu machen.« Sidroc ließ Drifas Blick nicht los, während er sprach.

Drifa stöhnte.

»Wir möchten dich heiraten«, erklärte Runa, als hätte Drifa nicht verstanden.

Doch die legte fragend den Kopf ein wenig schief, als sie Sidrocs Blick erwiderte. Irgendetwas ergab hier keinen Sinn, fand sie. »Wo ist deine Mätresse? Oder sollte ich Mätressen sagen?«

»Frauen? Und gleich mehr als eine? Gleichzeitig? Na, na, na! Du schmeichelst mir«, erwiderte er kopfschüttelnd. »Falls du jedoch Ianthe und Isobel meinst, so waren die beiden beinahe schon auf dem Weg nach Britannien. *Wie sie es immer vorhatten.* Als sie jedoch von der Hochzeit hörten – der *möglichen* Hochzeit –, verschoben sie ihre Reise, falls du sie dann bei dir haben wolltest.«

»Warum sollte ich dich heiraten, Sidroc?« *Dumme Frage! Aber ich komme mir auch wirklich ziemlich dumm vor.*

»Ich weiß, warum! Ich weiß die Antwort, Mutter.« Runa hüpfte ungeduldig auf und ab und blickte zu ihrem Vater auf, als wartete sie auf ein Stichwort.

»Nur zu, meine kleine Rosenknospe.«

Runa strahlte. »Weil wir dich lieben, Mutter.«

Drifa schluchzte auf und wandte sich mit feuchten Augen Sidroc zu.

Er schenkte ihr wieder eines seiner magischen Lächeln und sagte: »Weil *ich* dich liebe.«

Sie war so böse auf ihn wegen so vieler Dinge.

Und er war ihr böse wegen so vieler Dinge.

Aber machte das etwas, wenn er sie liebte?

»Nun, Drifa? Fehlen dir plötzlich die Worte? Dann bete zu Odin, damit der Himmel nicht einstürzt.«

Der Himmel stürzte nicht ein, aber sie sich auf ihn, und er fing sie und Runa in seinen Armen auf. An seinem Hals flüsterte Drifa: »Ich liebe dich auch, Sidroc.«

Und der Flegel sagte darauf nur: »Ich weiß.«

Liebe Leser:

Nur um das einmal festzuhalten – falls ihr denkt, ich hätte einen Anachronismus begangen –, die Trepanation oder operative Öffnung des Schädels zu medizinischen Zwecken fand tatsächlich schon im 10. Jahrhundert statt. Sogar uralte Skelettreste aus der Zeit vor Christus weisen bereits Bohrlöcher in Schädeln auf. Archäologen sagen, dass sie zu einer Vielzahl von Zwecken vorgenommen wurden: um böse Geister zu entfernen, Kopfschmerzen zu lindern oder den Druck von Schwellungen auf das Gehirn zu verringern. Es gibt jedoch keinen Beweis dafür, dass Trepanation die in meinem Buch erwähnte sexuelle Nebenwirkung hatte. (Grins.)

Und nur als interessanter Vermerk ... es gibt einen Grund, warum ich wollte, dass Drifa sich für die Iris interessiert. Meine Tante Eliza war eine großartige Gärtnerin, und ihre Lieblingsblume war die Iris. Letztlich hat sie wahrscheinlich Hunderte verschiedener Arten gezüchtet. Als ich jedoch vor ein paar Jahren in die Stadt, wo sie lebte, zurückkehrte, befand sich eine Kunstgalerie in ihrem früheren Zuhause, und leider war der gesamte Garten umgegraben und mit Rasen bepflanzt worden.

Schaut euch meine Website unter www.sandrahill.net an, um mehr Informationen zu meinen Büchern, Ahnentafeln, kostenlose Erzählungen und Wettbewerbe zu finden. Ich liebe es, von meinen Lesern über shill733@aol.com zu hören, und wie immer wünsche ich euch ein Lächeln und viel Spaß beim Lesen.

Sandra Hill

Wie Hangover im 19. Jahrhundert ...

Jennifer McQuiston
EINE SCHOTTISCHE
AFFÄRE
Roman
Aus dem amerikanischen
Englisch von
Sabine Schilasky
384 Seiten
ISBN 978-3-404-17015-9

Was macht eine wohlerzogene Lady, wenn sie im Bett neben einem nackten Mann aufwacht – ohne zu wissen, wie sie dort hingekommen ist? Ganz klar: Sie schmeißt ihm einen Nachttopf an den Kopf und flüchtet! Dummerweise führt die Nachttopf-Attacke dazu, dass sich auch der Gentleman nicht mehr daran erinnert, was letzte Nacht passiert ist. Und das ist problematisch, denn Georgette und James haben beide einen Ehering am Finger, der vorher noch nicht da war ...
Jennifer McQuiston hat einen witzigen, Funken sprühenden und einzigartigen Liebesroman geschaffen.
NEW YORK JOURNAL OF BOOKS

Bastei Lübbe

„Das gefährliche und vor sexueller Spannung knisternde Verhältnis des Heldenpaars ist absolut mitreißend." ROMANTIC TIMES

Christine Feehan
UNGEZÄHMTE NACHT
Roman
Aus dem amerikanischen
Englischen von
Ulrike Moreno
480 Seiten
ISBN 978-3-404-16875-0

DIE SCHÖNE
Die verarmte Adlige Isabella Vernaducci würde alles tun, um ihren Bruder zu retten – selbst, wenn sie sich in die Fänge des berüchtigten Fürsten Nicolai DeMarco begeben muss.
DAS BIEST
Gerüchte und Geheimnisse umgeben den mächtigen Fürsten. Es heißt, der Mann mit der wilden Löwenmähne und den brennenden Bernsteinaugen sei kein Mensch.
DAS VERSPRECHEN
Im Tausch für das Leben ihres Bruders verspricht Isabella, den geheimnisvollen Mann zu heiraten. Doch was als Geschäft beginnt, wird bald sehr viel mehr ...

Bastei Lübbe